KB022529

백석

백성

3

제1부 | 강산에 들렀더라

김동민 대하소설

문이당

차례

제1부 | 강산에 들렀더라

돌아온 거인

경상우병영. 본청인 운주헌(구 관덕당) 그리고 백화당, 공진당, 내삼문, 원문(轅門, 외삼문 문루) 등이 보인다. 문루와 병마우후가 집무하는 중영中營 사이에는 붉은 기둥이 있다. 높직하게 세워져 있는 그 기둥은 마치 돛대 같은 형상을 하고 있다.

유춘계는 간밤에도 하얗게 뜬눈으로 밤을 밝혔다. 지금 그에게는 낮과 밤의 구분이 없었다. 수곡장터 도회사건으로 우병영에 체포되어 그곳 성안 진무청에 구금된 후로 제대로 눈을 붙여본 날이 단 하루도 없다. 실상인 듯 허상인 듯 갖가지 잡귀신들이 한꺼번에 나타나 눈앞에서 제멋대로 춤을 춰댔다. 그 속에는 죄인의 목을 베는 망나니가 커다란 칼을 마구 휘두르며 추는 도살 춤도 있다.

그날 장터에서 삽에 꼬리 사리는 동물같이 소극적으로 나오는 참석자들에게, 나는 개를 잡아 맹세코자 하니 여러분도 모두 입술에 피를 바르고 맹세하겠느냐고, 그리도 엄하고 신랄하게 꾸짖던 일이 꿈결인 양 그저 아득하게 느껴졌다. 실제 내게 그런 일이 있기는 있었던가? 내가 유춘계가 맞기는 맞는가? 나는 나가 아니고 혹시 또 다른 그 무엇인가가 아닌가?

일찍이 저 남명 조식의 실천적인 학풍을 우러러보면서 두류산 계곡을 적시는 물과 같이 맑고 깨끗한 그 정신을 배우려고 무진 애써온 그였다. 몰락해버린 양반 가문의 장남으로 손바닥만 한 땅뙈기 하나 없이 홀어머니를 모시고 신산辛酸하기 그지없는 삶을 살아온 지난 나날들. 뒤돌아보면 가시밭길보다 험한 농민운동가의 길을 실로 정신없이 달려왔다.

'모도가 에려븐 거밖에 없었지만도 시골 여론을 주도하는 일도 그냥 생각보담은 쉬븐 기 아이었제.'

짙은 안개가 걷히면서 조금씩 그 윤곽이 드러나는 산봉우리처럼 지난 시간들이 거꾸로 위태롭게 뒷걸음질을 쳐오고 있다.

'목 관아와 우뱅영(우병영) 관아, 비밴사(비변사)에 탄원하는 것도 급했고.'

비좁은 공간에 갇혀 육신이 부자유스럽게 되자 생각은 갈수록 걷잡을 수 없을 만큼 늘어나고 솟아났다.

'철종 임금 당시에 탐관오리로 그리 악맹(악명) 높았던 박신낙이, 이곳 우뱅사로 부임해온 기 불행의 시촌 기라.'

세금과 식량을 착복하는 그 비열하고 가증스러운 술책은 대체 어디서 누구로부터 배운 것인지 분노와 경악을 금치 못하게 했다. 백성들의 원성은 하늘을 찔렀으며 탄원서도 수없이 올렸건만 관청에서는 아예 눈귀 모두 막아버린 듯했다. 그렇게 모르쇠를 잡기로는 천하에 대적할 것이 없었다.

'눈곱만큼이라도 백성들 소리를 듣는 시늉이라도 했다모…….'

원망과 질책을 넘어 딱하다는 마음까지 생길 정도였다. 그게 그렇게도 어렵고 벼슬아치 체면에 구김살이 생기는 일이었을까?

'그랬다모 일이 이러키나 안 커지도 됐을 낀데.'

아무튼 헤아려보면 헤아려볼수록 형편없는 목민관이었다.

'재물하고 여자 탐하는 거에만 눈깔 벌개갖고 있었으이.'

뇌옥 바닥에서 쉴 새 없이 스멀스멀 올라오는 냉기는 그의 등골 깊숙이 창살이나 칼날이 되어 파고들었다.

'지가 죽을 때 모돌띠리 갖고 갈 것도 아인데 말이다.'

춘계는 천천히 두 눈을 감았다. 정신이 가물가물 흐려오고 전신이 한 군데도 온전한 곳이 없을 만큼 욱신거렸다. 칼로 저민다는 말은 이런 경우를 두고서 이르는 소리지 싶었다. 감은 눈 속에 홀어머니의 주름진 얼굴이 연방 어른거렸다.

'이 불효자를 용서해주이소.'

춘계는 끝내 오열을 터뜨리고 말았다. 남들은 하지 못해 야단인 양반을 스스로 포기하고 상민으로 내려와 버린 자식은 청상과부 가슴에 영원히 빼버릴 수 없는 녹슨 못으로 박혀 있을 것이다.

'인자 와서 내가 원하는 거는…….'

단 하나, 차라리 그냥 이대로 숨이 멎어버렸으면 했다. 그렇다. 살아 무엇 할까? 수곡장터에서 본 동지들의 비겁하고 나약한 태도를 떠올리니 모든 게 자신이 없었다. 목멘 개 겨 탐하듯, 우리가 분수도 모르고 힘에 버거운 일을 하려고 한 결과라고 보아야만 하는가? 이상도 희망도 꿈도 모두 사라졌다. 아무것도 없다. 지금 나에게 어디 머리를 박고 혀를 콱 깨물고 죽을 기운이라도 남아 있다면.

바로 그때였다. 춘계는 번쩍 눈을 떴다.

"나리!"

분명히 귀에 익은 목소리다. 그럴 리가 없는데. 내 정신이 혼미해지고 몸이 피폐해지니 이제는 환청까지 들리는 것인가? 그렇게 생각하면서 감기려는 눈을 힘겹게 뜨고 자신을 부른 사람을 바라본 순간 춘계는 눈을 의심했다.

"아, 우찌 여끼지?"

실로 놀랍게도 그는 서준하였다. 두 눈을 끔벅거려가며 다시 봐도 틀림없었다. 준하가 어떻게 진무청까지…….

"면회할 수 있는 시간이 올매 안 됩니더, 나리."

준하는 아직도 눈앞에 벌어진 상황을 믿을 수 없다는 표정을 짓고 있는 춘계에게 황황히 말했다.

"우선에 급한 거만 퍼뜩 말씀드리것십니더."

"……."

준하가 어떻게 뇌물을 먹여 미리 손을 써놓았는지는 모르나, 얼굴이 쥐같이 생긴 옥졸은 저만큼 떨어져 서서 두 사람이 비밀 이야기를 나눌 수 있게 묵인해주는 눈치였다.

"나리!"

준하 목소리가 습기 가득 차오르는 뇌옥 안을 울렸다. 밖에서 듣던 그의 목소리가 아니어서 춘계에게는 그 모두가 더욱 비현실적으로 다가오고 있었다. 설마 우리가 죽어 저승에 와 있는 것은 아니겠지 하는 의구심마저 들었다. 준하는 턱짓으로 뇌옥의 저 바깥을 가리켜 보이며 소식을 전했다.

"시방 밖에는 야단 난리가 났십니더."

여러 날 동안이나 제대로 손질하지 못한 춘계의 턱수염이 빳빳해지는 것 같았다. 그는 간신히 입을 열어 물었다.

"또 우떤 난리가?"

준하 다리가 심하게 후들거리는 게 초점 잃은 춘계 눈에도 또렷이 잡혔다.

"집회에 참여한 초군들이……."

준하는 가슴이 벅차오르는지 가쁜 숨을 몰아쉬었다.

"나리께서 주장하신 그 시위를 하자꼬……."

춘계 몸이 부르르 떨렸다.

"그, 그렇소?"

음성도 마구 흔들렸다. 고문을 당할 때도 흔들리지 않던 그의 음성이 지금은 걷잡을 수 없을 만큼 요동쳤다. 초군들의 시위.

"허, 이리 기쁜 소식이!"

힘없던 춘계 눈에 기적을 보이듯이 생기가 살아났다. 그러자 비로소 목숨이 붙어 있는 사람으로 보였다.

"나, 나으리."

준하는 목이 메었다. 그는 또다시 격해지는 감정을 이기지 못해 어깨까지 들썩였다.

"양반도 버리시고 배실도 마다하시고, 우리 불쌍한 농투성이들을 위해 이런 고생꺼지 다 하시다이."

순간, 춘계 목소리가 확 높아졌다. 뇌옥에 감금되어 있는 그의 육신 어디에서 그런 힘이 솟구치는지 불가사의할 지경이었다.

"우리 농투성이?"

얼굴도 완전히 딴 사람같이 돌변했다. 그는 지금 그곳 바닥에서 솟는 냉기보다도 더 차갑기 그지없는 목소리로 말했다.

"우리 농투성이들이 머시요?"

굵고 튼튼한 뇌옥의 나무 창살이 잔뜩 움츠리는 것 같았다.

"나리."

무척 당혹해하는 준하더러 춘계는 매섭게 질책하는 목소리였다.

"그라모 이 춘계는 당신들하고 다리다, 그런 말이오?"

춘계 서슬에 그만 질렸는지 옥졸이 몸을 빳빳이 한 채 이쪽을 자꾸 힐끔거렸다.

"지, 지는……."

준하는 어쩔 줄 몰라 했다.

"그, 그런 뜻이 아, 아이고, 지는 다, 다만 춘계 나리 이, 이런 모습을 뵌께……."

춘계가 뇌옥 천장이 내려앉을 만큼 한숨을 폭 내쉬었다.

"그동안 단지 심이 없다쿠는 그 이유 한 개만으로 우리 농민들이 그러키나 지독하거로 당해온 거를 생각하모……."

그의 음성은 비록 높지는 않았지만 거기 어두운 뇌옥 안 구석구석을 울리고 있었다. 그 소리에 곳곳에 쌓여 있던 먼지가 부스스 몸을 일으키는 것 같아 보였다.

"시방 내 처지는 비단 방석에 앉아 있는 거하고 똑겉소."

"……."

누구도 빠져나올 수 없게 되어 있는 나무 창살 사이로 흘러나오는 춘계 목소리는, 전혀 뇌옥에 갇혀 있는 사람 같지가 않고, 자기 방안에 앉아 있는 사람의 음성에 더 가까웠다.

"화주 총각은 장개도 몬 들고 있소."

자신의 몸 하나도 간수하기 힘든 그 상황 속에서도 춘계는 그를 따르던 농민군들과 그의 식솔들에 대한 걱정과 우려에만 마음이 가 있는 듯했다.

'그도 사람인데…….'

사람이 어찌 저렇게 할 수가 있을까, 도저히 믿지 못하겠는 준하의 귀를 연이어 울리는 말이 있었다.

"또, 필구 그 사람도 아모 일을 하지 몬하고 있은께, 그의 식솔들은 몸에 걸칠 옷도 몬 구하고 있고, 삼시 세끼 굶는다 들었소."

준하는 너무나 가슴이 뭉클하여 그저 할 수 있는 소리는 하나뿐이었다.

"나으리."

춘계가 고개를 가로저었다. 그러고는 지도자다운 늠름한 태도를 보이며 말했다.

"이런 이약 고마하이시더."

옥구獄具에 억눌려 자유스럽지 못한 어깨지만 힘이 들어간 모습이었다.

"초군들이 그리하고 있다이, 내사 막 기운이 납니더."

준하는 더욱 감격했다.

"예."

아무리 옥에서 죄수에게 형벌을 주는 제구諸具라고는 하지만, 춘계에게 씌워진 옥구는 준하의 눈에 너무나도 가혹하고 고통스러워 보였다. 만약 내가 저런 몰골을 하고 있어야 한다면 단 하루도 견디지 못할 거라는 생각도 들었다.

"아아아."

하늘을 우러러 탄식하는 춘계의 목소리가 또 뇌옥 안을 울렸다.

"지난번 수곡장터에서 그런 사람들이 한거석 나왔으모……."

그날의 수곡장터 광경이 눈앞에 되살아나는 준하였다. 정말이지 되돌릴 수만 있다면 꼭 그러고 싶은 심정이었다. 그러면 그 역사를 새롭게 기록할 수 있으련만.

"우리 거사가 훨씬 성공했을 낀데."

준하가 잘못 들은 것일까? 뇌옥의 저 안쪽 구석진 곳에서 풀벌레가 내는 울음소리 같은 게 들렸다. 어쩌면 그건 춘계의 목소리가 반사되어 그렇게 들리는 것인지도 몰랐다. 바로 그때 준하의 귀에 이런 말이 들렸다.

"다만 그기 너모 안타깝고 한스러블 뿐인 기라요."

준하 가슴이 예리한 끌이나 칼로 후벼 파는 것 같았다. 우리 모두 죄인이라고 말하고 싶었다.

"나리의 깊은 뜻을 모리고……."

춘계가 손등에 파란 정맥이 드러나는 손을 내저었다. 그랬다. 그 어둠 속에서도 차마 믿기 어려울 만큼 준하의 눈에는 그런 춘계의 손이 밝게 보이는 것이었다.

"다 지내간 일 아이요. 앞으로가 더 중요하고."

"……."

춘계는 또 온 육신이 크게 욱신거리는지 이빨을 악다물며 억지로 통증을 참아내는 모습으로 말했다.

"흘러간 과거는, 이리저리 돌아댕김서 한 줄기씩 쏟아지는 소나기, 그런 소나기라 받아들이고……."

"……."

뇌옥 특유의 곰팡내 섞인 냄새는 어느 순간 갑자기 사람의 코끝에 훅 끼쳐 들었다가 어딘가로 잠시 숨곤 하는 듯했다.

"삭정이를 꺾어 불을 피우모 더 활활 잘 타오르는 벱 아이것소."

춘계 그 말에 준하는 크게 깨달은 게 있었다.

"마, 맞심니더."

그곳에 감금된 후로 비록 육신은 상해도 정신적인 깊이는 한층 더해진 듯한 춘계 음성이 달라지고 있다.

"내 초군들이 움직인다쿠는 그 반가븐 소식 듣고 방금 막 한 가지 계획이 막 떠올랐심니더. 그라이……."

준하는 자신도 모르게 목소리가 커졌다.

"무, 무신?"

춘계가 얼른 눈짓으로 옥졸을 가리켰다. 준하는 황급히 입을 다물었다. 춘계는 신념에 찬 모습을 보였다.

"돌아가시모 너모 걱정들 하지 말라꼬 모도한테 전해주이소."

그런 다음 한층 목소리를 낮추었다.

"곧 좋은 일이 있을 끼라고 해주이소."

"나리!"

준하가 흥분하는 빛을 보이자 춘계가 나무라듯 했다.

"허어, 또?"

준하는 옥졸 쪽을 보고 나서 말했다.

"아, 알것심니더. 꼭 그리 전하것심니더."

준하 말에 춘계가 하얀 이를 드러내고 웃어 보였다.

"초군들이 자랑시럽심니더."

준하는 감격을 떨치지 못하겠는 빛이었다.

"에나 자랑시럽심니더. 나리께서도 그들을 직접 보시모 깜짝 놀래실 낍니더. 아아, 저들이 진짜 우리 초군들 맞나 하고예."

춘계 얼굴이 물살에 흔들리는 등燈같이 사뭇 흔들려 보였다. 그러자 준하 뇌리에 임진왜란 당시 그곳 성에서 전투가 한창일 때 조선군이 군사적인 통신용이나 가족들에게 안부를 전하는 수단으로 남강에 띄웠다는 유등流燈이 떠올랐다. 그건 일종의 비밀 병기였다.

"참으로 기대가 큽니더."

춘계가 뿌듯한 표정으로 말했고, 준하는 자신도 그렇다며 고개를 끄덕였다.

"나리께 이런 소식을 전할 수 있어 올매나 다행인지 모립니더."

춘계는 무겁고 차가운 옥구를 내려다보며 생각에 잠기는 목소리로 말했다.

"물론 초군들이 그리 되기꺼지는 시방꺼정 목심을 걸고 함께 투쟁해 온 여러분들 역할이 상구 컸을 끼라는 것도 잘 압니더."

저만큼 서 있는 옥졸이 기침을 하고 있었다.

"저희들이야 나리가 하시는 거에 비하모……."

준하는 또 가슴이 막히는 바람에 말을 잇지 못했다.

"우쨌든 증말 기쁜 소식입니더."

춘계는 뇌옥 천장 쪽으로 얼굴을 들며 기도하듯 조용히 말했다.

"우리한테도 곧 빛이 비칠 거 겉은 예감도 들고요."

"그리만 되모 참말로 좋것십니더."

준하 말에 춘계는 또다시 지도자다운 면모를 보였다. 뇌옥에 감금된 처지인데도 그렇게 되기는 결코 쉽지 않을 것이다.

"그리 되거로 우리가 더욱더 심을 똘똘 뭉치야 합니더. 한지도 여러 갭(겹)으로 맹글모 쇠보담도 더 강하고 질길 수 있십니더."

"알고도 남음이 있십니더, 나리의 그 말씀."

두 사람 몸과 마음이 한데 합쳐졌다. 이제 뇌옥 안에는 오직 한 사람만이 있었다. 그의 이름은 농민이었다. 백성…….

그때 입구 가까이 서서 연방 바깥쪽을 살피고 있던 옥졸이 잽싼 걸음으로 다가오며 빠른 어투로 말했다.

"시간이 다 됐소."

어쩐지 거기 옥졸들은 하나같이 그림자를 연상케 했다. 그곳에서는 횃불마저도 그런 느낌을 자아내고 있었지만. 옥졸은 무기를 들고 있지 않은 쪽 손으로 머뭇거리는 준하의 등을 떠밀었다.

"인자 고마 나가시오."

그래도 준하는 면회 시간을 조금이라도 더 얻어내기 위해 버틸 수 있는 데까지는 최대한 버텨보자는 마음이었다.

"쪼꼼만 더……."

옥졸은 사정하는 준하에게 내 처지를 모르냐고 했다.

"높은 사람이 와서 보모 내가 큰 벌 받소."

어쩔 수 없이 준하는 어미 소한테서 억지로 떨어져 나가는 송아지가 크게 울부짖듯 했다.

"나리! 춘계 나리!"

그는 발을 옮기지 못했다. 그러나 춘계는 의연한 모습을 조금도 흩뜨리지 않았다.

"돌아가시오. 그라고 방금 내가 했던 말, 그대로 전해주시오."

준하는 기어이 눈물을 보였다.

"그, 그리하것십니더, 나리."

춘계는 잠자코 돌아앉았다. 그의 몸이 천년 바윗덩이를 떠올리게 했다.

"부대 몸조심 하시소. 흑흑."

그의 등을 바라보며 흐느끼는 준하를 향해 옥졸이 또 독촉했다. 이번에는 몹시 매몰차게 느껴지는 목소리였다.

"쌔이 나가라 안 쿠요?"

그래도 움직이려 들지 않는 준하에게 역정을 부렸다.

"아, 시방 누 죽는 꼴 볼라꼬 이리쌌는 기요?"

"예……."

더 이상 버티지 못하고 돌아서는 준하의 몸이 금방이라도 픽 쓰러질 듯 위태로워 보였다. 그런데 준하가 두어 발짝 옮겨놓았을 때였다. 춘계가 홀연 소리쳤다.

"잠깐!"

"……."

준하보다도 옥졸이 더 긴장한 얼굴로 춘계를 바라보았다. 그러잖아도 춘계의 큰 위세와 태연함에 눌려 있던 옥졸이었다.

"더 하실 말씀이라도?"

준하가 얼른 다시 춘계 쪽으로 발을 떼놓으며 물었다. 준하 쪽을 향해 상체를 약간 돌린 춘계는, 크게 경계하는 중에도 무언가 잔뜩 탐색하는 눈빛을 짓는 옥졸은 본체만체하고 이렇게 말했다.

"우리가 곧 밖에서 다시 보게 될 끼요."

준하는 자기 귀를 의심하지 않을 수 없었다.

"예?"

춘계는 다시 한번 더 자신감 있게 말했다.

"곧 밖에서 말입니더."

그러면서 자기 몸을 옥죄고 있는 옥구들을 내려다보았다.

"아, 춘계 나리! 증말 그리 되것십니꺼?"

준하가 기뻐 외치는 소리가 그곳 좁고 어둡침침한 공간을 울렸다. 얼굴이 생쥐 상인 옥졸이 혼잣말로 뇌까렸다.

"곧 밖에서 다시 보게 될 끼라고? 진짜로 그리 되까?"

스스로 답을 하듯 고개를 흔들면서 중얼거렸다.

"그거는 불가능할 낀데……."

그러나 다시 돌아앉은 춘계는 이제 아무 말도 어떤 움직임도 없었다. 준하 눈에 돌부처 같았다. 그렇다면 그가 있는 이곳은 온갖 번뇌와 만행이 난무하는 속세와는 거리가 먼 절간, 부처님의 집이다.

"자, 자아……."

숫제 밖으로 끌어내듯 하는 옥졸에 의해 그곳을 나오며 준하는 생각했다.

'그래, 춘계 나리라모 그리하실 수 있을 끼다. 우떤 수를 쓸지는 몰라

도.'

춘계가 있는 뇌옥을 몇 번이나 돌아보았다.

'머보담도 절대 빈말, 헛된말 하실 분이 아인 기라.'

동지들이 있는 곳을 향하는 준하 발걸음이 실로 오랜만에 가벼웠다. 준하는 그동안 잔뜩 억눌렸던 가슴을 폈다. 그러고는 깊고 큰 심호흡을 하여 맑은 공기를 흠뻑 들이마셨다. 하지만 뇌옥의 답답한 공기가 생각나자, 춘계 나리가 생각나서 마음이 답답해졌다.

'자연은 저리 좋거마는.'

구름 한 조각 없는 하늘에 해가 눈부셨다. 바람이 불지 않는 겨울날은 춥지 않다.

'농민을 수탈하는 탐관오리들만 아이라쿠모, 농민들 사는 거도 그리 쌍그리하지는 않을 낀데.'

관아가 있는 방향을 노려보는 준하 눈빛이 번뜩였다. 그는 가로수가 길게 늘어서 있는 길을 따라 숨 가쁘게 걸어갔다.

"아, 그기 증말이오, 준하 성님?"

"오, 춘계 나리가 곧 나오신다꼬!"

"그리만 되모, 인자 우리 거사는 마른 짚에 불붙듯 안 되까이."

"하모요. 초군들이 저리할 때, 그 기회를 놓치모 안 되제."

너나없이 준하를 빙 에워싸고 기쁨과 설렘의 소리를 한마디씩 했다. 그런 들뜬 분위기가 얼마나 지속되었을까?

"그란데 춘계 나리가 우떤 수로 진무청을 빠지나올꼬 그기 궁금합니더."

화주가 조심스럽게 입을 열었다. 그 의문에는 모두 선뜻 무슨 말을 꺼내지 못한 채 멍해 있는데 필구가 안타깝고 화난다는 투로 말했다.

"오늘 본께 인자 우리 화주 아우도 나이 묵어 안 비이나. 우리 시키는 대로 진즉 혼래나 올릿으모 좋았을 낀데.”

아직은 그 정도로 보일 나이가 아닌데도 불구하고 그런 소리를 하면서 필구는 두 눈 가득 시퍼런 쌍심지를 켰다. 그러고는 허공을 향해 무쇠 같은 주먹을 휘두르며 말했다.

“후, 저눔의 탐관오리들 땜에 이리 좋은 신랑감 하나 푹 썩고 안 있는가베?”

그러자 준하도 고개를 끄덕였다.

“필구 아우 말이 하나도 안 틀리거마는.”

그는 더없이 어두운 낯빛으로 말을 계속했다.

“내는 화주 아우도 화주 아우지만도, 앞으로 화주 아우 색시 될 원아 처녀가 상구 더 안됐는 기라.”

언제부턴가 잘 아프다는 장딴지가 또 아픈지 두 손으로 그 부위를 주무르고 있던 석보도 한 소리 보탰다.

“이런 일만 아이라모 하매…….”

준하가 애달파하는 눈빛으로 화주를 보았다.

“그래도 두 사람 사랑하는 멤은 변함이 없은께 괘안타.”

석보는 기어코 확인해야겠다는 기색이었다.

“그렇제, 화주 아우?”

“…….”

다른 사람들을 한번 둘러보고 나서 재촉했다.

“그렇다꼬 퍼뜩 답을 해봐라.”

그러나 여전히 화주는 아무 말이 없었다. 사실 당사자인 화주만큼 괴로운 사람도 없을 터였다.

‘원아, 이 몬난 화주를 용서해주오.’

화주는 속으로 울부짖었다. 피눈물이 난다는 말은 그들의 경우를 두고 하는 말 같았다.

'환재이의 꿈도, 곳간에 쌀가마이 한거석 쌓아놓는 꿈도, 모돌띠리 부질없는 짓이라쿠는 거를 인자사 내 깨닫소.'

뒤돌아보면, 원아와의 혼례를 꿈꾼 지 벌써 몇 해인가? 농민들 잘사는 세상이 오면 그때 색시로 맞아들여 잘 먹이고 잘 입혀 누구보다 행복한 가정을 꾸려 가리라 혼자 다짐한 세월이…….

춘계가 두껍고 촘촘한 뇌옥 나무 창살 사이로 불렀다.

"이보시오."

옥졸이 약간 짧은 다리를 재게 놀려 얼핏 다람쥐 걸음으로 쪼르르 달려왔다. 상체에 비해 하체가 발달하지 못한 그는, 지난번 준하가 왔을 때 근무하던 그 옥졸이었다.

"와 그라요?"

그는 켕기는 게 있는지 괜히 더 짜증을 부리는 것처럼 굴었다. 오물을 잘못 밟은 사람이 구시렁거리듯 했다.

"안 그래도 근무 선다꼬 심든 사람 귀찮거로 하거마."

그러는 그를 가만히 보고 있던 춘계가 천천히 입을 열었다.

"여게 책임자 좀 불러주시오."

"야?"

그게 뭔 소리냔 듯 눈을 멀뚱거리는 옥졸에게 춘계는 거의 억양이 느껴지지 않는 담담한 어투로 말했다.

"내 할 이약이 있은께……."

옥졸이 끝까지 듣지도 않고 반문했다.

"이약?"

그 소리는 메아리가 되어 뇌옥 안에 울려 퍼졌다.

"그렇소."

잠자코 눈을 내리깔며 하는 춘계 말에는 힘이 실려 있었다.

"무신 이약?"

"……."

옥졸이 못마땅한 얼굴로 퉁명스레 내뱉었다.

"내한테 하쇼."

그러나 춘계는 조금도 흔들리지 않은 모습이었다.

"이거는 책임자한테 해야 할 이약이오."

그 순간에는 춘계의 몸을 꽉 옥죄고 있는 옥구가 조금 느슨하게 풀어지고 있는 것 같아 보였다.

"허, 이거야 원."

잠시 난감한 표정을 짓고 서서 궁리하던 옥졸이 창살 안을 들여다보면서 다그치듯 했다.

"벨거 아인 거 갖고 높은 사람 오라 가라 하모……."

스스로 짚어 봐도 목이 타는지 마른침을 소리 나게 꿀꺽 삼키고 나서 물었다.

"죄가 더 커지는 거 아요?"

"아요."

춘계는 부탁하는 사람 어조가 아니라 명령하는 사람 어조였다.

"알고 있은께 쌔이 불러나 주시오."

"아, 알고 있다쿠는 사람이?"

그러면서 여전히 머뭇거리는 옥졸에게 춘계가 쐐기 박듯 했다.

"난주 무담시 임무 불이행 죄로 갱(경)이나 안 칠라모……."

"참, 내."

"내는 넘한테 피해를 안 입히고 싶은 사람이오."

"시방 그 소리는?"

준하에게서 한몫 단단히 챙긴 게 마음에 걸린 건지, 아니면 춘계의 의연한 태도에 주눅 든 건지 옥졸은 입구 쪽으로 나가더니 잠시 후에 얼굴이 대춧빛인 뚱뚱한 자를 데리고 왔다. 그자는 누구에게랄 것도 없이 혼잣말하듯 했다.

"죄인이 눌로 부린다꼬?"

그곳 지휘체계 등을 잘 모르는 춘계가 보기에도 그가 최고 책임자는 아닌 듯했다. 하긴 총책을 맡은 사람이 오지 않으리란 건 춘계도 진작 예상한 일이다. 어쨌든 중간 관리자 정도라도 만나지 않으면 안 되었다.

"이약을 해보소."

"예."

그는 춘계를 향해 미리부터 선을 그었다.

"상부에 보고할 내용인가 아인가는 내가 먼첨 들어갖고 판단해본 담에 갤정할 것이고……."

사람이 크게 나빠 보이지는 않아 춘계는 조금 마음이 놓였다.

"실은……."

그는 끝까지 듣지도 않고 춘계 얼굴을 쏘아보았다.

"실은?"

춘계는 손가락을 꼽는 시늉을 해보였다.

"올매 안 가서 우리 집안 제삿날이 돌아옵니더."

"제삿날?"

그 큰 체구에 비해 목소리는 여자같이 너무 가늘다.

"예, 제삿날."

"……."

잠시 멍한 표정을 짓는 그에게 춘계가 계속 말했다.

"내가 우리 집안 장남인데, 홀어미를 뫼시고 삽니더."

그자는 귀를 쫑긋 세운 채 옆에 서 있는 옥졸부터 돌아보았다.

"그란데?"

지극히 사무적인 말투로 짧게 물었다.

"부탁합니더. 내가 집에 가서 제사를 뫼시고 올 수 있거로 우엣분한테 말씀드리주이소."

상관 옆에 서서 춘계 이야기를 들은 옥졸이 콧방귀를 뀌었다.

"흥! 그기 할 소리요? 말이모 다 말인 줄 아는가베?"

대춧빛 얼굴도 고개를 내저었다.

"그런 일이라모 포기하쇼. 내가 생각해도 우엣분들이 허락 안 해줄 거 겉은께……."

그러면서 돌아서려는 대춧빛 얼굴을 향해 춘계가 급히 입을 열었다.

"예로부텀 이 나라가 우떤 나랍니꺼?"

"우떤 나라?"

중간 관리자쯤 돼 보이는 그자가 그게 무슨 소리냔 듯 춘계 얼굴을 빤히 내려다보았다. 그의 머리 위쪽으로 보이는 뇌옥 천장이 토굴을 연상케 했다.

"더 이약할 필요도 없것지만도……."

춘계는 열띤 목소리가 되어갔다. 지금 그는 죄수의 신분이 아니라 수많은 군중 앞에 나와 서서 계몽을 하는 연사를 떠올리게 했다.

"조상 제사 뫼시는 거를 최고로 치는 유교 국가 아입니꺼?"

"그래서?"

대춧빛 얼굴은 말을 짤막하게 끊어서 하는 버릇을 가진 사람 같았다.

"내가 삼족을 맬(멸)할 대역죄를 지은 거도 아인데……."

중간 관리자와 옥졸의 눈이 마주쳤다.

"우찌 조상 제사꺼정 몬 뫼시거로 이리 갇아둔다 말입니꺼?"

"……."

이어지는 춘계 말에는 어스름 달빛과 유사한 설움이 진하게 묻어 있었다. 어두운 뇌옥 안 사물들이 일제히 이쪽으로 고개를 돌리는 것 같았다.

"시방 내 홀어미는 눈물로……."

그러자 뜻밖에도 옥졸이 코까지 훌쩍이며 말했다.

"그 소리 들은께 무담시 내 멤이 찡하거마는."

그는 돌아서서 손으로 눈물을 닦는 흉내를 냈다.

"조상 제사도 몬 지내기 된 그 신세, 올매나 처량하고 가슴 아푸것나."

그에게서는 자기 상관이 무슨 말을 할 틈을 주지 않으려는 심사가 엿보였다.

"암만 시상살이가 지옥살이라 캐싸도 이거는 아인기라."

옥졸은 자기감정에 곧잘 사로잡히는 체질인 듯했다. 아니면 준하로부터 받아 챙긴 돈이 아직 그 효력을 발휘하는지도 알 수 없었다. 어쨌든 그는 이번에는 갑자기 신파조로 나왔다.

"내도 일이 쪼매 있어갖고 제사 몬 뫼신 적이 있는데, 바로 어젯밤 꿈에도 그 조상님이 나타나갖고 우찌나 크기 나무라시는고, 시방도 등골이 다 써늘하요."

그게 그의 마음을 움직인 걸까? 대춧빛 얼굴이 춘계를 한동안 가만히 바라보고 있더니 아까보다 한결 부드러워진 목소리로 바뀌었다.

"내 우에 한분 말은 해보것소마는, 너모 큰 기대는 하지 마쇼."

그 말이 떨어지기가 무섭게 옥졸이 공치사를 늘어놓았다.

"헤, 우짜모 우리 조상 덕 볼랑가도 모리것네?"

그러면서 자기 상관 모르게 춘계를 향해 한쪽 눈을 찡긋해 보이는 그는 옥사장 보다도 놀이패가 더 적성에 맞아 보이는 사람이었다.

'농민들이 농사를 안 지이모 옥사장이고 놀이패고 또 다린 우떤 신분의 사람이고 간에 머 묵고 사까?'

춘계 머릿속에 얼핏 떠오르는 생각이었다.

"알겄소. 여하튼 함 기다리나 보쇼."

대춧빛 얼굴이 몸을 돌려세우며 말했다.

"고맙심니더."

춘계는 그곳을 돌아나가는 대춧빛 얼굴을 향해 고개를 숙여 보였다. 옥졸도 상관 뒤를 얼른 따라가며 허리를 깊숙이 꺾고 있었다.

하늘의 사려 깊은 도우심인가, 농민들의 뜨거운 열망이 이루어낸 기적인가? 유춘계에게 집안 제사를 지내고 오라는 임시 귀가 조처가 내려진 것이다.

춘계가 저 진무청 뇌옥에서 잠시 풀려나왔다는 소문을 전해 들은 이들이 그날로 춘계 주변에 구름같이 모여들기 시작했다. 춘계 사랑채는 터져 나갈 듯했다.

김민준, 이기개, 박임석 같은 양반들과, 서준하, 방석보, 천필구, 한화주 같은 농민들이 모였다. 다른 초군들도 모였다. 춘계는 누군지 잘 알 수 없는 그 수많은 나무꾼들 외에 노비도 모였다.

"춘계 나리! 그동안 올매나 고생이 심하싯심니꺼?"

석보의 두 눈에 눈물이 글썽거렸다.

"고생은 무신……."

춘계가 빙그레 웃었다.

"내사 안에서 주는 밥 묵고, 주는 옷 입고, 팬키(편하게) 잘 지내다가 안 나왔소. 호강 한분 잘 했거마는."

필구와 화주도 금방 울음을 터뜨리려는 기색이었다.

"얼골이 반쪼가리가 되싯네예. 쥑일 눔들!"

"그래도 나리께서 이리 나오셨으이 에나 다행입니더."

민준과 기개 등도 후회하고 반성한다는 빛을 보였다.

"우리 생각들이 짧았던 거 겉심니더. 잘몬했심니더. 인자부텀은 유행(형)께서 하자쿠는 그대로 할 낀께네, 머시든지 말씀만 하시소."

"그렇심니더. 시방 당장 행동으로 옮기자 쿠모 그리할 수도 있심니더. 그라이 머시든지 퍼뜩 지시를 내리주시이소."

한껏 달아오른 좌중을 둘러보며 춘계가 감격에 겨운 얼굴을 했다.

"여러분! 증말 고맙심니더. 고맙심니더."

옛글에도 나오듯, 짚으로 만들어도 신주神主는 신주라고, 비록 지금은 몰락해버린 양반 가문 출신이지만, 그에게선 누구든 감히 범접할 수 없는 위엄이 전해졌다.

"이 몬난 사람을 걱정해 주신 그 고마븐 멤들, 두고두고 깊이깊이 이 가슴 속에다 꼭꼭 간직해갖고……."

딸린 하인 하나 없는 그곳 사랑채 주인의 음성은 절절했다.

"우리 농민들이 진짜 잘살거로, 시방꺼지보담도 몇 곱절 더 열심히 이 한 목심 바치서 투쟁할 것을, 이 자리서 다시 한분 맹서합니더."

그의 말이 이루는 파문은 컸다.

"와아!"

"우우!"

엄청난 함성과 박수가 터져 나왔다. 그 기세는 실로 하늘을 찌르고 땅을 뒤덮을 만했다. 그동안 얼마나 심한 고통과 분노 속에서 살아왔으면 저럴까 싶어 춘계는 말을 이을 수가 없었다. 그러자 뇌옥에 갇혀 있을 때와 마찬가지로 가슴이 답답하고 안타까웠다. 그렇다. 뇌옥은 진무청에만 있는 것이 아니었다.

"화주 아우! 시방 머를 만종기리고(망설이고) 있노? 당장 원아 처녀한테 씽 달리가갖고, 오늘의 이 감객을 후딱 전해조야 안 하나."

누군가의 그 말을 들은 화주 눈에 물기가 서렸다.

"인자 쪼꼼만 더 기다리모, 족두리 씌이줄 수 있다꼬 말이제."

석보는 마치 자신이 장가들기라도 하는 것처럼 들뜬 목소리로 말했다. 필구가 그냥 있을 리 없었다.

"오랫동안 기다린 보람이 있는 기라, 보람이."

몸집도 크고 얼굴도 큰 그는 포부도 작지 않았다. 그는 좁은 도랑에서 살아가는 고래나 상어를 떠올리게 하는 사람이었다.

"춘계 나리 뫼시고 우리들 뜻을 멤껏 펼치갖고 잘살기 되모, 소 돼지 백 마리는 잡아 큰 잔치 벌리야제."

여간해선 마른기침 한 번, 말 한마디도 함부로 하지 않는 준하도 그답지 않게 흰소리를 했다.

"허, 내도 장개 한 분 더 들고 싶은 욕심이 안 생기나."

주변 사람들의 그런 소리를 듣고 있는 화주 얼굴이 점차 밝아졌다. 정말 이제는 원아와 혼례를 치를 날이 가까워진 것인가 보았다.

"음."

그러나 화주 혼례 이야기를 듣는 춘계 마음은 큰 쇳덩이를 매단 듯 무겁기만 했다. 이들 대부분은 순박한 만큼 단순하고, 그래서 모든 것을 너무 쉽게 판단해버리는 경향도 있다. 자신의 투옥과 석방이 이들에게 얼마나 큰 무게를 갖는가 하는 그 한 가지 확인만으로도 부담스럽기 그지없었다. 그러잖아도 망가진 어깨가 내려앉고 상한 다리가 꺾일 듯했다.

'그래도 그런 포티(표시) 내모 안 되제.'

그랬다. 참으로 오랜만에 활기 넘치는 그 분위기가 자신 때문에 깨지는 것은 용납될 수 없는 일이었다. 그의 일거수일투족이 이들에게는 지옥과 천국의 경계를 넘나들게 하는 바탕이 됨을 모르지 않았다. 춘계는 웃고 떠들고 껴안고 하는 그들을 한 사람 한 사람 가슴속에 담으며 깊이 다짐하고 또 다짐했다.

'인자부텀 진짜 시작인 기라. 묵은 역사는 지우고 새 역사를 써야 안 하나. 우리 농민군 손에 으해서…….'

춘계 머릿속에는 그려지고 있었다. 흰 수건을 검은 이마에 질끈 동여매고 대나무창과 몽둥이와 지겟작대기와 농기구로 무장하여, 춘계 자신이 우리글로 노랫말을 지은 언가 〈이 걸이 저 걸이 갓 걸이〉 노래를 부르면서 기운차게 진군하고 있는 농민군 모습이…….

고개 너머, 그 너머

'아, 진무 스님은 시방 내 꼴을 보시고도 큰 부자가 될 끼라고 하실랑가?'

추녀 끝을 스치고 지나가는 바람 소리마저 서글프게 느껴지는 이즈음이었다.

'걸베이도 요런 상걸베이를 오데 가갖고 기겅할 끼고?'

비화는 비탄에 젖어 있었다. '바스락' 하고 마른 나뭇잎 소리가 날 것 같은 진무 스님, 언제나 생불生佛처럼 생각되는 진무 스님, 그의 예언마저 믿을 수 없는 날들이다.

매일같이 밤늦게 자리에 들어 새벽에 눈을 떴다. 늘 잠이 모자랐다. 꽃같이 연약한 몸이 생기를 잃어 축 늘어진 파김치가 되었다. 하지만 피가 배여 날 정도로 입술을 깨물었고 자꾸만 처져 내리려는 눈꺼풀을 연신 위로 밀어 올렸다. 여자답지 않게 큰 손은 하품이 터져 나오는 입을 막기에 좋았다.

'살라모 내 무신 짓을 몬 할 끼고? 안 살라모 몰라도.'

남들은 더럽다고 멀리 피해 가는 개똥을 보면, 배설물이나 퇴비를 향해 날아드는 똥파리같이 달려들었다. 그러고는 거름이나 땔감으로 사용하려는 사람들에게 팔았다. 쇠똥이나 말똥은 맨손에 그대로 집어 와서는 살 사람이 나타나지 않으면 밭에다 던져 넣었다. 지금 그녀가 처해 있는 곤궁함을 놓고 볼 때, 이 세상에서 쓸모없는 것은 단 하나도 없었다.

아니, 있었다. 그것은 바로 '노내기' 또는 '향랑각시'라고도 부르는 '노래기'였다. 비화가 가장 싫어하는 절지동물이다. 남정네보다도 더 담대한 여자지만 그것만 보면 전신에 소름이 쫙 끼쳤다.

어느 날 혼자서 밥을 먹는데 이상하게 노린내가 났다. 볏짚으로 덮인 초가지붕이 있는 천장과 황토가 발린 바람벽 그리고 시커멓게 썩어 들어가는 나무 기둥을 바라보았다. 하지만 그 냄새가 어디서 나는지 알 수가 없었다. 분명히 고약하기 그지없는 노린내인데 도무지 무엇에서 나는지도 몰랐다.

'내 코가 잘몬된 기까? 참말로 얄궂도 안 하다.'

그런데 그녀가 그런 생각을 하면서 숟가락으로 밥그릇에 담긴 보리밥을 새로 퍼서 입에 막 넣었을 그때였다.

'헉! 이, 이기 머꼬?'

비화는 소스라치게 놀라며 자신도 모르게 입속에 든 아까운 음식물을 상 위에다 그대로 토하다시피 내뱉고 말았다. 분명히 무슨 잔 모래알과도 같은 이물질이 느껴졌다. 하지만 그보다도 더 참을 수 없었던 게 냄새, 바로 아까부터 그녀를 괴롭히고 있던 노린내 때문이었다. 코가 잘못된 것이 아니었다. 물론 신체의 한 부위에 문제가 있는 것보다야 십분 나았지만 그래도 힘들었다.

"옴마야!"

비화 입에서 그런 비명소리가 튀어나온 것은 다음 순간이었다.

'저, 저, 저게!'

세상에, 그럴 수가? 그녀가 일상 식생활의 습관처럼 무심코 입으로 넣었던 것, 그것이 바로 그 냄새의 진원이었으니!

"흐억."

비화는 속에 든 모든 것이 목구멍으로 넘어오는 것만 같았다. 엄청난 구역질이 나면서 온몸이 저리고 눈알이 빠지는 듯했다. 게워내기라도 할 수 있으면 조금은 더 나을 텐데 꼭 뱃속에서 기생충이 오줌을 싸는 것같이 너무나 메슥거리기만 할 뿐 물 한 모금만큼도 나오지를 않았다.

그런데 몸통은 수많은 마디로 되어 있고 머리 부분에는 더듬이 두 개가 달린 그 절지동물은, 생김새와는 전혀 어울리지 않게 '고운까막노래기'라는 예쁜 이름을 가졌다.

'에나 아모것도 몬 묵것다. 머라도 묵어야 심이 날 끼고, 또 심이 있어야 일을 할 낀데, 이래갖고 우짜노?'

그러나 그 일로 말미암아 비화는 여러 날 동안 물도 제대로 삼키지 못했다. 더욱이 그놈들은 인간에게 무슨 복수라도 하려고 작심한 건지 그녀 꿈속에 또 나타났다. 그녀가 건드리지도 않았는데 놈들은 몸을 둥글게 말며 냄새를 뿜어냈다.

"고운까막, 고운까막, 고운……."

그 고운 이름을 몇 차례 부르면서 꼭 부정不淨을 몰아내려는 것처럼 노력했지만 쉽지가 않았다.

"와 진즉 그런 일이 있었다꼬 이약 안 하고."

"예? 그라모?"

"방법이 있제."

"우찌예?"

그 이야기를 전해 들은 아버지 호한이 이듬해 2월 초하룻날에 집 안에 붙여 놓으라며 부적符籍을 하나도 아니고 여러 개나 만들어 주었다. 백지에 〈향랑각시 천리속거香娘閣氏千里速去〉, 〈노각각시 천리속거〉라고 붉은 글씨로 쓴 이른바 '노래기부적'이었다.

"불교나 도교 등을 믿는 집에서……."

악귀나 잡신을 쫓기 위해 종이에 야릇한 글자를 붉은 글씨로 그려 곳곳에 붙이기도 한다는 말을 들려주는 호한은, 딸을 위해서라면 남들이 미신이나 거짓이라고 하는 일도 기꺼이 할 각오였다.

그날 비화는 집 안팎을 깨끗하게 청소한 후에, 아버지가 시킨 대로 그 부적들을 기둥과 벽, 서까래 등에 거꾸로 붙였다. 이제 우리 집에 있는 노래기들은 천 리만큼 먼 곳으로 빨리 가버릴 것이라고 굳게 믿었다.

그 부적이 효험을 나타낸 걸까, 아니면 딸을 위한 부정父情이 극진해서일까, 정말 그날 이후로는 그녀 집 안에서 노래기는 완전히 자취를 감추었다. 아직도 혹시 노래기가 다시 나오지 않을까 우려는 하지만, 그 일은 비화로 하여금 난관을 헤쳐 나갈 힘과 용기를 주었다. 그 절지동물보다 훨씬 더 대적하기 힘든 인간들 사이에서 부대끼면서도 살 수가 있을 것 같았다.

'이거는 아모것도 아이다. 더 심한 일도 꿋꿋이 참고 해나가야제.'

손바닥만 한 땅뙈기라도 있으면 죽을 둥 살 둥 채소를 가꿔 새벽같이 일어나 시장에 내다 팔았다. 남정네가 할 일도 기꺼이 감당해내었다.

'여자 일이 오데 있고, 남자 일이 오데 있것노? 다 하모 되지.'

임배봉 집안은 나라님도 부러워할 정도로 많은 재물과 권세를 얻고 있다는 소문이 바람 끝에 묻어왔다. 운산녀와 소긍복이 불륜을 저질렀고, 개망나니 점박이 형제가 똑같이 첩을 들였으며, 배봉이 얼마 전 한양에서 내려온 어떤 기생한테 푹 빠져 한 시도 헤어날 줄 모르지만, 그 망할 놈의 집구석은 망하기는커녕 갈수록 불길처럼 활활 일어난다는 것이다.

'죄송합니더. 죄송…….'

아버지 호한과 어머니 윤 씨가 그것들 세도 밑에서 얼마나 사족을 못 쓴 채 엎드려 살고 계실지, 비화는 상상만으로도 피눈물이 솟고 살점이 떨어져 나가는 듯했다. 그런 부모를 알고 있으면서도 아무것도 할 수 없는 그녀 자신이야말로 가장 큰 불효녀가 아닐 수 없었다. 그래도 그녀가 살아 있어야 할 단 한 가지 이유를 가슴에 꼭꼭 새겨 넣었다.

'진무 스님 예언을 꼭꼭 믿어야 안 하나.'

성 밖 친정집 아버지 사랑채 창가에 서 있는 오래된 무화과나무를 떠올렸다.

'아이다. 죽어도 반다시 그리 되거로 맨들어 가야 하는 기다.'

그깟 자존심이나 수치심 따윈 말 그대로 헌신짝같이 팽개쳐버리고, 남의 집에 고용되어 잡역에 품팔이를 마다하지 않는, 그야말로 생활에 아귀처럼 달라붙었다.

"저리 억척겉은 색시를 내삐리고, 오데 가서 아즉도 안 돌아온단 말고?"

"허, 호강 받쳐 요강에 머하는 짓 아인가베."

"지옥에서 온 저승사자가 하매 안 떴으까이?"

"열 분도 더 떴을 끼거마는."

"하모, 하모."

마을 사람들은 가세가 기울 대로 기운 살림을 도맡아 나가는 비화를 지켜보면서 집 나간 남편 박재영을 힐난하고 질책했다. 그렇지만 비화는 못 들은 척 묵묵히 일만 했다. 마치 일과 혼인을 한 여자처럼. 그녀 마음에 이런 글이 쓰인 부적을 또 하나 붙였다.

'눈 감고 귀 막고 내 갈 길만 간다.'

그런 속에 궁핍과 고통은 친근한 벗처럼 점점 익숙해졌다. 남편에 대한 아련한 그리움의 감정도 이겨냈다.

"설마 오늘 해거름 안으로는 돌아오시것제."

팽나무가 마중하러 나간 사람처럼 서 있는 동구 밖으로 애타는 눈길을 던지며 혼자 중얼거렸다. 그렇지만 남편이 돌아올 것인지, 지금 어디서 누구와 무엇을 하고 있는지, 아무것도 모르는 채 안타깝고 덧없는 세월만 흐르고 있다. 그동안 저 팽나무의 가지는 몇 개나 꺾이고 잎은 몇 개나 떨어졌을까?

비화는 동구를 드나들 때마다 떠오르는 두 사람이 있다. 한돌재와 밤골 댁이다.

남녀 관계는 귀신도 모른다지만, 그들 관계야말로 참으로 알 수가 없었다. 어떤 날 보면 부부 같다가도, 또 어떤 날 보면 철저히 남남처럼 비쳤다. 비화는 그들을 통해 인간들이 얼마나 변신을 할 수 있는지를 배우고 있었다.

훤한 대낮에 소가 지켜보는 밭두렁에서 꼭 껴안고 있는 모습을 봤다는 이도 있고, 팽나무 높은 가지에 며칠 동안 뜨는 초승달이 연처럼 걸려 있는 밤중에 철천지원수같이 대판 싸우는 광경을 봤다는 이도 있었다.

어쨌거나 상식적으로는 도저히 이해할 수 없는 다른 두 가지 이야기가 똑같이 나돌았는데, 비화가 진정 참기 어려운 것은, 그들 남녀 사이에 비화 자신이 끼어 있다는 몇몇 호사가들의 쑥덕거림이었다. 발 없는 말이 천 리를 간다는데, 행여 그런 풍문이 친정 동네까지 퍼지게 되면, 그야말로 혓바닥을 콱 깨물고 남강에 풍덩 몸을 던져야 할 것이다.

비화는 꿈속에서 광녀가 된 자신을 보았다. 미친 여자가 돼버린 그녀를 향해 동네 늙은이 젊은이 남자 여자 가릴 것 없이 모든 사람이 끝없는 손가락질과 비웃음 그리고 혀를 차댔다.

"히히히, 이히히히."

그녀는 젖가슴도 가리지 못할 정도로 저고리 앞섶을 풀어헤치고 허벅지가 훤히 드러나 보이도록 치맛자락을 걷어 올린 채, 온갖 요상한 웃음소리를 흘리면서 여기저기 발길이 닿는 대로 쏘다니고 있었다.

"미친년아아……."

"컹, 컹컹……."

그녀 뒤에는 동네 조무래기들과 동네 개들이 소리를 내면서 졸졸 따라붙었다. 어떨 땐 덩치 큰 사나운 개에게 물려 너무나 아픈 나머지 비명을 지르다가 어느 순간 눈을 떠 보니, 봉창에 달그림자가 마치 귀신처럼 어른거려 또 한 번 더 비명을 지르기도 했다.

'진짜로 그리 돼삐기 전에……'

어디든 떠나고 싶었다. 미치기 전에 시가를 떠나야 했다. 하지만 남편 재영이 돌아왔을 때 그녀가 없으면, 그 억울한 소문은 사실로 자리잡을 위험성이 높았다. 남편이라는 인간이 한 행위를 생각하면 설혹 귀가한다고 하더라도 맞아들여서는 안 된다고 뜯어말리는 이가 나오지 말란 법도 없었다. 어쨌든 진퇴양난이 아닐 수 없었다.

'내가 전생에 무신 죄를 지은 것가?'

비화는 숨도 제대로 쉬지 못할 만큼 크게 결리는 허리를 부르튼 손으로 주무르며 탄식해 마지않았다.

'아아, 내 갤백(결백)을 아는 거는 팽나모밖에 없거마.'

동구 밖 쪽을 향해 속으로 말했다.

'팽나모야, 팽나모야. 안 그렇다꼬 지발 니가 말 좀 해조라.'

워낙 일에 찌든 몸인지라 광녀 꿈 외에도 또 다른 악몽에 곧잘 시달렸다. 성 밖 친정집이 보였다. 그런 형편없는 몰골로 부모님과 마주칠까 봐 당장 멀리 달아났다. 금방 옛날부터 그 고을 공동묘지가 있는 선학산을 떠받치는 뒤벼리 높고 가파른 벼랑 끝에 서 있다. 발밑에는 시퍼런 남강 물이 노도처럼 출렁인다. 너무 무서워 울음이 나왔다.

"뒤벼리를 안 보고 이 고장 봤다쿠는 말 하지 마라, 그런 소리가 있는 기라."

아버지 호한은 뒤벼리를 참 좋아했다. 맑은 강줄기가 길게 감아 흐르는 벼랑에는 봄이면 복사꽃이 흐드러지게 피어나는데, 남빛 물과 어우러져 신선들도 감탄할 선경을 이룬다 했다. 그곳 기암괴석은 신이 만든 작품이라 했다.

'아, 여게는 또!'

비화는 어느 틈엔가 남강 맞은편에 건너가 있다. 거기서는 강과 강동쪽 선학산, 그리고 뒤벼리가 손끝에 잡힐 듯이 건너다보였다. 그녀 바로 곁에는 영리하다고 유난히 비화를 귀여워해 주시던 친척 할머니가 있다. 지금 너랑 내가 서 있는 여기를 '모디기뱃가'라고 부른다면서 연방 코를 훌쩍인다. 꼭 생시 모습 그대로다.

"대나모매이로 생긴 저 간짓대 비이제? 저거를 갖고 배를 살살 움직이서 강 우를 잘도 왔다갔다 안 하는가베."

비화는 어린 마음에도 참 신기하다는 생각이 들었다.

"에나 잘하네예!"

할머니는 긴 장대를 자유자재로 놀려 배를 젓고 있는 검은 피부의 뱃사공에게서 눈을 떼지 않았다.

"줄타기 잘하는 광대패가 따로 없다 고마."

할머니는 물가에 잠길 듯이 떠 있는 나룻배 하며, 짐이 얹힌 지게를 진 남정네들, 머리에 나무로 네모지거나 둥그스름하게 짜서 만든 함지를 인 아낙들, 잠시라도 입을 열지 않으면 입이 붙어버릴 것처럼 잠시도 쉬지 않고 조잘대는 처녀들, 망아지같이 뛰노는 아이들, 그 모든 이들을 보면서 합죽한 입으로 이야기를 보따리 보따리 풀어놓곤 했다.

'해나 울 할무이는…….'

어린 여자아이로 돌아가 있는 비화는 깜냥에도 바지런히 이것저것 상상해본다. 어쩌면 할머니는 꽃다운 처녀 시절에 강에서 나룻배를 몰던 사공이나 들판에서 지게를 지던 총각과 서로 좋아했던 게 아닐까.

그랬다. 두 개의 가지 뻗은 장나무를, 위는 좁고 아래는 벌어지게 나란히 세운 다음, 그 사이를 사개로 가로질러 맞춘 지게는, 아무리 많은 짐을 얹어도 너끈히 등에 질 수 있는 요술 운반 기구라고, 할머니는 입에 침이 마르도록 칭찬하곤 했었다.

그 할머니는 머리에 함지를 잘 얹기도 했는데, 그런 할머니 모습을 볼 때면 비화는 그것 또한 요술 운반 기구라는 생각이 들곤 했었다. 눈썰미가 뛰어나고 사물을 상세하게 보는 비화 눈에 비친 함지, 그것은 나무를 재료로 하여 만든 그릇이었는데, 운두가 좀 깊으며 밑은 좁고 위가 넓어 사용하기에 참 좋았다.

"한 분은 안 있나, 상구 귀한 집 외동딸인데, 비우(비위)가 너모 약한 신부가 안 있나, 내미를 감당 몬 해서 배를 안 탈라쿠는 기라."

나룻배에는 밭에 뿌리는 거름을 싣기도 했는데, 그 냄새로 말미암아 생긴 사건에 대해서도 들려주는 할머니였다.

"그라모 안 된다 아입니꺼?"

비화 말에 할머니는 주름진 목을 몇 번이나 끄덕였다.

"하모, 야단 난리가 났디이라."

그곳 '모디기뱃가'에는 사람들도 들끓었지만 물새들 또한 참 많이도 날아다니고 있었다. 저 물새들도 나룻배를 타고 싶어 이렇게 모여든 것일까 하는 생뚱맞은 생각을 해보는 비화에게 할머니가 말했다.

"혼래 마친 신부가 시가집에 안 갈라 캤은께네."

“아, 우째예, 할무이.”

울상을 짓는 비화를 본 할머니는 이야기 효과를 좀 더 높이기 위해선지 인상까지 써 보였다. 그 순간에는 마귀할멈 같았다.

“보통 다린 신부들은 가매에 태우고 가모, 마, 그런 대로 괘안았는데, 그 신부는 상구 그리해싸이 우짜것노?”

“우짭니꺼?”

할머니는 근심 걱정에 잠기는 손녀를 슬쩍 훔쳐보았다.

“에나 큰일 났디라.”

비화는 조바심 실린 목소리로 물었다.

“그래 몬 갔어예?”

“…….”

“갔어예?”

“…….”

그때까지 술술 잘도 이야기를 풀어내던 할머니는 아무 대답도 없다가 별안간 목이 메는 사람 행세를 했다.

“음, 음.”

“쌔이 이약 좀 해봐예.”

비화도 은근히 마음이 쓰였다. 하지만 그건 아니란다. 아니, 더 문제가 생겼단다.

“우쨌거나 억지로 태아갖고 강은 건너갔는데 말이다.”

“그란데예?”

계속해서 재촉하는 손녀를 물끄러미 바라보고 있던 할머니는 땅바닥을 치며 통곡이라도 할 사람같이 했다.

“하이고! 이 일을 우짤꼬오?”

“와, 와예, 할무이?”

잔뜩 겁을 집어먹은 비화에게 하는 말이 엄청났다.

"다 가갖고 가매 안을 들이다본께 신부가 안 죽어 있것나, 시상에."

"주, 죽었어예?"

비화가 금방이라도 와락 울음을 터뜨리려고 하자, 할머니는 동굴처럼 시커먼 입속을 드러내 보이며 크게 웃고 나서 말했다.

"하이고, 우리 이쁜 공주님! 너모 그리 놀래지 마소."

할머니는 갑자기 고개를 치켜들고 사방을 둘러보면서 마치 망령이라도 든 노파같이 아주 큰 소리를 질렀다.

"동네 사람들아이! 시상에서 우리 손녀딸맹커로 착한 아 있으모 데꼬 와 봐라이!"

행여 누가 그 소리를 들을까 봐 강가를 훔쳐보면서 비화가 물었다.

"할무이, 그래서예?"

그렇게 안달 나 하는 비화의 초롱초롱한 눈을 들여다보면서 할머니는 장난기 많은 처녀가 말을 꽈배기 꼬듯 했다.

"죽기는 죽었는데, 진짜로는 안 죽었던 기라."

"……."

죽는 것도 진짜가 있고 가짜가 있는가 생각하는 비화 귀를 울리는 말이 이랬다.

"무신 소린고 하이, 고 신부가 우쨌든 내미를 안 맡을라꼬 지 코를 우찌나 매(심하게) 잡고 있었던지, 고마 숨이 맥히서 기절했던 기라."

그러고 나서 할머니는 한겨울 나뭇가지를 떠올리게 하는 메마른 손가락 끝을 살짝 들어 오뚝한 비화 코를 가볍게 툭 건드렸다.

"아……."

비화는 안도의 숨을 내쉬었다.

"그 바람에 사람들이 안 있나, 안 있나."

"있는데, 또 예?"

할머니는 두 팔다리를 재게 놀려 막 서두르는 동작을 취했다.

"불이야 물이야 가매서 내리갖고……."

"내리갖고예……."

나룻배들이 점점이 떠 있는 강 위로 흰구름 하나가 여인네의 하얀 모시적삼을 연상케 하는 날이었다.

"우찌우찌 호흡을 시키서 도로 살릿디라."

"후우, 내도 살았다."

꿈에서 깨어난 비화는 한참을 멍청히 상념에 잠겼다. 왜 지금은 죽은 할머니에게서 들은, 죽었다가 소생한 그 신부 이야기가 꿈에 나타났는가. 현재 내가 사는 게 사는 것 같지 않아서인가?

사람 냄새 돈 냄새가 한데 뒤섞여 있는 그곳은 물에서 금방 잡아 올린 싱싱한 활어처럼 살아 숨 쉬고 있는 장소다. 온갖 장사치들과 손님들이 들끓는 시장통이야말로 비화에게는 산 교육장이다.

거기는 단 1문文이라도 더 건지려는 인간들이 악다구니를 펼쳤다. 당연히 사기와 위선을 앞세운 아귀다툼이 벌어졌다. 비화는 돈의 위대함을 다시금 느꼈다. 하지만 돈에 관한 한 성인 군자는 드물었다. 누가 맨 처음 그 돈이라는 것을 만들었는지 알면 당장 그에게로 달려가서 드잡이라도 하고 싶은 심정이었다.

'사람들이 모도 와 그라꼬?'

부정한 술수로 검은돈을 긁어모으려는 파렴치한들에게 이루 말할 수 없는 분노와 혐오감을 느꼈다. 부끄럽지 않은 상혼商魂이 정녕 아쉬웠다. 인간이 깨끗하게 산다는 게 그렇게 어려운 것일까? 그냥 있는 그대로 생활하면 아무런 문제도 없을 것 같은데.

'여게 말고…….'

푸줏간 앞을 부리나케 지나쳤다. 건어물전으로 갔다. 말린 생선이나 조개류 따위가 많이 있었다. 마른조기 약간을 샀다. 그 가격이 자그마치 3문이었다. 말에도 비린내가 물씬 풍기는 인상의 상인에게 돈을 내미는 손이 떨릴 만큼 아까웠지만 마음을 크게 먹었다. 이제 한계에 온 게 아닐까 싶을 정도였다.

'쥔을 잘몬 만낸 내 몸아, 너모 혹사해서 상구 미안타.'

영양실조에 걸린 몸은 하루 열두 번도 더 사람을 어지럽게 하였다. 내가 천성적으로 남자를 많이 찾고 그리워하는 여자가 아닌 것이 요즘은 오히려 나를 도와주고 있구나 하는 생각에 씁쓸한 웃음이 삐져나왔다. 사람이란 참으로 영악스러워 스스로를 위안하는 길도 가지가지였다.

'그래도 내가 낼로 안 그라모 누가 낼로 그라것노.'

이튿날은 여느 때보다 더 일찍 눈이 뜨였다. 하루종일 힘에 부닥치는 일을 하느라 몸은 더없이 피곤했지만 잠을 자면서도 조기 냄새를 맡은 것 같았다. 온 세상이 조기로 담근 젓에 담겨 있는 것일까?

아니 남편이 돌아왔다고, 온 동네 사람들 다 모아놓고 큰 잔치판을 벌이면서 고기를 굽는데, 전부 조기뿐인 희한한 꿈이었다. 한 마리 굽고 나면 또 어느새 다른 한 마리가 보이고, 그 새것을 굽고 나면 또 새로운 것이 있고, 그런 식이었다.

아, 언젠가도 그 비슷한 꿈을 꾸었다. 그때는 고기가 아니라 돈이었다. 끝도 없이 이어진 길을 혼자서 걸어가고 있는데, 저만치서 얼핏 보이는 게 동글납작하며 가운데에 네모진 구멍이 있는 엽전 한 닢이었다. 얼른 주워들었는데, 어? 바로 앞쪽에 또 엽전 한 닢이 떨어져 있다. 그것도 부리나케 딱 집어 주머니에 넣었다. 그런데 길 위에 또 있고 또 있다. 그래서 또 줍고 또 줍고. 어느새 주머니가 불룩해지고 더 넣을 데가 없어서 이번에는 양손에 들었다. 그러다가 보니 또, 또, 또……. 멀리멀리 펼쳐져 있는 길에 길게 한 줄로 쭉 놓여 있는 반짝이는 놋으로 만든 엽전, 엽전들의 행렬…….

'에나 남살시러버서(남우세스러워) 넘한테는 이약도 몬 하것다.'

부엌으로 들어갔다. 바닥은 자칫 허방에 빠지는 듯 깊고 살강은 높게 걸린 구조였다. 솥에 마른조기를 넣고 푹 삶기 시작했다. 집 안에 이런 고기 냄새가 풍긴 게 대체 얼마 만인지 짐작조차 되지 않았다. 드디어 삶은 고기가 얹힌 밥상을 마주했다.

'아, 이러키 입 안에 찰싹 달라붙을 줄 에나 몰랐다 아이가.'

손이 저절로 움직여졌다. 수저가 밥상 위에서 춤을 추었다. 독상獨床이 너무 슬프고 외롭다는 생각도 그 순간만은 잊었다. 하긴 남편과의 겸상兼床도 그 숫자를 셀 수 있을 정도였다.

그런데 그녀 혼자서 얼마나 맛나게 먹었을까? 이윽고 정신을 차린 비화 입에서 맨 처음 튀어나온 소리였다.

"옴마! 이 일을 우짤꼬오?"

작은 상에 고개를 처박고 내려다보면서 탄식했다.

"내가 밥 한 사발을 싹 다 비워삣거마."

밥그릇이 훤히 그 바닥을 드러내 보였다. 저녁에 먹을 반 공깃밥이 남아 있어야 할 자리가 텅텅 비었다. 비화 머릿속도 하얗게 비어버리는 것 같았다.

하루 내내 그 생각 때문에 일이 제대로 손에 잡히지를 않았다. 아, 이게 아닌데? 하는 강박감에 시달렸다. 이날도 여느 때와 다름없이 슬픔과 살기가 뒤섞인 수수께끼 같은 얼굴을 한 안골 백 부잣집 염 부인이 놀란 듯 물었다.

"새댁, 와 그라노?"

"예?"

근동에서 살림이 큰 부잣집으로 소문이 난 커다란 기와지붕 위에는 몇 마리 까치가 깍깍거리는 소리를 내고 있었다. 기와와 새들의 몸에는 눈부신 햇살이 찬연히 내리비치고 있었다.

"해나 오데 아푼 기가?"

"아, 아입니더, 마님."

비화는 화들짝 놀라며 손사래를 쳤다.

"아인 기 아인갑다."

"……."

대갓집 마님이 거처하는 안방의 방문 위로 마당가에 서 있는 오래된 오동나무 그림자가 어른거렸다. 그것은 마치 옛 추억의 한 자락이 펄럭이는 듯한 묘한 느낌을 자아내었다.

"틀림없이 너모 무리해갖고 이래쌌는 기다."

"……."

친정어머니 목소리와 다를 바 없는 애정 어린 소리가 나왔다.

"오늘은 일 고마하고 얼릉 집에 들가서 푸욱 쉬는 기 좋것다."

비화는 꼭 무슨 변명이라도 해대는 모양으로 말했다.

"괘, 괘안다꼬 안 합니꺼."

염 부인은 낮지만 근엄한 목소리로 말했다.

"내 앞에서 자꾸 거짓말 하끼가?"

비화는 거의 필사적이었다.

"아이라예. 에나라예."

백 부자가 염 부인 생일에 선물하였다는 크고 둥근 거울 속에 비친 비화의 얼굴에는 난감해하는 빛이 고스란히 드러나 있었다. 인간의 마음까지 비춰내는 거울이 아직은 없는 게 다행이다 싶었다.

"그래도?"

깨끗한 장판지는 방 주인의 깔끔한 성품을 그대로 드러내 주고 있었다. 염 부인이 앉은 자리는 깃털 한 개 날리지 않는 고고한 학이 머무는 곳과 다르지 않았다.

"지는 아무치도 안 해예."

비화가 불편한 데가 없다는 듯 살도 얼마 붙어 있지 못한 몸을 이리저리 흔들어 보이자 염 부인은 가느다란 웃음을 지었다.

"허, 또 그 왕고집 황소고집 나온다."

하지만 이내 웃음을 거두고 정색한 얼굴이 되었다.

"돈도 좋지만도 건강이 최곤 기라."

"그런 말씀 마시고예, 일할 거나 더 주이소."

비화가 왕고집 황소고집을 피우자 염 부인은 어쩔 수 없는 모양이었다.

"졌다, 졌어. 내 색시한테는 앞발 뒷발 다 들었다니께? 내, 새댁 그 증신 높이 샀다."

"죄송합니더."

뒤뜰 연못에서 키우는 집오리들이 일제히 합창하듯 내는 소리가 났다.

"하기사 돈 주고도 몬 사것지만도."

"고맙심니더."

비화는 진심으로 깊숙이 머리를 조아렸다. 근동에서 다 알아주는 대갓집 마나님의 체통도 위신도 모조리 벗어버리고 같은 피붙이처럼 더없이 살갑게 대해주는 염 부인이었다. 하지만 정작 비화 자신은 그렇질 못했다.

그날 비화는 정말 아무렇지 않은 척 더욱 열심히 일을 해 보였다. 간간이 어울리지 않게 억지웃음도 만들었다. 그렇지만 머릿속은 가시덤불에 던져진 것처럼 쑤시고 복잡하기 이를 데 없었다. 참으로 지루하고도 힘든 시간들과 씨름하고 있었다.

'아, 너모 심들다.'

저녁때 비화는 마치 술 취한 사람처럼 비틀거리면서 누구 한 사람 그녀를 기다리지 않는 집으로 향했고, 동구 밖 팽나무 둥치에 잠시 등을 기댄 채 서 있기도 했다. 그러다 간신히 집에 와서는 부엌 쪽을 억지로 외면하며 일부러 크게 소리 내어 스스로에게 타일렀다.

"마땅히 오늘 저녁은 쫄쫄 굶어야 하는 기다."

비록 순간적이긴 해도, 자신의 그 목소리가 비어사 주지 진무 스님의 음성 같은 착각에 빠졌다. 비화는 어쩐지 몸이 오싹해졌다. 집 안의 모든 것들이 자기를 노려보고 있는 것 같았다. 내 집에서 무섬증을 느끼고 있다니? 그리고 어째서 낯설기는 왜 이리도 낯설게 비치는지? 비화는 자신도 모르게 입속으로 외고 있었다.

"나무관세음보살……."

그러자 아무도 없는 집 안이 깊은 산골짝 절간처럼 느껴졌다.

'내가 머리 깎고 중이 될라쿠나.'

두 손으로 머리칼을 움켜쥐면서 악담 퍼붓듯 했다.

'이왕에 깎을라모 빡빡 깎아삐라.'

몸이 허해지니 환청이 자주 들렸다. 세상이 숨어 있는 꽃을 발견할 때까지는, 밥도 굶고 옷도 입지 말라고 막 다그치는 것도 같았다.

'잠이나 자자. 잠이 보약인 기라.'

비화는 그냥 잠자리에 들었다. 그러나 배가 너무 고픈 탓도 있겠지만 또다시 이런저런 망상에 잠은 천리만리 달아나버렸다.

'큰일 났다, 큰일 나.'

예삿일이 아니었다. 언제나 잠이 모자라서 큰 문제인 자신이, 잠이

오지 않아 걱정하는 날도 있을 줄 몰랐다. 잠 잘 자는 것도 타고난 복이라더니.

'잠아, 잠아, 니 오데로 갔노? 가는 잠은 가지를 말고, 오는 잠은 후딱 오래이.'

잠을 놓고 그런 어설픈 노랫말을 지어보기도 했다.

'니가 내한테 와야 또 내일 일을 할 수 있을 낀데 이거를 우짜노?'

눈을 질끈 감았다가 다시 뜨며 자조도 했다.

'인자 이눔의 잠꺼정 사람 간을 보고 놀리는갑다.'

평소에는 온종일 힘든 노동에 시달린 터라 대강 이부자리를 깔고 드러눕자마자 그대로 곯아떨어지기 일쑤였다. 남이 와서 업고 가도 모를 정도였다.

비화는 낮 동안 더 자신의 몸을 혹사시키고 있었다. 독수공방하는 외로움을 잊자면 잠에 빠져드는 게 가장 좋은 처방이었다.

그러나 이날은 달랐다. 엎치락뒤치락 가지가지 상념의 늪에 깊이 빠져들었다. 마를 줄 모르는 샘물처럼 솟아나는 남편 생각도 생각이지만, 밥 한 사발을 깡그리 먹어치우게 한 밥도둑 조기가 더 마음에 가시로 걸렸다.

'조기를 맛볼라쿠모 3문 돈이 안 들것나.'

손가락 세 개를 꼽아보며 재확인했다.

'이리 3문이나 말이제.'

정말이지 지금이라도 물릴 수만 있다면 조기 장수한테 가서 조기와 돈을 도로 바꾸고 싶은 심정이었다.

'내가 우짜다가 이런 실수꺼정?'

그러던 한순간 비화는 마치 누가 일으켜 앉히기라도 하는 것처럼 벌떡 자리에서 일어나 앉았다. 그러고는 혼자 신들린 사람 모양으로 중얼

중얼하기 시작했다.

"그래, 시방 이때가 젤 중요한 시기인 기라."

비화는 가쁘게 숨을 몰아쉬며 곁에 누가 있기라도 하듯 얘기했다.

"이때 내 자신을 이기고 인내하지 않으모, 내사 일팽생을 두고 가난 배이 때를 몬 벗을 끼거마."

그 소리는 비좁은 방 안을 한동안 맴돌다가 북쪽 바람벽으로 나 있는 작은 봉창을 통해 밖으로 빠져나갔다. 뒤곁 대숲 속으로 숨어 들어갔을 것이다. 그러고는 거기 굴뚝새들이 내는 소리와 섞여 세상으로 퍼져나가리라.

"까딱하모 심 끊어질 순간꺼지 이 지긋지긋한 극빈생활을 계속해야 안 하것나."

방 한쪽 구석에서 그런 소리가 들려오는 듯했다. 아니면, 창틀과 창짝이 없이 벽을 뚫어 구멍만 내고 그 안으로 발라놓은 종이가 바람에 흔들리면서 내는 소리 같기도 했다.

또 소름기가 돋고 견디기 힘들 만큼 추위를 느꼈다. 집도 오래되면 사람처럼 소리를 낸다더니 과연 그 말이 틀린 게 아니구나 싶었다.

'비화야, 니는 임배봉이를 잊아삔 기가?'

그 소리는 비화 자신의 마음속에서 나오는 소리였다.

'점벡이 자슥들 생각 안 하는 것가?'

그 순간, 기습처럼 달려드는 옥진, 아니 해랑의 목소리.

"언가 니, 와 내한테 핸 약속 몬 지키노? 억호, 만호, 그것들 가마이 안 두것다꼬 언가 니가 니 입으로 말 안 했디가. 지키지도 몬할 약속 와 했노? 와 했노? 앞으로 니하고는 만내지도 안 할란다."

비화는 머리를 있는 대로 흔들어 그 모든 소리에서 벗어나기 위해 안간힘을 다했다. 그러고는 무릎걸음으로 경대 앞으로 가서 앉았다. 때 낀

유리거울 속에는 곤궁에 찌들대로 찌든, 실제 나이보다 열 살은 더 많아 보이는 한 여자가 매우 낭패한 얼굴로 자신을 무연히 바라보고 있었다.

햇볕에 함부로 그을린 검고 까칠한 피부, 십 리는 들어간 퀭한 눈, 하도 오래 입어 개도 물고 가지 않을 것 같은 낡아빠진 잠옷, 손질할 틈이 없어 그대로 둔 부스스한 까치집 머리칼, 야위어빠진 팔다리와 금방 부러질 성싶은 가느다란 목.

'아아, 저, 저게 내란 말이가? 옥지이가 봐도 모리것다.'

비화는 방구들이 내려꺼져라 한숨 섞어 중얼거렸다.

"우짜다가 내 꼬라지가 이리 돼삐릿노?"

그러자 경대 속에 있는 비화도 그 말을 따라 했다.

– 우짜다가 내 꼬라지가 이리 돼삐릿노?

비화는 입술을 일그러뜨리며 말했다.

"맹색이 장군의 여식 아이었나."

이번에도 저쪽 비화가 그대로 소리 내었다.

– 맹색이 장군의 여식 아이었나.

계속해서 두 비화는 서로를 향해 같은 말들을 내뱉었다.

"남편 한분 잘몬 만나 이리 된다쿠는 거는 에나 억울한 기다."

– 남편 한분 잘몬 만나 이리 된다쿠는 거는 에나 억울한 기다.

"이거는 머신가 잘몬돼도 한거석 잘몬된 기라."

– 이거는 머신가 잘몬돼도 한거석 잘몬된 기라.

그러다가 경대 밖의 비화는 불끈 오기가 치밀어 올랐다. 경대 안의 비화도 똑같은 반응을 나타내고 있었다.

'좋다. 이 시상 끝날 때꺼지 운맹 니가 이기나 내가 이기나 한분 해볼란다.'

– 좋다. 이 시상 끝날 때꺼지 운맹 니가 이기나 내가 이기나 한분 해

볼란다.

다시 거울을 본다. 초라하기 그지없는 행색, 거칠고 부르튼 두 손만 아니라면, 아직은 그 누구의 눈에도 규방에서 아무 고생 모르고 곱게 자라난 앳된 처녀다. 몸에는 예의범절이 고스란히 배여 있는 양반집 규수다.

그렇다. 입이 작아 동네에서 '병어 주둥이'로 불리는 한돌재가 팽나무 밑의 멋진 사랑을 꿈꾸는 아리따운 여인이다. 밤골 댁과는 어떻게 돼 가는지.

'진무 스님 한분 더 만내봤으모 좋것다.'

그러자 거짓말같이 힘이 난다.

'일할 끼다, 내는. 스님 말씀이 옳았다쿠는 거를 반다시 정맹(증명)하기 위해서라도, 내는 개미겉이 벌맹캐 일할 끼거마는.'

거울 속 비화 눈알이 붉었다. 굳게 다문 입매가 야물었다.

'무신 일이 있다 캐도 배봉이한테 뺏긴 우리 땅을 도로 찾아야 하는 기라.'

그러나 거울 밖 비화는 두 손으로 귀를 틀어막고 머리칼을 쥐어뜯었다. 금방이라도 찬 방바닥 위를 데굴데굴 구를 여자가 거기 있었다.

그때 어디선가 들려오는 소리. 배봉과 운산녀 그리고 점박이 형제의 징그러운 웃음소리다.

'히히히. 호호호. 킬킬킬. 크크크.'

그 큰 웃음소리 속에 섞여 들려오는 작은 소리. 아버지 호한과 어머니 윤 씨의 애달프고 아픈 울음소리다.

'으엉으엉. 흑흑.'

'땅이다. 땅에 답이 있다 아이가.'

숨 가삐 넘어선 고개, 그 너머에 있는 땅.

비화는 결코 잊을 수가 없다, 며칠 전 그날을. 십관팔백문. 세상에서 최고의 부자가 된 기분이었다. 오로지 그녀 혼자 힘으로 모은 것이다. 십관팔백문(21원 60전)을.

'악착겉이 일하고 모았제. 뼈가지가 다 닳아삐고 살이 다 문드러지거로.'

감회가 뭉게구름 마냥 피어올랐다.

'그거만이 이 비화가 시상에 존재하는 이유매이로…….'

염 부인 말이 떠올랐다. 무엇 하나 부러울 게 없는 신분임에도 불구하고 세상에서 가장 아프고 슬픈 삶을 사는 것 같은 마님이었다.

"새댁이 올매나 뺏골 빠지거로 일했는가를 직접 말해보일 사람은 없것지만도……."

그 말을 듣자 더욱 뼈마디가 쑤시고 욱신거리는 비화에게 이런 말도 했다.

"그 지독한 노동은 신화맹캐 전해져갖고, 듣는 사람 모도가 몸을 덜덜 떨거로 되는 그런 날이 반다시 올 끼라."

그러면서 확답을 받아내려는 듯 염 부인은 이렇게 물었다.

"내 말이 무신 뜻인고 알것나, 새댁?"

"그, 그거는예……."

비화는 부정도 긍정도 하지 못했다.

"입이 남정네보담도 상구 더 무거버서 좋다."

"……."

"오데 입만 그렇나? 멤은 더……."

염 부인 음성은 보랏빛 목련 잎이 떨어지는 소리 같다가도 어느 순간에는 대숲을 뒤흔드는 광풍을 닮아 비화를 당혹케 만든 적이 한두 번이 아니었다.

"방금 내가 핸 말은 그냥 듣기 좋아라꼬 핸 소리는 절대 아이거마는."

비화는 또다시 염 부인이 감추고 있는 비밀에 생각이 미쳤다.

"예, 압니더마는……."

염 부인 눈은 밝았다. 역시 대갓집 마나님은 아무나 그냥 되는 게 아니었다. 재목이 따로 있었다. 어쨌든 염 부인 덕분에 비화는 힘겨운 형편 속에서도 싸라기눈 떨어진 만큼 조금씩 재산을 불려 나갔다.

'땅, 땅, 땅…….'

비화가 눈을 돌린 것이 바로 땅이다. 땅에 투자하는 것이 얼마나 크고 확실한 이득을 남기는가에 이미 눈을 뜨고 있었다. 아직 나이를 얼마 먹지 않은 여자가 어떻게 하여 그런 혜안을 가지게 되었는가? 땅을 가졌다가 땅을 잃은 사람의 경험을 체득했기 때문이다.

비화가 보기에 그 시절 땅값은 다른 것에 비해 무척 저렴했다. 한 두락(마지기)이 엽전 6백문(1원 60전)에 불과했다. 차라리 땅값이 비쌌다면 아버지 호한은 그리도 쉽사리 배봉 따위에게 자신의 집 땅을 넘기지 않았으리라.

'한푼이라도 저축하고 쪼꼼이라도 목돈이 되는 거 겉으모, 내사 무조건하고 땅부텀 사 모울란다.'

지친 몸을 이끌고 동구 밖 팽나무 밑을 지나는데 이런 소리들이 들렸다.

"자린고비가 천만리는 도망갈 끼다."

한마을에 사는 박 노인이 혀를 훠훠 내두르며 말했다. 그러자 정자나무 아래 앉은 다른 늙은이들도 고개를 끄덕였다.

"저 색시 생활은 말 그대로 각고면려, 그런께 고생 무릅쓰고 애쓰는 기라."

"가마이 본께, 일년 열두 달 하루 한 시도 헛되거로 놀지 않더마는."

"우리 마을에 시집온 여자 중에……."

"오데 우리 마을에서만 그러까이? 조선 천지 마을을 다 둘러봐도 똑 겉다 고마."

비화의 근검절약은 이미 마을의 전설이 돼 있는 모양이었다. 자랑스럽기보다는 부끄럽기만 한 비화였다.

사람 심리란 참으로 이상한 것이었다. 다른 사람이 그런 말을 들으면 자랑스러울 거라고 아예 못을 박으면서도 정작 나 자신은 그렇지를 않으니 이건 또 무슨 억하심정인지 모르겠다.

"내 소문을 들은께 안 있나."

턱수염을 길게 기른 좁은 얼굴에 검버섯이 듬성듬성 나 있는 조 노인이 그렇게 서두를 뗀 것은, 비화가 그 옆을 지나쳐 집 쪽으로 향할 때였다.

"요리……."

얼핏 피부가 팽나무 껍질을 많이 닮은 조 노인은, 손가락 두 개를 모두에게 들어 보이면서 조그만 소리로 말했다.

"서방이 집 나가고 나서부텀 날마당 식사를 두 끼로 정했다 카데."

"……."

비화가 자신도 모르게 돌아보니 얼굴이 숯을 칠한 것같이 새카만 촌로가 대단히 놀란 듯 묻고 있었다. 외아들이 전라도 어느 항구에서 뱃일을 한다는 김 영감이었다.

"사람이 우찌 하루에 두 끼만 묵고 살 수 있노?"

조 노인이 약간 화난 투로 말했다.

"그라모 내가 비싼 밥 묵고 헛소리나 한다, 그 말이가?"

"내겉이 저승사자가 곧 찾을 나인데도 그리 묵고는 몬 산다."

모시적삼을 시샘 날 만큼 깨끗이 다려 입은 낯 붉은 늙은이가 또 말을 받는다. 고명딸이 큰 미곡상을 하는 집 장남에게 시집간 것을 항상 자랑삼는 사람이었다. 비화는 평상시 그녀답지 않게 뒤쪽에 잔뜩 귀를 기울였다.

"아침 소반 한 사발을 담아갖고, 반만 묵고 반은 저녁 끼니로 그냥 냉기놓는다데. 모도 그거를 한분 상상해봐라꼬."

언제부터 내가 살아가는 모습이 저렇게 상세히도 온 마을에 알려져 버렸는지 비화 스스로 헤아려 봐도 기가 찰 노릇이었다. 어쩌면 지레짐작들일 수도 있었지만, 어쨌거나 사실인 것이다.

"눈 뺄 내기를 함 해봐라."

검버섯 노인이 숯 검댕 촌로에게 말했다.

"저 색시는 우리 갱상도서 최고 큰 부자가 될 끼라."

비화는 서글펐다. 그녀는 여전히 힘들고 외롭고 가난한 청상 아닌 청상의 몸이다. 노동만이 그녀의 유일한 구원인 것이다. 어쩌면 영원토록 일 귀신이 되어 살아가야 하리라.

농민군을 본다

이 걸이 저 걸이 갓 걸이
진주 망건 또 망건
짝발이 휘양건

농민군의 언가 소리가 들려온다. 하늘도 놀라고, 땅도 놀라고, 불도 놀라고, 물도 놀라고, 사람은 더 놀랐다.

눈도 뜨지 못할 정도로 뿌연 흙먼지가 폭삭 인다. 새 무리가 퍼드덕거린다. 수천 마리 말발굽이 함부로 휩쓸고 지나가는 자리와도 같다.

죽창과 몽둥이와 지겟작대기와 농기구가 햇빛을 받아 무섭게 번뜩인다. 세상에 다시없을 무적無敵의 무기들이다. 그리고 무적의 용사들. 흰 수건 질끈 동여맨 구릿빛 이마에는 불끈 푸른 힘줄이 솟아 있다.

"야, 농민군이닷! 농민군 좀 봐라아."

"초군이 온닷! 아, 저 무서븐 기세! 우짜모 저리?"

"농사 잘 짓고 나모만 잘 베는 줄 알았더이, 우리 농민들, 그기 아이네?"

"내 머리 털 나고 나서, 우떤 군대도 저리 대단한 군대는 아즉 몬 봤다 아인가베."

"하모, 하모. 앞으로도 없을 끼거마는."

"그라고 보이, 우리가 나뿐 시상에 태어난 기 아이고 좋은 시상에 태어난 거 겉거마."

"아, 저런 기경을 할 수 있은께?"

길가에 늘어선 군중들 속에서는 온갖 소리가 끝없이 터져 나온다. 어른들, 아이들, 개들, 말들, 새들, 나무들, 돌들……. 모든 것들이 그 장엄한 행렬에 하나같이 넋을 잃고 혼을 빼앗겼다.

"저게 맨 앞장 서갖고 달리는 농민은 누고?"

"누 말이고? 아, 덩치가 태산 겉은 사람?"

"그 사람도 그렇고, 그 옆에 있는, 더 젊고 잘생긴 사람 말이다."

"에나! 참말로 잘났다, 우리 농민들……."

"임진년에 쳐들어온 왜눔들도 저 모습 봤으모, 다리야, 지발 내 좀 살리라, 함시롱 지들 섬나라로 도망칫을 끼라."

"그거는 중국 떼눔들도 가리방상 안 하까이?"

하늘을 덮고 땅을 덮을 무서운 기세로 진군하고 있는 농민군을 가장 앞에서 이끌고 있는 거구의 사내들 모습은 참으로 대단해서 모두의 눈길을 너끈히 잡아끌 만하다.

"화주 아우! 시방 기분이 우떻노?"

바로 옆에 있는 한화주를 돌아보며 천필구가 감격에 찬 얼굴로 물었다. 화주 또한 아주 가슴 벅차 얼핏 울음을 터뜨릴 것 같아 보이기도 했다.

"우리가, 우리가 안 있나? 시방꺼정 올매나 요런 순간이 오기를 모가지 빼고 기다릿던 기고, 으잉?"

필구의 우렁우렁한 목소리가 소음을 뚫고 온 세상에 크게 메아리친다.

"필구 성님 말씀이 맞십니더."

화주는 누가 봐도 듬직함이 전해지는 두툼한 가슴팍을 쑥 내밀었다.

"내도 이 가슴이 막 터지나가는 거 겉십니더!"

"그렇제? 온 천하가 그런 거 겉다 아이가."

지축을 흔드는 농민군 발소리에 지구가 자전自轉을 멈출 듯했다. 아니. 이제부터는 잘못된 회전을 정지하고 바르게 돌아가게 될 것이다.

"꼭꼭 응어리져 있던 것들이 한꺼분에 싹 풀리 내립니더."

화주의 상기된 얼굴에는 기쁨과 감격의 눈물이 번들거린다. 필구는 그 눈물 속에 어리는 한 여자, 화주의 연인 송원아를 본다.

– 이포를 백성에게 징수하지 말라!

목이 터져라 선창을 하는 사람은 방석보다. 뒤따르는 수많은 농민군도 후창 한다.

– 이포를 백성에게 징수하지 말라!

귀가 먹먹할 정도로 마구 소리치는 이는 서준하다.

– 도결과 통환을 혁파하라!

이번에도 농민군이 후창 한다.

– 도결과 통환을 혁파하라!

시간이 흐를수록 구름떼같이 모여드는 시위대들. 저마다 악을 쓰듯이 구호를 외치면서 계속 읍내로 들어오는 농민군. 여러 개의 작은 물줄기가 한데 모여서 큰 강을 이루듯이 그렇게 되어가고 있다.

그런가 하면, 멀리서 보이는 그들은 흡사 무슨 잡초 무리 같다. 작은 바람에도 하릴없이 이리저리 흔들리는 잡초. 뿌리는 땅에 박혀 있어도 머리만은 하나같이 하늘을 향해 꼿꼿이 자라고 있는 이름 없는 풀.

겉보기에는 마냥 연약해 보이는 풀포기에 살갗을 베여본 사람은 안다. 그 풀이 얼마나 예리한 날을 바짝 곤두세우고 있는가를. 그냥 보면 아무런 향기가 없는 듯싶어도 코를 대어본 사람은 맡는다. 그 풀이 내뿜는 냄새가 얼마나 강렬한가를.

저 악덕 지주의 부당하기 짝이 없는 수탈에 속절없이 시달리는 영세 소작농, 천정부지로 솟구치는 세금 때문에 목숨과도 같은 땅을 잃어버린 영세 자작농, 당장 오늘 한 끼를 걱정해야 하는 날품팔이 농민, 몰락한 전직 관리와 양반층…….

하나가 된 그들의 기나긴 행렬을 지켜보는 숱한 인파 속에 섞여 연방 가슴을 쓸어내리며 누군가를 애타게 찾고 있는 초라한 행색의 젊은 여인은 비화다.

'아아, 춘계 아자씨가 마츰내 일을 맨드시고 말았거마!'

농민군 기세가 등등한 그만큼 비화 마음은 조마조마하기만 하다. 이제는 그 누구도 저 성난 물결, 저 숭고한 몸짓들을 감히 막을 수 없을 것이다. 어떤 강력한 힘도 저들 앞에 서기는 불가능할 것이다.

'무섭다. 에나 무섭다.'

말 그대로 봇물 터지듯 하는 저 끝없는 행렬. 일제히 한 곳으로만 쏠리는 잡초들의 노래. 노도와도 같은 뜨거운 피의 흐름.

하늘이 막을 것인가, 땅이 막을 것인가?

도르매 줌치 장독간
머구밭에 덕서리

멈출 줄 모르고 되풀이되는 언가 〈이 걸이 저 걸이 갓 걸이〉. 그리고 그 힘찬 노래 사이사이에 후렴처럼 터져 나오는 구호들.

– 이포를 백성에게 징수하지 말라!

– 도결과 통환을 혁파하라!

비화 가까이 서서 농민군을 따르는 행인들이 큰 소리로 말을 주고받는다. 그들 또한 아무 거리낌이 없어 보인다. 그 또한 두렵지 아니할 수 없다.

"어르신, 이포가 머십니꺼?"

"에, 그거는 관청의 재정 갤손액을 말하는 기지."

"도갤은예? 그라고 통환은예?"

"앗따, 이 사람아! 좀 한 개 한 개씩 물어보모 안 되는감?"

"예?"

"자네 묻는 그대로 꼬박꼬박 답할라쿠모 이 늙은이 꼴깍 심넘어가것다."

"죄송합니더. 머슬 말하는고 궁금해서예."

"도갤이 머신고 하모, 에, 서리胥吏가 관서의 공전公錢이나 군포軍布를 사사로이 이용해삐고, 그거를 메꿀라꼬 전지田地에 부과하는 갤새(결세, 結稅)에 덧붙이서 받는 기라."

"에려버서 무신 소린고 하나도 모리것거마예."

"모리모 안 되제. 알아야제. 그래야 안 당하는 기다."

"알거로 하것십니더."

"그래갖고는 전세, 대동제, 또 다른 세목을 싹 다 합치갖고 돈으로 환산해서 한꺼분에 거두는 기고……."

"모리 아니, 알……."

그때 지금까지 보다도 좀 더 높아지는 농민군의 구호 소리, 군중의 함성에 노인은 잠시 말을 멈추었다가 다시 설명했다.

"관청 환곡미가 모지라는 거를 갖고 말이제, 집집마다 노나갖고 부담시키는 기 통환이제, 흐음."

"도독눔이 따로 없네예?"

"화적 보따리 털어묵는 것들도 그리는 안 할 끼라."

"어르신은 화적 보싯심니꺼?"

"화적?"

"예."

"몬 봤제."

진군하는 농민군 행렬은 갈수록 불어난다. 그들을 따라붙는 백성 숫자도 점점 늘어난다. 신나는 구경거리 하나 생긴 철부지 꼬맹이들, 사람만 보면 그저 좋아라고 꼬리 흔드는 누렁이, 검둥이, 흰둥이. 그리고 새도 바람도 태양도 농민군을 따라간다.

"준하 성님! 춘계 나리가 머라 쿠시데예?"

석보가 그 경황 중에도 준하에게 물었다. 몸이 그다지 튼튼하지 못한 준하는 가쁜 숨을 연신 몰아쉬며 대답했다.

"우선에 안 있나, 잘몬 된 조세 운영을 싸악 없애삐고, 목사한테 그거를 보정하겄다쿠는 문서를 받아내야 한다 하싯다."

석보가 깜짝 놀라 다시 확인했다. 목사의 보증 문서라니?

"모, 목사한테서 문서를 받아내요?"

땅강아지처럼 땅만 파먹고 사는 농민들이 하늘같은 목사에게 그런 요구를? 준하가 나도 처음에는 그 말을 듣고 놀랐지만 이제는 아니라는 듯 짧게 말했다.

"하모."

석보는 여전히 실감이 나질 않는다는 얼굴이었다.

"그랄 수가?"

준하는 그 끝도 보이지 않게 뒤를 따르는 농민군이며 길가에 즐비한 군중을 둘러보면서 자신감 넘치는 목소리로 말했다.

"우리 농민군들 기세하며, 저게 서갖고 우리한테 막 박수쳐쌌는 백성들 호응이 있은께네, 어지간하모 그 정도사 가능할 끼라."

석보는 그래도 도무지 믿어지지 않는다는 빛이었다.

"성님, 내는 이기 꿈인가 생신가 모리것소. 아, 꿈이것제, 꿈요."

무슨 사설 타령하듯 한다.

"천주학재이들이 말하는 천당인가? 중들이 말하는 극락인가?"

준하는 전쟁터에서 군사들을 지휘하는 장수처럼 두 눈을 부릅뜨고 저 앞쪽을 노려보며 말한다.

"가리방상하다 아인가베. 우리 모도가 그런 심정인 기라."

또다시 몇 번이고 되풀이해서 울려 퍼지는 노랫소리. '이 걸이 저 걸이 갓 걸이 진주 망건 또 망건 짝발이 휘양건…….'

"나라님도 시방 이 무리를 보모, 압록강 건너 도망칠 꺼 겉소."

"나라님? 내는 우리한테 나라님이 없어진 기 한거석 돼뺏다 여긴다."

"나라님 없는 백성……."

"진짜로 있다모 요리 되것나, 요리는 안 되제."

"허, 우짜다가 이런 말꺼정 나오기 됐는고 참말로 모리것거마."

"진즉 우리가……."

"언청이 아이모 째보라 쿠요?"

"이거는 자다가 일어나서 생각을 해봐도……."

행렬 저 뒤쪽에서 이제까지와는 또 다른 뭔가 새로운 움직임이 전해진 것은 바로 그때다. 날카로운 사금파리나 칼날처럼 위험한 빛이 번뜩이는 것 같다.

"필구 성님! 시방 저 뒤에서 무신 소리 해쌌고 있는 기요?"

화주도 뒤편에서 풍겨오는 수상한 공기의 흐름을 읽었는지 놀라 물었다. 깊은 산중에서 맨손으로 호랑이를 만나도 꿈쩍하지 않을 정도로 담대한 필구 눈도 휘둥그레졌다.

"글씨, 머까?"

화주는 잔뜩 긴장한 얼굴로 말했다.

"머신가 분위기가 험악하다 아입니꺼?"

필구는 여차하면 그쪽으로 달려갈 태세를 취했다.

"하모, 그렇거마."

그들은 자신들의 직관直觀을 의심치 않았다.

"어……."

두 사람이 그렇게 궁금해 하고 있을 때였다. 마치 그 의문을 풀어주기 위해서인 듯 이런 함성들이 들려온 것이다.

– 탐관오리들을 때리쥑이자아!

– 몬된 부잣집을 불태우자아!

– 고 족속들 모도 눈깔을 뽑고 사지를 찢어삐자아!

그때 뿌연 먼지 속을 뚫고 이쪽으로 바삐 다가오는 석보가 보였다. 필구가 그를 향해 특유의 우렁우렁한 목소리로 물었다.

"석보 성님! 마츰 잘 오요. 시방 저 소리 듣고 있소?"

석보는 숨을 있는 대로 헐떡거렸다.

"그래 내 자네들한테로 이리 막 달리온 기라."

방금 왔던 방향으로 눈을 돌리며 황황한 어조로 말했다.

"준하 성님이 아우들 만내 봐라 캐서……."

화주가 한껏 들떠 있던 지금까지와는 다르게 몹시 걱정스러운 낯빛을 지었다. 그러고는 사뭇 흔들리는 표정으로 말했다.

"잘몬하모 우리 농민군이 폭도가 될 꺼 겉심니더, 성님들."

석보와 필구 입에서 동시에 놀란 소리가 나왔다.

"머라꼬? 폭도?"

"안 된다, 폭도라이?"

화주가 뒤쪽을 돌아보며 더없이 다급하고 떨리는 목소리로 말했다.

"춘계 나리께서 젤 염려하신 기 그거 아입니꺼?"

그런데 화주의 잔뜩 긴장되고 걱정하는 기운이 담긴 그 말을 들은 필구가 엉뚱한 소리를 했다.

"도로 잘됐는 기다."

"머? 그기 무신 소리?"

키가 작은 석보가 깜짝 놀라 팔 척 거구의 필구를 올려다보았다. 화주도 그 말뜻을 몰라 필구를 빤히 바라봤다.

"관아로 가는 길에 말입니더."

천지를 진동시키는 그 소음 속에서도 기운 넘치는 필구의 목소리는 다른 동지들의 귀에 똑똑히 전달되었다.

"우리 백성들을 괴롭힌 탐관오리하고 부자들 콱 때리부시고 가자, 이거라요."

필구는 막 풀어지려고 하는 이마의 흰 수건을 두 손으로 다시 세게 묶은 다음에 또 입을 열었다.

"고것들을 곱기 그냥 놔놓고 가는 거도 말이 안 되는 소리 아이요?"

그러면서 무쇠 주먹을 휘두르는 필구 얼굴에 야수와도 같은 빛이 흘러넘쳤다. 하긴 지금 거기 운집한 사람들은 너나없이 저 산이나 들에서 자라 사람에게 길들지 아니한 짐승으로 변해 있다고 보아야 할 것이었다. 특히 나라에서 보면 더더욱 그렇지 않겠는가.

"……."

화주와 석보는 잠시 할 말을 잃고 멍하니 있었다. 사실 그동안 당해 온 일을 생각하면 이것저것 돌아보지 않고 실컷 분풀이를 하고 싶은 건 공통된 심정이었다.

"하기사 성난 농민군을 누가 말리젓노?"

이윽고 석보가 입을 열었다.

"화산이 폭발하는 거하고 똑같은께……."

필구가 세찬 파도처럼 진군하는 무리들을 바라보며 단호하게 말했다.

"우리 농민들이 하는 대로 하입시더."

"……."

"야? 그리 하자고요."

"……."

화주와 석보가 입을 다문 채 얼굴을 마주 보았다. 하나같이 난감한 빛을 떨치지 못하는 그들이었다. 그렇지만 필구는 기둥에 짱짱 대못 박듯 했다.

"우리꺼지 동지들을 막으모 안 되지예."

손에 쥐고 있는 죽창의 예리한 끝을, 그보다 더 날카로운 눈빛으로 들여다보며 말했다.

"아, 우리 아이라 누라도 그 짓을 하모 안 되고예."

몽둥이를 움켜쥔 화주와 지겟작대기를 든 석보가 동시에 말했다.

"그, 그거는 그렇지만도……."

다른 사람들이 주저하는 기색을 보이자, 이래서는 또 지난번 수곡장터 도회와 같은 꼴을 반복하게 될지도 모른다는 위기감을 느낀 필구는 한층 과격하게 나왔다.

"콱 쥑일라쿠모 쥑이고, 탕 부술라쿠모 부숴삐리고……."

화주가 더할 나위 없이 걱정스러운 얼굴로 필구와 석보를 번갈아 바라보았다.

"춘계 나리가 아모 말씀 안 하시까예?"

그러자 석보는 마구 폴폴 일어나는 흙먼지 속으로 긴 한숨을 내뿜었다.

“이리 나선 우리 농민군은, 춘계 나리라도 우찌하실 도리가 없을 끼거마는. 아모도 다시 몬 주우담을 끼라.”

어디선가 말 울음소리와 소 울음소리도 들려오고 있었다.

‘히히힝!’

‘음매!’

그것은 사람이 내는 소리보다도 더 긴박하고 위태로운 느낌을 자아내고 있었다. 그들은 다시 한번 전쟁터가 따로 없다는 것을 실감하고 전율을 금치 못했다.

“여자들만 안 해치모 되것제.”

“…….”

햇볕은 갈수록 쨍쨍했다.

“넘들 재물에 손 안 대고.”

“…….”

약간 지쳐 보이는 석보 음성은 필구의 그것과는 달리 일행들의 귀에 간신히 들릴 정도였다.

“하기사 다린 사람들 재물에 지멋대로 손 대고, 아모 여자들이나 넘볼라는 기 문제지예. 우리 사리사욕만 채울라쿠는 기 아이모…….”

그러면서 화주가 고개를 끄덕였고, 필구는 두 사람에게 재차 확인시켜주었다.

“하모! 그 소리 잘했거마. 우리 초군이 오늘 이리하는 거는 모도 사심 없는 춘계 나리가 앞장서갖고 이끄신 거 아인가베?”

석보는 행렬에서 처지지 않기 위해 잰걸음을 옮기며 혼잣말처럼 말했다.

“춘계 나리하고, 또 우리랑 뜻을 같이하는 다린 양반들도, 우짜모 하매 다 예상한 일일 끼거마는. 아이다, 도로 바랬던 긴지도 알 수 없다."

그 말에 새삼 힘을 얻었는지 필구가 뒤따르는 무리를 향해 발악하듯 소리쳤다. 호랑이가 포효하는 형용이었다.

"다 쥑이자!"

화주가 후렴 치듯 했다.

"모도 때리뿌사삐자!"

행동대장으로 앞장서서 진군하면서도 그들은 잘 몰랐다. 춘계를 비롯한 주도 양반들의 속내를. 어쨌거나 석보도 질세라 고함쳤다.

"쥑이자! 때리뿌사삐자!"

이들은 춘계와 꽤 오랜 시간 교분을 맺고 그 영향을 받으며 지휘대로 움직여왔지만 농투성이들이다. 땅만 파먹고 살아왔지 모사꾼처럼 앞뒤를 잰다거나 학식 높은 선비같이 깊고 넓게 생각할 능력이 모자랐다.

한편 춘계는 여느 몰락 양반들과는 차별화되는 부분이 적지 않았다. 무엇보다도 저 남명 조식의 남다른 기질을 닮았다. 눈곱만한 불의를 그냥 넘기지 못했으며 실천적인 학풍이 강하고 민중 혁명가로서의 면모를 엿보였다. 저 '언가'까지 손수 지은 것을 보더라도 그가 결코 범상한 인물은 아니라는 것을 족히 짐작할 만했다.

"시방 저 뒤쪽에서 마구재비 선동해쌌고 있는 농민군 안 있나, 해나 춘계 나리가 사전에 지시해논 거는 아일까?"

준하가 있는 곳으로 다시 돌아가려던 석보가 문득 바보 같은 표정을 지어 보이면서 한 말이었다.

"춘계 나리가?"

이번에는 필구와 화주의 눈이 마주쳤다.

"설마요."

이건 필구였다.

"와 각중애 그런 추측을 하신 기라예, 성님?"

화주 그 물음에 석보가 눈을 가느다랗게 뜨며 대답했다.

"우짠지 그런 느낌이 드는 기라."

허공 속에 무수한 비수가 시퍼렇게 꽂혀 있는 느낌이 왔다. 그래서 지금 만약 하늘에서 비가 내린다면 아마도 피 같은 붉은 색을 띠고 있을 성싶었다.

"그렇다쿠모 다행이기는 하지만도 에나 무서븐 일입니더."

화주가 사뭇 떨리는 소리로 말하자, 콩알새알하지 않고 만사 단순하게 생각하는 필구는 하늘을 올려다보면서 조금도 신경 쓸 필요 없다는 투로 말했다.

"이기 모도 하늘의 뜻 아이것소, 하늘의 뜻. 내는 그리 보요."

그가 높이 치켜들고 있는 죽창 끝에 하늘의 푸른 기운이 묻어나는 듯했다. 필구는 잊었냐며 상기시켰다.

"와 춘계 나리가 장 말씀 안 하시디요. 민심이 천심이라꼬."

"하모, 맞거마는."

석보도 드디어 마음을 굳힌 모양이었다.

"춘계 나리 멤이 곧바로 민심이고, 민심이 천심인께네, 오늘 여게 모이는 우리 농민군 움직이는 대로 하는 기 정해진 이치 아인가베."

그는 언제나처럼 친동생들에게 하듯 얘기했다.

"아우들! 수고해라꼬. 우쨌든 몸조심하고. 내는 준하 성님한테 가보것네."

석보는 이내 두 사람 시야에서 멀어져갔다. 그가 사라진 방향에서도 뽀얀 흙바람이 세차게 불었다. 이제는 그를 찾으려 해도 찾을 수 없을 정도로 농민군 숫자는 엄청나게 불어나 있다. 그런 무리를 해체한다는 건 불가능에 가까웠다.

"필구 성님! 춘계 나리하고 김민준, 이기개, 박임석 겉은 주도 양반들은 시방 모도 오데 있으까예?"

화주가 무척 궁금하다는 목소리로 물었다.

"글씨다."

필구는 햇빛에 눈이 부신지 약간 상을 찡그리고 있었다.

"하도 복잡한께 누가 누군고, 누가 오데 있는고, 하나도 모리것다 아이가."

그건 사실이었다. 시위대와 군중들, 그것밖에는 구별이 되지 않는 상황이었다. 아니었다. 그마저도 힘들었다. 이제는 모두가 하나로만 보였다.

"아까 전에 우리가 첨 출발할 때는 다 비잇는데……."

화주가 주위를 둘러보며 그들 안위를 염려하는 얼굴을 지었다. 필구도 그제야 막 떠올린 사람처럼 수천 명이 넘는 농민군을 돌아보며 말했다.

"저들 속 오덴가에 안 섞이 있으까이."

그러다가 또 문득 깨친 듯 이랬다.

"그기 아이모, 아모도 모리는 비밀 장소에서 안 있나, 앞으로 우찌할낀고 계획을 짜고 있거나 그리하것지 머."

필구의 그 말은 그날의 거사를 좀 더 높고 반듯한 반석 위에 올려놓는 것 같은 느낌과 명분을 끌어내었다.

"비밀 장소……."

화주도 비로소 깨달았다는 표정이었다.

"하기사! 그런 분들은 뒤에서 지휘하시야제, 넘들 눈에 잘 띄거로 앞에 나섰다가, 관아에 잽히가모 안 된다 아입니꺼."

필구는 지극히 당연하다는 투였다.

"하모, 하모. 내 생각도 똑 그렇거마."

화주가 홀가분하다는 낯빛을 했다.

"그라모 됐심니더. 인자 다린 생각은 더 하지 마이시더."

그러나 농민군을 앞에서 이끄는 두 사람은 전혀 알아차리지 못하고 있다. 아까부터 길옆에서 계속해서 시위대를 따라붙으며 자기들을 뚫어져라 지켜보고 있는 어떤 눈이 있었다.

'저 앞에 있는 덩치 큰 농민군들이 춘계 아자씨하고 같이 댕기던 사람들 맞제?'

비화가 필구와 화주를 한순간도 눈에서 놓치지 않으려는 데는 그럴 만한 까닭이 있었다. 춘계 때문이다. 그가 곧 저들 있는 데로 나타나리라는 생각을 했다. 아니면 그들이 춘계 아저씨 있는 곳으로 가든지.

하지만 춘계 아저씨가 보이더라도 비화 자신은 아무것도 할 수 없다는 사실을 잘 알았다. 그렇긴 할지라도 무사한 그의 얼굴만이라도 보고 싶었다. 그전에 그와 함께 있었던 다른 이들은 보이는데, 그는 보이지 않는다는 게 어떤 불길한 암시나 조짐으로 느껴져 더없이 불안하고 초조했다. 내가 방정맞은 상상을 하면 안 된다고 자꾸 스스로를 나무라면서도 그랬다. 그래, 어쨌든 좋은 생각만 하자.

비화는 그저 엎어질 듯 꼬꾸라질 듯 발을 옮겨가며 줄곧 농민군을 따라붙었다. 시위대에 직접 참여는 못 해도 힘은 북돋워줄 수 있으리라. 유춘계 아저씨가 손수 지었다고 하는 우리글로 된 노래 〈이 걸이 저 걸이 갓 걸이〉는 농민군이 진군하면서 함께 부르는 노래로서 아주 알맞았다. 들어볼수록 딱 맞았다.

칠팔월에 무서리
동지섣달 대서리

죽창과 몽둥이와 지겟작대기와 농기구를 힘껏 흔들고 그 '언가'를 부르면서 계속 앞으로 나아가는 농민군의 사기는 하늘을 찌르고 땅을 흔들고 공기를 찢었다. 그야말로 농민군 천지요, 천지가 농민군이었다. 유사 이래 이런 일이 있었던가?

그런데 시간이 많이 흘러 비화가 춘계 얼굴 보기를 포기하고 그만 집으로 돌아가야 하지 않을까 생각하는 바로 그때였다. 비화는 온갖 소음 속에서도 분명히 들었다.

– 임배봉 그눔을 쥑이자아!

– 점벡이 자슥 눔들도 살리두모 안 된다아!

– 그 악덕 부잣집을 불태워삐자아!

비화는 정신이 몽롱했다. 꿈인가? 여기가 다른 세상인가? 저 수많은 농민군 속에서 그런 말이 튀어나오다니? 마술쟁이가 조화를 부리고 있는 것인가?

그뿐만이 아니었다. 비화는 옆에서 뛰다시피 걷고 있는 수많은 구경꾼에게도 들었다.

"아, 좋아라, 좋아라. 배봉이 그눔을 쥑인다쿤다."

"신난다, 신난다. 그 점벡이 눔들도 살리두모 안 된다 안 쿠나."

"퍼뜩 봤으모 좋것다. 대궐 겉은 고것들 집구석이 활활 불타는 거, 에나 에나 볼 만할 끼거마는."

"어지(어제) 죽은 사람은 올매나 억울하까?"

"구신이라도 기경할라꼬 나올 끼라."

비화 두 눈에서 왈칵 눈물이 솟아났다. 평소 임배봉과 그의 식솔들이 많은 사람에게 분노와 원성을 사고 있다는 사실은 알았지만 이렇게까지 깊은 증오와 원한을 품고 있을 줄은 몰랐다. 그래, 세상은 무심하지도 어리석지도 않다. 제멋대로 굴러가는 굴렁쇠는 아니다.

'아부지, 어머이.'

비화는 마음속으로 부모를 불렀다. 우리 집안 복수를 이 농민군들이 해주려 한다. 춘계 아저씨가 주도하고 있는 농민군들이.

'내 이들을 끝꺼지 따라가 볼란다.'

오늘 같은 날은 일하지 않아도 된다. 밥을 먹지 않아도 되고, 잠을 자지 않아도 되고, 입을 옷이 없어도 되고…….

'가갖고 임배봉이하고 그 새끼 눔들이 죽는 꼴, 그 집구석이 불타는 꼴, 내 이 두 눈으로 똑똑히 지키볼 끼다.'

비화 팔다리에 엄청 힘이 생겨났다. 눈이 빛을 냈다. 비화는 속으로도 울고 겉으로도 울었다. 뺨에도 눈물이 흐르고 마음에도 눈물이 흐른다. 햇빛을 받아 반짝이는 그 눈물은 언젠가 그녀가 보았던 옥진의 눈물과는 또 달랐다.

그런데 비화가 먼저 목격하게 된 것은 임배봉 집보다 그곳에서 더 가까운 위치에 있는 상인 부호와 토호세력, 그 두 집이다.

'아, 우찌 저랄 수가?'

비화는 태어나서 그런 광경은 처음 보았다. 아니, 다른 사람들도 다 그럴 것이다. 토호세력 강 모 집보다도 갑절은 더 크고 으리으리한 상인 부호 지 모 집이 무너지고 불타는 장면이 더욱 장관이었다. 한마디로 허망했고 비참했다. 허상이었다. 인간이 가진 모든 것들은 그저 바람이었다.

'저런 거에 목을 매달아야 한다쿠는 거는…….'

비화는 그 두 집안의 사람들과는 직접 만나거나 개인적으로 원수진 일은 없었지만, 임배봉 버금가게 근동에서 악명 높은 자들이란 사실은 익히 알고 있다. 거기 모인 모든 이들도 마찬가지로 보였다. 민초들은 어리석은 것 같아도 실은 현명하고, 모르는 것 같아도 다 꿰뚫고 있는지도 모른다. 저절로 나서 자라는 잡초야말로 이 지상의 그 어떤 기화요초보다도 아름답고 가치 있는 생명인 것이다.

'아, 몸써리야.'

어쨌거나 성난 농민군이 하는 행동은 보는 이들 가슴을 서늘케 하였다. 힘없고 돈 없이 살아오면서 힘과 돈 있는 자들에게 쌓인 분노와 한이 한꺼번에 터져 나올 때의 그 통쾌하고도 끔찍한 장면이었다.

"화주 아우!"

"예."

"비이제? 저 타오르는 불길 말이다."

"필구 성님!"

"와?"

"들리지예? 농투성이들의 이 함성 말입니더."

"그래, 그래. 흐……."

"에잇!"

미친 듯이 있는 대로 때려 부수고 닥치는 대로 불사르는 농민군 속에서도 필구와 화주의 활약상이 단연코 돋보였다.

"……."

준하와 석보는 저만큼 거리를 두고 떨어져 서서 무소불위의 힘을 발휘하는 농민군의 뜨거운 분노와 차가운 한을 묵묵히 지켜보고 있었다. 그들 눈언저리에 똑같이 불기운과 물기운이 함께 묻어 있었다.

'아아아.'

비화는 가슴 벅차게 생각했다. 춘계 아저씨도 어딘가에서 지금 이 광경을 바라보며 울고 있을 것이다. 그리고 또 다른 누군가도, 같은 이유에서든 아니면 다른 이유에서든, 기뻐하거나 슬퍼하거나 통쾌해하거나 괴로워하고 있을 것이다.

해가 쨍쨍한 하늘에서 구름이 사라진 지는 오래였다.

붓을 쥔 홍우병 목사의 손이 흡사 바람에 흔들리는 사시나무 같다.

홍 목사의 그런 동작은 바뀌지 않고 있다. 어쩌면 무슨 글자를 어떻게 써야 할지 미처 생각이 떠오르지 않는 까닭에 붓대만 놀리고 있는 것처럼 보일 수도 있지만 그건 아닐 것이다.

"으."

홍 목사의 단아한 붉은 입술 사이로 오장육부가 뒤틀리는 듯한 신음이 흘러나왔다. 빳빳한 턱수염도 떨리고 온몸에도 경련이 인다. 차마 입에 올리기조차도 싫은 말이지만, 심한 간질을 앓는 것처럼 비칠 정도로 옆에서 지켜보기가 힘겹고 민망할 지경이다.

"나리!"

해랑의 피맺힌 울부짖음이 점점 세차게 출렁이는 파고波高처럼 높아진다.

"해랑아!"

홍 목사 목소리는 발밑에 깔릴 만큼 낮아진다. 그는 조용한, 그러나 당당한 표정을 잃지 않으려고 애쓰며 말했다.

"잠자코 있거라."

축축하게 젖은 모래펄이나 낙엽을 밟을 때 나는 소리가 그러할까?

"영감!"

또다시 절규하는 해랑이었다.

"아, 너마저 내 마음을 이다지도 흔든단 말이더냐, 너마저?"

호소하는 듯 원망하는 듯 고개를 내젓는 홍 목사.

"흑."

눈물을 참기 위해 안간힘을 다하는 해랑은 나뭇가지에서 떨어져 내리기 직전의 꽃잎 같은 모습이다.

"내 이미 다 약속했느니라."

급기야 홍 목사 음성에도 물기가 묻어난다. 뒤를 이어 해랑이 지금까지 들어온 그 어떤 말보다도 두렵고 무서운 말이 나왔다.

"농민군이 요구한 대로 도결 혁파를 서면으로 작성하여 넘겨줄 것이다."

"나리!"

해랑은 끝내 왈칵 울음을 터뜨렸다. 그녀는 홍 목사의 몸을 잡아 흔들려고 하다가 차마 그러지는 못하고 절규했다.

"조정에서 이거를 알기 되모 영감을 그대로 안 둘라 쿨 것이온대, 앞으로 이 일을, 이 일을 우짜모 좋겠사옵니꺼? 흑흑."

홍 목사 몸의 떨림이 조금 가셔졌다.

"그래도 어쩔 수 없느니라."

그러고 나서 홍 목사는 해랑으로서는 꿈에도 예상치 못할 말을 했다.

"그리고…… 농민들이 옳아."

"예에?"

홍 목사는 한 번 더 말했다.

"옳은 쪽은 농민들이야."

"……."

해랑은 소스라치게 놀랐다. 그의 입에서 저런 말이 나오다니. 하지만 그는 호수에 듣는 보슬비를 연상시키는 나직한 목소리로 말을 계속했다.

"내 이대로 목숨을 잃는 한이 있더라도, 마지막, 마지막으로 꼭 좋은 일을 한번 해보고 나서 죽고 싶구나!"

그의 얼굴에 지는 음영이 죽음의 그림자를 떠올리게 하는 말까지 나왔다.

"그래야만 저승사자를 따라갈 때도 후회가 없을 것 같아."

해랑은 거의 필사적인 모습을 보였다.

"목사 영감! 아모리 시방 사정이 이렇지만도 우찌 그런 말씀을?"

하지만 해랑이 더 이상 무슨 소리를 하지 못하게 말렸다.

"허어, 그만하래도?"

"……."

이윽고 홍 목사는 준비한 종이에 붓으로 글을 써 내려가기 시작했다. 그 흰 여백조차 두렵고 궁금하여 창백한 빛을 띠는 것 같았다.

'완문'

종이 맨 위쪽에 쓰인 두 글자는 완문完文이었다. 목사 명의로 보증한다는 문서였다.

자신이 쓴 그 글을 말없이 가만히 내려다보는 홍 목사의 눈빛이 더할 수 없이 흔들리고 있다. 온 세상이 그 두 개의 글자 밑에 깔려 숨을 죽이고 있는 듯하다.

"음."

폐부 저 깊은 곳에서 끌어올리는 소리를 내며 그는 떨리는 손으로 완문이란 글자 아래에 다음 글을 쓰고 있다.

'완문을 작성하여 발급한다.'

해랑의 눈에 그 글자 한 자 한 자가 살아 꿈틀거리는 듯했다. 무슨 외교 문서 같았다. 아니었다. 유서 같았다. 유서. 유춘계가 이끄는 농민군 세력이 이렇게 강할 줄은 정말 몰랐다.

'사람들이 생지옥, 생지옥, 해쌌더이…….'

해랑은 너무나 힘들고 괴로웠다. 홍 목사 입장에서만 생각할 수도 없고, 그렇다고 해서 유춘계 입장에서만 생각할 수도 없는 처지였다. 그녀에게는 홍 목사와 유춘계 두 사람 모두 똑같이 소중하고 귀한 이들이었다. 물론 사사로운 정분을 떠나 좀 더 높고 넓은 눈으로 보면 당연히 유춘계로 대표되는 농민군을 지지함이 백번 옳았다.

'불쌍한 사람들.'

해랑이라고 어찌 모를까? 못된 탐관오리와 토호세력들의 저 지독한 등쌀에 견디다 못해 수많은 농민들이 스스로 목숨을 끊기도 하고, 또 때로는 정든 고향 땅을 등지고 머나먼 유랑의 길로 들어서기도 한다는 사실을. 그 천추에 씻을 수 없는 애환과 분노를 모를 수가 없었다.

그러나 또 어쩌겠는가? 연인 홍 목사를 어쩌겠는가? 비록 홍 목사가 고을 백성들을 위해 자기 나름대로 노력하지 않은 것은 아니지만, 아니 누구보다도 노력했지만, 그래도 그는 어디까지나 관직에 몸담은 신분이요, 따라서 농민군의 적수가 될 수밖에 없는 운명인 것이다. 아, 이렇게 꼬일 대로 꼬인 인간사라니. 실타래라면 가위로 싹둑 자르거나 칼로 탁 끊어버릴 수도 있을 터이다.

'갱상우뱅사 박신낙이 에나 원망시럽거마는!'

해랑은 자꾸 두 눈에 가득 차오르는 눈물을 소매 끝으로 훔쳐내며 속으로 탄식했다.

'그가 사태의 심각성을 진즉 깨달아 목사 영감의 진언進言을 들었다모, 일이 이러키나 안 됐을 낀데.'

홍 목사 손은 이제 떨림을 멎었다. 그만큼 마음의 안정을 찾았다는 증거였다. 붓끝에서 살아나오는 글자를 무연히 바라보는 해랑의 가슴은 기쁨과 슬픔의 두 가짓빛으로 뒤엉켰다. 농민의 한풀이를 생각한 기쁨과 홍 목사 안위를 생각한 슬픔이었다.

'우짜다가, 내가 우짜다가!'

해랑은 관기가 된 것을 이날처럼 후회해본 적이 없었다. 하나뿐인 딸

자식이 기녀의 길로 들어선 후로 눈물과 한숨으로 세월을 보내는 부모 강용삼과 동실댁, 친자매 이상으로 안타까워하는 비화 언니, 나아가 자신을 아는 모든 이들 얼굴이 화살이나 창처럼 가슴 한복판에 와 꽂혔다.

그리고 다음 순간, 홍 목사에게서 그 완문을 빼앗아 북북 찢어버리고 싶다는 충동 때문에 해랑은 경악했다. 그런 마음까지 들다니? 임금의 용안을 손톱으로 할퀴었다는 어느 후궁 이야기가 떠올랐다. 그 여자의 말로末路는 더 이상 들먹일 필요가 없었다. 하지만 그래야만 홍 목사가 살 수 있을 것 같았다.

그런 해랑의 귀에 언제나 헐벗고 굶주려왔던 농민들이 무섭게 꾸짖는 소리가 크게 들려왔다.

– 그 완문이 어떤 완문이냐? 그것을 찢겠다고? 네년 가랑이를 쫙쫙 찢어버리겠다!

– 잡초처럼 사는 우리 민초들의 고통과 분노를 너 어찌 모르느냐?

– 너도 똑같이 죽여 버리겠다! 탐관오리들과 함께 한 구덩이에 파묻어버릴 것이다!

– 그런 심보를 가지고 있으니 네년이 그렇게 살 수밖에 없는 것이야!

해랑은 두 손으로 우악스럽게 귀를 틀어막았다. 그래도 그 소리들은 도저히 막을 수가 없었다. 뿐만이 아니었다. 새롭게 들려오는 소리에 해랑은 자칫 비명을 지를 뻔했다.

– 옥진아이! 니 시방 무신 생각한 기고? 몬 묵고 몬 입어 숨이 끊어져 가는 백성을 구할 그 완문을 찢어뻴 생각을 하다이. 옥진아이, 니가 증말 옥지이가 맞는 기가, 으잉?

비화 목소리다. 다른 누구보다도 한층 더 싸늘하고 매서웠다. 해랑이 미쳐날 것 같은 그런 환청에 시달리고 있을 동안 홍 목사는 완문을 거의 완성시켜가고 있다.

'본 읍의 이른바 도결은 농민의 원에 따라 지금 혁파하니 이에 따라 영구히 준행함이 마땅하다.'

거기까지 쓴 홍 목사는 잠깐 붓을 내려놓았다. 그러고는 참으로 험준하고도 긴 고갯길을 허위단심 넘어온 사람처럼 가쁜 숨을 힘겹게 몰아쉬었다. 핏기없는 얼굴이 희다 못해 물 위에 비친 달보다도 창백하다.

"저, 영감……."

해랑이 무어라 입을 열려는데 그가 가만히 있으라는 듯 손을 약간 내저었다. 그런 다음 정좌한 채 가만히 눈을 감았다. 얼굴 근육이 씰룩거리는 게 해랑 눈에 또렷하게 비쳤다. 해랑은 차마 계속 지켜볼 수가 없어 덩달아 눈을 감아버렸다.

"……."

캄캄한 침묵. 질식할 것만 같은 공기. 얼마나 그런 순간이 흘러갔을까? 홍 목사가 다시 붓을 잡는 기척에 해랑은 눈을 떴다. 홍 목사는 이제 더 이상 주저하고 망설일 여유가 없다는 듯이 지금까지와는 달리 단숨에 써내려가기 시작했다.

'임술 2월'이라 쓰고, 그 아래 '목사(인)'이라 썼다. 그런 다음에 종이 오른쪽 밑으로 또 이렇게 썼다. '이방 김두운(인)', '좌수 양梁(인).'

해랑이 보기에도 이제 완문은 완성된 듯했다. 그것을 한참 동안 아무 말 없이 내려다보는 홍 목사 어깨가 들썩거렸다. 속으로 오열하고 있는 것이리라.

'아, 우리 영감을 우짜노?'

해랑은 아픈 상처를 떠올리는 심정으로 또다시 깨달았다. 아무리 조정과 관아에서 잘못된 일을 하더라도 홍 목사는 그것을 좇을 수밖에 없는 관리 신분이라는 것을.

"나리!"

결국 해랑은 또 입을 열어 그를 부르고 말았다. 완문을 작성한 종이가 파르르 떨리는 듯했다.

"그래, 해랑아."

그가 나직한 목소리로 응답했다. 해랑은 급기야 그의 가슴에 무너지듯 쓰러지고 말았다. 그녀의 가야금 소리를 들으며 철부지 어린아이같이 좋아하던 그의 모습이 참으로 아득한 옛날처럼 느껴졌다. 혼란스럽기 그지없었다. 머리가 빠개지는 느낌이었다. 지금까지 내가 꿈을 꾸고 있었던가 싶었다. 홍 목사도, 심지어 해랑 자신마저도 허상이 아니었던가 싶었다.

"아, 해랑아. 이제 나는 더 이상 너를, 너를……."

그러나 홍 목사가 말을 맺기도 전에 해랑은 옥 같은 손가락을 들어 그의 까칠한 입술을 막았다. 끝까지 듣고 있다간 미쳐버릴 것이다.

"……."

또 다른 환청일까? 스스로를 초군이라 일컬으면서 무섭게 진군하는 농민군의 저 '언가' 소리가 들려온다. 농민군의 발자국 소리도 들리는 성싶다.

"영감."

그 소리를 듣지 못하게 할 양으로 해랑은 홍 목사 얼굴을 끌어당겨 제 가슴 사이에 깊이 파묻었다. 호롱에 켠 불이 까무러지고 있었다.

"음."

그가 붉은 신음소리를 내었다.

"아."

해랑의 신음소리는 검푸른 빛이었다.

"이건 아니다."

홍 목사가 해랑의 몸을 밀쳤다. 해랑은 놀라 그를 바라보았다. 충혈

된 그의 눈빛은 이렇게 말하고 있었다.

'오늘은 아무래도 내가 널 안을 수가 없구나. 제 직분을 다하지 못한 부끄러운 죄인의 몸으로 어찌…….'

해랑의 입에서 자신도 모르게 이런 말이 흘러나왔다.

"모든 거는 지 불찰이옵니더. 목사 영감을 제대로 뫼시지 않고 그냥 은총만을 바란 채로 지내온……."

홍 목사가 고개를 내저었다.

"그런 소리는 나를 더 비참하게 만들 뿐이다. 그러니 그만 입을 다물어라."

하지만 해랑은 고집스럽게 나왔다.

"방정맞은 기 여자라는 그 말이 한 개도 안 틀린 거 겉사옵니더. 재수 없는 쇤네가 영감 곁에 없었더라모 이런 일이 없었을 것이옵니더."

홍 목사 음성이 조금 높아졌다. 바람도 느껴지지 않는데 붓과 종이가 모두 흔들리는 것 같았다.

"누가 방정맞고 재수 없는 사람이란 말이더냐? 두 번 다시는 내 앞에서 그런 이야기는 내비치지 말거라."

"영감."

해랑은 그만 입을 다물고 말았지만, 마음은 지난 어느 날 아버지와 함께 가본 그 바위로 돌아가고 있었다. 바위는 하나인데 이름은 여러 가지였다.

본디 산과 연결된 땅이었는데 큰비가 내려 흙으로 된 산은 떠내려가고 바위만 남았다고 하여 '떨어진 바위', 떠내려가던 중 여인의 고함소리를 듣고 그 자리에 멈췄다고 해서 '떠내려온 바위', 크고 외롭고 높이 쌓은 곳이라는 '대고대大孤臺' 등으로 불렸다.

그날 부녀는 남강의 한참 저 상류에 있는 남계수가 흐르는 곳의 물가에 서 있었다. 무슨 일 때문에 그 먼 데까지 갔는지 지금은 기억에 남아 있지 않지만, 그 풍경만은 아직도 머릿속에 생생히 살아 있는 것이다.

들판이 보이고 그 들판 끄트머리로 강이 흐르는데 그 강 건너편에 울창한 숲이 우거지고 그 숲에 싸인 층층바위가 있었다. 그것이 바로 여러 이름으로 불리는 그 바위였다.

“옥진아, 여 멀리 서서 봐도 에나 대단하제?”

“예, 아부지. 진짜 겁나거로 큰 바구라예.”

“아모리 나모를 잘 가꾸는 사람이라 쿠더라도 저리 멋진 분재盆栽는 몬 맨들 기라.”

“맞아예. 똑 나모를 화분에 심어서 가꾼 거매이로 비인다 아입니꺼.”

보면 볼수록 대단한 바위가 아닐 수 없었다. 큰 나무들이 층을 이루고 있는 그 바위의 틈 사이로 뿌리를 내려서 무성한 숲을 만들었다. 아주 편편한 바위 꼭대기는 백 명도 넘는 사람들이 앉아도 될 정도로 넓어 보였다.

“선비들이 모이갖고 시회詩會를 하기에 마츰맞다 아인가베.”

“아아들이 올라가서 놀모 에나 신나것어예.”

“흠.”

“운제 비화 언가하고 한분 더 와보고 싶어예.”

“그렇나? 그라모 내는 김호한이 그분하고 저게 앉아서 술이나 한 잔…….”

그런데 아버지와 딸의 정겨운 대화에 끼어든 사람이 있었다. 그 지역 관아의 말직에 있다가 물러나 지금은 강에서 낚시질이나 하면서 소일하고 있노라고 자신을 소개한 초로의 남자였다.

“어, 가마이 있거라, 아모래도 타지에서 오신 분들 겉은데?”

막걸리 한잔이라도 걸쳤는지 컬컬한 목소리였다. 야산과 들판을 등에 지고 나타난 그가 딛고 서 있는 땅은 물기에 젖은 황톳빛이었다.

"저 바구가 신기해서요. 바구가 맞기는 맞지예? 우째모 저리……."

용삼의 말이 채 끝나기도 전에 그의 입이 먼저 열렸다.

"그 바구가 첨에 우찌해서 저게 있기 됐는고 그거를 알모 더 놀랠 기라요."

용삼이 옥진을 한번 보고 나서 물었다.

"그라모 애당초부텀 저곳에 있었던 기 아이고예?"

옥진도 눈을 크게 뜨고 남자를 쳐다보았다. 그런 옥진을 뚫어져라 바라보는 남자 얼굴에 부러워하는 빛이 서려 있었다. 그 아닌 다른 누구라도 마찬가지였을 것이다. 남녀노소를 가릴 것 없이 사람들은 옥진의 뛰어난 미모에 하나같이 그런 반응을 보였다.

"아까부텀 보이 따님인 거 겉은데, 맞지요?"

"아, 예."

남자의 머리 위를 흰빛과 검은빛이 섞인 새 한 마리가 휙 날아갔다. 그 남자의 머리털도 반백이었다.

"여자인 따님이 있는 데서 이런 이약을 하기가 쪼매 그렇기는 하오만……."

남자의 말은 더욱 종잡기 어려웠다. 바위 이야기를 하는데 여자가 있으면 안 되는 무슨 이유라도 있는가 말이다. 그런데 남자가 혼잣말처럼 하는 그다음 소리가 또 안 좋았다.

"여자가 방정맞거로……."

순간, 용삼의 눈이 매섭게 번득였다. 아내 동실 댁마저 '딸바보'라고 놀릴 정도로 옥진을 아끼는 그였다. 한데 상대방의 그런 반응을 충분히 알아챘을 것임에도 불구하고 남자는 한 번 더 신경을 긁어놓는 소리를 했다.

“운제나 여자가 문제 아인가베?”

급기야 용삼의 고성이 터져 나왔다.

“시방 무신 소리를 하는 기라요?”

그 고함소리에 강물도 흠칫, 그 흐름을 멈추는 것 같았다. 그러자 남자의 입술이 묘하게 비틀어지는가 싶더니 메말라 보이는 손가락으로 저편 바위를 가리키며 말했다.

“우리나라 말은 끝꺼지 들어봐야 안다 캤소.”

들판 위로 바람에 쓸리듯이 작은 새떼가 비스듬히 날고 있었다. 살아 움직이는 한 폭의 그림을 연상시켰다. 남자가 아쉽다는 투로 말을 이어갔다.

“저 바구가 저 자리에서 정지 안 하고 저 밑 월명산꺼지 갔더라모 여게가 도읍지가 됐을 수도 있다쿠는 이약도 있으이, 그래서 내가 하도 억울해서 하는 소리 아이것소.”

“…….”

용삼과 옥진의 눈이 마주쳤다. 용삼이 약간 누그러진 목소리로 남자에게 물었다.

“그란데 여자 땜새 그리 되지 몬했다, 그런 이약을 하고 싶은 깁니꺼?”

기골이 장대한 용삼에 비해서 상대적으로 체구가 왜소해 보이는 남자는 약간 노르끄레한 이빨을 드러내며 씩 웃었다.

“말귀 하나는 잘 알아들으시는 분이시거마. 시상에 없이 이쁜 딸을 가지신 것도 너모나 부러븐 일인데 거다가…….”

옥진이 야물게 입을 연 것은 그때였다.

“그 이약 좀 해주이소. 여자가 머를 잘몬해갖고 그리 돼뼛는지 알고 싶어예.”

남자가 두 손을 위로 들어 올려 상투를 매만지며 말했다.

"아, 아즉 에린 나인데 목청도 참 곱소. 잘 모르기사 몰라도 그런 목소리로 말하는 여자 겉었으모 저 바구가……."

그러다가 용삼의 표정을 살피더니 갑자기 화급한 용무라도 생긴 사람처럼 지금까지와는 비교가 되지 않게 빠른 속도로 말을 쏟아내기 시작했다.

"그때는 그리 큰물이 진 것도 아이었는데 말이오, 큰 바구 하나가 저우에서 이짝으로 떠내리오고 있었다는 기요."

남자는 목울대가 튀어나올 만큼 마른침을 꿀꺽 삼켰다. 그가 더 흥분하고 있다는 증거였다.

"그란데 해필이모 우뗜 여인 하나가 여게서 빨래를 하고 있다가 그거를 보고 막 소리를 질렀다는 기라요."

그러고 나서 남자는 별안간 강 위를 향해 냅다 외쳤다.

"바구가 떠내리온다아!"

졸지에 터져 나온 그 고함소리에 옥진은 물론 용삼도 적잖게 놀라고 말았다. 남자는 마치 실성한 사람처럼 비쳤던 것이다.

"그 통에, 그 바람에……."

"……."

"바구는, 저 바구는……."

"……."

남자는 스스로의 감정에 겨워 말끝을 제대로 잇지 못하는 모습이었다. 그러자 용삼이 큰 기침소리를 내고 나서 말했다.

"그래서 바구가 고마 저 자리에 멈추고 말았다쿠는 이약입니꺼?"

남자가 잠자코 고개만 끄덕거렸다. 용삼이 입안으로 중얼거리는 소리가 옥진의 귓바퀴를 맴돌았다.

"그래서 방정맞은 여자라는 말이 나온 모냥이거마. 무담시 여자만 억울커로 돼삣거마."

그때 옥진은 비록 입 밖으로 끄집어내지는 못했지만, 그 남자 아니 세상 모든 남자들에게 항변하고 싶었다.

– 여자가 아이고 남자가 그거를 봤더라도 그리 소리쳤을 기라예.

민초의 이름으로

유춘계와 김민준, 이기개, 박임석 등이 앞서 이끄는 기세등등한 농민군을 본 경상우병사 박신낙의 푸르죽죽한 얼굴은 사색이 돼 있다.

"대, 대관절 무슨 소리를?"

바람이 우병영의 본청인 운주헌의 지붕을 세차게 후려치면서 지나갔다. 여느 때 같으면 바람도 몸을 사리고 지나갈 정도로 위세 높은 곳이 운주헌이었다.

"그, 그러니까……."

박신낙은 잔뜩 불안한 목소리로 말을 이어갔다.

"내 부하들이 농민 수탈을 그토록 심하게 했단 말이오?"

"……."

운주헌 마당에 서 있는 나무들이 고개를 모로 돌려 외면하는 것 같았다. 그곳은 어쩐지 나무들조차 다른 데 있는 나무들과는 달라 보였다.

"나는 모르고 있었소이다."

박신낙은 누구 눈에도 오직 발뺌할 요령을 찾기에만 급급한 모습을 감추지 못했다. 경상우병사라는 그의 신분이 믿어지지 않을 지경이었다.

"도대체……."

천필구와 한화주 같은 건장한 농민들을 좌우로 거느린 춘계가 큰소리로 그를 나무라기 시작했다.

"모든 거를 첨부텀 끝꺼지 다 책임져야 할 자리에 있는 사람이 그거도 모리고 있었다이, 그기 말이나 되는 소리요?"

그 와중에도 체통을 유지하려고 나름 노력하는 구석은 있었지만, 그는 더없이 다소곳한 태도로 바뀌어가고 있었다.

"채, 책임……."

박신낙은 금방 숨넘어가는 소리로 더듬거리더니 옆에 서 있는 부하들에게는 완전히 다른 목소리로 명령을 내렸다.

"당장 가서 우병영 중영 소속 서리 김순휘를 잡아오라."

그가 하는 짓거리를 그냥 보고 있을 사람이 아니었다.

"저, 저?"

참지 못하고 앞으로 나서서 어떻게 하려는 필구를 춘계가 막았다.

"일단 우떻게 하는고 지키보고 갤정하는 기 좋것소."

우병영의 붉게 채색된 굵은 기둥이 그 모든 광경을 처음부터 끝까지 지켜보고 있었다.

태종 때부터 창원의 합포석성에 있던 우병영을 거기 촉석산성으로 옮겨온 것은, 선조 때 그곳에 부임한 병사 겸 목사 이수일이, 그 당시 경상도 관찰사인 이시발과 논의를 하여 비변사에 장계를 올려 조정으로부터 재가를 얻은 후였다. 그런 우병영은 지금 그 심사가 어떠할는지.

그로부터 얼마나 지났을까? 이윽고 김순휘가 부하들 손에 의해 붙들려왔다. 그의 얼굴은 이미 절반은 산 사람이 아니었다. 차라리 얼어 죽은 송장, 강시僵屍에 가까웠다. 박신낙이 그를 바닥에 무릎 꿇게 하고 서슬 퍼렇게 호통을 쳤다.

"네 이노옴!"

서리 김순휘의 입에서 곧 죽는소리가 나왔다.

"헉!"

병영의 외삼문인 망미루 근처에서 까마귀 울음소리가 간헐적으로 들려오고 있었다. 어찌 들으면 서장대 밑에 있는 호국사나 성곽 밖 북동쪽으로 길게 파여 있는 해자인 대사지 쪽인지도 모르겠다.

"그래, 나라의 녹을 먹는 자가 그 자리에 앉아 있으면서……."

박신낙은 팔다리를 놀려 뛰는 시늉을 하는 걸 잊지 않았다.

"네 어찌 선량한 농민들을 그렇게 괴롭혀 왔단 말이더냐?"

그의 고함소리는 운주헌 기둥 사이를 뚫고 나가 지붕을 타고 허공으로 흩어져갔다. 그건 너무나 허망한 메아리에 지나지 않았다.

"저, 저, 그, 그런 게 아, 아니옵고……."

김순휘는 제대로 말을 못 했다. 그런 상황에서도 박신낙의 위세는 대단해 보였다. 어떤 면에서 그는 뛰어난 연기를 하는 광대 패를 방불케 했다.

"여봐라!"

서릿발처럼 시퍼런 엄명이 떨어져 내렸다.

"저놈을 당장 형틀에 묶고 잘못을 고할 때까지 매우 쳐라!"

까마귀 울음소리가 뚝 그쳤다. 그러자 거기 운주헌은 괴괴한 분위기에 휩싸였다.

"저, 저거를?"

박신낙이 하는 짓을 보고 있던 농민군 몇이 또 앞으로 나서려고 하자 이번에도 춘계가 말렸다.

"쪼꼼만 더 기다려들 보시오. 참으로 진풍갱 아인가베? 날강도가 잡도독을 나무라쌌는 꼴이……."

김순휘에게 곧 엄청난 매질이 가해지기 시작했다. 허연 살점이 터지고 벌건 핏물이 마구 튀었다. 그런데도 더, 더 세게 쳐라고 부하들을 마구 윽박지르는 박신낙이었다. 급기야 개중에는 눈을 돌리는 사람도 있었다.

"으아아악……."

관아 기둥을 흔들던 비명소리도 점점 잦아졌다.

"주, 죽었사옵니다!"

그런 보고가 박신낙에게 올려졌다.

"……."

모두는 똑똑히 보았다. 농민군에게 보이기 위한 매질을 견디지 못해 끝내 절명해버린 한 탐관오리의 처참한 최후를. 천년 만 년 살 것같이 온갖 부정축재를 저지르던 인간이 숨 한 번 끊어지고 나니 도살된 한 마리 짐승과 다름없었다.

"자, 이제 되었소?"

"……."

"그동안 농민들을 괴롭힌 자를 처벌했으니, 모두 분들을 풀고 그만 돌아들 가시오."

"……."

"이곳은 신성한 관아요. 그러니……."

박신낙이 침묵을 지키고 있는 춘계를 비롯한 지도자들에게 명을 내리듯 했다. 농민군들 사이에 걷잡을 수 없는 큰 소요가 일어난 것은 그 말이 채 끝나기도 전이다.

"저거도 사람이가? 모든 책임을 지 부하한테 떠맽기다이."

"에이, 개짐승보담도 몬한 눔!"

"저 비열한 태도 좀 봐라 캐도? 에고, 더러버라, 더러버라."

"말만 해서는 안 되고, 모가지를 싹 베삐리자카이."

"거름통 마개도 할 수 없는 모가지만 그랄 끼 아이다."

이번에는 춘계도 농민군을 제지하지 않았다.

"저 자를 포로로 잡도록 하시오."

그 말이 떨어지기 무섭게 필구와 화주가 즉시 뛰어나와 박신낙을 꽁꽁 포박했다. 애당초 저항을 포기해버린 그였다. 하긴 농민군을 맞아 끝까지 싸울 자였다면 지금과 같은 그런 비참하고 못난 모습은 보이지 않았을 것이다.

그의 부하들은 자칫 자신에게 해악이 미칠까 봐 한쪽 귀퉁이에 방관자처럼 서서 그 장면들을 멀거니 지켜보는 게 고작이었다. 그리하여 그들 또한 농민군 같아 보였다.

"자, 그라모 시방부텀……."

춘계가 죄상을 묻기 시작했다.

"나, 나는 모, 모르고 있었다는 죄밖에 없소."

여전히 오리발이었다.

"그거도 말이라꼬 하요?"

춘계 목소리가 좀 더 높아졌고, 박신낙은 계단 아래 낮은 마당에서 무릎을 꿇린 채 목을 있는 대로 움츠렸다.

"그, 그러면 뭐라고 고해야……."

춘계는 매섭게 다그쳤다.

"그라모 우뱅사로 앉아 있음서 머를 했다는 기요?"

"그, 그게……."

춘계는 말을 잇지 못하는 그자를 이글이글 타오르는 눈빛으로 노려보며 주위에 둘러서 있는 농민군들에게 명했다.

"일단 옥에 가둬두시오."

하늘에 고하듯 공중을 올려다보며 말했다.

"민초의 이름으로 저 자를 다스리도록 하것소."

박신낙은 농민군들에 의해 더없이 참담한 몰골로 질질 끌려가면서도 사정했다.

"지, 지발."

농민군이 성을 점령했다는 소식에 온 고을이 자글자글 들끓었다. 과연 그런 일이 실제로 가능할까? 끝까지 믿으려 들지 않으려는 이들도 적지 않았다. 민심을 어지럽히는 그런 헛소문을 퍼뜨렸다가 관아에 잡혀가면 어쩌려고 그러냐고 나무라는 이도 나왔다.

그러나 누구도 부인할 수 없는 사실이었다. 이 땅의 역사를 통틀어 일찍이 없었던 놀라운 농민항쟁이 엄연히 벌어지고 있었다.

"농민 수탈에 앞장섰던 자들부텀 처단하입시더."

"예, 나리."

"그라고……."

"예, 말씀만……."

유춘계는 일단 칼집에서 칼을 빼드니 실로 무서운 사람이었다. 김민준 같은 양반들은 물론이고 서준하를 비롯한 농민들도 춘계를 다시 보았다. 저런 인물이기에 무지렁이들을 통솔하여 이렇게 엄청난 일을 이뤄낼 수 있었을 거라고 고개를 끄덕였다.

"우떤 눔을 먼첨 손보까예, 나리?"

필구가 강철 같은 팔뚝이 드러나 보이게 소매를 걷어붙이며 물었다.

"맹넝(명령)만 내리주이소. 누든지 잡아오것십니더."

피 맛을 본 늑대까지는 아니라 할지라도 화주 또한 여간 흥분한 모습이 아니었다. 다른 농민군들도 죽창이며 몽둥이며 지겟작대기, 농기구 따위를 하늘에 닿을 듯이 치켜들고는 있는 대로 힘껏 흔들어 보이며 '와

와' 함성을 질렀다. 그래도 달려오는 관졸의 그림자도 보이지 않았다. 그야말로 '새 세상'이었다.

"우선에 우병영 이방 권범주부텀 처리해야 할 꺼 겉소."

"알것십니더."

"더 이상 늦춰갖고는 아니 될 일들이 너모나 많소이다."

"옳으신 말씀입니더."

"그라고, 또……."

"예, 그대로……."

춘계 말 한마디가 그대로 법이요, 운명이었다.

"다린 분들 생각은 우떻소?"

춘계가 묻자 이기개가 대답했다.

"권범주도 그렇지만도, 그 아들 두치도 애비 못지않거로 악질이지 예."

서준하도 가증스럽다는 듯 불길이 이는 눈으로 말했다.

"부전자전이라꼬 그거들이 올매나 농민을 수탈했는고는 삼척동자도 알 낍니더."

춘계가 짧게 명했다.

"좋소. 그들 부자를 잡아들이시오."

"예, 나리."

필구와 화주가 서로 얼굴을 한번 마주 보고는 곧장 밖으로 달려 나갔다. 그러고는 얼마 지나지 않아 과격한 농민군과 합세하여 범주와 두치를 끌고 왔다.

"사, 살리만 주이소. 지, 지발하고……."

역시 듣던 대로 그 아비에 그 자식이었다.

"잘몬했십니더. 목심만! 목심만!"

살이 피둥피둥 오른 그들 부자는 손이 발이 되게 싹싹 빌어댔다. 하지만 농민군이 결코 가만히 있지 않았다. 특히 그들에게 혹독하게 당한 농민군 몇이 치미는 분을 참지 못해 야단이었다.

"저놈들 땜에 우리 에린 여식이 죽었심더. 고마 굶어 죽었심더. 하도 몬 묵어 누렁커로 부황이 떠갖고 부모 곁을 떠나갔심니더."

"뿔라져서 몬 쓰거로 된 내 왼짝다리 도로 물어내라, 물어내!"

"그리도 쪼꼼만 봐 달라꼬 사정, 또 사정, 안 하더나? 뿌이가? 산모 준다꼬 집 안에 한 톨 냉기놓은 보리깝데기꺼정 빼앗아가뻿제."

"춘계 나리, 저것들을 우리 손으로 처단하거로 해주이소."

춘계가 자리에서 몸을 일으켜 세우며 말했다.

"그리들 하시오."

범주와 두치 부자가 춘계에게 애걸복걸했다.

"우, 우리를 사, 살리주시오, 지발."

"하, 한 분만 봐주시모 다, 다시는 안 그라것심니더."

그러나 춘계는 두 번 다시 뒤도 돌아보지 않고 그곳을 떠났다. 한 번 내린 결정은 무슨 일이 있어도 번복하지 않는 그의 성품을 잘 보여주고 있었다.

곧 온 고을에 쫙 퍼졌다. 농민 수탈에 누구보다 가장 열을 올렸던 우병영 이방 권범주와 그의 아들 두치가 성난 농민군 손에 의해 처참하게 목숨을 잃었다는 소문이. 그리고 그 시신은…….

'머? 머라꼬? 시상에?'

그리고 더욱 믿어지지 않는 이야기가 뒤를 이었다. 농민군이 이곳 목사를 사로잡아 욕을 보였다는…….

그가 죽임을 당하지 않은 것은, 그래도 잘못된 환곡 실태를 그 나름대로 바로잡아보려고 애썼던 공이 있어서라 했다. 직속상관 우병사가 부하인 목사의 진언을 받아들이지 않은 탓에 결국 농민군이 들고일어났다는 소리도 곁들여 나왔다.

그러나 세상 누구도 알지 못했다. 목사가 당한 그 치욕스러운 사건을 남몰래 혼자 가슴에 담은 채 피눈물을 흘리고 있는 한 관기의 슬픔과 고통도 있었다.

그랬다. 농민군이 관아를 습격하여 경상우병사를 감금하고 목사를 욕보였으며 우병영 관리들을 처벌했다는 참으로 어처구니없는 그 사건이, 임금이 있는 대궐까지 전해져 온 나라가 뿌리까지 흔들흔들 하는 판국에, 일개 기녀의 감정 따위야 나뭇가지 끝을 슬쩍 스치고 지나가는 바람보다 더 하찮은 거였다. 홍 목사와 해랑의 남모를 사랑과 비극은 그렇게 진행되고 있었다.

"머시라? 그눔이 달아났다꼬?"

필구가 온 세상이 내려앉을 정도로 큰소리를 질렀다.

"그렇다 쿠네예. 우짜모 좋것십니꺼, 필구 성님."

화주도 그놈을 놓쳐 너무 안타깝고 분하다는 표정을 지우지 못했다.

"글씨, 문제다."

필구는 예삿일이 아니라고 이를 악물었다.

"춘계 나리가 무신 일이 있어도 꼭 잡아들이라꼬 하신 눔 아이가?"

난감한 기운이 흘렀다.

"오데로 숨었을까예? 쥐새끼 겉은 눔!"

화주가 씩씩대며 말했다. 필구의 부리부리한 눈에 불똥이 튀었다.

"흥, 지까짓 끼 뛰봐야 배룩 아이것나."

모든 게 일단락된 게 아니었다. 아직 처리해야 할 일들이 적잖게 쌓여 있어 농민군들의 등을 떠밀고 있었다.

"성님하고 지하고 반다시 그눔을 잡아냅시더."

"하모, 안 그라모 후환이 남을 끼라."

"맞심니더. 한 분 당하지 두 분 당할 수는 없지예."

목牧 이방 김두운. 홍 목사가 농민군에게 준 완문의 말미에 이름을 써넣은 바로 그 김두운이다. 그자가 혼란스러운 틈을 타 어디론가 감쪽같이 사라진 것이다.

– 이방 김두운을 찾아라.

전 농민군에게 그 명령이 하달되었다. 아마 김두운은 농민군이 성난 파도같이 병영으로 향하는 도중에 자기 집을 불태웠다는 소식을 전해 듣고는 크게 놀라 그대로 숨어버린 게 틀림없었다. 얄미울 정도로 약삭빠른 자였다. 아무튼 세상은 바뀌었다. 열 번 백번을 더 말해도 중요한 것은 바로 세상이 바뀌었다는 그 사실이었다.

"이리 확 뒤집힐 수가 다 있나."

"관아 것들은 모도 달아나뻿고, 성안은 농민군만 활보하고 댕긴담서?"

"암만 행핀없는 것들이라 캐도 마즈막꺼지 우찌 해볼라꼬는 안 하고……."

"우병사는 포로로 잽히 있고, 목사는 수모를 당하는 판국인께, 그 아랫것들이사 안 봐도 뻔하지 않은가베?"

"임금이 물도 한 빨(모금) 몬 마시고 있다쿠는 말도 들리더마는."

"흥! 와 안 그렇것노. 우짜모 저 임진년에 섬나라 오랑캐 눔들한테 쫓기갖고, 압록강인가 두만강인가를 넘어갔다쿠는 선조 임금맹캐 달아날 궁리를 하고 있을랑가도 모리제."

"에나 왕이 그랬으까? 누가 지이낸 이약 아이까?"

"아, 지이낼 끼 없어서 그런 거를 지이내것나? 자랑할 일 겉으모 그리할 수도 있것지만 그거는 아이지 않나."

"하모, 맞다. 그라고 우짜모 후세에 가서 사람들은 요분 농민군 사건도 진짜 있었던 기 아이고 가짜배기라꼬 할랑가 모린다."

"어? 그거는 아이제."

"아인 기 기고, 긴기 아인 기, 요새 일이 안 돼삣나."

"그렇다모 내가 피를 내서 종이에 써놓아서라도……."

스스로 상민으로 내려온 양반 출신인 유춘계의 지휘 아래 펼쳐진 농민군 활약상은, 어떤 영웅호걸의 무용담보다도 더 신나고 대단한 백성들의 이야기로 피어났다. 사실인지 아닌지 확인조차 어려운 온갖 풍문들이 끝없이 꼬리에 꼬리를 물었다. 아니다. 백성들의 '소원'이 '소문'으로 탈바꿈하고 있다고 해야 할 것이다. 꿈이 현실로 나타날 때 사람들은 자신을 잊는다.

– 니 누고? 내 누고? 누고, 우리가?

어쨌든 간에 한양에서 천 리나 떨어진 유서 깊은 그 남방 고을에서 맨 처음 시작된 소리 소문들은, 조선팔도 천지를 시도 때도 없이 막 불어대는 미친 봄바람처럼 함부로 휘젓고 다녔다. 강도 이야기하고 산도 귀를 기울였다.

"그거는 마, 그렇고."

"그렇제. 앞으로가 더 문제다."

사람들은 한편으로 속 시원해하면서도 또 다른 한편으로 크나큰 불안에 떨었다. 화산같이 폭발한 이번 사태가 과연 어떻게 마무리될 것인지 그 누구도 장담키 어려웠다. 그야말로 한 치 앞조차 내다볼 수 없는 불확실한 시간과 공간 속에 거의 방치된 상태로 던져져 있었다. 그 짙은 안개는 영원히 걷히지 않을 것처럼 보였다. 아니, 그 안개가 다 걷혔을 때 도대체 그 자리에 무엇이 남아 있을 것인가 하는 게 더 초조하고 염려가 되는 일이었다.

그렇게 모두 몹시 들떠 있으면서도 더할 나위 없이 흉흉한 민심 속에 드디어 도주했던 이방 김두운이 농민군에게 사로잡혔다는 소식이 전해졌다. 그건 늑대나 여우가 토끼나 다람쥐에게 어떻게 되었다는 것과 진배없었다. 그 이야기는 읍에서 약간 떨어진 동산면 새덕리에 살고 있는 비화 귀에까지 들렸다.

"새댁, 들은 기가?"

밤골 댁이 흥분을 가라앉히지 못하고 물었다. 농민군 세상에서는 너나없이 다 그렇거니와, 그녀도 어떤 식으로든 사람이 달라져 있긴 마찬가지였다.

"머를예? 농민군 이약예?"

비화는 춘계 생각에 하는 말마다 떨렸다. 풀끝에 앉은 새처럼 불안하기만 했다. 밤골 댁은 고소하기도 하고 끔찍하기도 하다는 복잡한 표정을 지었다.

"기여코 김두운인가 김운둔가 하는 그 이방이 발각됐다 안 쿠나."

"아, 그래서예?"

비화 심장이 함부로 쿵쿵거렸다. 밤골 댁이 크게 치를 떨면서 알려주었다.

"잽힌 그 자리서 성난 농민군들 몽디이를 있는 대로 맞고……."

"……."

"막 바로 즉사했다쿠는 기라. 아이구, 몸써리야."

자기 낯판같이 크고 둥근 젖가슴을 누르는 그녀의 두 손에 경련이 일고 있었다. 순간적으로 비화는 낚시꾼들이 남강에서 낚아 올린 물고기가 모래밭에서 숨을 헐떡이며 퍼덕거리던 모습이 떠올랐다.

"아, 올매나 세게 당해서?"

비화는 부르르 온몸을 떨면서 물었다.

"앞으로 이 시상이 우찌 되까예, 아주머이?"

밤골 댁은 또 습관인 양 두 손으로 뒤통수에 꽂힌 비녀를 만지작거렸다.

"내가 그런 거를 알모 발로 걸어댕기것나? 새매이로 훵 날라댕기제."

"하기사 하느님도 부처님도 모리실 끼라예."

일이 이렇게까지 크게 번져버릴 줄이야. 온 산과 들로 퍼져나가는 이 불길을 어찌할까? 이제 춘계 아저씨는 영영 돌아오지 못할 운명의 강을 건너고 말았다는 생각에 비화는 천 길 낭떠러지로 굴러 내리듯 정신이 아뜩해졌다.

'모도 우짜모 좋노?'

춘계 아저씨와 함께 몰려다니던 농민들 얼굴도 떠올랐다. 특히 젊고 덩치 큰 두 사람의 번득이던 눈빛을 잊을 수가 없다. 탐관오리들에게 수탈당한 농민들 표본처럼 느껴지던 그들의 분노와 증오 그리고 소름 끼치는 살기.

비화 귀에 또 들리는 듯했다. 자면서도 듣는 노랫소리.

이 걸이 저 걸이 갓 걸이. 진주 망건 또 망건. 짝발이 휘양건. 도르매 줌치 장독간. 머구밭에 덕서리…….

죽창과 몽둥이와 지겟작대기와 농기구로 무장을 하고서, 스스로를 초군이라 일컬으면서 진군하던 농민군 모습은, 죽어 저승에 가도 잊지 못할 것이다. 어느 누군가가 그림으로 남긴다면, 아마도 조선 백성의 표본으로 전해지지 않을까 싶다.

'아아, 춘계 아자씨하고 그 사람들은 앞으로 우찌될랑고?'

노래로도 못 풀 사연

곳곳에 보이는 건 검붉은 이마에 흰 수건을 질끈 동여맨 농민군이다. 곳곳에 들리는 건 '이 걸이 저 걸이 갓 걸이'로 시작되는 '언가'다.

'시상이 하로아츰에 이리 배뀔 수도 있으까?'

해랑은 지금 눈에 보이고 지금 귀에 들리는 것을 도저히 믿을 재간이 없다. 온 고을 백성들은 미쳐 날뛰듯이 좋아하고 가슴 후련해하지만 해랑 그녀마저 그럴 순 없다. 같은 통속이라고 농민군에게 붙들려가 치도곤을 안겨도 어쩔 도리가 없다. 그녀가 다시는 옥진이 될 수가 없는 것처럼.

'인자 그이는…….'

홍 목사 앞날은 불 보듯 뻔하다. 이제 곧 그 책임을 물어 조정에서는 어떤 강하고 엄한 조치가 내려질 것이다. 선정을 베풀었든 폭정을 일삼았든, 오늘의 이 엄청난 사태 앞에 목민관으로서 문책을 피할 길은 그 어디에도 없다. 그를 구하지 못하는 자신의 무능이 그저 한스럽고 저주스럽기만 할 따름이다.

'와 잊었을꼬? 내 신분은 단지 해어화, 말하는 꽃이란 거를.'

내 손으로 내 앙가슴을 쥐어뜯고 싶었다.

'그래, 꽃이다. 아모리 말을 할 줄 안다 캐도, 아모리 말을 이해할 수 있다 캐도, 꽃은 꽃일 뿐인 기라.'

해랑은 무슨 중죄를 지은 듯 자기 눈치를 보고 있는 새끼 기생 효원이 가여웠다. 저 어린 게 전생에 무슨 죄가 있어 뭇 사내들 노리갯감으로 살아갈 팔자를 타고 났단 말인가? 나는 저 저주의 대사지 숲속에서 점박이 형제 억호와 만호에게 몸을 더럽혀 스스로 이 길로 내려섰지만 효원에게는 무슨 남모를 사연이 있는지…….

'하느님, 부처님, 용왕님…….'

심장이 터질 것만 같다. 모든 것에서 벗어나고 싶다. 그래, 난 해어화. 지금은 모든 걸 잊자. 그저 말하는 꽃으로만 행동하고, 말하는 꽃으로만 생각하자. 그렇게 살아가다가 못 살게 되면 죽어버리면 그만인 것을. 인생은 생각보다 그렇게 길지 않다고 했다.

"효원아, 니하고 내하고는 관기다."

"……."

해랑의 그 말이 효원을 멍하게 했다. 언제나 악기 타는 소리와 노랫소리가 섞여 있는 듯한 거기 교방 공기가 한순간 대홍수 때의 남강처럼 출렁거리는 느낌을 주었다. 효원은 해랑의 표정을 살피며 말했다.

"누가 그거를 몰라예, 언니?"

교방 창가에 어른거리는 것은 꽃나무 그림자일 것이다. 그 형상은 꽃나무 그대로이지만 결코 꽃나무처럼 향기는 내뿜을 수 없다.

"그런께 우리가 할 일은……."

솜씨 뛰어난 화공이 그린 듯이 고운 해랑의 입매가 묘하게 일그러졌다.

"사내들 시중드는 기 최고 아이것나?"

갈수록 더 뜬금없는 소리에 그러잖아도 크고 둥근 효원의 눈이 한층 휘둥그레졌다. 그 말은 해랑의 입에서 나올 성질의 것이 아니었다.

"무신 말인데예?"

해랑에게로 좀 더 다가앉는 효원의 치맛자락에서 갈대가 서로 맞부딪힐 때 나는 것 같은 서걱거리는 소리가 났다.

"쪼꼼 더 잘 알아듣거로 이약해예."

그 말을 들은 해랑의 입가에 소태를 깨문 듯 씁쓸한 미소가 감돌았다.

"시상이사 우떻게 돌아가든, 아니, 안 돌아가도……."

그곳 방 한쪽에 놓인 거울 속에 비치는 두 사람 모습은 미인도美人圖를 연상케 했지만 흘러나오는 소리는 전혀 딴판이었다.

"우리 겉은 기녀들이사 술만 따림서 노래하고 춤만 추모 고만 아이것느냐, 다린 뜻이 아이고 그런 으미제."

효원은 깜냥에도 해랑의 마음을 읽었는지 울먹이기 시작했다.

"정녕 목사 영감을 그리도 깊이 멤에 두신 긴지?"

그런데 효원의 그 말을 다 듣기도 전이었다.

"눈만 붙은 니가 머슬 안다꼬, 벌로 주디이를 놀리는 기고?"

해랑은 몹시 화난 목소리로 쏘아붙이며 바람이 씽 일어날 만큼 자리에서 벌떡 일어섰다.

"어, 언니."

효원도 얼떨결에 몸을 일으켰다. 뜰로 나섰다. 잔디와 정원석과 나무들이 불시에 찾아든 낯선 사람들을 대하듯 무연히 바라보는 모습이었다.

"……."

해랑의 시선이 북쪽으로 우뚝 솟은 비봉산을 향했다. 떨어지는 해가 뿜어내는 붉은빛을 받은 비봉산은 그 고을의 주산답게 장엄하고 신비로워 보였다.

"시방 가매못에서 누가 불을 막 때고 있는가 시푸다. 그렇제, 효원아?"

비봉산 서편 자락에 있는 가마못 쪽으로 고개를 돌리며 해랑이 말했다.

"산이 불길을 받아갖고 활활 타오르는 거 겉어예."

여전히 비봉산에 두 눈을 못 박은 채 효원이 말했다. 그 산은 가마못의 뜨거운 열기를 못 견딘 봉황새가 훌쩍 날아가 버린 산이라는 이야기를 간직하고 있어서인지, 지금 그 순간에는 두 날개를 활짝 펼친 붉은 봉황새를 연상시켰다.

"내가 시를 잘 지을 줄 알모."

"내는 그림을 잘 그릴 줄 알모."

둘 다 감영에 딸린 교방 마당에 서서 그 광경을 바라보느라 잠시 침묵이 쌓이기도 했다.

"산불이라도 나서 내 몸도 타서 없어지삐모 좋것다."

그렇게 말하는 해랑이 그때 입고 있는 치마와 저고리는 불과는 반대인 푸른빛을 띤 옷이었다.

"언니! 비봉산 산신령이 그 소리 듣고 가마이 있것어예?"

효원의 유난히 커다란 눈에 두려운 빛이 어렸다. 평소 사람은 무서워하지 않는데 자연은 무서워하는 효원이다.

"이리 사느이……."

"언니……."

해랑의 얼굴 가득 진한 슬픔이 묻어났다. 효원 눈에는 그 모습이 퍽 애처로워 보이면서도 미모를 더 돋보이게 했다. 그런데 또 불쑥한다는 소리가 뭔가 어긋나게 들렸다.

"아궁지 앞에 앉아서 방에 군불을 때고 있을 가난한 여염집 아낙이 내는 이 시상에서 젤 부럽다 아이가."

효원이 어처구니없다는 듯 바보같이 눈을 끔벅끔벅했다.

"참말로, 언니도! 그기 말이라꼬 해예?"

"……."

"아, 시상에 부러블 사람이 없어서, 아, 그래, 그런 여자가 다 부러버예?"

그러나 해랑은 더한층 꿈꾸는 눈빛과 목소리가 되었다.

"그 아낙이 불을 땐 따뜻한 방에 온 식구들이 빙 둘러앉아 맛있거로 밥을 묵음서, 그날 하로 있었던 이약도 도란도란 나누것제. 후우."

연방 한숨을 폭폭 내쉬는 품이 효원 눈에는 아무래도 세상 더 살지 못할 사람 같다.

"시방 배가 고파예?"

마침내 효원도 엉뚱하게 나왔다. 평소 비록 나이는 어려도 당찬 구석이 많은 새끼 기생, 그게 교방 관기들 사이에 알려져 있는 효원이었다. 그래서 저 아이가 언젠가는 반드시 무슨 큰일을 저지르고 말 거라는 흥미와 우려가 반반씩 섞인 이야기까지 나오고 있기도 했다.

"우리 교방청 방이 추버예?"

"배 고푸고 추버냐……."

그 소리를 끝으로 또 한동안 대화가 끊겼다. 비봉산을 물들이던 놀빛이 거기 교방 뜰로 차츰 번지고 있었다. 그러자 세상은 한층 환상적인 분위기를 자아내기 시작했다. 아니, 그건 몽환에 더 가깝게 느껴졌다.

"사람이나 새나……."

해랑이 먼저 입을 열었다.

"가매못 열기를 몬 견디갖고 봉황새가 날라가뻿다쿠는 전설을 떠올릴 때마당, 내 가슴은 장 안타깝기만 안 하나."

어긋하게 굴던 효원도 정색을 하면서 그 전설을 함께 얘기했다. 아니, 하도 많이 들어온 소리인지라 실제로 존재했던 일처럼 받아들여지는 그들이었다.

"봉황새가 저게 봉곡리 '봉 알자리'에 깃을 들이고 있다모 올매나 좋으까예?"

그러자 해랑이 한없이 물러빠진 여자같이 말했다. 그것도 평상시 그녀와는 한참 거리가 멀어 보였다.

"거게 있을 끼라고 그리 생각하모 거게 있는 기다. 그기 아이라 다린 곳으로 날라갔다꼬 생각하모 날라가삔 기고."

효원은 나이에 걸맞잖게 어이없다는 웃음을 픽 터뜨렸다.

"또? 에나 봉황새가 웃것다."

해랑은 효원의 그 말에는 아무 대꾸도 없이 저만큼 보이는 중대청을 멀거니 바라보았다. 그곳은 고을 수령이 한 달에 두 번 배례를 올리는 곳인데, 그 안에는 왕을 뜻하는 전패가 모셔져 있는 객사 건물이다.

그 중대청 동서 방향으로 낭청방이 우뚝 서 있고, 지금 그들이 있는 교방은 서편 낭청방 앞이다. 교방은 해랑과 효원 같은 관기에게는 처음이고 가운데이고 끝이었다. 제아무리 용을 써도 결코 벗어날 수 없는 숙명의 집이었다.

'아아. 이 옥지이는 후세에 영원히 교방 기녀 해랑이로 기억되것제.'

붉은 놀빛을 받아 그녀의 푸른 의복이 약간 거무죽죽하게 보였다.

'아이다. 내 겉은 거는 죽고 나모 아모도 생각 안 할 끼다. 에나 허무하다 아이가.'

문득, 해랑은 반발심과도 비슷한 감정을 강렬하게 느꼈다. 세상으로부터 배신당한, 아니 세상을 배신하고 싶은. 검무를 추는 칼로 모조리 베어버리고 싶었다.

어느 뉘 알까? 비록 지금은 교방문화가 천한 기녀들의 것으로 멸시받고 있지만 먼 훗날 진정한 풍류와 멋의 문화로 떠억 자리 잡을는지. 그러자 불현듯 이 지역 출신의 기녀들 이야기를 자랑스럽게 늘어놓고 싶어졌다. 그러면 홍 목사 생각도 잠시는 잊을 수 있을지 모르겠다. 그래, 그럴 수만 있다면 못 할 이야기가 없지.

"효원아, 니는 우리 고장 최초의 기녀가 눈고 아나?"

"눌로예?"

쉼 없이 갈팡질팡하는 해랑의 말에 효원은 그만 머리가 다 아픈 모양이다. 하긴 누구나 다 그럴 것이다. 효원은 참새같이 조그만 얼굴을 있는 대로 찡그리면서 짜증을 부렸다.

"에나 오늘 와 이래예?"

"……."

"자꾸 돼도 안 한 말씀만 그리하실 끼라예?"

절정에 이르렀던 노을은 이제 조금씩 그 신비한 빛을 잃어가기 시작했다. 그렇다. 사람이든 사물이든 모두가 미리 정해져 있는 그 궤도를 벗어날 수가 없는 것이다.

"언니가 이 효원이 놀릴 작정을 단단하거로 하신 모냥이네예."

효원의 말에 해랑은 저만큼 하늘에 빨래처럼 걸린 구름 조각을 올려다보았다.

"내가 머 땜새 닐로 그라것노."

"안 그라모 와?"

일부러 잔뜩 토라진 표정을 짓는 효원을 보자, 해랑은 약간 긴장감과 고민이 풀리면서 마음도 아주 조금은 가벼워지기 시작했다.

"해어화가 해어화 이약이나 해야제, 씰데없이 정치 이약은 해서 머하것노? 안 그렇나? 내 말 맞제?"

효원이 아직 어려도 주워들은 말은 적지 않다.

"맞기는 개가 몽디이를 맞아예?"

"……."

"와 불쌍한 개를 자꾸 때리예?"

교방 뜨락에 서 있는 여러 종류의 나무들 가운데서 관기들 사랑을 가장 많이 받는 허리 구부정한 노송의 솔잎을 스쳐 부는 바람이 눈에 보이는 성싶었다.

"쇠몽디이를 맞아도 이리 아푸지는 안 할 끼다."

비봉산 쪽에서 교방을 향해 날아오고 있는 저 까만 새도 제 둥지를 벗어나고 싶은 걸까?

"언니!"

효원은 관기들 가운데서 가장 좋아하는 해랑이 고통에서 벗어나기 위해 안간힘을 다하는 모습이 너무나 가슴 아팠다. 그래서 별로 중요한 이야기는 아니라고 여기면서도 한껏 명랑한 목소리로 응대했다.

"증말 궁금해예, 언니. 우리 고장 최초의 기녀가 대체 누까예?"

"대체 누까예?"

효원이 했던 말을 그대로 흉내 내는 해랑의 두 볼에 예쁜 볼우물이 파였다. 그런 해랑이 같은 여자인 자기가 봐도 참 아름답다고 효원은 생각했다.

'우짜모 저리 이쁠꼬! 왕비 해도 되것다.'

해랑은 낙조를 받아서 얼핏 붉은 건축재로만 지은 것으로 보이는 중대청과 낭청방, 교방을 이리저리 둘러보았다. 그러다가 효원에게 고개를 돌리며 다소 몽롱한 눈빛으로 말했다.

"월정화라쿠는 기녀 아이가."

"월정화예?"

효원으로선 처음 들어보는 이름이다. 이어지는 소리 또한 묘하다.

"그란데 안 있나, 쪼매 억울한 기녀이기도 한 거 매이다."

"그거는 또 무신 수리지끼 겉은 소리라예?"

효원은 아무래도 쉬 이해가 되지 않았다. 억울한 기녀라니? 착하고 아름다운 기녀라거나 슬픈 기녀라거나 지조 높은 기녀라거나 하면 또 모르지만.

"운젠가 목사 영감한테서 들었는데, 이 이약은 저 『고려사』의 「악지樂誌」에 남아 있는 기록이라 안 쿠나. 그거를 보모……."

효원은 더더욱 생경하기만 한 말들이라 멍한 눈빛으로 되뇌기만 했다. 그런 것은 글을 하는 선비들에게나 해당될 성질의 화제였다.

"기록만큼 필요하고 소중한 것이 없고……."

거기까지 말하던 해랑이 문득 입을 다물었다. 그러자 마음의 문도 더불어 닫히고 있는 느낌을 주었다.

"언니."

효원은 알았다. 해랑이 또 홍 목사를 생각한다는 것이다.

"쌔이 이약해주이소, 언니. 퍼뜩요."

효원은 억지 부리듯이 재촉했다. 제일 친하게 지내는 해랑 언니가 하루라도 더 빨리 홍 목사에게서 벗어났으면 했다. 해랑 언니 말마따나 우리는 그냥 세상 남자들을 상대로 말하는 꽃으로 살아가야 한다. 한 사내에게만 마음을 주면 줄수록 그 고통과 절망은 깊어갈 뿐이다.

"언니! 상대 남자는 누라예?"

"……."

일단 말문이 한번 트였다 하면 상대가 어지러울 정도로 재잘거리다가도 어느 순간 입을 다물면 상대가 답답해서 미칠 만큼 말이 없다는 점에서, 해랑 언니는 나와 엇비슷하다는 생각이 일면서 효원은 또 물었다.

"안 들어봐도 알것네예. 진짜로 멋진 남자였지예?"

"……."

매끈하게 깎아 손질해놓은 잔디밭 위에 선머슴이나 강아지처럼 제멋대로 뒹굴고 싶다는 충동에 사로잡히며 효원이 말했다.

"아아, 이 시상에는 멋진 남자들이 올매나 쌔뻿어예."

말이 없던 해랑이 시비 거는 어투로 불쑥 내뱉었다.

"안 그런 남자들이 더 천지삐까리다, 내 볼 적에는."

그러나 효원은 제 할 소리만 해댄다.

"그래서 지는예, 절대 한 남자만 사랑하지는 않을 기라예."

"……."

해랑은 처음 대하는 것처럼 효원을 바라보았다. 그러잖아도 작은 얼굴이 가물가물해 보였다.

"멋진 남자들 여럿이하고 사귀모 올매나 신날 일인가예?"

효원의 다그치듯 하는 말에 해랑은 그만 실소했다.

"멤에도 없는 소리 마라."

효원은 크게 되바라진 아이처럼 두 눈을 치뜨고는 반발조로 응했다.

"와 멤에도 없는 소리라예?"

해랑은 길고 가느다란 손가락으로 하얀 꽃송이같이 아주 탐스럽게 생긴 자기 귀를 가리켰다.

"내 요기 받아들일 적에는 똑 그렇다, 와?"

"그라모 해랑 언니는 멤에도 없는 소리를 하고 살아예?"

효원이 뾰로통한 얼굴을 했다. 해태 모양의 진회색 정원석 위에 아슬아슬하게 얹혀 있던 나뭇잎 하나가 마침 이는 바람에 실려 잔디 위로 굴러 내렸다.

"누가 들으모 우리 기녀가 이 사내 저 사내 아모나 가찹거로 하는 줄

로만 알것네?"

말은 그러면서도 해랑은 자신의 아픔을 덜어주려고 노력하는 어린 효원이 진정 기특하고 고마웠다. 효원에게 간접체험이 되게 하기 위해서라도 이야기를 더 나누고 싶어졌다.

"사록 배실 살던 위제만이라쿠는 사람이 월정화한테 멤을 쏙 빼앗깃다는 기라."

성질이 꽁하지 않고 시원시원한 효원은 금방 풀어진 얼굴로 물었다.

"사록 배실은 올매나 높은 배실인데예?"

해랑의 예쁜 눈이 샐쭉해졌다.

"이런 속물!"

"속물예?"

"하모."

"와 내가 속물인데예?"

효원이 따지려 들었다. 해랑은 속물이 따로 있는 줄 아느냔 듯 툭 내뱉었다.

"시방 사랑 이약을 하는데 배실이 무신 상관이고?"

효원도 대충 넘어가거나 남에게 질 성질이 아니었다.

"같은 값이모 다홍치매라꼬, 배실이 높으모 좋지예 머."

고개를 똑바로 치켜드는 품이 제법 당차 보인다. 비록 여자지만 높은 벼슬을 살아도 될 것 같다는 생각을 하면서도 해랑은 짐짓 나무랐다.

"효원이 니 에나?"

"에나 와예?"

늙은 소나무 옆에 자라는 해당화는 아직도 어린 축에 들었다. 그 해당화 같은 효원이 또 질세라 주장했다.

"돈도 없는 거보담은 있는 기 낫고, 안 그래예?"

해랑이 저무는 날빛에 가려진 얼굴로 한숨을 내쉬었다.

"니는 돈하고 살아라. 배실하고 살든가."

남들이 얼굴에 그것 하나만 붙어 있다고 하는, 커다란 눈을 밉잖게 흘기며 말머리를 돌렸다.

"얼릉 그 이약이나 해주이소 고마!"

해랑은 자신이 먼저 꺼냈지만 무슨 이유에선지 갑자기 그 이야기를 하고 싶지 않다는 빛을 보이면서도 효원의 고집을 잘 아는지라 계속하는 모양새였다.

"사록은 당시 여게 행정의 실무 책임자라고 보모 된다."

눈을 반짝이며 듣던 효원이 느닷없이 물었다.

"그보담도예, 언니. 와 월정화가 억울한 기녀였다쿠는 기지예?"

"그거는……."

해랑 얼굴이 순식간에 팍 찡그러졌다. 그렇지만 효원 눈에는 그런 해랑이 더욱더 매혹적이고 아름다워 보였다. 목소리 또한 고왔다. 지상의 그 어떤 새도 그녀의 음성을 따라오지 못할 거라는 말도 듣는 해랑이었다. 그래서 더 마음이 쓰렸다.

"위제만을 유혹해갖고 있제, 그의 부인을 울화뱅으로 죽거로 맹글었다는 기라. 난봉꾼은 위제만인데……."

효원의 낯이 독한 술을 마신 사람같이 벌게졌다.

"남존여비사상이 거도 들어 있네예? 잘못은 남자들이 해놓고 죄는 여자들한테 모도 팍 뒤집어씌워삐고 말이지예."

효원의 불평 섞인 그 말을 듣자 해랑의 뇌리를 '쾅' 때리는 게 있었다. 비화 언니의 독수공방. 남편 박재영은 집을 나간 후 아직도 행방이 묘연하다고 했다. 수수께끼 같은 일이 아닐 수 없었다. 아니, 있을 수도 없고 있어서도 안 될 일이다.

'아, 언가야. 시방 우찌 사노?'

도대체 비화 언니의 무엇이 마음에 안 들어서 그런 짓을 한 걸까? 아무리 요모조모 다 따져 봐도 이 세상에 비화 언니만큼 좋은 여자는 없는데 말이다. 정신이 나가지 않고서야 어림없는 짓이지.

'비화 언가 따라잡을 여자 있으모 함 나와 봐라 쿠지?'

하여튼 귀신보다도 더 알 수 없는 게 또 세상 남자들이었다. 해랑이 관기로 있으면서 느낀 사실이었다. 남자들이 볼 때는 여자들이 그렇게 비칠 때도 있을 것이다.

"난봉꾼도 그런 난봉꾼이 있으까?"

교방 담장 너머 어딘가로 눈길을 보내며 해랑이 하는 말에, 효원은 잘 그려진 그림 같은 눈썹을 모으며 되뇌었다.

"난봉꾼예?"

"하모, 난봉꾼."

해랑은 순간적이지만 자신이 위제만이 아니라 박재영이라는 사람 이야기를 하고 있다는 착각에 사로잡혔다. 아니, 착각이 아니라 사실이 그런지도 모른다. 그녀 마음에 비춰보아 솔직히 위제만보다도 박재영을 향한 미움과 경멸이 몇 배 더 심했다.

'시상에, 혼래 치른 지 몇 달도 안 된 참한 새색시를 버리다이.'

해랑이 박재영에 대한 생각을 하고 있다는 것은 전혀 알 리 없는 효원은 제 머리 위에서 손가락을 빙빙 돌리며 물었다.

"위제만인가 아래제만인가 하는 그 사내, 돌아삐린 거 아인가예?"

해랑은 돌아버릴 사람은 비화 언니라고 생각했다.

"고런 인간은 구신도 안 잡아갈 끼라. 아이다. 인간도 아이제."

언젠가 비화 언니 시가가 있는 새덕리를 찾아갔을 때 그곳에서 만난 밤골 댁이란 아낙이 하던 얘기가 되살아났다. 약간 수다쟁이지만 인정이 많아 보이는 여자였다. 비화 언니 잘 부탁한다고 마침 몸에 지니고 있던 패물도 몽땅 털어주었었다.

그날 밤골 댁은 비화네 골방에서 나무젓가락으로 서투르게 술상을 두드려가며 이 고장 '난봉가'를 참 구성지게도 불러댔다.

울도 담도 없는 집에 시집살이 삼 년 만에
시어머니 하는 말씀 얘야 악아 며늘악아
진주낭군 오실 테니 진주남강 빨래가라
진주남강 빨래가니 산 좋고 물도 좋아
우당탕탕 빨래하는데 난데없는 말굽소리

긴 장마에 날이 잠깐 들어서 옷을 빨아 말릴 만한 겨를이 생기면, 마치 그 기회를 잡지 못하면 무슨 엄청난 큰일이 일어날 것처럼 정신없이 서둘러 빨랫감을 꺼내던 어머니가 떠올랐다. 그러자 빨래를 하면서 문지르고 두드리던 넓적한 빨랫돌보다도 크고 무거운 돌덩이가 가슴팍을 짓누르는 듯한 해랑이었다.

"허랑방탕한 위제만이 주색에만 폭 빠지지 않았다쿠모 부인이 죽었으까? 애먼 사람만 몬 살거로 맨들고. 안 그래예, 언니?"

효원 말에 빨래에 가 있던 해랑 정신이 교방으로 되돌아왔다.

"그런 일이 있고 나서, 여게 사람들이 '월정화'라쿠는 노랠 지었다데."

문득, 농민군을 이끌고 있는 유춘계가 지었다는 저 '언가'가 머릿속을 울리는 해랑이었다. 참 잘 지었다는 것은 인정하면서도, 그것이 좋다고만은 얘기할 수 없는 게, 지금 해랑의 꾸밈없는 심정이었다.

"사연이 마이 들어 있는 노래네예."

효원의 목소리가 노파 목소리를 닮았다. 어릴 적에 그녀를 보고 '매구'라고 놀려대던 같은 동네 엄 노파가 해랑의 눈앞에 나타나 보였다. 흡사 자신의 운명을 이끌듯 언제나 물빛 치맛자락을 땅바닥에 닿게 질질 끌고 다녔다.

"그 고려가요는 전해지고 있지 않지만도……."

그렇게 약간 건성으로 말하면서 해랑은 생각했다. 혹시나 그 노래 내용이 여기 난봉가와 비슷할 것 같았다. 아아, 차라리 홍 목사가 아니라 나를 버리고 떠나는 난봉쟁이를 만났더라면 이토록 괴롭지는 않을 것이다.

"월정화 이약을 들은께 에나 속이 팍팍 상해서 몬 살것어예."

효원이 그 작고 귀여운 얼굴을 또 찡그렸다. 해랑의 가슴도 다시 답답해졌다. 또 대책 없는 이놈의 우울증이 덮치려는가 보았다.

그때 노송 가지에 부리 노란 새 한 마리가 날아들었다. 해랑은 뜬금없이 와송주가 생각났다. 누운 소나무를 파고 술을 빚어 넣은 후에 뚜껑을 덮어서 열흘쯤 두었다가 꺼낸 술이다.

'각중애 그 술이 마시고 시푸다. 그라모 이런 거 저런 거 싹 다 잊힐 거 안 겉나.'

참 밉살스러운 사연이다. 월정화 이야기나 난봉꾼 이야기나 하나같이 기생이 악역이다. 끼워 맞춰도 너무 끼워 맞췄다. 월정화가 위제만을 유혹하여 그의 부인이 병으로 죽고, 난봉가에서도 난봉꾼이 기생첩에 빠지자 본처가 목매달아 죽고…….

'해나 우리 비화 언가도?'

그런 생각이 드는 순간, 해랑은 하마터면 비명을 지를 뻔했다. 정말이지 그건 누가 목에 칼을 들이대도 상상도 하기 싫은 일이었다. 갑자기 어둠이 닥친 듯 눈앞이 캄캄해지면서 다리에 맥이 빠지고 후들거렸다.

"그래, 더럽고 슬픈 기 우리 기녀 운맹이다."

흐느끼는 듯한 해랑의 말에 효원이 맞장구를 쳤다. 부리 노란 새도 덩달아 소리를 내었다.

"억울하기도 하고예."

해랑은 입술을 꾹 깨물며 신경질 난다는 빛을 보였다.

"아낙네들은 길쌈할 때나 고된 일을 할 때, 와 해필이모 난봉가를 불러대는 기고? 멋도 모림시로."

효원도 시위하는 얼굴이었다.

"아, 언니 말 듣고 본께 그렇네예? 노래도 사연에 맞거로 불러야제, 그리 엉터리로 하모 우째예."

우리 교방가무教坊歌舞 중에는 그런 게 없다고 자부하고 싶은 그들이었다. 혹 여의치 않으면 뿌득뿌득 우겨서라도 설득시키고 싶었다.

"그런께네 말인 기라, 그런께네. 본처는 장 착하고, 기생은 장 넘의 가정 파탄 내는 나쁜 모습으로 그려지는 노래를……."

그런 넋두리를 한동안 늘어놓던 해랑은 별안간 어떤 환영에 소스라쳤다. 그러는 모습이 어찌나 놀라웠던지 효원이 기겁을 하며 해랑의 팔을 붙들고 소리쳤다.

"언니! 언니! 와 그래예?"

해랑은 흡사 저승사자를 본 사람처럼 제대로 말을 잇지 못했다.

"저, 저거 봐, 저거!"

"머, 머를예?"

효원은 경악한 눈으로 황급히 주위를 둘러보며 물었다.

"오데 농민군이라도 나타난 기라예?"

그러나 농민군은 어디로 몰려갔는지 이제 아무런 기척도 없다. 얼굴에서 핏기가 사라진 해랑은 계속 손가락으로 어느 한 곳을 가리키며 광녀처럼 외쳤다.

"효, 효원아! 저, 저거가 안 비이나?"

눈앞에서 교방이 활활 불타고 있지 않은가! 그리고 온몸에 시뻘건 불길이 옮겨 붙은 채로 높은 비명을 지르며 교방에서 뛰쳐나오고 있는 자신의 모습…….

'아, 우짠 일이고. 교방이 불타고 있다이?'

그것은 낙조가 빚어내는 마지막 황혼빛을 받아서 교방이 마치 불타오르고 있는 것처럼 보여서라는 걸 모르지 않으면서도, 한번 놀란 해랑의 가슴은 좀처럼 가라앉지 못했다.

'또 무신 망쪼가 들라꼬, 내 눈에 저런 헛것이 다 비이노? 아모리 시방 내 몸에 기氣가 허해져서 머가 착각으로 나타난다 캐도 말인 기라.'

청승맞게 쇠똥 같은 눈물을 뚝뚝 떨어뜨리며 난봉가를 부르던 과수댁 밤골 댁이 다시 떠올랐다.

시어머니 하는 말씀 얘야 악아 며늘악아
진주낭군 오셨으니 사랑방에 들어가라
사랑방에 나가보니 온갖 종류 안주에다
기생첩 옆에 끼고 권주가를 부르더라

그날, 기생첩이란 노랫말이 나오자 비화가 자못 민망스러운 듯 해랑의 눈치를 살피며 밤골 댁을 뜯어말렸다.

"인자 그 노래 좀 고마하이소. 마을 사람들 들으모, 아녀자들이 대낮부텀 술주정한다꼬 욕을 억수로 하것십니더."

해랑의 길고 가느다란 목도 자꾸만 움츠러들었다. 그러나 밤골 댁은 기어이 다음 구절도 불렀다.

이걸 본 며늘아기 아랫방에 물러 나와
아홉 가지 약 먹고서 목매달아 죽었더라

해랑은 부르르 몸서리를 쳐야 했다. 밤골 댁이 극약을 먹고 목을 매달지도 모른다는 예감 때문에. 심지어 비화 언니에게 동반 자살하자고 부추기지나 않을까 우려되었다. 그러면 더없이 큰 실의와 절망에 빠져 삶의 의욕을 잃어버린 비화 언니는 정말 그렇게 할지도 몰랐다. 그것은 상상으로도 용납되어서는 안 되었다.

"언니, 머슬 그리 짜다라 생각해예?"

문득 들려오는 그 소리에 해랑은 반짝 정신이 났다. 잔뜩 겁을 집어먹은 효원의 얼굴이 눈앞에 다가와 있다. 효원은 몹시 떨리는 목소리였다.

"언니 눈빛이 너모 무서버예. 똑 검무 추실 때맹캐 말입니더."

해랑은 자신도 모르게 큰소리로 물었다.

"칼춤 출 때 내 눈빛이 그런 기가? 무서븐 기가?"

효원은 부탁이니 앞으로는 제발 그렇게 하지 말라고 했다.

"그래예. 언니는 몬 느낄랑가 몰라도."

해랑은 반신반의하는 빛이었다.

"내가 그런다꼬……."

또다시 홍 목사가 머릿속에 되살아났다. 우리나라 여러 지방에 전해지는 검무가 있지만, 이 고장 검무가 으뜸이라며 탄복하던 모습이 두 눈에 선하다. 여덟 명의 춤꾼 가운데 해랑이 단연 돋보였다고도 했다. 그렇지만 해랑이 보기에는, 앞으로 검무만큼은 효원을 따라갈 기녀가 없었다. 효원은 솜씨도 솜씨지만 그만큼 검무를 좋아했다.

"너만큼 춤과 노래 두 가지를 다 잘하는 관기를 내 일찍이 본 적이 없거늘."

홍 목사 말에 해랑은 얼굴이 달아올랐다. 불그레하게 화색이 도는 얼굴은 복숭아꽃으로 피어나는 듯했다.

"한양과 평양에서도 찾아보기 힘들 테지."

얼굴보다도 마음이 더 달아오르는 해랑에게 홍 목사가 말했다.

"아, 해랑이야말로 꽃 중의 왕, 모란이로구나!"

'영감.'

그의 다정다감한 음성을 듣고 싶다. 그가 검무를 보고 손수 지은 시도 읊조리고 싶다. 그와 환상처럼 불살랐던 사랑의 흔적을 찾아서 입이라도 맞추고 싶다. 아아, 그는 지금 어디에 감금돼 있을까?

"지금으로부터 백 년쯤 전에, 조선 최고의 실학자 다산이 우리 이 고장을 찾았느니라. 정약용 말이니라."

평소 바쁜 공무 중에도 틈틈이 서책 접하기를 잊지 않는 홍 목사는, 해랑이 소속된 교방과 관련된 지난날의 이야기도 곧잘 들려주곤 했다. 그리고 그럴 때면 해랑은 자신이 관기라는 사실을 잠깐 잊고 글방에 앉아 공부를 하는 학동이 되곤 했다.

"경상우병사로 이곳에 근무하는 장인 홍화보를 보러 온 길이었는데……."

병풍에 쓰인 글씨가 명필이라는 생각이 드는 순간이었다.

'박신낙맹캐 나쁜 우뱅사는 아이었것지예?'

그런 소리가 목까지 치미는 것을 해랑은 가까스로 참았다. 아픈 상처를 헤집는 짓이다.

"당시 저 성내 촉석루에서 연회를 베풀었지."

"참 좋았것사옵니더. 장인하고 사우가……."

그와 함께할 때면, 해랑은 과거도 가고 심지어 미래도 가는 듯한 착각에 빠지기도 했다. 하지만 그런 속에 아주 가끔 현재는 없는 것 같은 기묘하고 공허한 기분, 그것은 이런 날이 올 것에 대한 예고이기라도 했다는 것인가?

"그때 이곳 교방 기녀들이 추는 검무에 크게 반한 정약용이 장편의 시를 남겼어."

호롱 불꽃이 춤을 추듯이 크게 일렁이다가 숨결을 고르는 것같이 잔잔해지기도 했다. 홍 목사는 별빛처럼 눈을 반짝이는 해랑에게 계속해서 들려주었다.

"칼춤 시를 지어 미인에게 준다는……."

"아, 칼춤 시를!"

해랑은 더할 수 없이 황홀하기만 했다. 홍 목사가 정약용 같고, 자신이 그 시절의 교방 기녀 같다는 느낌에서였다. 어떤 시였을까?

'장원급제한 그 우떤 시보담도 뛰어났을 거 겉다. 내도 멋진 시를 쓸 수 있었으모.'

그러나 그런 감정은 오래가지 못했다. 해랑은 복병처럼 덤비는 어떤 불길한 예감에 숨이 멎는 기분이었다. 정약용은 강진에 귀양을 가지 않았던가?

그랬다. 그때 하늘은 오늘의 이런 불행이 닥쳐오리라는 것을 명확하게 계시했던 것이다. 해랑의 가슴에 또 천근 쇳덩이가 되어 들앉는 게 홍 목사가 즐겨 부르던 노래다.

'아, 와 진즉 몰랐을꼬.'

미련은 먼저 생기고 지혜는 나중 일이라더니, 그녀가 그러했다.

'목사 영감이 그런 노래를 부르시는 것을 듣고도, 내는 우째서 그냥 막 즐거버만 했더란 말고? 그이의 심경은 뒤로 한 채…….'

그날의 웃음과 환희가 지금에 와서 이리도 큰 슬픔과 회한을 자아낼 줄이야.

'이 빙신도 열두 분 빙신아. 그의 깊은 뜻을 하나도 모린 채 철없이 웃기만 안 했디가. 울어도 모지랠 판에.'

타고난 나의 재주 쓸모없어
세상 공명 모두 버리고
천지간 한가로이 천명 받아들여
구름 이는 깊은 산골 처사 되련다

벼슬을 버리고 처사가 되어 시골에서 은둔생활을 하겠다는 그러한 의미가 담긴 노래였다. 그날 폭음을 한 홍 목사는 농담인지 진담인지 애매한 소리도 했다.

"해랑아! 너와 나 우리 두 사람 이 풍진 세상 다 버리고, 저 깊은 산속에 들어가 한평생 농투성이로 살아가자꾸나. 멧새와 들꽃으로 벗을 삼으며……."

해랑은 그만 그의 무릎 위로 몸을 던졌다.

"영감! 우찌 그런 말씀을?"

해는 완전히 서산을 꼴깍 넘어갔다. 스산한 바람이 모반자처럼 술렁거린다. 해랑은 홀연 '권주가' 한 곡조를 하고 싶어졌다.

이제는 월정화도 가고, 정약용 앞에서 멋진 검무를 추었던 교방 기녀들도 갔다. 세월의 강물에 꽃잎처럼 그렇게 죄다 흘러갔다. 중대청과 낭청방, 교방 건물도 시나브로 먹물을 방불케 하는 어둠의 늪에 잠겨 들고 있다.

"아, 언니!"

효원이 토끼나 다람쥐 모양으로 귀를 세우며 말했다.

"저 노랫소리 들리지예?"

"……."

홍 목사가 부르던 노래만 여전히 귓전에 맴도는 해랑이었다.

"농민군이 지내가고 있는가 봐예."

"농민군이……."

효원의 말에 해랑은 긴 잠에서 깨어나듯 제정신으로 돌아왔다. 들린다, 언가가. '이 걸이 저 걸이 갓 걸이…….'

농민군 세상이다. 그렇지만 그게 얼마나 갈 것인가? 발칵 뒤집힌 조정에서는 농민군을 제거할 회의에 지금쯤 정신이 없을 것이다. 긴급한 회의도 이미 여러 차례나 열었을 것이다. 아니다. 벌써 진압 군대가 오고 있을지도 모른다. 난을 수습하고 우병사와 목사, 그 밖의 여러 관리들을 벌주기 위한 안핵사와 선무사 등이 파견될 것이다.

'한양이라 천릿길이 멀기만 하까?'

기예가 뛰어나 궁중 연회에 불려가서 교방 굿거리를 출 뻔했던 해랑이다. 하지만 한 번도 가보지 못한 대궐에서 무슨 일을 꾀하고 있을는지 일개 관기의 신분으로 감히 상상이나 가능할까? 하긴 안다고 한들 어찌할 수가 있었을까? 어쨌든 단 한 치 앞도 모르는 해랑은 폭풍우 몰아치는 한밤중에 높은 나뭇가지 끝에 위태롭게 걸려 있는 둥지 속의 작고 어린 새처럼 불안하고 무섭기만 했다.

"언니, 밤공기가 차갑네예. 우리 고마 안으로 들가예."

효원이 손을 들어 해랑의 등을 가만히 밀었다. 해랑은 버릇이 돼버린 긴 한숨을 내쉬며 말했다.

"답답타. 쪼꼼만 더 있다 들가자."

그러는 해랑의 눈에 교방 지붕이 와르르 무너지고 그 밑에 깔리는 자신이 보였다.

"에나 쪼꼼만이라예?"

어둠에 감싸인 비봉산은 그때쯤 제대로 보이지 않는다. 홍 목사와 내가 봉새와 황새처럼 날아가서 평화롭게 깃들 둥지는 정녕 없는가?

대사지 못의 시들어가는 연꽃과도 같이 삶의 의욕을 깡그리 잃어가는 이 못난 해랑에게 소생의 단비를 흠뻑 내려주던 홍 목사. 그렇지만 나는 그에게 아무러한 힘도 되어 주지 못했다. 그저 강풍에 떠는 꽃 이파리처럼 한없이 파르르 떨기만 할 뿐이다.

그때다. 문득, 효원이 남녀 간의 연정을 담은 노랫가락을 낮은 소리로 뽑고 있다.

꾀꼬리는 북이 되고 버들은 실이 되어
삼 년 세월 내내 나의 근심만 짜네

해랑의 오뚝하게 선 콧날이 막 시큰거렸다. 날렵한 어깨가 잔물결같이 흔들렸다. 그렇다. 근심으로 짜이는 우리네 인생. 꾀꼬리는 북이 되고 버들은 실이 되어…….

그러나 효원이 부르는 그 사랑 노래는 좀 더 크게 또다시 들려오는 농민군의 언가에 파묻혀버렸다.

'머구밭에 덕서리 칠팔월에 무서리 동지섣달…….'

인간 탈을 쓰고

비화가 너무나 고달프고 힘들어 쓰러지려 할 때면 어김없이 힘이 돼 주는 안골 백 부잣집 염 부인. 그녀는 만날수록 알 수 없는 여인이었다.

'에나 이상한 일도 다 있제.'

대체 그녀 얼굴에 늘 가득 찬 수심은 어디서 비롯된 것일까? 무엇 하나 아쉬울 게 없는 대갓집 마님이 왜 언제나 그렇게 깊은 슬픔에 잠겨 있는 표정인지. 그리고 쇳덩이라도 뚫을 것 같은 그 무섭고 처절한 살기라니.

"마님."

"와?"

"저……."

"사람을 불렀으모 퍼뜩 말을 해야제."

"그, 그."

비화로선 아무리 헤아려 봐도 같은 한 사람의 얼굴에서 슬픔과 살기가 동시에 떠오를 수 있다는 것은 기묘한 노릇이 아닐 수 없었다. 아무래도 이해가 되지를 않았다. 한마디로 모순투성이였다. 슬픔 때문에 살기는 더 섬뜩하게 느껴지고, 살기 때문에 슬픔은 더 깊어 보였다.

"장 지한테 일감을 이러키 한거석 맽기주시이, 증말 무신 말씀을 우떻게 드리야 할랑고 모리겄십니더, 마님."

정말 비화 처지로는 염 부인이 아니면 당장 길거리에 솥을 내걸어야 할 판이었다. 하지만 염 부인은 그저 빙그레 웃을 뿐이었다. 그런데 그것도 잠시였다.

"안 있나……."

그러면서 또 꺼낸 게 '처녀 골' 이야기였다. 다시 처녀로 돌아가고 싶은 걸까? 과거로 돌아가고 싶다는 것은 곧 현재에 만족하지 못하고 있다는 증거가 아닐까? 그렇다면 그런 사람에게 미래는 결코 희망적이지 못할 것이다. 흘러간 이야기에 목을 매는 이들이 나의 주변에 자꾸자꾸 생겨나고 있다는 사실에 비화 마음은 아프고 서글펐다.

'내 짐작이 맞는 기라, 안 맞으모 증말 좋것지만도.'

어쨌든 비화가 느끼기에 염 부인은 자기가 사는 그 고을에 전해지고 있는 이야기에 대해 듣고 말하기를 남달리 좋아하는 사람이었다. 어쩌면 천성적으로 무슨 이야기든지 이야기를 좋아하는지도 몰랐다. 처녀 시절에는 참 꿈도 많았겠다 싶었다. 그런 생각 뒤끝에 자신의 처녀 시절이 되살아나 비화는 그저 먹먹할 따름이었다. 그 기억 너머에는 관기 해랑이 되기 전의 하얀 박꽃보다도 순수한 아름다움을 지닌 저 옥진이 너울거리고 있었다.

"내 오늘은 있제……."

"예, 마님."

"함안 조 씨 집안하고 고을 원님 집안에 얽히 있는 이약 하나 해줄 낀께 함 들어볼라나?"

"아, 재밌것어예. 쌔이 해주시이소, 마님."

말은 그렇게 했지만 사실 비화는 그 어떤 이야기든 지나간 이야기는 듣고 싶지가 않았다. 그러기에 시간적으로나 마음의 여유로나 현실이 너무 빠듯했다. 지금의 생활에서 탈출하기 위해서는 모든 것을 앞날을 위한 것에 더 할애하지 않으면 안 되었다.

'그래도 우짤 수 없제. 염 부인 마님께서 하실라 쿠는데. 그라고 우짜모 내한테 도움이 될 이약이라꼬 여기갖고 해주실라는 긴지도 안 모리나. 그라이 잘 들어야 하는 기다.'

염 부인은 그런 비화 심경을 아는지 모르는지 다짐받았다.

"울모 안 된다이?"

"웃지도 안 하께예."

비화 말에 염 부인은 싫지 않은 낯빛을 지었다.

"어? 인자 농담도 할 줄 아네?"

비화는 짐짓 어서 듣고 싶다고 했다.

"아이, 우떤 이약인데예?"

농은 염 부인이 더 잘했다. 그녀는 평소 실수로라도 쓸데없는 소리는 내비치는 적이 없었다.

"이약이 아이고 저약인데?"

덩달아 기분이 좀 풀린 비화는 이야기 욕심이 목구멍까지 차 있는 아이가 되었다.

"지는 모돌띠리 좋심니더."

비화는 갈수록 염 부인이 어머니 윤 씨같이 느껴졌다. 어쩌면 염 부인과 나는 전생에 모녀 사이가 아니었을까 하는 야릇한 기분까지 들었다. 염 부인 또한 그런 마음이 들어서일까, 이런 소리를 했다.

"시방 그리 말하는 새댁을 본께네, 똑 에릴 적에 내 앞에 앉아갖고 옛날이약 듣던 우리 딸들매이로 비인다 아이가."

염 부인 처소인 안방은 여느 대갓집처럼 매우 화려하거나 사치스럽지는 않았다. 그렇지만 어딘지 모르게 고상하고 은은한 기품이 솔솔 풍겨 어쩌다 거기 들어갈 때면 비화는 아주 조심스러웠다. 누가 그러라고 시키는 것도 아닌데 자꾸만 내 몸에 작은 티끌 먼지라도 하나 붙어 있지 않나 하고 살펴보곤 하였다.

"그거는 그렇고, 새댁아."

"예?"

비화는 무슨 말인가 어리둥절했다.

"퍼뜩 안 가도 되는 기가? 바쁜 일은 없고?"

대단한 부탁이라도 하려는 것 같아 보이는 염 부인이었다.

"예, 마님. 괘안심니더."

사실은 그런 게 아니지만 그렇게 대답했다.

염 부인 앞에서는 참말이니 거짓말이니 하는 구분 자체가 무의미한 것으로 받아들여졌다.

"그라모 다행이고."

염 부인은 무척이나 마음이 울적하고 또 심란한지 그날따라 비화와 함께 있고 싶어 하는 기색이 역력했다. 어쩌면 그 처녀 골 이야기는 비화를 붙들어 앉히기 위한 하나의 수단에 지나지 않을 것이었다. 비화는 그녀와 함께 밤샘까지 할 작정까지도 했다.

"읍내 중앙통에서 안 있나, 뒤벼리 쪽으로 가는 강변 길 사이에 보모……."

염 부인은 말로써 그녀가 살아오고 있는 그 고을을 그림으로 그려 보였다.

"처녀 골이라쿠는 데가 있제."

고풍스러운 장식장 위에 얹힌 목각 원앙새 한 쌍이 이상하게 비화 눈길을 끌었다. 남편 재영이 생각났다.

"그때가 조선 중기쯤인데, 아마 그랬을 기거마."

과거를 이야기하고 싶어 하는 여자와 과거라면 돌아도 보고 싶지 않은 여자가 같은 한 방에 앉아 있었다.

"함안 조 씨 도령이 원님 딸하고 혼인하거로 됐다데."

비화가 들으니 그렇고 그런 이야기 같았다. 솔직히 시간이 아까웠다. 남의 혼인 얘기나 하는 그 시간에 품을 팔면 살림에 조금이라도 더 보탬이 될 수 있을 텐데.

그렇지만 염 부인은 비화와 마주 앉으면 항상 그렇듯이 점점 더 평온한 얼굴이 되어갔다. 슬픔과 살기도 조금은 엷어졌다. 그걸 본 비화 마음도 똑같이 좋았다. 그냥 들어주기만 하면 될 터인데 내가 은인도 그런 은인일 수가 없는 염 부인에게 그 정도도 해드리지 못할까 싶었다.

"그란데 있제, 원님 딸이 고마 죽을뱅이 들어삔 기라."

"아, 우짭니꺼? 혼인할 신부가 말입니꺼?"

비화는 이야기를 그만두시라고 하고 싶은 충동을 억지로 눌렀다. 자신과는 직접 연관이 없는 것일지라도 비극적인 사연은 너무 싫었다. 남이 눈물을 흘리거나 안타까워하는 모습만 봐도 가슴이 무너져 내리는 통증을 느끼는 이즈음이었다.

"그런께 말이다, 그런께."

심성이 무척 고운 염 부인도 여간 애잔해하는 빛이 아니었다. 그러면서도 필사적으로 이야기를 다 하려고 하는 그녀가 비화 눈에 또 수수께끼로 비쳤다.

"패백 안 있나……."

그때 마당에서 닭이 울고 있었다. 비화 머릿속에 신부가 시부모에게 폐백으로 올리는 닭이 떠올랐다. 그와 동시에 지금 저 닭이 그런 폐백닭이 아닐까 하는 엉뚱한 생각이 들기도 했다.

"신랑 집에서 신붓집으로 안 있나, 아조 좋은 푸른 비단, 붉은 비단의 패백꺼지 모도 다 보냈는데 안 있나."

"예."

비화는 염 부인이 처녀 골 이야기를 들려주는 까닭을 조금씩 알 것도 같았다. 틀림없이 한 번 혼례를 치른 부부는 하늘 두 쪽이 나도 절대로 갈라서서는 안 된다는 숨은 뜻이 담겨 있으리라.

'그거는 그란데?'

그러자 또 이상하다는 생각이 들었다. 내게는 집 나간 남편을 끝까지 기다리라는 당부일 수도 있겠지만, 염 부인 자신이야 그럴 이유가 하등 없을진대 지금 저렇게도 비장하기 이를 데 없는 표정을 짓는 것은? 그런 비화 의문을 아는지 모르는지 염 부인은 목이 메는 소리로 말을 이어 갔다.

"그 처녀는 비록 이 시상 사람이 아이지만도……."

산 자가 죽은 자를 이야기하듯 죽은 자도 산 자를 이야기하고 있을지 모르겠다는 생각이 들었다. 납폐納幣를 마친 후인지라 묘를 쓰고 또 위패位牌까지 모셨다. 비화는 궁금했다. 그래 자신도 모르게 마치 잘 알고 있는 사람의 안부를 묻듯이 조 도령에 대해 물었다.

넓은 마당에서는 닭소리와 함께 오리들이 내는 소리가 합창처럼 들려오고 있었다. 이 집안 닭들은 오리들을 쪼아대지 않는 모양이었다. 가금家禽은 자기를 키우는 집주인을 닮는다더니 백 부잣집 사람들이 착하고 좋아서 저러한가 싶었다.

"갑과甲科에 첫째로 급제했던 기라. 그런께네 장원급제 말이다."

"원님 딸이 살아 있었으모 올매나 좋아했으까예?"

비화는 순간적인 환상에 빠져들었다. 장원급제하여 머리에 어사화를 꽂고 돌아오는 남편. 그러나 꿈에 보이는 그는 언제나 비루먹은 거지 꼬락서니였다. 꿈속에 나타나는 사람은 그 꿈을 꾸는 사람의 마음 상태에 따라서 좋은 모습이기도 하고 나쁜 모습이기도 하다니까, 결국 그건 내가 만들어낸 하나의 허상에 지나지 않을 뿐이라고 해도 너무 불길하고 언짢은 기분인 게 사실이었다.

"그런께 우짜든지 살아야……."

염 부인 말에 비화는 또 자신도 모르게 되뇌었다.

"살아야……."

조 도령이 말을 타고 뒤벼리 조금 못 미쳐 처녀 골 앞쪽을 지나갈 때 굉장히 놀랄 일이 벌어졌다는 말을 하면서 염 부인은 자기 이야기에 스스로 취한 듯 오른손을 가슴 위로 들어 올렸다.

"각중애 그 처녀 묘막에 모시 놓은 위패가 높거로 뛰기 시작했다데."

그녀 표정이 아주 심각하고 진지했다. 그런 사실 또한 비화를 어리둥절케 했다. 도저히 믿을 수 없는 이야기였다. 세상에, 위패가 뛰다니? 위패가 아니라 광대 패라면 또 모르겠다. 염 부인은 믿는 걸까? 아니, 믿고자 하는 것이다.

"신기한 기 또 있다."

염 부인은 평상시 모습과는 달리 마른침을 꿀꺽 삼키고 나서, 조 도령 쪽으로 날아간 위패가 그의 도포자락 안에 쏙 들어갔다고 들려주었다. 비화는 좀체 그려낼 수 없는 희귀한 장면임에도 그만 감격에 겨워 눈에는 눈물까지 핑 감돌았다. 억울한 처녀 혼백이 서방님을 잊지 못하고 그의 품에 안긴 것이다.

"그래갖고 우찌 됐십니꺼, 마님?"

그렇게 물으면서 비화는 다시 한번 자기 자신을 뒤돌아보았다. 힘든 노동으로 몸을 혹사해가며 남편을 잊고 살아가는 그녀 자신이 정말 여자가 맞는가 해서였다. 죽어서 혼백이 된 후에도 지아비 품을 그리워하는 그런 여자도 있는데 말이다.

조 도령은 그게 자기와 혼약했던 원님 딸 위패라는 것을 알게 되었단다. 비화는 안도의 한숨을 내쉬었다.

"그래 집안 어른들한테 그 사실을 낱낱이 고했제."

"아, 예."

그 순간 비화는 느꼈다. 염 부인에게는 누군가에게 낱낱이 고하고 싶은 무언가가 있지만 그렇게 할 수가 없다는 것이다.

"그래갖고 안 있나, 조 씨 문중에서는 처녀의 슬픈 영혼을 위로해줄라 캔 기다."

대갓집 문중의 맏며느리 표본 같은 염 부인이었다. 한데도 음성에는 서러운 기운이 있고 얼굴은 번뇌의 빛을 띠었다.

"제각도 짓고 제사도 지내줬다든가 그랬디제."

무덤 근처에 제청祭廳으로 쓰려고 지은 집이 비화 눈앞에 어른거렸다. 이야기를 전부 마친 염 부인은 잠시 탈기한 모습을 보였다. 비화는 그녀 가슴속에 감춰진 그늘의 정체를 곰곰이 헤아려보다가 소름이 쫙 돋았다. 혹시라도 염 부인이 원님 딸처럼 죽을병에 걸린 건 아닐까?

"새댁이 이리 억척겉이 일해쌌는 이유가 머신고 궁금타, 내는."

비화가 자꾸만 덮쳐오는 어떤 불길한 예감에 휩싸여 있을 때 문득 염 부인 입에서 나온 소리였다. 그리고 바로 그 순간이었다. 비화는 자신도 모르게 불쑥 이렇게 말하고 있는 그녀를 보았다.

"지는 복수를 해야 합니더."

"머?"

염 부인이 깜짝 놀라는 얼굴로 물었다.

"복수?"

한 번 더 물었다.

"복수라 캤나?"

"……."

비화는 괜한 소릴 했다고 자책하고 후회했지만, 한편으로는 가슴을 온통 시커멓게 태우고 있던 큰 불덩이 같은 게 쑤욱 내려가는 듯 후련했다.

그랬다. 염 부인에게만은 무슨 이야기라도 숨기지 않고 모조리 할 수 있을 것 같고, 또 그러고 싶었다. 조금 전에 생각했던 것처럼 전생에 모녀 사이는 아니었을지라도 현생의 정신적인 어머니라고는 할만했다.

"이리키나 착해빠진 색시가 원한을 품거로 한 자가 누꼬?"

"……."

어떤 거대한 손이 그녀 입을 막아버리는 느낌에 빠졌다.

"눈데……."

"……."

염 부인은 좀처럼 이해가 되지 않고 무척이나 궁금한 모양이었다. 여간해선 한 번 했던 소리를 되풀이하지 않는 그녀가 몇 번째인지도 모르게 또 말했다.

"대체 새댁 겉은 사람한테 누가?"

비화 눈앞에 임배봉과 운산녀, 점박이 형제 얼굴이 나타났다. 그들은 초라하기 짝이 없는 그녀의 행색을 보고 손가락질해가며 조롱하고 있다. 대사지 연못에 빠져 허우적거리는 사람은 옥진만이 아니다.

비화는 마음의 칼을 시퍼렇게 갈면서도 자꾸만 눈물이 솟으려고 했다. 지쳐빠진 부모님 모습이 눈물 글썽한 두 눈에 연방 어른거린다. 몸도 마음도 다시는 회복할 수 없을 정도로 온통 병들어버린 부모님.

도저히 참을 수 없었고 견딜 수가 없었다. 마침내 비화는 완전히 이성을 놓아버린 여자가 저주 퍼붓듯 매섭게 털어놓고 말았다.

"마님도 알고 계시는 인간들입니더."
"내도 아는?"
염 부인 눈에 한층 놀라고 의아해하는 기운이 출렁거렸다.
"예, 마님."
"누고?"
"……."
염 부인은 고개를 가로저었다.
"아이네. 새댁, 고만두자."
얼굴 가득 서글픈 웃음을 지으며 말했다.
"내가 씰데없는 거를 다 물어쌌고 안 있는가베. 주착이다, 그자?"
급기야 비화 두 뺨 위로 눈물이 주르르 흘러내렸다. 염 부인이 경악한 얼굴로 비화 손을 찾아 잡았다. 그러고는 떨리는 목소리로 물었다.
"새댁! 우는 기가?"
눈을 의심하듯 했다.
"시방 우는 기 맞나?"
그래도 비화는 눈물을 멈추지 못했다. 아니, 더 많이 쏟아졌다.
"에나 미안하거마는. 미안하거마는."
"흑."
"내가 고마 아푼 상처를 건디린 모냥 아이가."
염 부인은 진심으로 미안해하는 빛이었다. 그러고는 신분이나 나이 따위는 전혀 상관도 없이 사과의 말까지 꺼냈다.
"내 잘못이다. 내 실수다. 용서해주모 좋것거마."
비화가 고개를 흔들었다.
"아입니더, 마님."
비화는 야위고 거친 손등으로 선머슴처럼 눈물을 쓱쓱 닦았다. 그러고는 다른 사람보다 제 마음 깊은 곳에다 새겨 넣듯 말했다.

"임배봉이 그눔 집안입니더, 마님."

한데, 비화의 그 말이 미처 떨어지기도 전이었다. 염 부인 입에서 그야말로 단말마처럼 외마디가 튀어나왔다.

"머? 이, 임배, 배봉?"

당장 숨넘어가는 듯한 그 소리를 듣고서 이번에 경악한 것은 비화다. 어쩐 일인가?

임배봉이란 이름을 듣는 순간, 그녀가 해 보이는 저 반응을 도대체 무슨 말로 나타낼 수 있을까? 아니, 지금 내 앞에 앉아 있는 저 여자가 염 부인이 맞는가?

그런데 또 어찌 된 셈일까? 염 부인 얼굴에 겹쳐 보이는 것. 그것은 천만뜻밖에도 옥진의 얼굴이 아닌가. 비화는 그 망상을 떨쳐버리기 위해 세찬 도리질을 했다.

"마님?"

"으으."

그러나 염 부인은 엄청난 힘에 짓눌린 것처럼 신음조차 제대로 내지 못하면서 한참 동안 정신을 차리지 못했다. 새파랗게 질린 얼굴, 부들부들 떨리는 몸, 금방 넘어갈 것 같은 숨소리.

"마, 마님! 와 그라십니꺼, 마님?"

비화는 너무너무 무서운 나머지 그 방에서 달아나고 싶었다. 염 부인 두 눈이 허옇게 뒤집혀 보였다. 센 물살에 의해 남강 백사장으로 밀려나온 채 죽어 있는 물고기 눈알을 방불케 하는 눈이었다.

"……."

비록 중년을 넘긴 나이지만 염 부인은 여전히 아름답고 몸매가 빼어났다. 비화가 알기로, 독실한 불교 신자로서 언제나 부처에 버금갈 보살처럼 자비롭고 어진 부인이었다. 그뿐만 아니라 정숙한 대갓집 마님으로서 바로 옆에 불벼락이 떨어져도 체통을 잃지 않을 만큼 고고한 성품이다.

"저, 저……."

"괘, 괘안으십니꺼, 마, 마님?"

"……."

비화는 당장 무슨 일이 벌어질 것 같아 혼이 나갔다.

"사, 사람을 부, 부릴까예?"

그 방의 모든 사물들도 그런 주인의 모습에 어쩔 줄 몰라 하는 것 같았다.

"아, 아이네. 이, 인자 괘안타."

이윽고 염 부인이 깨끗하고 새하얀 이마에 송골송골 맺힌 땀방울을 손으로 닦으며 간신히 입을 열었다.

"내가 팽소 심장이 좀 안 좋아서……."

변명처럼 그런 말을 한 후 염 부인은 지그시 눈을 감고 한동안 말이 없다. 여전히 충격이 가시지 않은 지 가슴 부위가 들썩거렸다.

"……."

비화는 도무지 뭐가 뭔지 머리가 빠개질 듯이 혼란스럽기만 하였다. 그동안 숱한 일감을 가져가고 오고 하면서 적지 않은 날들을 지켜봤지만 이날 같은 염 부인의 모습은 처음이다. 그렇다면 지금까지 비화 자신이 보아온 염 부인은 허상이었다는 말인가?

'우째야 되노?'

비화가 그만 일어나서 나가야 할까? 그대로 앉아 있어야 할까 망설이는데, 잠시 후 눈을 뜬 염 부인이 떨리는 목소리로 확인하듯 물었다.

"임배봉이한테 복수하것다, 그리 말했디가?"

그러자 잠시 멍해 보이던 비화 눈동자에 '탁탁' 불꽃이 튀었다.

"예, 마님. 지는 꼭 부자가 돼서 그놈한테 복수할 낍니더."

염 부인 표정이 더할 나위 없이 크게 흔들렸다.

"부자가 돼서 말이제?"

"예."

"대체 원한이 올매나 깊기에?"

"……."

비화 표정은 돌로 된 사람인 양 조금도 흔들리지 않았다.

"이왕지사 말이 나온 거, 싹 다 말씀드리것십니더."

"……."

"옛날부텀 그 집구석하고 우리 집안하고는 철천지웬수 사입니더."

"우, 우, 우짜다가?"

염 부인이 심하게 말을 더듬는 사람처럼 간신히 물어왔다. 그와 상대적으로 비화 음성은 굉장히 또렷했다.

"저희 집 땅을 모도 뺏아가삔 기라예."

"새댁 집 땅을?"

"예."

"그런 일이 있었구마."

염 부인 눈에 초점이 없어 보였다.

"손을 써갖고 땅값을 행핀없거로 맨든 담에, 지가 모돌띠리 차지한 깁니더."

가만히 듣고 있던 염 부인이 혼잣말처럼 낮은 소리로 중얼거렸다.

"백분 천분 그라고도 남을 인간이제."

비화 말은 수백 수천 명의 사람들 앞에서 선포하는 것같이 크고 또렷했다.

"지눔하고 지눔 식구들 눈하고 코하고 입에서, 시뻘건 핏물이 철철 흘리나옴서 콱 죽어 엎어지거로 맨들 낍니더!"

무릎에 얹힌 비화의 큰 손이 금방이라도 허공을 향해 날아갈 것처럼 하는 것을 본 염 부인은 도무지 믿어지지 않는다는 표정이었다.

"무섭다, 시방 새댁 모습."

"……."

"새댁한테 이런 면도 있는 줄 안 몰랐나."

비화가 머리를 숙이며 말했다.

"죄송합니더, 마님. 마님께 이런 모습을 비이드리서예."

염 부인이 두 손을 동시에 내저었다.

"아이다. 아이다."

"지가 무담시……."

"새댁이 너모 착해빠지서, 이 험한 시상 우찌 살아가것노? 했제."

비화 고개가 더한층 수그러들었다.

"그란데 시방 새댁 본께, 내가 안 해도 될 걱정을 했는갑다."

"마님."

"우리 새댁……."

안채 마당에 서 있는 회화나무 가지에 올라앉은 새가 '삐삐' 하는 소리를 냈다.

"그래, 아암, 그래야제."

"……."

방문 창호지에 스며드는 빛살이 투명하다.

"그리 당차거로 사는 기다, 새댁."

그렇게 기운차게 말해놓고 염 부인은 또 한숨이다. 비화는 깨달았다. 그 말은 염 부인이 스스로에게 하는 말이었다.

그러자 또다시 그녀가 임배봉이란 이름을 처음 꺼냈을 때 염 부인이 보이던 그 놀라운 반응에 생각이 미쳤다. 단순히 좀 이상하다. 뭔가 심상치 않다, 하는 그 정도가 아니었다. 훨씬 더한 그 무엇인가가 있었다. 하지만 물어볼 수는 없는 노릇이다. 골이 띵해지면서 지끈지끈 아파왔다.

그러나 한 가지, 여기에는 세상 사람들이 모르는 엄청난 비밀이 숨겨져 있는 것 같다는 그 직감만은 바위에 새겨진 글자만큼이나 뚜렷했다. 바로 눈앞에 활짝 펼쳐진 새의 날개처럼 확연했다. 비화는 강한 의문에 휩싸였다.

'대체 우떤 일이꼬?'

그러나 염 부인은 다시 침묵을 지키기 시작했고, 비화의 상념은 꼬리를 물었다.

'임배봉이하고 염 부인 사이에는 반다시 무신 관계가 있는 기라. 그거도 시상 사람들이 알기 되모 고마 깜짝 놀랠…….'

그런 확신 끝에 비화는 차디찬 기운이 예리하게 등골을 파고드는 느낌을 받았다. 엄청난 긴장감에 사로잡혔다. 어릴 적부터 남달리 영특했던 비화였다.

'염 부인 얼골에서 장마당 안 떠나는 저 어듭고 근심시런 빛하고, 보기만 해도 섬뜩하기 느껴지는 살기는, 해나 임배봉이 땜에 생긴 기 아일까?'

그때 염 부인의 한껏 조심스러운 물음이 깊은 생각에 빠진 비화 귀를 울렸다.

"임배봉이가 새댁 집안에 에나 몬된 짓을 한 모냥이제? 땅도 뺏아가고……."

그 소리에 비화 가슴이 또 어쩔 수 없이 거칠게 뛰었다. 더 이상 뭘 숨기지도 감추지도 못할 정도로 격해진 감정이었다.

"그렇심니더, 마님. 몬된 짓도 보통 몬된 짓이 아이지예."

비화는 연방 숨을 몰아쉬었다.

"그 인간들 땜에 지 집안이 다 망해삐릿심니더."

염 부인의 얼굴에 경악과 동정의 빛이 동시에 떠올랐다.

"그리 심하거로 당한 기가?"

비화는 칼을 무는 심정으로 말했다.

"지는 죽어 땅 밑에 묻힐 때도, 이 원한은 갖고 갈 낍니더."

염 부인이 몸을 떨며 아까처럼 혼잣소리로 말했다.

"충분히 그리하고도 남을 인간이다, 임배봉이는."

그 음성이 결코 예사롭지 않았다.

"인간도 아이지예."

비화는 세상에서 가장 심한 저주와 악담을 퍼부었다.

"인간 탈바가치를 둘러쓰고 나온 악맙니더, 악마."

염 부인은 수없이 고개를 끄덕이고 있었다.

"맞거마는. 새댁 말이 똑 맞거마는."

"지가 우짜든지 살아야 하는 거는……."

"후~우."

"죽을 수가 없는 거는……."

"죽기는?"

비화는 그 순간만큼 스스로를 주체하기 힘든 적이 없었다는 기분이 들었다. 자신의 원한, 그리고 상세히 알 수는 없지만, 분명히 염 부인도 꼭꼭 품고 있을 원한, 그 원한들이 한데 뒤섞여 마구 가슴을 뒤흔들어 놓고 있다.

"아, 부처님. 나무관세음보살."

염 부인 입에서 간절한 염불소리가 흘러나왔다. 그러자 그 소리는 비화 머릿속에 어떤 얼굴 하나를 떠오르게 했다. 비어사 진무 스님의 메마른 몸매와 형형한 눈빛.

– 비화, 숨어 있는 꽃이라. 그러나 세상 사람들이 그 꽃을 발견할 때쯤이면…….

– 장차 자라면 거부가 될 상이로고! 너로 인해 세상이 시끄러울 때가 있을지니.

– 남편이 돌아올 때까지 큰 부자가 돼 있어야 하느니라.

금세 어디선가 그의 음성이 들려올 듯하다. '보리'라는 하얀 털빛의 그 진돗개는 지금 잘 있는지. 아직도 짖지를 않는지.

"새댁은 머를 믿노?"

염 부인이 느닷없이 물었다. 비화는 그 말뜻을 몰라 말없이 바라보기만 했다.

"종교 말이제."

"아, 예."

회화나무에서는 여전히 '삐삐' 하는 새소리가 들려오고 있다.

"요새는 천주학이란 거를 믿는 사람도 술찮이(적지 않게) 된다데?"

"지도 그리 알고 있심니더."

종교 이야기를 할 때 염 부인은 아까보다 많이 안정되어 있다는 느낌이 들었다. 이래서 사람은 무엇을 믿게 되는가 싶었다. 그 대상이 무엇이든 간에 믿을 수 있는 것이 있는 사람은 복을 받은 것이라고 하는 말도 있다.

"내는 천주학을 모리지만도……."

"지 친정집 동네에도 그런 분들이 계십니더."

비화 말에 염 부인은 새로운 사실을 알았다는 얼굴이었다.

"아, 그런가베?"

"에나 대단하데예."

비화는 감격에 찬 목소리로 말을 이어갔다.

"특히 전창무라쿠는 분하고 그의 부인 우 씨라쿠는 분하고가, 그 천주학을 시상에 알릴 기라꼬 고생이 말도 아입니더."

염 부인은 자연스레 자세를 고쳐 앉았다.

"아, 그라고 본께 내도 그 사람들 이약은 들은 거 겉네? 참말로 훌륭한 사람들 아이가."

진정 안타깝고 안됐다는 표정을 지었다.

"천주학 하다가 목심을 잃어삔 신부도 있었는데……."

"예, 맞심니더, 마님. 에나 훌륭한 분들 아입니꺼."

비화가 존경한다는 빛을 보이자 염 부인은 입속으로 염불을 외는 듯하더니 물었다.

"전창무, 우 씨 부부라 캤디제?"

"예."

"내하고 믿는 대상은 다리지만도, 우떤 사람들인고 꼭 한분 만내보고 싶거마는. 서로가 심이 될 끼라."

"만내보실 수 있거로 지가 운제 한분 다리를 놔보겄심니더."

"그래주모 고맙고."

"그분들도 반가버하실 끼라예."

"믿는 사람은 안 믿는 사람하고는 머가 달라도……."

비화는 염 부인 말에서 다시 깨달았다. 지금 염 부인은 종교든 다른 무엇이든 간에 거기에 매달리지 않으면 살지 못할 만큼 무척 힘든 상황이라는 것이다. 그리고 그 원인 제공자는 임배봉이란 사실이었다.

"새댁 대단타."

"무신?"

"새댁이라모 웬만한 남정네는 다 물리치것네."

"아입니더. 마님께서 더……."

"내도 그랄 수 있으모 에나 좋을 낀데, 암만 노력해도 그리 안 된다 아이가."

"노력 안 하시도 하매……."

"내가?"

"예."

"모올라."

염 부인이 가늘게 웃어 보였다. 짙은 슬픔이 남강 가에서 간혹 보곤 하는 그 물안개처럼 피어오르는 미소였다. 그 애틋한 웃음기에 비화는 또다시 가슴이 먹먹해졌다.

'그란데 와?'

그런 중에도 비화가 마음속으로 크게 고개를 갸웃한 건 염 부인의 묘한 태도였다. 그녀는 임배봉 때문에 적지 않은 영향을 받고 있으면서도 그것을 입 밖으로 내기를 무척 꺼려하고 있다.

'우짜모 마님이 배봉이 그눔한테서 입은 상처는, 우리 식구들이 겪은 거보담도 상구 더 처절하고 무서븐 것인지도 모린다.'

차라리 비화 자신처럼 저주나 욕설이라도 실컷 퍼붓고 나면 그래도 조금은 답답한 속이 후련해지련만 염 부인은 그마저도 못 하고 있다. 그렇다면? 염 부인은 무언가를 숨기고 있다. 밝혀져서는 아니 될 비밀. 그런데 그녀가 이런 말까지 할 줄이야.

"내가 이런 소리를 하모 절간 부처님이 크기 화를 내시것지만도, 과연 누한테든 자비를 베푸는 거만이 최곤지 모리것네."

"예? 예."

비화는 졸지에 아주 둔중한 물체로 뒤통수를 호되게 얻어맞은 기분이었다. 무연히 염 부인의 얼굴을 바라보았다. 악귀가 사람 입을 빌려 독기를 쏟아내고 있는 것은 아닐까? 염 부인이 저런 말을 하다니. 그런데 그녀 입에서는 더한층 모질고 독한 소리가 흘러나왔다.

"이 시상에는 암만캐도 자비를 베풀 수 없는 웬수도 있는 벱인데……."

"……."

염 부인이 아무리 해도 자비를 베풀 수 없는 원수가 누구겠는가. 그래, 그자는 임배봉이 분명하다. 그렇다. 인간 탈바가지를 둘러쓰고 나온 악마라는 비화 자신의 말에, 한숨을 내쉬면서 두 번이나 맞는다고 수긍하던 그녀다. 비화의 그런 혼자 짐작은 염 부인의 이런 말에서 좀 더 확실하게 굳어졌다.

"내가 새댁을 첨 볼 때부텀 우짠지 자꾸 멤이 끌리더이, 새댁하고 내하고는 전생에 무신 인연이 있는갑다."

"지도 쪼꼼 전에 그런……."

비화 귀에는 그 말이, 너와 나는 똑같이 임배봉의 희생물이라는 소리로 들렸다. 비화는 순간적이지만 사방 벽에서 시퍼런 칼이 굉음과 함께 튀어나오는 듯한 아찔함에 싸였다. 그 칼에 찔려 피를 철철 떨구는 사람은 누구인가?

'그렇다모? 배봉이 그눔 집구석하고 우리 집안 그라고 여게 백 부잣집, 이리 세 가정이 우떤 업보로 얽히 있다쿠는 말이가?'

비화는 뽀얀 먼지가 폭삭 이는 황량한 벌판이나 시커먼 구름장이 쉴 새 없이 몰려오고 있는 망망대해에 혼자 서 있는 것처럼 막막하면서도 오싹해지는 기분이었다. 머리털이 쭈뼛이 곤두섰다. 심장이 거칠게 방망이질을 해댔다.

'그거는 몇 대에 걸치서 내리온 업業일랑가도 모리것다.'

그러자 그곳이 꼭 친정집 안방같이 느껴졌다. 무서운 감정이 가시고 평온한 기분에 젖어 들기 시작했다.

'마님 집안하고 우리는 전생에 서로 좋은 업을 쌓았을 끼거마는.'

비화는 마음의 고개를 끄덕였다.

'마님이 아모 피도 살도 안 섞인 내한테 이리 잘해주시는 거를 보모 말이다.'

그때 염 부인 목소리가 들렸다.

"새댁, 고개를 숙이고 뭔 생각을 그리 골똘히도 하고 있노?"

비화는 화들짝 놀랐다.

"아, 아이라예."

그러자 염 부인 입에서 나오는 말이었다.

"에나 임배봉이를 몬 잊것는가 보제?"

"……."

회화나무에서 울던 새는 그새 날아가 버렸는지 사위는 고즈넉하기만 하다.

'각중애 이집이 와 이리 조용하노? 여게가 깊은 산중 마을도 아인데.'

진무 스님이 주지로 있는 저 비어사를 떠올리게 했다. 이어지는 염 부인의 말소리 또한 신자가 소원을 비는 소리로 들렸다.

"하기사 잊고 싶다꼬 잊을 수만 있다모……."

그것은 염 부인 자신이 배봉을 잊지 못하겠다는 소리로 받아들여졌다. 금수보다 못한 놈. 저리 훌륭한 마님께도 나쁜 짓을 하다니. 도대체 고 악독한 놈이 염 부인에게는 또 무슨 짓거리를 저질렀을까?

'아이다. 설마?'

비화는, 혹여 내가 잘못 생각하고 있는 게 아닌가, 자칫 큰 실수를 범할 짐작에 스스로 도취돼 있지는 않을까, 아주 조심스레 상황을 되짚어

보기도 했다. 비록 임배봉의 세도가 하늘을 찌른다 해도, 백 부잣집 안방마님이란 신분에 있는 여자를 어떻게?

"우쨌든 새댁이 얼릉 큰 부자가 되모 좋것네."

"고, 고맙심니더, 마님."

왠지 큰 죄를 짓는 기분인 비화였다.

"그리키나 밤낮으로 열심히 일한께 운젠가는 반다시 그리 될 끼라 믿지만도. 부처님이 그냥 보고만 계시지는 안 할 끼라."

그러던 염 부인은 이제까지보다 더욱 조심스러운 어조로 나왔다.

"그라고 내가 한 가지만 더 이약하모, 새댁 그 뜻은 좋은데, 오데 시상이 지 뜻대로만 되던가?"

"예에."

비화도 물론 그렇게 생각은 하고 있었다. 그러나 설령 그렇다고 할지라도 비겁하게 지레 겁부터 집어먹고 뒤로 물러설 수는 없지 않은가.

"새댁도 모리지는 않것지만도……."

염 부인은 갈수록 비화를 긴장케 했다. 아니, 염 부인 자신이 더 긴장감에 사로잡혀가고 있는 기색이었다.

"임배봉이란 고 인간, 절대 벌로 볼 예사 인간이 아이제."

"예."

안방에 가면 시어머니 말이 옳고 부엌에 가면 며느리 말이 옳다고 하지만, 시어머니가 된 염 부인의 경우에는, 부엌에 가도 그 말이 옳을 거라고 믿는 비화였다.

"보통을 넘어도 한참을 넘어."

단지 노파심 정도가 아니라 더없이 절절한 마음에서 우러난 염 부인의 충언이었다.

"압니더, 마님. 하지만도 그렇다꼬 해서……."

비화가 말을 끝내기도 전에 염 부인이 무엇에 쫓기는 사람같이 급히 말했다.

"까딱하모 새댁이 도로 당하기 된다."

"……."

"이거는 내가 그냥 하는 소리가 아이다. 그라이……."

염 부인의 말은 정곡을 찌르는 듯하면서도 변죽만을 울리는 것 같기도 했다. 비화는 피가 배여 나올 정도로 입술을 질끈 깨물며 물었다.

"배봉이 그눔한테 복수하는 거 단념해라, 그런 말씀입니꺼?"

"……."

지붕 위에서 '삐삐' 하는 그 새소리가 다시 들려오고 있었다. 괜스레 반가웠다.

'막새기와에 앉아 있는 기가?'

그러자 지난날 아버지와 나란히 친정집 마당에 서서 집채의 기와지붕을 올려다보고 있을 때 아버지에게서 들었던 말이 생각났다.

"보통 처마 끝에 나와 있는 암키와와 수키와를 막새, 또는 막새기와라 쿠는데……."

이런 설명을 곁들이기도 했다.

"처마 끝을 잇는 수키와를 이약하기도 하제."

그런 후에 발돋움하여 그곳을 올려다보면서 말했다.

"어, 요서는 잘 안 비이는데, 하여튼 한 끝에 둥그런 쎄(혀)가 달리고, 또오……."

한자의 한 서체인 전자篆字, 그리고 물건의 형상, 곧 물형物形의 무늬가 거기 있다는 거였다. 한참 가르침을 주던 그는 이것도 이야기를 해주어야겠다고 여긴 모양이었다.

"아, 참. 내가 우리 딸내미한테 암키와에 대해서는 안 들리줬네? 그거는 한 끝에 반달 모양의 쎄가 붙어 있는데, 내림새, 내림새라 안 쿠는가베."

막새와 내림새. 그 두 가지는 비화가 성 밖 동리에 있는 친정집을 떠올릴 때면 꼭 부모님 얼굴과 함께 눈앞에 나타나는 기와들이었다.

'그리 자상하고 모리시는 기 없고 자신감 넘치던 울 아부지였다 아이가.'

그 기억을 떠올린 비화의 목소리가 자신도 모르게 한층 높아졌다.

"그 개 겉은 눔한테 당한 사람이 하나둘이가 아이라꼬 들었십니더."

"하나둘이……."

비화 말이 방문을 흔들었다.

"그런 악마는 우떤 누가 처단해도 처단해야 안 합니꺼?"

"처단을……."

비화 말을 되뇌는 염 부인의 낯빛이 바라보기에도 어지러울 만큼 복잡다단해지기 시작했다.

"부처님이 그런 인간은 지옥 구디이에 처넣어버리시것제?"

비화 목소리에 서릿발이 하얗게 내려앉아 있었다.

"부처님이 그리하시기 전에, 이 비화가 먼첨 그리해삐릴 낍니더."

정원수 가지를 흔들며 지나가는 바람소리가 좀 더 커지고 있었다. 그러자 어쩐지 집 전체가 술렁거리기 시작하는 분위기였다.

"새댁아."

비화 얼굴을 바라보는 염 부인의 눈동자가 딱 멎었다. 그것은 옥진에게서 간혹 보곤 하던 현상이었다. 옥진은 특별한 경우가 되면 언제나 그랬다. 옥진을 떠올리자 비화 얼굴에는 타는 것 같은 열기가 솟고 음성에는 지금까지보다 더 날카로운 날이 섰다.

"그눔이 죽어갖고 지옥 구디이에 처박히기 전에, 살아 있을 때 생지옥에 빠지거로 해뻴 끼라예."

염 부인이 불전에서 소원 빌 듯했다.

"그런 일이 가능하까?"

"가능하지예!"

비화와 염 부인은 흡사 스무고개를 한 고개, 한 고개 넘어가고 있는 여자들 같았다.

"그런 날이 오까?"

"오지예!"

비화는 그야말로 본 데 배운 데 하나 없는 여자처럼 굴었다. 염 부인이 천천히 고개를 가로저었다.

"누가 그리 무서븐 인간을 처단할 수 있것노. 갈수록 세도가 커지고 횡포가 심해져가고 있는데 말이다."

"마님!"

비화는 급기야 의문을 떠나 크나큰 당혹감과 회의에 시달리기 시작했다. 이건 온 천하를 거저 준다고 할지라도 결코 자신이 원하는 바가 아니었다. 더군다나 다른 사람도 아닌 염 부인이다. 하지만 염 부인은 한층 기운 없는 모습을 보였다.

"그 점벡이 자슥들 기세도 당할 자가 없다쿠더마."

"사람이 꼭 할라쿠모 몬 할 일이 오데 있것십니꺼?"

"그러까?"

"하모예!"

비화 눈앞에 대사지 연못이 마구 출렁거렸다. 속절없이 당하는 옥진이 있다. 아직 솜털 보송보송한 어린아이다. 아, 끝내 기녀가 되고 만 옥진이. 옥진이를 놔놓고 해랑이 뭐란 말이고?

비화는 한량무 보러 간 자리에서 아버지 호한이 억호, 만호를 꾸짖을 그때와 마찬가지로 있는 힘을 다해 염 부인에게 다짐해 보였다.

"반다시 합니더!"

"……."

"이 김비화가 그것들을 처단합니더!"

"지방관을 통해 우리 봉기 소식이 한양에 자세히 알리져서, 시방쯤 왕과 대신들은 긴급 대책을 논한다꼬 이마를 마조 대고 있을 낍니더."

유춘계 음성은 의외로 담담했다. 마치 남의 이야기를 하는 것 같았다.

"하지만도 괘안심니더. 사람이 생각을 몬 하고 있다가 당하기 되모 그거는 큰일이지만도, 일단 짐작하고 대비하모 하나도 문제될 끼 없지예."

그는 하늘도 갈라지고 땅도 움직일 그 엄청난 일을 주도한 사람이라고는 도무지 믿기지 않아 보였다. 되레 명산대천 유람을 돌다가 온 사람과 흡사했다.

"농민군이 와 관아에꺼지 뛰들었는고 그 이유를 알까예?"

김민준은 대범한 척했지만, 얼굴에 드러나는 불안과 초조의 빛은 아무래도 감추지 못했다. 임금 귀에 들어갈 반역을 저질렀기에 그것은 지극히 당연했다. 그뿐만 아니라 이런 악성의 엉터리 풍문마저 간간이 떠돌고 있다.

– 농민군에게 겁탈당할 위기에 처한 부잣집 고명딸이, 몸을 더럽히지 않으려고 자기 집 뒤 우물에 뛰어들어 죽었다더라.

– 누이가 초군들한테 나쁜 꼴을 당하는 것을 보고 덤벼들었던 관헌의 어린 아들이, 온 사지가 갈가리 찢긴 시체로 시궁창에 버려져 있더란다.

– 악덕 부잣집에서 약탈한 재물을 서로 차지할 거라고 농민군들끼리 서로 싸우다가 그만 죽어버린 사람도 있다고 한다.

– 기방에 앉아 기생들과 놀아나던 농민군 몇이 진노한 백성들에게 끌려가서 병신이 될 정도로 맞았다고 하더라.

– 농민군 주동자들이 관청 금고에서 뒷구멍으로 몰래 빼돌린 돈이 어마어마하단다.

춘계는 고개를 흔들어 진원도 불분명한 그 모든 거짓 소문들을 머리에서 지워버리려고 애썼다.

"충분히 짐작할 낍니더. 워낙에 이전부텀 지방 수령과 서리들이 농민들을 막 괴롭힌다는 이약을 한거석 들어왔을 낀께네……."

허공 어딘가를 매섭게 노려보는 그의 안광이 불타듯이 이글거리고 있었다. 아니, 거사를 행한 이후로 그의 몸 전체가 하나의 불덩이로 변해 있었다. 언제 어디로 굴러갈지 알 수 없는, 세상에서 가장 위험한 굴렁쇠라고 하면 맞을 것이다.

"그렇다꼬 조정에서 손 맺고 가마이 보고만 있을 턱이 안 없십니꺼?"

이기개 낯빛도 평온치 못했다. 아무리 헤아려 봐도 달걀로 바위를 치는 것과 다를 바 없는 이번 거사를 일으킨 것에 일말의 회의마저 품는 눈치다. 사람은 마음이 불안해지면 말수가 많아진다고 그는 가만히 있지 못하고 또 말했다.

"국가 존망이 달리 있다 보고……."

"아, 그야……."

춘계로선 십분 예상한 일이다. 막상 봉기의 깃발을 치켜들어 관아를 점령하고 우병사와 목사까지 사로잡았지만, 시간이 갈수록 더럭 겁이 나지 않을 수 없을 것이다.

"물론 나라에서 그냥 있것소."

드디어 모두가 마음에 족쇄처럼 채워져 있었지만, 입에 올리지는 못하고 있던 저 두려운 소리가 춘계에게서 흘러나왔다.

"요분 사건에 맨 앞장을 선 우리들부텀 체포할 끼라꼬 군대가 내리오 것지요."

"……."

모두가 숨을 죽였다. 안색들이 낮달보다 창백해 보였다. 나라 군대는 정식 훈련을 받지 못한 농민군과는 다르다. 일정한 질서 아래 조직된 군인 집단인 것이다.

"하지만도 너모 걱정들 마시오."

"……."

좌중에는 여전히 작은 기침소리 하나 들리지 않았다.

"우리 뒤에는 농민들이 버티고 안 있소."

"……."

춘계는 모두에게 용기를 주기 위해 고심하는 기색이 역력했다. 그가 거사를 일으키기 전에 여러 곳을 돌아다니며 본 그 명목名木들이 아직도 그의 가슴에 살아 있었다.

"요분에 봤지요? 비록 죽창과 몽디이, 지겟작대기, 농기구로 무장한 초군이지만, 그 심이 올매나 강하고 무서븐가를."

박임석이 입을 열었다.

"맞심니더. 춘계 나리께서 손수 맨드신 언가를 큰소리로 부림시로 우리 농민군이 힘차게 진군하는 그 장면을 만약 임금과 대신들이 봤다모, 여게 목의 관리들이 모도 그랬듯기, 걸음아 내 살리라 하고 천 리나 달아났을 낍니더."

민준도 그 말에 조금 기운을 얻은 모습이었다.

"백성들도 에나 대단했지예. 우리가 지내갈 때마다 모도가 박수를 크기 치고 격려해주지 않았십니꺼. 그 환영의 열기를 오데 가서 또 기대하것십니꺼?"

이름에 걸맞게 기개를 약간 되찾은 기개는 지금도 눈에 생생하다는 투로 말했다.

"몬된 관리들하고 오즉 지들 뱃때지만 채우는 양반이나 부자들 집을 활활 불태울 때는, 그동안 쌓인 울분과 원한이 싹 다 풀리고 너모나 감객시러버서, 눈물꺼정 펑펑 쏟아댐서 환호하는 사람도 짜다라 비이데예."

그런데 춘계가 그 말을 받았는데 갑자기 표정이 바뀌었다. 그뿐만 아니라 용기를 주던 그때까지와는 달리 나오는 소리도 부정적이었다.

"내는 그 점이 더 불안합니더."

그러자 그 자리에 있는 이들은 하나같이 멍한 낯빛이 되었다.

"예?"

춘계는 각자의 마음속에 각인시켜주듯 했다.

"민중의 생리 말입니더."

이번에도 모두가 거의 동시에 물었다.

"민중의 생리예?"

민중의 생리. 어쩐지 야릇하고 묘한 어감을 풍기는 소리였다. 과격하고 위험하기도 하고 친근감도 담겨 있는 듯한 말이었다.

"예, 민중의 생리."

춘계가 말을 덧붙였다.

"머라쿨까, 똑 바람에 쏠리는 대밭겉이, 물살에 떼밀리는 이파리매이로, 그리 맹목적으로 시류時流를 따라가기 쉬븐 기 민중이지예."

그 시대의 풍조와 유행을 뜻하는 말, 시류. 흔히들 시류에 관해 이야기할 때 그것 뒤에 '타다'는 말을 곧잘 덧붙였다.

춘계는 속으로 실소를 터뜨렸다. 양반 족속들이 타고 다니는 가마나 타고 노는 놀잇배가 떠올라서였다. 높이 타고 있다가 낮게 추락하면 뼈가 부러질 것이란 사실을 어찌 모르고 있는가 말이다.

"무신 뜻입니꺼?"

민준의 물음에 춘계는 한숨을 내쉬며 대답했다.

"조정에서 여게 사람을 내리보내갖고 요분 우리 봉기를 수습할라쿨 적에……."

그곳에 있는 사람들 얼굴을 차례로 둘러보면서 말을 이었다.

"앞장을 서갖고 농민군을 이끌던 주모자들만 잡아다가 엄벌에 처하고……."

이번에는 두 손으로 밀어붙이는 동작을 해보였다.

"그냥 단순 가담한 다린 농민들은 모도 용서해주것다 쿰시로 치고 들어올 끼다, 그런 말입니더."

"……."

계속해서 작은 숨소리조차 들리지 않는 분위기였다. 그건 누구도 전혀 예상치 못한, 일종의 역습과도 같은 것이었다. 춘계는 세상에서 가장 하고 싶지 않은 말을 억지로 하고 있었다.

"그라모 당장 우리한테서 등을 돌릴 수도 있는 기 민중이라쿠는 이약이지예."

"……."

그 말에 좌중은 홀연 귀신이 내는 소리를 들은 분위기가 되었다. 엄청난 불안감과 초조, 후회의 그림자가 짙게 덮인 얼굴로 서로를 바라보는 그들을 지켜보는 춘계 표정은 몹시 심각하고 무거웠다.

그랬다. 누가 뭐래도 춘계 자신보다 더 머리가 아프고 복잡한 사람은 지금 그곳에 없을 것이다. 그것이야말로 고독한 지도자의 초상肖像이었다. 어느 집단이든 간에 그 무리를 이끄는 최고 실권자는 오직 단 한 사람이다. 두 사람일 수는 없다. 그렇게 되면 이미 그 집단은 존속하지 못한다고 봐야 할 것이다.

한 사람. 그래서 그는 언제나 혼자 다니는 맹수처럼 외롭고 위험하기 마련이다. 때로는 자신을 위해서 심장까지 꺼내 바칠 충성스러운 부하도 강한 의혹의 눈초리로 감시한다. 밖으로부터의 적뿐만 아니라 내부로부터의 적도 경계하지 않으면 어느 때 어떤 식으로 뒤통수를 얻어맞을지 모른다는 불안감에 사로잡혀 있다.

그 반면에 우두머리를 따르는 졸개들은 높은 권력을 해바라기하면서 부러워하지만, 어떤 의미에서 마음 편할 수도 있다. 그냥 따라가기만 하면 되니까. 앞에서 돌아가면 똑같이 돌아가고, 앞에서 엎드리면 따라서 엎드리면 된다. 크게 힘들지 않고 간단한 일이다.

불칼은 언제나 머리를 겨냥해 내리친다. 불칼이 머리에 꽂힐 때 적어도 팔다리 정도는 치명적인 상처를 피할 수도 있다. 그러면 몸통은 어떠한가? 몸통은 머리만큼은 아니어도 그 또한 불칼의 휘두름에 성해나지 못할 것이다.

이번 농민항쟁 역시 마찬가지다. 춘계를 중심으로 하는 주도자 격인 몰락 양반 몇 명, 서준하를 비롯한 농민 대표 몇 명, 그들을 제외한 나머지 초군들은 이마에 흰 수건 두르고 언가를 부르면서 죽창과 몽둥이, 지겟작대기, 농기구를 잘 흔들면 되었다.

지금까지 힘없는 민초로 물살에 쓸리는 자갈처럼 바닥을 구르며 살아오면서 수령과 서리, 양반, 부자들에게 당한 분풀이만이 수만 명에 이르는 시위군의 유일한 목표로 보였다. 병영의 물리력으로도 제압할 수 없는 농민군에 의해 부서지거나 불탄 집이 무려 백 채가 넘고, 돈이나 곡식 등의 재산을 빼앗긴 집도 거의 팔십 호 가까이나 되었다. 춘계가 그의 통솔 하에 있는 농민군에게서 보고를 받은 바로는 그러했다.

"임배봉이 그놈 집구석이 젤 한거석 타삐릿담서?"

최고 관심거리는 단연 임배봉의 대저택이었다.

"아, 한거석 타삔 그 정도가 아이제."

"그라모?"

"바람에 재꺼지 모돌띠리 날라가삐고 그냥 휑앵 빈 들판인 기라, 허허벌판."

"권불십년, 삼대 부자 없고……."

그 고을 백성들은 앞으로 몇 년 동안은 화젯거리가 없어 심심하지는 않을 것이다.

"헤, 인자 점벡이 억호, 만호, 고것들도 사죽을 몬 쓸 끼거마는."

"운산녀는 또 우떻고?"

배봉 집안 식솔들이 굴비두름처럼 줄줄이 꿰어져 나왔다.

"운산녀? 아, 지 서방하고 놀아났다꼬, 저거 집 종년 거시기를 칼로 싹 도리내삣다쿠는 고 독종?"

"고런 독종에다가 또 우떻게나 사치해쌌는고, 운산녀가 해 댕기는 치장 보모 우리 고을 여자들이 살맛이 없다 안 쿠더나."

"고 집구석 종늠 종년들도 밖에 나서모, 지들 상전 등더리에 업고 똑 사또 행차매이로 안 하고?"

"그리 놀았던 기 무신 필요 있노? 인자는 다 끝난 기라, 끝나."

"갤국 그리 돼삘 거도 모리고……."

그러나 그 사람들도 모르고 있었다. 배봉은 그렇게 맥없이 호락호락 당하고 있지만은 않을 무서운 독초 같은 존재라는 것이다. 대궐 같은 대저택이 하루아침에 깡그리 사라졌다는 것에 흥분한 사람들은, 정작 그 집 주인인 배봉과 그 식솔들이 감쪽같이 종적을 감춰버렸다는 사실은 망각했다. 결국 알곡은 놓치고 쭉정이만 건졌다고 해야 할 것이다.

그러면 대체 배봉과 그의 식솔들은 모두 어디로 사라졌을까? 남강 물속으로 들어가 버린 것인가, 뒤벼리나 새벼리 절벽에 아무도 모르고 있는 동굴이 있어 그 안으로 들어가 버린 것인가?

읍내 서쪽의 작은 면面에 여러 고을 장정들이 모이기 시작하여, 검붉은 이마에 흰 수건 질끈 동여매고, 손에는 지겟작대기를 움켜쥐고, 아직도 어두운 새벽길을 나선 그날의 작은 움직임이, 그 후 경상, 충청, 전라의 하삼도下三道 대부분 지역에서 들고일어나서 전국 70여 곳에서 봉기하는, 소위 '임술민란'의 도화선이 되리란 것을 예상한 사람은 과연 몇이나 되었을까?

– 관아를 습객해서 장부를 불태아삐고 창고도 탈취했담서?

– 그거는 아모것도 아이다. 옥에 갇히 있는 죄수들을 풀어주기도 했다 안 쿠나.

– 죽창이나 몽디이에 살해된 지방 아전이 올매나 되는고 숫자도 모린다데.

– 인자 시상이 바로 서고 있는 기라.

– 그 바로 선 기 도로 꺼꿀로 안 서야 할 낀데…….

– 에이, 우리 농민군을 우찌 보고 그런 이약하고 있노?

그리고 그런 소리 소문들 한복판에는 항상 농민 천필구와 한화주가 있었다. 천하의 못된 탐관오리와 악덕 부자를 몽땅 징벌하는 그들은 바야흐로 '청산인淸算人'으로 떠오르기 시작했던 것이다.

필구의 억센 손아귀에 모가지를 세게 틀어 잡힌 어떤 향리는 숨도 쉬지 못하고 캑캑거리다가 그대로 절명해버렸단다. 화주의 발길질에 짚동처럼 나가떨어진 부자 하나는 남은 평생을 앉은뱅이로 살아야 할 병신이 되었단다.

그러나 어디까지가 사실이고 어디까지가 뜬소문인지 말을 물어 나르는 당사자도 몰랐다. 해가 뜨는 것을 보아야 해가 뜨는 줄 알고, 달이 지는 것을 보아야 달이 지는 것을 알 수 있지만, 그들에게 왕조王朝는 없었다.

그런 어수선한 분위기 속에서였다.

온 고을을 더더욱 불안과 긴장의 도가니로 몰아넣는 무서운 소식이 저 호열자처럼 퍼져 나돌기 시작했다. 그것은 호열자가 창궐하는 것보다도 몇 곱절 더 대책 없고 두렵기만 한 소식이었다.

경상감사 이영목의 보고를 받은 조정에서 이번 민란에 대한 수습책을 의논하여 민란의 원인과 피해 상황을 조사하기 위해 이곳에 안핵사를 보내려 한다는 것이다. 그렇다면 그다음 수순은 무엇이겠는가? 피를 부르는 대학살이 아니겠는가?

꿈에도 상상하지 못할 실로 놀랍고 희귀한 일이 벌어진 것은 그즈음이다. 아무리 세상이 그 지경에 이르렀기로서니? 나라에서 봤을 때는 실로 삼족을 멸할 반역이었다.

"허어, 저런 일이 오데 있소? 돌개바람도 이런 돌개바람은 없을 끼요."

"춘계 그분이 이리 엄청시리 큰일을 할 끼라고는 에나 몰랐심니더."

김호한과 윤 씨는 넋을 잃고 서서 도무지 믿을 수 없는 광경을 멍하니 바라보고 있었다. 단지 그들만 그런 게 아니었다. 길가에 길게 늘어선 행인들도 하늘 아래 있을 수 없는 그 충격적인 사태를 지켜보며 갈 길을 잊었다.

"상감께서 보내신 수령이 맞기는 맞는 기가?"

호한의 왼쪽에 서 있는 하얀 두루마기 차림새의 중늙은이가 일행으로 보이는 구레나룻 사내에게 물었다. 그러자 구레나룻이 안됐다는 건지 빈정거리는 건지 모를 투로 답했다.

"맞다 쿠네? 그 정도 사람이 된께, 저리 가매에 강제로 태이갖고 막 끌고댕김서 챙피를 주것제."

그들 대화를 들은 윤 씨가 호한에게만 들릴 작은 소리로 말했다.

"왕이 내리보낸 수령을 저리하는 거는, 상감께 저리하는 거하고 머시 다리것심니꺼. 안 그렇심니꺼?"

호한은 침통한 표정을 풀지 못했다.

"내 친구 조언직이 하는 소리가, 농민들이 중앙에서 내리온 관리의 길을 가로막고 상구 통사정했지만도, 서로 이약이 안 통해갖고 틈만 더 벌어질 끼라 쿠더이."

길가에 속수무책으로 우두커니 서 있는 사람들처럼 보이는 가로수를 바라보았다.

"불행하거로 그 말이 그대로 맞아떨어지는 거 겉소. 앞으로 일이 우찌될랑고 그기 에나 걱정이오."

그러잖아도 평소 마음이 여린 윤 씨가 근심 가득 서린 눈길로 물었다.

"농민들이 저 수령을 우짤꼬예?"

호한 또한 갈수록 무겁고 어두운 음성이었다.

"글씨, 내도 잘 모리것소. 지키보모 알것제."

부부는 흩어질 줄 모르는 다른 사람들과 함께 가마 뒤를 계속 따라갔다. 죽창과 몽둥이, 지겟작대기, 농기구 등을 의기양양하게 치켜들고, 왕이 보낸 수령을 태운 가마를 끌고 가는 농민군 기세에 하늘의 해도 질려버렸는지 그 빛이 흐릿했다. 호한은 갈수록 혼미해지는 세상처럼 태양도 본래의 찬연한 빛을 영영 잃어버리지 않을까 싶었다.

"겁이 나서 더 몬 따라가것십니더. 우찌할 낀고 멤이 조마조마합니더."

그렇게 말하는 윤 씨 얼굴이 무척 까칠해 보였다.

"내도 똑겉은 생각이오. 인자 고마 돌아가는 기 좋것소."

자조하는 마음이 담긴 어조였다.

"무신 광대패거리 기정하는 거도 아이고……."

호한 말에 윤 씨가 땅이 꺼지도록 한숨을 내쉬었다.

"살다 보모 우떤 꼴을 더 볼랑고, 에나 불안 안 합니꺼."

호한은 왕이 보낸 수령이 타고 있는 가마가 가고 있는 것과는 반대 방향으로 흘러가고 있는 하늘가 구름을 올려다보았다.

"사람이 한팽생 살아간다쿠는 기, 와 이리키나 심이 드는고 모리것소."

그 높이가 제각각인 길가 가로수들을 눈으로 가늠해보고 있다가 이런 말도 했다.

"길다 쿠모 길고, 짧다 쿠모 짧은 기, 우리 인생이라 쿠지만도."

"……."

윤 씨는 잠자코 고개를 끄덕였다. 호한은 무관 출신인 그가 보기에는 농민군들이 세상 최고의 무기인 양 자랑스럽게 손에 치켜들고 있는, 무기 같잖은 무기인 저 죽창과 몽둥이 등을 억지로 외면했다.

"그렇다꼬 해서 무신 큰 욕심을 부리는 거도 아인데 말이오."

윤 씨가 남들 눈에 띌까 봐 손으로 입을 가리며 흐느꼈다.

"흑."

사위 박재영이 집을 나간 후 생사조차 알 길 없는 마당에 윤 씨는 눈물과 탄식으로 나날을 보냈다. 그런 아내를 지켜보는 호한의 가슴은 칼로 도려내거나 인두로 지지는 듯 쓰리고 아팠다. 자식은 부모에게 죄인이고, 부모는 자식에게 죄인이라고 했다. 차라리 이 세상에 태어나지 않도록 했어야 했다. 딸 비화의 고통은 어떨까 상상만으로도 숨이 막혔다.

'내 딸내미지만도 에나 독한 아 아이가. 진짜 심이 마이 들 낀데도 지 부모한테는 한 분도 그런 포티 안 내는 거 보모…….'

그런 애달픈 생각을 하며 앞을 바라본 호한 가슴이 철렁 내려앉았다.

'헉! 농민군이 우짤라꼬 저리하노?'

상황을 눈치챈 몇몇 군중의 입에서도 놀라는 소리가 튀어나오기 시작했다. 이럴 수가? 황제가 보낸 수령을 태운 가마는 고을 밖을 향하고 있는 게 아닌가?

"아, 시방 가매가 오데로 가고 있는 깁니꺼?"

윤 씨도 심상치 않은 낌새를 채고 매우 놀라 물었다. 군중 속에서 좀 더 큰 소요가 일기 시작했다. 호한은 지그시 입술을 깨물었다.

"고을 바깥으로 후차낼라는 거 겉소."

"예에?"

윤 씨가 기겁을 했다.

"우짭니꺼? 왕이 보낸 수령을 강제로 내쫓다이?"

호한의 두 눈에 두렵고 막막한 빛이 서렸다.

"농민군이 관아를 습객할 때부텀, 군신 간의 관계는 하매 무너져삔 기요."

하지만 윤 씨는 직접 목격하면서도 도저히 눈앞의 사태를 믿을 수 없다는 얼굴이었다.

“그래도 백성이 돼갖고 우찌 왕실을?”

발이라도 동동 구를 사람같이 하는 아내에게 낮은 소리로 말했다.

“임금도 잘못이 있으모, 백성이 갈아치울 수 있다꼬…….”

호한은 숨이 가쁜지 잠시 쉬었다가 말을 계속했다.

“저 남맹 조식 어른이 하매 오래 전에 말씀하싯던 기요.”

남명 조식 이야기를 하면서 호한은 그가 찼다는 저 경의검敬義劍이란 칼을 생각했고, 윤 씨 뇌리에는 그가 한평생 몸에 지니고 다녔다는 성성자惺惺子라는 방울이 떠올랐다. 농민군을 이끌고 있는 춘계가 그 대쪽 같은 선비 조식과 어떤 식으로든 맺어져 있다는 사실이 새삼 가슴을 적시는 그들이었다.

“그, 그렇다모?”

“물길을 다시 돌려놓기에는 너모 늦어삔 기요.”

“우짭니꺼?”

“인자는 우짤 수가 없소.”

농민군은 자신들의 요구 조건을 내걸고 그것이 받아들여질 때까지 항쟁의 깃발을 내리지 않을 것이다. 앞으로도 조정에서 보낸 관리들에게 사정도 하고 을러대기도 하는 일이 이어질 것이다. 그러다가 안 되면 또 다시 저런…….

호한의 머릿속이 왕왕 울리었다. 수백 수천 마리 모기떼가 한꺼번에 왱왱거리며 함부로 날아다니는 느낌이었다.

‘문제는, 과연 농민군이 운제꺼지 버티낼 수 있을꼬 하는 거 아이것나.’

그렇다. 바로 그것이었다. 농민군은 어디까지나 비정규군이 아닌가?

정식으로 군 편제에 속하지 아니한, 정규 군사 훈련을 받지 않은 개인이나 집단이다. 그 어떤 단체보다도 일사분란하게 움직여야 할 군대인 것이다.

공교롭게도 호한은 춘계를 비롯한 농민군들이 하는 생각과 비슷한 생각을 하고 있었다. 그런 사실을 누구보다도 잘 아는 무관 출신인 호한이기에 그의 불안과 우려는 더 심한지도 모른다.

'하도 졸지에 당한 일이라 놔서 시방은 나라에서 우왕좌왕해쌌지만도, 시간이 쪼꼼만 더 흐르모 사정이 배뀌질 거는 뻔한 일 아이가. 그리 돼삐모?'

호한의 눈이 마치 누군가를 찾으려는 것처럼 주위에 운집해 있는 군중들을 향했다.

'아, 시방 오데 있는지는 몰라도 춘계 그 사람이 에나 걱정인 기라.'

모두가 조금이라도 더 높은 곳으로 올라가려고 발버둥을 치는 이 세상에서 스스로 낮은 자리로 내려온 사람.

'우짤라꼬 달걀 갖고 바구 치는 짓을 했단 말고? 아모리 농민을 위하는 멤이 절절하고 깊다 캐도…….'

불행히도 예상은 적중했다. 왕이 보낸 수령은 꼭 문전박대당한 거지처럼 아주 형편없이 초라한 몰골로 쫓겨났다. 멀리서 봐도 너무나 새파랗게 질려버린 얼굴이 지켜보기 차마 민망했다.

'이 걸이 저 걸이 갓 걸이…….'

농민군은 사색이 된 수령을 고을 바깥으로 내친 후에 '언가'를 부르면서 기세등등하게 되돌아가기 시작했다. 승전을 자축하는 군대와도 유사했다.

"상감이 쫓기 온 저 수령을 보모 그 심정이 우떨꼬예?"

"……."

윤 씨 말에 호한은 아무러한 대꾸가 없었다. 윤 씨가 그것을 몰라서 물은 건 아닐 것이다. 그 물음 이면에는 유춘계를 비롯한 농민군의 운명에 대한 깊은 근심과 우려가 담겨 있을 것이다.

농민군 앞날은 아무도 모른다. 아니다. 누구나 알 것이다.

농민군이 끌고 가는 가마 뒤를 따랐던 사람들이 이제는 다시 농민군을 따라 고을 안으로 돌아온다. 태산을 옮기고 바닷물의 흐름을 바꿀 수 있는 신의 군대, 그게 바로 농민군이 아니라고 그 누가 부정할 것인가? 누가 모를 것인가?

그러한 가운데 호한과 윤 씨는 알지 못했다. 그 인파 속에서 자신들을 무섭게 노려보고 있는 여섯 개의 눈이 있었다.

억호와 만호, 맹쫄이다. 성내에서 펼쳐진 한량무를 구경하던 날 호한에게 아주 호되게 당한 점박이 형제는, 이제 섣불리 덤벼들지는 못하고 잔뜩 벼르기만 하는 참이었다. 하나 일단 공격에 나서면 이번에는 어떻게 될지 아무도 모른다.

그리고 수많은 그 군중 속에는 또 섞여 있었다. 농민군을 이끌고 있는 한 농군을 애끊는 아픔과 근심의 눈길로 바라보고 있는 여인, 송원아다.

그녀는 먼발치서 연인 한화주 모습을 지켜보며 끝없이 오열하고 있었다. 화주 옆에 있는 천필구와 마찬가지로 화주 얼굴은 세상에 너무나도 널리 알려져 버렸다. 농민 대표로서 항쟁의 깃발을 든 화주는 더 이상 원아 한 여자만의 사람이 아니었다.

그는 최고 지도자 춘계를 보필하는 중요한 신분으로 모든 농민들의 희망이요, 꿈이었다. 수많은 농민군을 움직이게 하는 지렛대와도 같아서, 그가 빠지면 농민군은 무용지물의 군대가 될 정도로 타격이 클 것이다.

'누가 내한테서 우리 화주 씨를 뺏아갔노? 우리 화주 씨를 우짤라꼬 데꼬 가뻤노? 쌔이 돌리조라.'

원아는 속으로 외치면서 크게 휘청거리는 다리를 간신히 옮겨놓고 있다. 발에 아무것도 디딜 것이 없는 까마득한 허공 속을 가없이 걸어가고 있는 느낌이었다.

'아아, 덧없는 세월만 안 지내가뻣나. 화주 씨하고 내가 맨 첨에 새끼손가락 걸고 앞날을 약속한 날이 운제였던고 인자 깜깜하네.'

그러던 원아는 전율했다. 급기야 그녀는 발견하고 만 것이다. 단 한시도 잊지 못하는 내 사랑 화주의 얼굴에 드리워진 죽음의 그림자였다.

"우리가 잘한 긴지 몬한 긴지 하나도 모리것다."

서준하 표정이 밝지 못했다. 하나도 모르겠다는 그 말이 너무 헐렁하게 느껴졌다.

"머 말입니꺼?"

방석보가 준하 얼굴을 빤히 바라보았다.

"아, 왕이 보낸 수령을 가매에 태이서, 백성들 앞에 챙피 준 일을 말하것지예."

옆에서 듣고 있던 천필구가 투덜댔다.

"다 잘해놓고도 몬한 긴지 모리것다꼬 말하모, 대책이 없다 아입니꺼?"

"고, 고만!"

준하가 필구에게 무슨 소리를 하려는 걸 석보가 황급히 막았다. 자칫 집안싸움으로 번질 위험이 도사리고 있다. 서까래가 무너지는 집에서 사람은 깔려 죽을 운명밖에 더 없을 것이다. 천만다행으로 빠져나온 누군가가 있다고 하더라도 그는 이미 가족을 잃은 외롭고 고단한 처지일 것이다.

"저거……."

석보가 준하에게 그렇게 하는 것을 필구도 보았다. 하지만 보지 못한 척해버린다. 예전 같으면 그의 성질에 어림 반 푼어치도 없는 일이었다. 다행이라는 안도감보다도 처절한 서글픔이 앞서는 변화였다.

'시방 사태가 그만치 심각하다쿠는 정그것제.'

그 모든 분위기를 지켜보며 화주는 그런 생각을 했다. 그는 종일 돌아다녀 다리가 너무 아팠다. 무쇠다리도 망가질 때가 있는 모양이었다. 그래서 주먹으로 양쪽 장딴지를 번갈아 탁탁 치며, 될 대로 되라는 투로 말했다.

"고을 바깥에 쫓아내삔 거를 알기 되모, 조정 대신들이 펄펄 뛸 낍니더. 임금이 우찌할 낀고는 잘 모리것고."

필구가 모두에게 인식시켰다.

"인자 건질 거 한 개도 없는 씰데없는 생각일랑 요기서 접읍시더. 그보담도 춘계 나리가 앞으로 우찌하실랑고 내는 그기 젤 궁금하요."

그 말이 떨어지자 이구동성으로 나왔다.

"하기사 그기 더 중요하제."

"하모. 맞소, 맞아."

저마다 다시 한마음이 되어 고개를 끄덕끄덕했다. 많이 배우지 못한 그들로서는 많이 배웠다 해도 마찬가지겠지만, 이제부터 도대체 무슨 일을 어떻게 해야 할는지 감감한 게 사실이었다. 시간이 지날수록 아직 끝난 게 아무것도 없다는 자각이 점점 심하게 이는 그들이었다.

"내도 걱정이 안 되는 기 아이라 쪼매 되기는 안 하나. 아모리 생각이 깊은 춘계 나리라 캐도 막막하기는 마찬가지 아이것나 시푸다."

"그분꺼지도……."

준하의 그 말은 다른 사람들 가슴에 새로운 불안과 혼란의 불씨를 가져왔다. 눈에 보이지 않는 적과 마주친 기분이었다. 저들은 투명인간들처럼 이쪽은 볼 수 없는 갑옷과 무기로 무장한 듯했다. 그런 자들과 싸우게 된다면.

옳았다. 호한도 우려했던 그대로 농민군은 조직적인 정규군이 아니다. 또한 들고 나선 무기라는 것들이 고작해야 죽창, 몽둥이, 지겟작대기, 농기구 따위가 전부다. 우병사를 비롯한 탐관오리들과 못된 양반이나 토호세력에게 똑같이 당해왔다는 그 한 가지 공통된 사실만 가지고 일시적으로 뭉쳐진 무리에 지나지 않는다. 일시적인 것은 결국 일시적인 것으로 회귀할 가능성이 높다.

어디 그뿐인가? 지금 당장 식솔들 입에 풀칠할 양식을 마련해야 할 판이고, 찡얼거리는 자식들 몸뚱어리 가릴 옷가지라도 사야 하고, 비만 왔다 하면 그대로 줄줄 새는 낡은 초가지붕을 고쳐야 한다. 배 짱짱 내밀 여유가 없다.

악덕 부잣집과 부정부패 관리들 집에서 빼앗은 식량이나 돈은, 그야말로 땡볕 내리쬐는 타작마당을 한 번 잠깐 스쳐 지나간 소나기보다 빨리 말라버릴 것이다. 더 이상 말할 필요도 없이, 하루 벌어 하루 먹고 사는 생업에 매달려야만 할 그들로서는, 언제까지고 시위대에 가담할 수가 없는 노릇인 것이다.

"큰일 났심니더. 분위기가 맨 첨 시작했을 때하고는 상구 다립니더."

"상상도 몬 핸 일입니더. 하매 초군들 가온데에는 넘들 눈치 봄서 슬슬 빠지나가는 자가 나오고 있심니더."

필구와 화주가 춘계에게 그런 보고를 했을 때, 춘계 얼굴에 언뜻 스치는 빛을 두 사람은 놓치지 않았다.

"……."

어느 정도 예상은 하고 있었지만, 막상 현실로 닥치니 무척이나 난감하고 당황해하는 기색이었다. 그러고는 그런 눈치를 보이지 않으려고 하는 춘계가 두 사람에게는 한층 더 불안했다. 오히려 전부 노골적으로 털어놓으면서 그 대책을 논의해오는 것만 못하였다. 둘은 춘계 앞을 나와 진지하게 얘기를 나눴다.

"춘계 나리한테서 우리가 본, 그 안 좋은 기색은 절대 다린 사람들한테는 이약하모 안 되는 기다. 알것제, 화주 아우?"

"압니더. 그라모 더 많은 이탈자가 생길 낍니더."

"하모, 잘 봤네."

"그거는 그렇고, 춘계 나리께도 무신 뾰족한 수가 없다쿠모, 에나 큰 일이 아입니꺼, 필구 성님."

걱정스러운 목소리로 얘기하는 화주에게 필구가 절간 입구의 사천왕상을 떠올리게 하는 부리부리한 눈알을 굴리며 말했다.

"우찌 되것지 머."

그러는 그는 달관자 아니면 체념자, 그 둘 중에 하나였다.

"시방 그런 말만 하고 있을 때가……."

딱딱한 얼굴로 조바심에 휩싸이고 있는 화주에게 필구는 입맛을 다시며 말했다.

"아우, 우리 에나 간만에 막걸리나 한잔 하모 우떻것노?"

화주가 황당하다는 얼굴을 했다.

"아, 시방 우리가 술타령할 땝니꺼?"

"누가 그거를 몰라서 이런 소리 하나."

필구는 화주가 그렇게 나올 줄 미리 알았는지 바람이 일도록 방바닥에 벌렁 드러누우며 갈라진 목소리로 말했다.

"내 모가지가 대한가뭄 논밭보담도 더 뻴갛거로 타들어간다 아이가. 들이다보모 아궁지 속 겉을 끼거마."

화주도 따라서 그 옆에 지친 몸을 힘겹게 눕혔다.

"원아는 우찌 사는고?"

그의 음성 끝에는 슬픔과 고통의 기운이 잔뜩 배여 있다. 모로 돌아누우며 필구가 젖은 목소리로 말했다.

"내는 화주 아우가 불쌍하거마는."

"……."

상대가 말이 없자 잘못 들으면 악담에 가까운 소리를 했다.

"설마 몽달구신은 안 되겄제."

총각이 죽어 되었다는 몽달귀신.

"죽고 나서 물 한 그럭이라도 떠다줄 자슥이 하나라도 있어야……."

"……."

화주는 필구 말이 무슨 예언으로 들려 자신도 모르게 한참이나 부르르 몸을 떨어야 했다. 자기로 인해 자칫 집안의 대代가 끊어질 수도 있다.

어디선가 부모님의 한숨짓는 소리가 들리는 것 같다. 그 속에는 원아의 울음소리도 섞여 있다.

흩어진 귀신들

임배봉은 분을 이기지 못해 길길이 날뛰었다. 소금 끼얹은 미꾸라지였다.

"이런 이치는 없는 기라, 이런 이치는!"

어떻게 세상이 나한테 이럴 수가 있는가 말이다. 이날 이때까지 살아오면서 단 한 번도 찾거나 불러본 적은 없었지만, 하느님도 무심하시지 싶었다. 이런 하느님이니 애당초부터 내가 안 믿었지.

"그래도 목심만은 건짓은께, 에나 다행이라꼬 여기시소."

배봉은 시건방지게 그렇게 타이르는 소궁복을 곧바로 잡아먹을 눈으로 무섭게 째려봤다. 밉살스럽다 못 해 분통 터질 게 궁복의 변한 태도다. 놈은 아예 겉으로 전부 드러내놓고 박대하고 경멸하는 눈빛을 지었다.

'내가 미치도 열두 분도 넘기 미칫제. 눈에 뭣이 씌인 기라. 금사망을 썼다 카이.'

아무래도 이눔 집으로 피신한 게 돌이킬 수 없는 잘못이라고 크게 후회했다. 그동안 이 임배봉이가 지놈 뒤를 봐준 게 얼만데, 내가 지금 잠시 곤경에 빠져 있다고 해서 이렇게 무시하려 들다니. 원래 그런 놈이라는 걸 모르고 있었던 것은 아니지만 그래도 이건 그 도가 너무 지나친 것이다. 게다가 긍복은 불에 기름 붓는 소리까지 해대는 게, 이제까지 당해온 수모에 앙심을 품고 빚을 갚으려는 속셈이 분명하다.

"배봉 나리, 에나 에나 재밌는 데가 인간 시상 겉심니더. 그런 거를 와 이전에는 모리고 살았으까예?"

돼지 뒷발톱 어긋나듯 하는 그들이었다.

"오데 재밋는 데가 씨가 말랐소? 이기 재미있거로."

그러나 긍복은 배봉의 기분 따윈 안중에도 없는지, 아니 안중에 두고 더 그런 듯했다.

"양지가 음지가 되고 음지가 양지가 된다 그리쿠더마는, 시상이 자라 꺼꿀로 뒤집어놓는 거매이로 확 뒤집히는 거 본께."

터지려는 웃음을 도저히 참지 못하겠는 안색이었다.

"요런 맛에 돈 없고 권세 없는 사람도 살아가는 모냥이지예. 그런 생각이 안 드십니꺼, 우리 양반님께서는?"

배봉은 '끙' 하고 앓는 소리만 냈다. 성깔을 못 이겨 무어라 대거리하다간 수챗구멍 같은 놈의 주둥이에서 무슨 험한 소리까지 튀어나올 줄 모른다. 참자, 참는 자에게 뭐가 온다고 그러지 않던가 말이다. 그리고 이 세상에서 나보다 더 잘 참는 사람이 있으면 좀 나와 보라지.

배봉은 이제 더는 무슨 말이라도 듣기 싫으니 그만하라는 빛을 나타내 보였다. 그럼에도 긍복은 거드름을 피우며 계속 입을 놀렸다. 빗장을 단단히 질러놓지 않으면 안 될 주둥아리였지만 누가 그렇게 해줄 수 있겠는가?

"하! 하! 지들을 초군이라 부림서 진군하는 농민군들 보고 에나 에나 놀랬지예. 하기사 안 놀래모 사람이 아이지만서도예."

궁복은 농민군이 진격하는 모습까지를 흉내 내면서, 새로운 사실을 깨달았다는 듯 연방 입방아를 찧어가면서 감탄해 마지않는다.

"땅강새이맹캐 흙만 파묵고 사는 농투성이라꼬 짐승보담도 더 깔봤는데, 요분에 본께네 그기 아이데예. 아이라꼬예. 허, 참."

"……."

천주학 신자가 하늘을 우러러 기도하는 것처럼 목을 뒤로 꺾어 허공에 대고 말했다.

"오, 시상에! 우뱅사하고 목사꺼정 그들 앞에 물팍을 팍 꿇었다꼬 안 합니꺼?"

"……."

상대해봤자 손해만 자초할 것이라 판단하고 입을 굳게 다문 배봉은, 자기 무릎을 훑는 궁복의 노란 눈깔을 칼, 지금 내 손에 칼이 없으니 손가락으로라도 콱 쑤셔버리고 싶은 충동을 가까스로 참았다.

"그런께 농민군이 웬만한 부자나 양반은 그냥 우습거로 볼 수밖에 없지예. 아시지예? 지 발까락 새에 낀 때……."

궁복은 배봉을 힐끔힐끔 보면서 사람 심장을 있는 대로 썩혔다.

"내라도 그런 멤이 안 드는 기 아이지예."

그래도 배봉이 속으로만 끙끙거리며 겉으로는 반응이 없자, 궁복은 숫제 마지막 선까지 콱콱 밟아대는 소리를 한다.

"그거는 그렇고, 나리, 안 있십니꺼. 내는 요 머리 털 나고 나서 불이 그리 무서븐 줄 첨 알았십니더. 불이야, 불! 불!"

궁복은 두 손을 치켜들고 불길이 활활 타오르는 모양을 그려 보이다 나중에는 무엇이 붕괴되는 형상까지 그려 보였다.

"고래 등짝 겉은 집들이 순식간에 와르르, 쾅! 하고 무너지는데, 하아, 참말로 기정도 그런 기정이 시상에 또 있것십니꺼?"

마침내 녹슨 자물쇠 같은 배봉의 입이 삐끗 열렸다.

"인자 고마하소, 고마."

그는 단골 기방에서 기녀들을 양쪽 옆구리에 끼고 한창 놀던 기억들을 억지로 뇌리에서 내몰았다.

"듣기 좋은 꽃노래도 한두 분이라 안 하디요."

노래라는 말을 하니 농민군들이 진군하면서 크게 부르던 노래가 또다시 떠올라 이빨을 뿌득뿌득 갈면서 진저리를 치는 배봉더러 궁복은 또 이랬다.

"아, 이거는 꽃노래보담도 몇 배……."

상대가 입에 거품을 물고 죽어 넘어질 때까지 그 짓을 멈추지 않을 성싶은 궁복이었다. 끝내 배봉이 벌컥 화를 냈다.

"지발 근치라 안 쿠요?"

말보다 행동이 앞서는 배봉은 거기 없었다.

"머 그라모 고마하지요, 머."

궁복은 남의 성의도 몰라준다는 투로 씨부렁거렸다.

"내는 대궐맹캐 화려한 기방에서 꽃 겉은 기생들하고 에헤라 지화자 좋다! 노시던 배봉 나리가 쫌 그래서예."

배봉의 머릿속을 명경 알보다도 더 훤히 들여다보고 있는 그는, 비록 몰락한 양반이지만 '썩어도 준치'라는 말을 갖다 붙일 만은 했다.

"똑 콧구녕 겉은 이 궁복이 집에 숨어 지내시자이, 에나로, 진짜로, 올매나 심심하시겄노 싶어갖고 이리쌌는 깁니더."

배봉의 얼굴을 힐끔 보기도 했다.

"하기사 지 하기 싫으모 정승도 머 우떻다 쿠더마예."

그러면서 궁복은 속으로 배봉을 실컷 비웃었다.

'이 인간아이! 시방 니 집구석 불타삔 그기 큰 긴 줄 아나? 증말로 활

활 불타삐린 거는 따로 있다 고마.'

집보다도 여펀네 하나 제대로 단속하지 못하는 사내가 무슨 사내냐 싶었다. 돈이 철철 넘치고 세도가 하늘 밑구멍을 찌른들 그게 무슨 소용이 있으리요.

'니 에핀네가 우쨌는고 하모…….'

운산녀와 질펀하게 놀아나던 장면이 춘화와도 같이 떠올라 긍복은 입안 가득 침이 괴기 시작했다. 치졸하기 그지없는 인간 말종이 돼버린 그였다.

'눈깔 빤히 뜨고 살아 있는 지 서방 놔놓고 다린 데 고개 돌리는 색광이라 놔서 그렇제, 그거만 아이라모 니 에핀네가 아즉은 머 괘안더마.'

그러면서 슬쩍 훔쳐본 배봉이 세상에서 가장 못난이로 비쳤다.

'그라고 니 에핀네가 이 긍복이한테 돈 착착 싸들고 와갖고 동업하고 있다쿠는 거 알모, 니는 니 수맹(수명)대로 몬 살 끼다. 낄낄낄.'

긍복은 배봉보다도 운산녀가 우리 집으로 피신 왔으면 얼마나 좋을까, 많이 아쉬웠다. 지금 운산녀는 민치목 집 안에 꼭꼭 숨어 있다.

여럿이 모여 있으면 아무래도 발각되기 쉬우니 당분간은 따로따로 떨어져서 숨어 지내도록 하자는 배봉의 지시가 있었던 것이다. 어쩔 도리 없이 그 가슴 아픈 결단을 내리면서 배봉은 주먹을 불끈 쥐고 피가 배일 정도로 입술을 깨물었다.

'요분 농민 눔들 반란이, 김호한이 친척뻘 되는 유춘계라쿠는 눔이 주도한 기라 캤제? 내 그거를 안 이상…….'

한바탕 사람 속을 있는 대로 확 뒤집어놓고 긍복이 나간 후, 배봉은 골방이 온통 푸른 연기로 꽉 차버릴 만큼 애꿎은 담배만 줄곧 뻑뻑 빨아댔다. 어디서 들으니 저 일본에서 들어온 담배라고 하던데, 그게 맞는 소린지 틀린 소린지 모르겠다.

'내가 이 무신 청승이고?'

매캐한 담배 연기 탓에 두 눈에서는 계속해서 눈물이 줄줄 흘러내렸다. 아니, 단지 담배 연기 때문만은 아닐 것이다. 작금의 모든 게 그의 눈물을 강요하고 있는 것이다. 그는 눈물을 닦을 생각은 하지 않고 그대로 내버려 두면서 자위했다.

'우짜모 이리 울 수 있는 시간도 몬 얻을 뻔했으이.'

농민군이 관헌들만 아니라 악덕 부자와 토호세력들까지 노린다는 말을 듣고 서둘러 집을 빠져나온 게, 궁복이 말마따나 그래도 불행 중 다행이었다. 그렇게 하지 않고 조금만 더 늦었더라면 죽창에 찔려 큰 병신이 되었거나 몽둥이에 맞아 절명했을지도 모른다. 우선 당장에는 복장 터질 노릇이지만 앞으로 이번 일이 좋은 경험이 되지 싶었다. 열 개를 얻어내기 위해서 한 개는 포기할 줄도 알아야지 다짐했다.

그리고 비록 집은 불타버렸지만, 돈이며 값나갈 만한 가재도구 등속은 잽싸게 딴 곳으로 옮겨놓았기 때문에 치명적인 피해는 막을 수 있었다. 그러니까 살림 불씨가 완전히 꺼져버린 것은 아니란 얘기였다. 언제든지 소생할 수 있는 여지는 남겨진 것이다.

또 한 가지, 배봉은 돈이 필요 없는 세상에 갈 때까지 언제라도 등을 비빌 수 있는 그 든든한 언덕을 생각하며, 위안과 함께 회심의 미소까지 떠올릴 여유를 되찾고 있었다. 심지어 형편없이 위축되었던 아랫도리까지 피가 잘 돌았다.

'마님. 헤, 우리 마님.'

자신이 부자의 길로 들어서는 데 결정적인 역할을 해준 그 대갓집 안방마님. 손끝에 물 한 방울 재 한 줌 묻히지 아니하고 사는 귀한 집 부인답게, 비록 나이는 좀 들었어도 어지간한 기생 뺨칠 정도로 살결도 곱고 인물도 뛰어났다.

'쯧쯧. 우짜다가 이 배봉이 마수에 걸리들어서 팽생을 그리 살아가야 되는고, 그 여자 팔자도 에나 더럽다 아인가베. 흐흐흐.'

당분간 외출은 물론 기방 출입을 자제할 수밖에 없다고 생각하니, 밀고 당기는 재주로 사내 혼을 빼는 요춘이나 간드러진 노래 솜씨로 술자리를 휘어잡는 난희 같은 기녀들이 그리운 게 아니었다.

더 품에 안고 싶은 여자가 그 대갓집 마나님이다. 고개를 갸웃하며 한참이나 그 이유를 헤아려보던 배봉은 대단한 진리라도 터득했는지 속으로 무릎을 탁 쳤다.

'그렇거마는. 돈 때문인 기라, 돈.'

돈 귀신이 폭 씐 그는 돈 생각을 하자 거짓말같이 기운이 쑥쑥 솟아났다. 마구 솟구치는 힘을 주체하지 못해 큰 바윗덩이를 지고 산언덕을 오르내렸다는 옛이야기 속의 장사처럼 온몸 전체에 활력이 퍼진다. 역시 이 배봉이는 돈하고 살아야 하는 팔자인가 싶었다. 돈도 나에게 와야 돈값을 할 것이다.

'우쨌든 내가 시방 불타삔 집 땜에 나간 돈을 메꿀 계산을 하고 안 앉았나.'

그의 머릿속은 돈이 기름을 친 듯 한층 매끄럽게 돌아가기 시작했다. 돈만큼 모든 것을 잘 움직이게 하는 원동력이 없다는 것을 일찌감치 터득한 자신이라고 자부했다.

'가마이 있거라, 당장 그 마님하고 만내갖고 돈부텀 울겨내야제.'

골방 안이 좁아라고 팔다리를 있는 대로 놀려댔다.

'에, 그라고 몸도 쪼매 풀어보까?'

그럴 작정을 하고 막 문턱을 넘어 밖으로 나서려던 배봉은 소스라치게 놀라며 다급하게 방문을 탁 닫아버렸다. 그러고는 방바닥에 철버덕 주저앉아 함부로 뛰노는 가슴을 두 손바닥으로 누르며 잔뜩 귀를 곤두세웠다.

'쿵쿵쿵.'

긍복의 집 담벼락 옆을 지나가는 수많은 발걸음 소리가 요란하다. 그리고 들려오는 언가 소리.

'이 걸이 저 걸이 갓 걸이 진주 망건 또 망건…….'

'후우. 내가 고 에핀네 잘 쓰는 말마따나 미칫나, 걸칫나, 빨랫줄에 널릿나? 시방 밖에 나가서 우짤라꼬.'

그것은 말 그대로 섶을 지고 불길 속으로 뛰어드는 격이었다. 지난날 먹고살기 너무나도 힘이 들어 온 식솔들이 목을 매려고 했던 빨랫줄이 눈앞에 어른거렸다.

'농민군 눔들이 저리 마구 설치대도 벨로 오래는 몬 갈 끼라. 아암, 지까짓 것들이 한철 메뚜기 아인가베. 그때꺼지는 암만 갑갑하고 속이 상해도 여게 딱 숨어 있어야제.'

단단히 마음먹었다. 그래, 참는 것도 공부야. 이럴 때 못 한 공불 실컷 하라고. 저승에 가서 해야 할 공부까지 몽땅 해버려야지.

'긍복이 저눔 해쌌는 짓이 에나 눈꼴 귀꼴 모도 시러버도 우짜것노. 우짤 수 없을 때는 우짤 수 없는 대로 우짜는 기…….'

혼자 속으로 그렇게 되지도 않을 소리를 중얼거리며 방바닥에 벌렁 드러누웠다. 온기가 전혀 느껴지지 않아 한층 썰렁한 느낌이 들었다. 심지어 얼마나 오랫동안 불을 때지 않았는지 눅눅한 습기까지 등짝을 타고 올라 온몸에 무슨 벌레같이 스멀스멀 기어 다니는 듯싶었다. 도대체 얼음덩어리로 구들을 만든 건지 모르겠다. 이런 것도 방이라고. 마음 같아서는 이런 방에 어찌 나를 밀어 넣을 수가 있냐고 방방 뛰고 싶지만 그건 이 방에서 벗어나서 할 일이다.

'생강이 그노무 집구석 소작 붙이 묵다가 고마 쫓기나서 굶어죽을 판

이 돼갖고, 구들장 놓는 사람들 따라댕김서 일하던 지랄 겉은 옛날이 떠오리네.'

솜씨가 서툰 바람에 기술자들한테서 멸시와 구박도 참 많이 받았다. 그놈의 온돌석인가 구들장인가 하는 얇고 판판한 돌이란 게 어쩌면 그렇게도 사람을 잘 알아보는지 참 기가 찼었다. 그것을 두둑 위에 나누어 설치하고 윗면에 진흙을 발라서 방바닥을 꾸미는데 차라리 진흙탕에 뒹구는 돼지처럼 그 위에 구르는 게 더 나았다.

아무리 작은 돌로 네 귀를 받쳐 흔들리지 않게 하려고 애를 써도 구들장은 미친놈 이빨 흔들리듯 했고, 고막이에 모래를 많이 섞은 진흙을 발라도 칠 년 대한大旱 논밭같이 쩍쩍 갈라져 버리기 일쑤였다. 고막이 바름이 소홀하면 목재로 된 부분에 불기가 새어들어 자칫 불이 날 염려가 있다기에 딴에는 그야말로 죽을힘을 다 쏟았지만 사고가 터지기도 했다.

'그 고생하던 생각하모 시방 이까짓 일쯤이사 에나 아모것도 아인 기라. 참아야 안 하나. 그거는 그렇는데 긍복이 저늠이…….'

배봉은 알 수 없었다. 언젠가는 긍복이 반드시 배신할 거라는 예상은 했었지만 아직은 그 시기가 아니다. 개도 때가 되어야지 아무 날이나 새끼를 낳는 것이 아닌데, 그렇다면 저놈은 이 배봉이 여기서 끝났다고 계산하고 있는 걸까?

'아이다. 늠이 그런 생각을 했다모, 내를 지 집에 숨기줄 텍이 없다. 그라기는커녕 도로 낼로 신고해서 잽히가거로 할 늠이다.'

긍복이 어떤 인간인가 말이다. 양반 낯바대기에 흙칠을 하고 다니고 죽마고우를 배신한 종내기다.

'지 입맛에 쓰다 여기지모, 당장 탁 밷어뻴 인간이제. 그란데?'

머리가 매우 혼란스러웠다. 열 길 물속보다 한 길 사람 속을 더 알기 어렵다더니, 저놈 속에는 능구렁이가 수백 마리는 득시글거리고 있는 성싶다.

'그라모? 대체 저눔이 머를 믿고 감히 내를 농락할라드는 기꼬? 미친 눔이 아인 이상 믿는 머가 없고서야?'

에이, 모리것다. 골치 아푼 생각은 모도 팍 때리치우자, 그러면서 머리통을 흔드는 배봉 눈앞에 또 나타나는 얼굴들이 있다. 그 얼굴들은 그를 보며 야유를 보내고 웃고 갖가지 짓을 다 한다. 배봉은 그 얼굴들을 향해 발악하듯 증오와 저주를 퍼부었다.

'춘계라쿠는 네 이누움! 내 절대로 그냥 안 둘 끼다.'

그냥 둘 수 없는 것들이 너무 많다.

'그라고 우리 집을 불태워삔 농민군 이눔들! 모도 알아내서 한 눔 한 눔씩 복수할 끼다. 씨를 싹 말리삐릴 끼다.'

벌떡 일어난 배봉은 질긴 독풀같이 고개를 빳빳이 치켜들고 호령했다.

'이노움드을, 두고 봐라이. 이 배봉이는 안 죽었다. 살아 있다.'

민치목의 집이다. 운산녀는 치목도 그렇거니와 그의 아내 몽녀 보기가 여간 낯짝 부신 게 아니었다. 까짓 집이 불타버린 거야 뭐 크게 마음에 걸리지도 않았다. 어차피 배봉이 명의로 되어 있는 거니까. 오히려 생판 모르는 남의 집이라면 불탄 자리를 한번 돌아나 보지.

명색 서방이란 게 항상 다른 계집들 치맛자락이나 좇아다니고, 집사람은 무슨 징그러운 버러지 떨어버리듯 멀리하니, 운산녀 또한 배봉의 코 끄트머리도 보기 싫어진 지 오래다. 부부싸움은 칼로 물 베기라는 소리도 안 맞는다. 그런 칼, 그런 물이 있으면 썩 가져와 보라고. 세상 인간들은 무엇이든 몽땅 싸잡아 말하는 형편없는 구석이 있다니까.

내게는 비록 몰락 양반이라고는 해도 감춰둔 사내가 있어 욕정은 마른 솔가지 태우듯이 실컷 불태울 수 있으니 배봉이 그런들 까짓 뭐가 섧고 아쉬우랴. 참 할 일도 없는 어떤 작자가 지어낸 것인지는 몰라도, 세상 남편들이 한 번씩 제 아내를 가까이해야 한다느니 어쩌니, 하는 소리가 운산녀는 더없이 자존심 상했다. 그것은 헐벗고 배고픈 거지가 동냥 얻는 것이나 진배없다고 여겼다.

'시상 여자들아, 내매이로 찾아나서야제 앉은배이맹키로 앉아서 기다리는 기 아인 기라. 호호.'

배봉 몰래 뒷구멍으로 싹싹 빼돌리는 돈으로 하는 긍복과의 동업도 제법 쏠쏠한 재미를 보고 있다. 이대로라면 머잖아 배봉을 능가하는 재물을 모은 거상巨商이 될 수 있을지도 모른다는 크나큰 기대감이 풀빵처럼 잔뜩 부풀어 있기도 하다.

'문제는, 민심인 기라.'

민심. 그게 운산녀 마음에 최고로 걸렸다. 무릇 장사를 하자면 우선 상대방 마음부터 팍 잡아야 하는데, 배봉이 고 인간도 아닌 인간이 너무나 물을 흐리게 만들어버렸다. 임배봉 처라는 사실을 아는 이들은, 누구라고? 그러면 안 되지, 하면서 운산녀와는 어떤 거래도 틔우지 않으려 했다. 아무리 요 틈 조 틈 노려봐도 치고 들어갈 자리가 없었다.

그럴 땐 긍복을 앞장세우고 자신은 뒤에 꼭 숨어서 자금만 대는 식으로 풀어나가지만, 긍복도 완전히 믿어선 안 된다고 수차례 다짐을 해보는 운산녀였다. 멀쩡한 제 아내 두 눈에 피눈물 솟아나게 하며 다른 여자들 호감사려고 덤비는 난봉꾼치고 인간다운 인간이 어디 있겠는가?

"우찌 좀 참을 만합니꺼? 되게 갑갑하시지예?"

문득 들려온 치목 말에 운산녀는 방랑아처럼 여기저기 돌아다니다가 현실로 돌아왔다.

"안 할 고생도 이리 짜다라 하시고……."

"……."

치목이 문지방을 넘어 안으로 들어왔다. 몽녀가 쓰고 있는 안방 바로 옆에 딸린 조그만 쪽방을 빌려주면서 치목은 마음에도 없는 소리를 했었다.

"당연히 큰방을 쓰시거로 하고 싶지만도, 해나 농민군들 눈에 띄일까 싶어갖고 우짤 수 없이 여게 이 방으로 정했십니더. 그라이 행여 섭섭하거로 생각 마시소."

운산녀는 세상을 향해 소리치고픈, 목구멍까지 울컥 치밀어 오르는 이런 말을 겨우 도로 집어삼켰다.

'우리가 머슬 그리 크기 잘몬한 기고? 칫, 지눔들 보고 누가 똥싸들고 댕김서 돈 모우지 말라 캤나? 넘의 집 지멋대로 불태우는 기 잘하는 짓이가?'

치목에게는 이렇게 톡 쏘아붙이고 싶었다.

'아재, 앞으로 내한테 그런 소리는 두 분 다시 하지 마소. 알것소?'

운산녀는 묘한 눈빛으로 자신의 심기를 슬슬 살피는 치목을 보며 지금 소긍복 집에 숨어 있을 배봉이 생각났다. 아니, 긍복이 생각났다.

'에이, 거가 거다. 요럴 때는 밑바닥 인생겉이 한분 놀아봤으모 좋것다. 요런 거 조런 거 모돌띠리 잊아삐는 데 그거보담 더 효과적인 기 있으모 누가 함 이약해보라꼬.'

실로 어이없게도 긍복이 오랜 연인처럼 그리워졌다. 그런 끈적끈적한 궁리 끝에 바라본 치목이 먼 친척이 아니라 사내로 비쳤다. 운산녀는 온몸을 덮쳐오는 야릇한 감정에 부르르 몸을 떨었다. 문득, 치목이 놀란 목소리로 물었다.

"각중애 와 그랍니꺼?"

운산녀는 속내를 들킨 것 같아 화들짝 놀라고 말았다.

"아, 아, 아입니더, 아모것도."

그러나 치목은 여전히 수상쩍다는 눈빛을 풀지 못했다.

"옷에 벌거지라도 들어간 깁니꺼?"

"……."

"우리 집에 벌거지가 있는 기가?"

그러면서 운산녀의 치맛자락을 내려다보는 치목이 한 마리 벌레 같다. 그 순간, 운산녀 마음이 두 갈래로 갈라지면서 한정 없이 복잡해졌다.

당장 뺨따귀라도 호되게 후려치고 싶은 분한 마음과, 치목에게 새로운 말을 붙이고 싶은 흥분된 마음, 그 두 가지 마음이 엉겨 붙어 싸운다.

그런데…… 힘이 더 센 놈은 나중 마음이다. 치목이 무슨 낌새라도 알아챈 것일까? 이런 무례하고 능글맞은 소리를 해온 것이다.

"암만캐도 지 보기에 그냥 있어서는 안 될 거 겉은데예?"

"……."

"머라도 말씀만 하시소."

"……."

운산녀는 끓어오르는 감정을 참느라 얼굴이 벌게졌다. 농민군을 피해 숨어 도망 다니는 처지라는 게 마음을 옥죄었다. 바로 옆이 몽녀 방만 아니라면 무슨 짓을 저질는지 그녀 스스로도 장담하기 힘들었다.

'배봉이 요 짐승아! 기생들이나 데꼬 헤헤거리는 니 땜에 내가 고마 눈깔이 확 뒤집히진 모냥 아이가? 화냥년이 돼삣다, 내가.'

운산녀는 속으로 옆에 없는 배봉에게 악담을 퍼부었다. 그러다가 다 소용없는 짓이란 걸 깨닫고 당장 급한 것부터 물었다.

"시방 바깥 공기는 좀 우떻십니꺼?"

"……."

치목은 대답 대신 운산녀 얼굴을 빤히 바라보기만 했다. 운산녀같이 남강 자갈은 저리 가라 할 정도로 빤질빤질 닳아먹은 여자로서도 부담스럽기 짝이 없는 눈빛이었다.

"아즉도 농민군이 설치고 댕깁니꺼?"

운산녀가 그의 시선을 전혀 깨닫지 못한 것처럼 하며 계속 묻자 이번에는 치목이 독충에 물리기라도 한 듯 몸을 떨어가면서 대답했다.

"어유, 말도 마이소. 그것들 기세가 갈수록 더 합니더."

운산녀 얼굴에 잔뜩 실망하는 빛이 피어올랐다.

"아, 더 해예?"

치목은 변변한 장식품 하나 없는 그 쪽방이 남녀가 정담을 나누기에는 어울리지 않다는 엉큼한 생각을 했다.

"하모예."

운산녀는 이게 무슨 엉터리 개판 세상이냐고 시위라도 할 낌새였다.

"말도 안 되는……."

말도 안 되면 소도 닭도 안 되지, 속으로 그렇게 빈정거리면서도 입은 또 달랐다.

"숨어 계시서 모리것지만도 말입니더."

치목이 줄줄이 꿰어 바쳤다. 양반집 수청방守廳房에 있으면서 잡일을 맡아보고 시중을 드는 청지기와 달라 보이지 않았다.

"임금이 내리보낸 수령꺼지 가매에 억지로 태이갖고 온 백성들 보는 앞에 챙피를 주고, 그라다가 고을 밖으로 내쫓아삘 정돈께네, 알것지예, 머 입만 아푸거로 다린 거는 더 말 안 해도……."

그가 '쯧쯧' 하고 혀끝으로 입천장을 치는 소리가 이물스러웠다.

"예에? 임금이 보낸 수령을 내쫓아예, 임금이 보낸?"

너무나 어처구니없다는 표정을 짓던 운산녀가 홀연 악을 써댔다. 그런 상황에서도 평소 기갈은 조금도 꺾이지 않았다.

"대체 관아에서는 머하고 있다 쿠는데예?"

자기 집안에서 부리는 종들을 꾸짖는 품새였다.

"요럴 때 필요하다꼬 있는 거 아이라예?"

도저히 참을 수 없어 곧바로 방에서 뛰쳐나가려는 기세였다. 자기 이름 그대로 구름 낀 산이라도 산이 방에 있을 수는 없는 노릇인가?

"고런 반역자 눔들을 그대로 놔놓고……."

치목은 운산녀의 홧불을 지필 불쏘시개를 한꺼번이 아니라 나눠가며 사용하기로 작심을 한 모양이었다.

"농민군들한테 잽히서 감옥에 들가 있는 관리들도 있지예."

쪽방이나 감옥이나, 하고 은근히 비웃고 싶어지는 치목을 향해 운산녀는 꼭 비명이라도 지르듯 했다.

"과, 관리가 가, 감옥에!"

상민이나 천민에게는 하늘보다도 높은 벼슬아치가 아니냐?

"안 그라모 모돌띠리 삼십육계 줄행랑 놓고 없심니더."

처세술이 굉장히 뛰어난 치목은 이제 완전히 이 고을 사람이 되었는지, 운산녀 못지않게 그곳 지역 말이 절로 술술 입에서 흘러나왔다.

"이라다가 영영 농민들 시상이 되는 기 아인가 걱정시럽네예."

"농민들 시상예?"

운산녀 눈꼬리가 사납게 치켜 섰다.

"무신 그런 말을 합니꺼?"

"……."

쪽방, 그것도 남의 쪽방에 숨어 있는 주제에, 마치 제집 안방에 앉아 있는 것처럼 굴고 있는 운산녀였다.

"말에도 할 말이 있고, 안 할 말이 있지예."

"……."

그 집 지붕에서 참새들 소리가 요란했다. 운산녀는 혹 전생에 재재

거리는 참새가 아니었을까 하는 생각이 드는 치목이었다.

"절대로 그리는 안 될 낍니더."

그럼 내 말은 안 할 말이냐, 싶어 치목은 적잖게 기분이 상했지만 억지로 참았다.

"그래도 시방 돌아가는 공기가……."

지금 상황을 놓고 볼 때 그저 죽은 것처럼 납작 엎드려서 고분고분해도 뭐할 텐데 사람 말끝을 낚아채기까지 한다.

"눈 뺄 내기를 하이소."

운산녀는 열 손가락을 갈고리 모양으로 오그려 제 두 눈알을 후벼 파는 시늉을 하면서 독충같이 독기를 내뿜었다.

"앞으로 고것들이 우찌되는고 함 보이소."

"그……."

상대는 말을 할 틈도 주지 않았다.

"함 보모 알 거 아입니꺼?"

천 리 밖을 훤히 내다보는 예언자처럼 굴었다.

"나라에서 반란군을 이끈 주모자들만 모돌띠리 잡아들이고 나모……."

"유춘계하고, 또……."

치목은 앞장서서 설쳐대던 농민군들을 떠올렸다.

"그 밑엣것들이사 그냥 그대로 놔나삐도 바람에 쌀가리 날리듯기 저절로 싸악 흩어질 낀께네 신갱 쓸 거 없고요."

치목은 내심 혀를 휘휘 내둘렀다. 역시 함부로 대할 수 없는 무서운 여자다. 여자 탈만 둘러쓰고 태어났지 속은 완전 남자다. 임배봉이 얼마나 대단한 인물인지는 알 수 없지만 운산녀가 나쁜 마음을 먹고 무슨 간계를 부리면, 언젠가는 쪽박 차고 길거리에 나앉아야 할지도 모른다.

'눈을 보모 그 사람을 알 수 있다더이, 에나 그런갑다.'

치목은 운산녀 눈을 몰래 훔쳐보면서 그 커다란 덩치에 어울리지 않게 진저리를 쳤다. 그동안 그가 겪었던 어떤 여자도 저런 눈을 가지지는 않았다.

예사로운 눈이 아니다. 사내 몇 잡아먹어도 허기를 느낄 그 정도로 색골인 여자라는 걸 알게 해주는 눈이었다. 차라리 그가 늘 못마땅해하고 구박하는 몽롱한 눈, 바로 그의 아내 몽녀의 눈이 나아도 몇 배나 더 낫지 싶었다.

'배봉이 눈에는 저런 운산녀 눈이 잘 안 비잇으까?'

치목은 슬그머니 눈길을 돌려버렸다. 어떤 사내든 한번 그 눈 속으로 빠져들거나 그 눈의 독기에 쏘이면, 독거미 줄에 걸려 죽어가는 나비라든가 늪에 빠진 어린아이같이 몸이 마비되거나 헤어날 수 없을 것이다.

'저런 색녀나 악녀보담은 우리 에핀네가 상구 더 낫거마는.'

그러나 그런 자위는 금방 훌쩍 날아가 버렸다. 별걸 가지고 흠을 잡고 싶은 억하심정이었다.

'제엔장, 낫기는 머시 낫노? 작고 이쁜 과일매이로 그러모 좀 우떻노.'

체구가 큰 치목은 아담한 여자가 더 좋았다. 언젠가 주막에서 들으니, 옛날 중국의 어떤 미녀는 그 허리가 한주먹 안에 쏙 드는 여자였다고 한다. 그렇지만 아무리 계산해 봐도 그건 아닐 것 같았다. 모기라면 또 모르겠다.

'몸 관리나 좀 하지. 여자라는 기 우찌 그리 게을러 자빠졌는고?'

그러자 언제나 눈앞에 두둥실 떠오르는 꿈같은 여자 얼굴이 있다.

'아, 용삼이 그늠은 대체 무신 여복을 타고 나갖고 동실댁 겉은 마누래를 척 얻었을꼬? 딸내미 옥지이 고것도 에나 이뿌고.'

모녀가 어쩌면 그리도 하나같이 뛰어난 미모를 자랑하는지 어디 돈푼이라도 놓고 한번 물어볼 일이었다.

'아모리 내 자슥이지만도 거씬하모 넘의 거 막 쌔비쌌는 맹쭐이 겉은 눔 열 눔하고도 맞바꾸기 아깝다 아인가베. 장마당 지 애비 눈치나 슬슬 살피는 거 아이모 똑 끌어다논 보리짝 겉은 아들 눔 말고…….'

딸 하나 갖고 싶다는 욕망이 뜬금없이 치솟는다. 가만, 어디 제대로 된 소실小室 하나 정해서 예쁜 여식 하나 얻어 보면 어떨까? 괜찮을 성싶다.

'우쨌든 이런 기 싹 다 동실댁 텃밭이 좋은 덕분인 기라.'

치목은 몽녀에게 다가갈 때면 아내 몸을 동실댁 몸으로 바꾸었다. 그러지 않으면 당최 도로아미타불이다. 한 번은 '아, 동실댁!' 이라는 소리가 자신도 모르는 새 그만 입에서 새어 나온 바람에 부부가 한바탕 전쟁까지 치러야 했다. 그때 몽녀는 맹쭐이 놈이 못된 점박이 형제와 어울려 다니다가 멍석말이를 당할 뻔했던 그 사건을 꺼내며 당장 갈라설 사람처럼 퍼부었다.

"부전자전이라꼬 아요?"

치목은 위기가 닥치면 언제나 방패막이로 쓰듯 한껏 능글능글하게 나왔다.

"무신 전? 파전? 꼬치전?"

"어이쿠우! 옴마아, 아부지이, 와 낼로 낳소오?"

아무래도 치목의 적수가 되지 못하는 몽녀는 너무나도 분한 나머지 부모를 원망하면서 눈물까지 찔끔 나온 얼굴로 내뱉었다.

"시방 그대로 쌔이 달리가갖고, 그리도 노상 탐내쌌는 동실인가 서실인가 하는 고년이나 찾아보소!"

"요 밥맛없는 년이?"

치목 주먹이 씽 바람을 갈랐다.

점박이 형제 억호와 만호는 신바람이 붙었다. 세상 살판났다. 둘 다 얼굴에 나 있는 크고 검은 점들이 춤을 추는 것같이 씰룩거렸다.

배봉과 운산녀가 농민군을 피해 긍복과 치목의 집에 은신한다고 했을 때, 우리는 동무 집으로 가 있겠다고 한 게 백번 잘한 짓이지 싶었다. 아내들은 각각 자기들 친정집으로 쫓아 보냈다. 그런데 그들 동무 집이란 게 실은 수시로 드나드는 단골 기방이었다.

"성! 농민군이 우리 집 불태워삔 기 에나 안 고맙소?"

만호는 푸둥푸둥 살이 붙은 어깨까지 볼썽사납게 들썩거렸다.

"고것들 덕택에 이러키 신난다 아이요. 사업에 신갱 안 쓴다꼬 콩 볶듯기 달달 볶아대는 아부지 잔소리도 안 들어도 되고……."

비쩍 마른 기녀가 아양을 부렸다.

"아이, 증말 존갱시럽사와요. 고래 등 겉은 집이 불타 없어져삐도 눈썹 하나 까딱 않는 그 배포! 호호호."

억호는 허풍을 있는 대로 떨어댄다.

"우리 아부지 재산이 올매나 되는고 너거들은 잘 모리제? 여서 한양꺼지 질바닥에 쫘악 깔아도 돈이 남을 끼다."

만호 옆자리의 낯짝 퉁퉁한 기녀가 손가락으로 자신의 두 눈 아래를 꾹꾹 누르면서 약간 목쉰 소리로 맞장구를 쳤다.

"두 분 행재 복은 눈 밑에 있는 그 큰 점에서 온 거 겉어예."

그 말이 떨어지기도 전에 만호가 버럭 고함을 질렀다.

"재수 옴 붙은 소리 마라! 이노무 점 땜에 아모 데나 멤대로 몬 나간다."

기녀들이 놀라 물었다.

"그기 무신 말씀이라예?"

만호는 주먹으로 제 얼굴의 점을 탁탁 쳐가면서 씨근거렸다.

"이 점이 표적이 돼갖고 넘들이 우리를 금방 알아본다, 이건 기라."

그 투정에 이어 억호도 주먹으로 술상을 치며 언성을 높였다.

"시방 농민군 그눔들이 두 눈깔이 뻘개갖고 우리를 찾아댕긴다꼬 안 들었는가베. 다린 점백이들을 우린 줄 알고 막 잡아가기도 한담서?"

그러다가 목이 타는지 술잔을 거칠게 들어 벌컥벌컥 들이켰다.

"이 모든 기 비화 고 가시나 친척 되는 유춘계라쿠는 눔 때문 아이가. 두고 봐라, 춘계 이누움!"

옆에서 지켜보는 사람 간담이 하나도 붙어 있지 못할 형국이다. 만호가 돼지같이 짧고 굵은 목을 움츠리며 억호 말을 받았다.

"내는 간밤에도 악몽 꿨소."

"악몽? 만호 니도?"

억호도 질린 표정을 했다. 만호가 진저리를 치면서 꿈 이야기를 했다.

"초군들한테 고마 잽힛는데 말요, 그눔들이 내를 빨가벗기갖고는 대나모창하고 몽디이로 올매나 쿡쿡 찌리고 땅땅 때리대는고……."

기녀들은 잔뜩 겁을 집어먹은 토끼처럼 귀를 쫑긋 세우고 들었다.

"눈을 떠서 일어나 본께 이불만 그런 기 아이고 전신만신에 땀이 흥건 안 하요. 홍수가 나서 빠지 죽는 줄 알았소."

기녀들이 동정인지 교태인지 모를 고함을 내질렀다.

"옴마야! 저, 저거를 우째?"

"그 나쁜 것들이 그래서예?"

만호 얼굴 가득 적개심이 얼룩처럼 번졌다. 역시 피는 속이지 못하는 법이라고, 그럴 때 보면 그나 억호나 배봉이 판박이다.

"첨에는 그기 핏물인 줄 알고, 고마 비맹꺼정 막 안 질렀는가베?"

또 기녀들이 비명을 질렀다.

"옴마야! 피? 피가……."

만호 이야기에서 무엇을 건지려는 듯 정신을 집중한 모습으로 듣고 있던 억호는, 몹시 억울하면서도 뭔가 알 수 없다는 투로 입을 열었다.

"내도 그 가리방상한 꿈을 꿨다 아인가베."

술판이 꿈판으로 바뀌고 있었다.

"허, 새이도요?"

만호는 그게 꼭 자기들 형제에게 똑같이 내린 천벌인 것만 같아 그만 등골이 송연해지고 말았다. 어쩌면 그런 생각을 한다는 자체부터가 작금에 벌어진 일련의 사건으로 인하여 정신적으로 피폐하고 약해지고 있다는 증거인지도 모른다.

"본디 건강한 사람은 꿈을 잘 안 꾼다는데……."

만호의 그 말이 자기를 얕잡아보는 것으로 들렸는지 억호는 욕지거리를 내뱉었다.

"니기미, 씨팔!"

기녀들이 형제 몰래 혀를 낼름 했다. 비록 돈은 좀 있다고 하지만 언동은 그야말로 그런 개차반이 없었다. 한참 상소리를 쏟아대던 그들은 한입으로 말했다.

"꿈 좀 안 꿀 수 없나?"

그들이 그런 꿈을 꿀 법도 했다. 그즈음 농민군은 그 고을에서 가장 악덕 부자이면서 가짜배기 양반인 임배봉과 그의 식솔들을 찾아내기 위하여 혈안이 돼 있었다. 여러 부자와 토호세력들을 붙잡아다가 죽도록 패주고 집을 태우기도 했지만, 울분이 제대로 풀리지를 않았다. 꼭 동업직물을 운영하는 배봉과 운산녀, 점박이 형제를 찾아내어 숨통을 끊어 놓아야 직성이 풀릴 터였다.

"필구 성님!"

"와, 화주 아우?"

"고 쥐새끼 겉은 것들이 한꺼분에 오데로 숨어삣으까예?"

"그런께 말인 기라."

"온 고을 시궁창을 다 뒤질 수도 없고……."

"우쨌든 지옥 끝꺼지라도 쫓아가야제."

그들을 찾아내지 못한 채 시간만 자꾸 흐르는 통에 무척이나 초조하고 화가 난 화주는 어쩔 줄 몰라 했다. 그러자 필구는 주먹을 휘두르며 목청을 높였다.

"집 하나 불살라삔 거 갖고는 에나 반 분도 안 풀리거마는."

어디선가 또 들려오고 있는 '언가'에 귀를 기울이고 있다가 손바닥으로 가슴을 쳤다.

"반 분이 머꼬? 고것들이 시방꺼정 핸 행오지(행위)를 생각하모 사지를 쫙쫙 찢어죽이도 안 시원타."

억지로 마음을 추스른 화주가 걱정스럽고 심각한 얼굴로 말했다.

"이참에 고것들을 완전히 망하거로 해삐야지, 안 그라모 독풀맹캐 살아남아갖고 심없는 백성들 더 괴롭힐라꼬 할 낍니더. 지들 집 불태운 거 복수한다꼬 말입니더."

필구는 다른 농민군들과 함께 배봉의 집을 불태우던 일을 떠올렸다.

"아우 말이 맞다. 더 악독한 짓을 할 끼다."

그들 우려는 고스란히 맞아떨어졌다. 그 시각, 배봉은 대갓집 마님에게서 큰돈을 뽑아낼 궁리를 하고, 운산녀는 새로운 사업 확장을 꿈꾸고, 점박이 형제는 농민들 여자를 넘보는 일을 꾀하는 등, 하나같이 엄청난 증오심을 불태우고 있었다.

그것은 이번에 피해를 입은 못된 관리나 악덕 부자, 토호세력들도 마찬가지였다. 그들은 지금까지 죄도 없는 평민이나 천민에게 가했던 것과는 비교가 아니게, 농민군에 가담한 자들을 향한 복수심에 뿌드득 이빨을 갈아대면서, 세상이 어서 본래대로 돌아올 날만 기다리고 있었다.

이 걸이 저 걸이 갓 걸이 노래가 모두모두 사라지게 될 그날을. 진주 망건 또 망건 노래가 자취를 감추게 될 그날을. 머구밭에는 덕서리가, 칠팔월에는 무서리가, 동지섣달에는 대서리가 내리게 될 것이다.

그러나 농민들은 유춘계가 지은 그 '언가'를 '다리뽑기'라고 하면서, 양반의 마지막 다리, 다시 말해 성기까지 뽑아버려야만 진실로 평등한 세상이 오리란 희망 아래, 증오와 분노 그리고 저주를 담은 노래를 한없이 불러대고 있었다.

그 투쟁의 끝이 언제일지는 누구도 모른 채 핏빛 시간만 흐르고 있다.

하얀 박꽃 올리고

"어젯밤에 우리 농민군이 일단은 해산을 했소."

"예?"

"완전히는 아이고."

"……."

"그래갖고 내도 집으로 돌아오는 길이거마는."

"그라모?"

한돌재의 그 말들을 듣는 순간 비화 귀가 번쩍 뜨였다. 비화로선 그게 잘한 건지 잘못한 건지 아니면 이도저도 아닌지 얼른 판단이 서지 않았다. 어쨌든 유춘계 아저씨가 이끄는 농민군이 해산했다니 세상은 어떤 식으로든 바뀔 것은 틀림없었다.

"우리가 헤어지기는 했지만도……."

돌재는 잔뜩 지쳐빠진 몰골이면서도 한편으로는 은근히 뽐내는 눈치였다. 그는 목청을 착 내리깔고 말했다.

"인자 시상 사람들은 우리를 다리거로 볼 기라요."

수염도 제멋대로 자라고 세수조차 제대로 하지 못한 그는, 농민군으로 활동한 요 며칠 사이에 완전히 사람이 바뀐 듯했다. 심지어 꽤 고상한 품격마저 풍기는 것 같았다. 나쁜 쪽으로 보면 그 행색이 험상궂은 산적을 떠올리게도 했다.

'고생을 하기는 한거석 한 거 겉다.'

비화 가슴이 뾰족한 쇠붙이 끝에 찔린 듯 찡해왔다.

'하기사 농민군 하기가 오데 그리 수월하것나. 말이 쉬버서 농민군이지…….'

그러나 비화가 느끼기에 한층 달라진 것은 그의 겉모습보다도 속마음이 아닐까 싶었다. 동구 밖 키 큰 정자나무 아래에서, 마을 앞산 자락의 샘에 가서 물을 길어오는 비화는 밤골 댁과 서로 마주쳤을 때, 돌재는 마치 전쟁터에서 빛나는 전공을 세우고 막 귀향하는 병사처럼 행동했다.

"저 인간이야?"

그렇게 혼잣말로 중얼거리는 밤골 댁도 비화와 똑같이 느끼는 눈치였다. 수령이 굉장히 오랜 팽나무 가지 사이로 부챗살처럼 쫙 펴져 오르는 신선한 아침 햇살을 받은 돌재의 얼굴은, 이제 더 이상 탐관오리나 토호 세력에게 억눌려 죽은 듯이 지내던 나약해 빠진 농투성이의 그것이 아니었다. 인간 대접을 받으면서 인간답게 살아가려는 강한 욕망과 결의가 엿보이는 것이다.

"요분에 나라에서도……."

돌재의 그 말에 밤골 댁이 비화 얼굴을 보면서 곱씹었다.

"나라……."

정자나무가 서 있는 동구가 갑자기 그렇게도 넓고 크다는 한양 땅으로 여겨지는 순간이었다.

"머신가 크기 깨달은 기 있을 끼요."

"……."

돌재 말씨는 여전히 투박했지만, 예전과는 다르게 예리한 기운도 섞여 있었다. 비화 눈에는 팽나무도 가만히 귀를 기울이는 모양새였다. 단지 사람뿐만 아니라 모든 사물의 앞날은 누구도 모르는 것이어서, 언젠가는 베어져 숯으로 쓰일 운명이 될지는 모르지만, 그러기 전까지는 새덕리의 살아 있는 전설로 숨 쉬는 듬직한 정자나무였다.

"우리 농민들이 올매나 심이 세고 무서븐 사람들인고 말이오."

앞산에서 불어오는 바람을 가슴이 불룩해지도록 크게 들이마시며 농투성이 돌재가 이런 소리도 서슴없이 했다.

"상감이나 조정의 높은 것들, 모도 간이 하나도 몬 붙어 있것제. 지들 모가지를 백 분도 더 안 만지봤으까이."

밤골 댁은 이고 오던 물동이를 그대로 머리에 얹은 채 생전 처음 보는 사람처럼 멀거니 돌재를 쳐다보기만 했다.

"아자씨, 그라모예……."

비화는 물이 담긴 작은 방구리를 땅바닥에 내려놓고 나서 물었다.

"인자부텀 농민들은 우찌 되는 기라예?"

그제야 밤골 댁도 그게 가장 궁금했는지 '끙' 하고 크게 힘쓰는 소리와 함께 꼭 보리 까끄라기같이 거친 손으로 비화처럼 물동이를 내리며 물었다.

"운제 또 모인다 쿠지예?"

그런데 여자들이 큰 관심을 보이면서 그렇게 물어오자 돌재는 그때까지와는 달리 갑자기 머쓱한 표정을 지었다.

"그, 글씨요."

말에도 기운이 많이 빠졌다. 게다가 한다는 소리가 영 그랬다.

"그거꺼지는 잘 모리것는데?"

그 말이 채 떨어지기도 전이었다.

"머요?"

쿡 쥐어박듯 하는 밤골 댁의 말꼬리가 높았다. 홀연 앞산에서 불어오던 바람이 뒷산에서 불어오는 듯했다.

"그, 그……."

"모리것어요?"

더듬거리는 돌재를 본 밤골댁 안색이 금방 확 바뀌면서 퉁바리를 주었다.

"아, 시방 그기 말이라꼬 하요?"

팽나무도 그만 옆으로 고개를 꺾는 형용이었다. 바람기도 사라졌다.

"그라모 이 담에 머슬 우짠다쿠는 것도 생판 모리고 털레털레 오는 기라요?"

그러면서 밤골 댁이 노려보기까지 하자 검은 얼굴이 화롯불같이 벌겋게 달아오른 돌재가 궁색한 변명 늘어놓듯 했다.

"한 개도 안 기시고 모돌띠리 털어놓고 이약해서, 내매이로 농민군들 꼬랑대이만 쫄쫄 쫓아댕기다가 온 사람이 머를 알것소?"

"하이고! 하이고!"

밤골 댁은 기도 차지 않는다는 표정이었다.

"내 콧구녕이 한 개였으모, 하매 심이 맥히서 죽었소."

그러자 돌재는 민망스러움에서 벗어나려는지 아무렇게나 툭 내뱉었다.

"우에서 이끄는 사람들이 다 알아서 하것제, 머."

"머요?"

팽나무 이파리가 다시 살아난 바람에 흔들거리면서 내는 소리가 웃음소리 같기도 하고 울음소리 같기도 했다.

"몬 그라모 밑에서 따라댕기는 우리 겉은 사람들하고 다릴 끼 머꼬?"

"우찌 그런?"

비화는 죽도록 애쓰고도 밤골 댁에게서 좋은 소리 못 듣는 돌재가 측은했다.

"그거는 한 씨 아자씨 말씀이 딱 맞심니더. 그런 거는 주도하는 사람들이 모도 알아서 안 하까예."

그를 두둔해 주자 풀이 죽어 있던 돌재는 흡사 천군만마라도 얻은 것처럼 밤골 댁더러 그 보란 듯 큰소리를 쳤다.

"아, 밤골 댁은 우째서 비화 색시매이로 좀 몬 하요?"

그대로 있었다가는 영락없이 예전 꼴로 되돌아간다. 이번에는 밤골댁 입장에 서서 얘기해야 하는 비화였다.

"우리 모도 상구 기대가 크다 보이 그렇지예."

그러나 막상 말은 그렇게 하면서도 비화는 마음이 커다란 돌덩이를 매단 것같이 무겁고 어두웠다. 춘계 아저씨라고 무슨 뾰족한 수가 있을까? 농민군들 모두는 당장 땅을 파지 않으면 가족들을 굶겨 죽일 처지들인데. 아무리 꼭 해야만 할 일이라 할지라도 계속해서 잡아둘 힘도 명분도 얻기가 쉽지 않았을 것이다.

하지만 그렇다고 농민군들을 덜컥 해산부터 시켜버리면 뒷감당을 어떻게 하려고? 남들이 모르는 무슨 대책이나 계획이라도 있으면 몰라도…….

비화로선 그저 막막하기만 할 뿐이었다. 처음에 농민군이 해산했다는 그 소리를 들었을 때는 판단이 잘 서지 않다가, 나중에는 정말 잘됐구나 싶었는데, 또 조금 지나서 가만히 헤아려보니 그게 그렇게 단순한 문제가 아니었다. 그만큼 그 일은 산천초목도 경악할 엄청난 거사擧事였다. 백성 된 자로서 감히 조정을 상대로 한 '항쟁'이 아닌가 말이다.

세 사람 사이에는 한참 동안이나 대화가 끊겼다. 팽나무에도 새 한 마리 날아들지 않았다. 동구 안으로 들여다보이는 마을이 아무도 살지 않는 곳처럼 보였다. 사람들이 다 피난을 가서 텅 빈 마을을 방불케 했다.

여러 날에 걸쳐서 초군들이 목이 터져라 불러대던 '이 걸이 저 걸이 갓 걸이 진주 망건 또 망건' 노래는 세상을 얼마만큼 달라지게 했을까? 비화가 느끼기에는 크게 변화된 게 있는 것 같기도 하고 전혀 없는 것 같기도 했다.

'농민군 얼골.'

비화는 돌재 얼굴에 나타난 짙은 피로와 초조, 아쉬움의 빛을 읽었다. 잘 모르긴 해도, 이번에 농민군으로 나선 모두가 하나같이 그런 모습들일 것이다.

그가 밤골 댁과 잘되었으면 참으로 좋으련만, 아직까지 마을에는 두 사람이 일으키는 그럴싸한 작은 풍문 하나 들리지 않는다.

"니기미!"

문득, 돌재가 제멋대로 자란 풀밭에서 오물을 밟은 사람처럼 욕설과 함께 구시렁거렸다.

"머신가 좀 크거로 배뀔 줄 알았더이?"

곰곰 새겨볼수록 억울하고 화가 치민다는 빛이었다.

"이 돌재한테는 아모것도 배뀐 기 없네, 없어? 젠장, 갱상도서 죽 쑤는 눔, 전라도 가도 죽 쑨다쿠디이, 영판 그짝이다."

"……."

비화 가슴팍이 대바늘에 찔린 듯 찌르르했다. 그건 듣기 민망할 정도로 지독한 실망과 자조가 묻어나는 목소리였다. 단 하나밖에 없는 목숨을 던졌건만 자신에게 돌아오는 게 없음을 깨달았을 때, 사람은 누구나 그런 허탈감과 함께 분노를 맛보게 될 것이다.

그때였다. 별안간 밤골 댁이 광녀같이 마구 웃기 시작했다.

"호호! 호호호! 호호호호!"

그 기괴하고 야릇한 웃음소리는 드문드문 나 있는 잡풀 위를 제멋대로 굴러다니는 것처럼 느껴졌다.

"아, 밤골댁! 각중애 허파에 바람구녕이 난 기요?"

돌재가 적잖게 놀란 목소리로 말했다.

"똑 미친 여자 겉소, 미친 여자. 꿈에 보까 겁나요."

비화도 어쩐지 돌재와 비슷한 느낌을 받았다. 저러다가 정말 미쳐버리지나 않을까 쭈뼛 머리털이 곤두서고 칼날에 댄 듯 간담이 서늘해지고 말았다. 사람은 우물에서 두레박줄 놓치듯 한순간에 정신을 놓아버릴 수도 있다는 것을 체득한 비화였다.

그런데 어느 순간 밤골 댁은 내가 언제 그랬냐 싶게 뚝 웃음을 그치더니만 더욱 생뚱같은 소리를 했다.

"한 씨! 근동에서 젤 오래된 다리가 무신 다린고 아요?"

그러자 돌재는 저게 무슨 소리냐고 물어보고 싶은 듯이 비화를 한 번 보고 나서 더한층 의아한 얼굴로 말했다.

"그거 모리는 사람이 오데 있소. 대사교 아이요. 대사교도 모리는가베? 오데 일본이나 중국에서 온 첩자라모 이약이 달라지것지만도."

나중에는 어떻게 돼버린 사람 대하는 모습이었다.

'흑.'

일순, 비화 눈에서 난데없는 눈물이 왈칵 솟았다. 아, 대사교. 고향집 근처 성 북동쪽에 있는 해자垓字, 대사지가 나타나 보였다. 언제나 가슴 밑바닥에 간절하고 애틋한 그리움과 아쉬움이 아지랑이처럼 피어오르는 곳이다.

여러 빛깔의 아름다운 연꽃들이 한 폭의 그림과도 같이 떠 있는 연못. 나비며 잠자리, 물방개, 개구리와 물고기가 평화롭게 놀고 있는 꿈과 낭만의 연못. 그러나 어린 옥진이 점박이 형제에게 난행을 당한 저주와 한의 연못이다.

흙다리인 대사교가 가로지르고 있는 대사지는 그처럼 비화 마음 저 깊은 자리에 언제나 그립고 아프고 슬픈 추억의 물결로 출렁이고 있다. 흰색과 검은색이 반반씩 뒤섞여 있는 풍경화와도 같았다. 때로는 해가 뜨고 지고, 또 때로는 달이 뜨고 지는 곳.

'그란데 아주머이는 와?'

그렇지만 밤골 댁이 왜 뜬금없이 대사교를 입에 올리는지 비화는 그 연유를 알 수 없었다. 더욱이 그 언젠가 기생 이야기를 들려줄 때와는 전혀 딴판인 얼굴이었다. 어쩌면 그녀는 비화가 막연히 지레짐작하고 있었던 것처럼 성격이 털털하고 단순한 여인이 아닌지도 모른다. 그건 그렇다 치고, 왜 하필 그곳 이야기를?

이 세상에서 오직 비화 자신과 옥진만이 알고 있는 비밀의 대사지.

무덤에 갈 그때까지, 아니 눈을 감고 무덤에 들어가도, 영원한 비밀로 하리라고 굳게 다짐한 대사지의 기억. 옥진을 저렇게 만든 억호와 만호에 대한 저주와 비난의 감정이 결코 꺼지지 않는 불길이 되어 활활 타오르는 그곳.

그 대사지에 걸려 있는 대사교이기에, 누가 그 다리 이야기만 꺼내도 그만 온몸에 열이 나고 심장이 덜컥 내려앉는 비화였다.

"에나 벨시런 취미요, 밤골댁."

비화가 정신을 차려보니 두 사람이 또 실랑이다. 바람직한 것은 아니지만 지금까지 그들 사이를 뒤돌아보면 더 익숙한 그림과도 같다.

"시끄럽소 고마! 벨이고 달이고……."

아마도 돌재의 말꼬투리를 물고 늘어지는 데는 이력이 붙어 있는 밤골 댁이다. 그렇다면 그 이면에 감춰져 있는 감정은 예사로 넘길 게 아니다.

"오리매이로 고함만 꽥꽥 지리모 다요, 밤골댁?"

"내 주디이로 내가 그라는데, 한 씨가 와 그리쌌노 이 말이오."

허리춤에 떡하니 양손을 갖다 대고 있는 밤골댁.

"사람이 궁금해서 미치거로 맨드는 그 취미는 오데서 누한테 배운 기요?"

"오데서 누한테 배왔든지 말든지."

한 줄기 바람이 팽나무 가지를 흔들며 지나갔다. 그 바람 끝에는 숯 냄새 비슷한 기운이 묻어났다.

"와 대사교 이약을 한 기요?"

돌재도 비화 못지않게 몹시 궁금한 모양이다. 밤골댁 얼굴에서 웃음기가 가신 건 오래다. 아니, 오히려 악녀로 변한 듯 험악해 보였다.

"한 씨 취미도 에나 묘하요."

"자꾸 넘의 말 그리 따라 할 끼요?"

"지 서방 잡아묵고 혼자 사는 년이라꼬, 사람을 그리키나 몰캉하이(얕잡아) 보모 그거는 안 되제."

"머요? 내가 그짝을 몰캉하거로 봐요?"

사뭇 도전적인 밤골댁 말에 그렇게 응수하면서 밤골 댁을 가리키는 돌재의 손이, 대지를 굳게 움켜쥐고 있는 팽나무 뿌리만큼이나 거칠어 보였다. 그 뿌리는 쓰러지지 않으려고 안간힘을 다하고 있는 것 같아 안쓰러워 보이기도 했다.

"아, 안 그런가베?"

"또 머가요?"

밤골 댁은 물이 담긴 물동이를 발로 걷어차 버릴 태세였다.

"이약하기 싫다쿠는 사람, 자꾸 입 열거로 할라쿤께 말이제."

돌재는 그들 외에는 아무도 없는 거기 동구 주변을 휘 둘러보며 말했다.

"누 들으모 큰일 날 일이 있는 거 겉거마, 머. 안 그라고서야 안 이라제."

뭔가 들먹이고 싶기는 하지만 아녀자와는 더 다투고 싶지 않다는 투였다. 어쩌면 비화가 보고 있는 앞이어서 가까스로 자제하고 있는지도 몰랐다.

"흥! 꼴에 사내라꼬야?"

급기야 밤골 댁의 욱하는 성깔이 살아났다.

"내 이약할란다! 내 이약할란다!"

남들은 중요한 말을 할 때 반복하기 십상인데, 밤골 댁은 화가 나면 꼭 지금처럼 두 번 세 번 곱씹는 말버릇이 있다.

"서방 잡아묵은 죄 많고 독한 년이 머시 겁난다꼬 대답 몬 할 끼고?"

돌재 안색이 파리해졌다. 갑자기 그도 밤골 댁을 닮아간다.

"기집 잡아묵은 죄 많고 독한 눔이 머시 겁난다꼬 몬 물을 끼고?"

이번에는 상황이 거꾸로 바뀌어, 자기 말을 그대로 모방하는 돌재를 한참 동안 어이없고 복잡한 눈빛으로 바라보고 있던 밤골 댁이, 조금은 풀린 목소리로 입을 열었다.

"아까 번에 한 씨가, 아모것도 배뀐 기 없다 안 캤소."

"글 캤제."

"그 이약은 딱 들어맞소."

"맞으모……."

돌재는 더는 말이 없다. 한데, 이어지는 밤골댁 말이 심상찮았다.

"그 대사교 말이오."

"……."

"죽은 우리 서방이 안 있소, 안 있……."

거기서 또 감정이 벅차오르는지 가쁜 숨을 몰아쉬더니 홀연 직사포 쏘아대듯 했다.

"맨 첨에 내한테 사랑 고백한 데가 바로 거긴 기라."

"사랑 고백?"

돌재 표정이 난생처음 그런 소리를 들어본다는 사람같이 보였다. 방금 밤골 댁이 한 얘기처럼 묘한 낯빛이었다. 그도 그의 죽은 아내도, 서로에게 한 번도 사랑한다는 말을 한 적이 없었던 것일까?

비화 마음도 숙연함과 더불어 야릇해졌다. 예로부터 이 나라 백성들은 '사랑'이 아니라 '정情'이라는 말에 더욱더 익숙하고, 그래서 사랑보다도 정으로 살아가는 그런 사람들이라고 들어왔다. 사랑은 강렬하고 정은 은은하다. 그 두 가지에 관해서 비화가 가지고 있는 선입견이었다. 옳고 그름을 떠나서. 그런데도 밤골 댁은 사랑이라고 했다.

비화와 돌재가 서로 약속이나 있은 것처럼 멍한 얼굴로 바라보는 사이에 밤골 댁은 점점 다른 사람이 내는 듯싶은 목소리가 돼갔다.

"대사교는 그대론데, 아까 한 씨 말마따나 하나도 배뀐 기……."

"……."

"없는데, 없는데……."

태양이 점점 더 높이 떠오르고 있는 하늘 저 멀리 흰빛과 검정빛의 새 두 마리가 서로 엇갈리게 날고 있는 게 비화의 눈에 띄었다. 그것은 어떻게 보면 아주 조화를 잘 이루고 있는 것 같기도 하고, 또 다르게 보면 너무나 잘못된 구도인 것 같기도 했다.

"그란데, 우리 부부는, 허, 우리, 우리는……."

밤골 댁은 하늘을 올려다보다가 광풍에 부러진 가지처럼 그만 목을 아래로 탁 꺾었다.

"한 인간은 저승에, 한 인간은 이승에……."

저쪽 하늘과 땅이 맞닿아 보이는 곳으로 아지랑이 비슷한 기운이 아물거리고 있었다. 마치 아련한 옛 추억을 더듬는 손길처럼.

"아주머이."

비화는 벌침을 맞은 것처럼 콧등이 시큰거렸다. 밤골 댁이 이야기하고 있는 가장 오래된 다리는 죽은 남편을 뜻하는 게 아닌가. 그렇다면? 그녀는 한돌재와는 절대로 서로 합칠 수가 없다는 그런 언질이란 말인가. 아니면 그녀 자신에게 보내는 최후의 통첩 같은 것인가?

돌재도 그런 유사한 느낌을 받아서일까? 조금 전에 밤골 댁이 그랬던 것처럼 별안간 미친 남자 모양으로 크게 웃어대기 시작했다.

"으하하, 으하하핫! 으하하."

하도 심하게 웃느라고 얼굴 가득 떠오른 붉은 기운이 원래의 검은 얼굴 위로 덮이자 그의 모습은 괴기스럽기까지 했다. 그런 그에게서 저 농민군의 모습은 찾을 수가 없었다.

"아자씨."

비화는 오싹 소름이 돋았다. 사람 애간장을 그대로 녹아내리게 하는 너무나 한스럽고도 애틋한 기운이 절절이 담겨 있는 웃음소리였다.

밤골 댁도 그만 입을 굳게 다문 채 출렁거림을 멈춘 물이 담긴 방구리와 물동이를 무연히 내려다보고 있을 뿐이었다.

누구도 몰랐을까? 농민군 해산은 어느 모로 보든지 결정적인 치명타였다.

우병사와 목사까지 떡판에 올려놓은 떡 주무르듯 제 마음대로 주물렀다는 자만과 방심의 대가인가? 혹은 일부 탐관오리들이 배척의 대상이지 왕은 끝까지 받들어 모셔야 한다는 순진하고 소박한 조선 농투성이들의 어리석음의 결과인가? 아무래도 그중의 하나이거나 그 전부이거나 할 것이었다.

기세등등한 농민군이 왜 그렇게 흐지부지 흩어지고 말았는지 그것은 시간이 가도 두고두고 역사의 수수께끼로 남을 일이었다. 스무고개를 스무 번도 더 넘게 넘어도 쉽게 풀리지 아니할. 그게 농민군 운명이라면 어쩔 수가 없겠지만, 그렇다면 그것은 더더욱 안 될 소리였다.

어쨌든 농민들 움직임이 잠시 소강상태로 접어들기 무섭게 조정에서는 기다렸다는 듯이 칼을 빼들기 시작했다. 산천초목도 벌벌 떨게 한다는 암행어사를 내려보내 그곳 지방 관리들의 잘못을 조사하기도 했다. 봉기가 일어난 고을 수령의 책임을 물어 파면시키기 위한 준비가 착착 진행되고 있다는 증거였다.

그러나 그 궁극적인 목적은 시위 주동자들을 처벌하기 위한 사전 포석임은 만천하가 알 일이었다. 기득권자들은 내 손 안에 든 것을 빼앗기지 않기 위해서는 때로는 낯가죽에 철판을 깔기도 하고, 양심 같은 건 아예 엿과 바꿔먹을 궁리도 한다. 게다가 가재는 게 편이요, 초록은 동색이라는, 그 소리가 여기에도 그대로 먹혀들어 가는 듯했다, 벼슬아치들보다도 무지렁이들을 겨냥한 날 끝이 훨씬 더 모질고 독했다. 그러기에 그들이 더 떵떵거리며 살 수 있는지도 모른다. 결국 못 가진 자, 못 누린 자의 죄였다. 급기야 이 땅의 의식 있는 몰락 양반과 선량한 농투성이들에게 지옥의 시간이 시작된 것이다.

한화주가 사는 죽골에도 병영과 진영 관졸들이 들이닥친 것은 오래지 않아서였다. 비록 없이 살아도 서로의 마음 하나 믿으며 오순도순 머리 맞댄 채 살아가던 조용한 마을은 순식간에 발칵 뒤집히고 말았다. 동리 개들은 온 세상이 떠나가라 짖어댔다. 한마디로 사람들은 너나없이 다

숨을 죽이고 검둥이, 흰둥이, 누렁이, 그 온갖 개들만 시끄러운 '개판'이었다.

"아들 눔을 오데다가 숨기 놨나?"

"당장 썩 내놓지 몬하까?"

"우리가 모리고 온 줄 아나?"

"좋거로 이약할 때 듣거라. 안 그라모 없다, 없어!"

기세등등한 관졸들은 새파랗게 질려 있는 화주 부모를 마구 윽박질렀다. 무릇, 자기보다 힘 있는 자에게는 맥을 추지 못하는 인간들일수록 자기보다 힘없는 자에게는 더 가증스러운 세도를 부리는 것은, 인간의 역사를 통해 확실히 입증된 바 있다.

"어이쿠우! 여, 여보!"

"화주 아부지요!"

졸지에 불벼락을 맞은 화주 부모는 서로를 부르면서 어쩔 줄을 몰라했다. 한평생 땅만 벗 삼고 살아온 그들에게는 그 불벼락에 대한 대처 능력이 너무나 부족했다.

"우짤꼬오! 저 집에 난리 났다."

"에나 문제다. 인자 그 사람들 시상 다 살았는 기라."

"아, 벱 없이도 살 사람들 아이가."

"내 말이 그 말이다. 그런 사람들이 우짜다가?"

"우쨌든 얼릉 함 가보자."

우르르 몰려와 탱자나무 울타리 너머로 집 안을 넘겨다보는 마을 사람들 머릿수가 갈수록 점점 늘어났다. 하나같이 심한 안타까움과 겁에 질린 표정들이었다.

늘 수많은 창칼처럼 강해 보이는 탱자나무 가시마저도 바짝 오그라지는 듯했다. 해마다 가을이면 노랗게 익어가는 탱자 열매는 화주가 원아에게 곧잘 선물로 주곤 하는 사랑의 징표이기도 했다. 그리고 원아는 그것이 검고 쭈글쭈글해질 때까지 그녀의 방에 놓고 그 향기를 맡아가며 행복에 겨워했다.

"와, 와 이랍니꺼?"

부부는 심한 경련을 일으키듯 부들부들 떨며 부인하고 애원했다.

"우, 우리는 모립니더. 모립니더. 아, 아모것도 모립니더."

"맞아예. 지, 집에 안 들온 기 여, 여러 달입니더."

하지만 그 어떤 말도 먹혀들지를 않았다. 어깨가 탄탄하고 낯빛이 시뻘건 포졸이 무섭게 으르렁거리는 어투로 을러댔다.

"한화주가 앞장서갖고 관리를 때리쥑이고, 토호들 집을 불태웠다쿠는 거는 온 시상이 다 안다. 그라이 절대 무사하지 몬할 끼다. 알겄나?"

턱이 창끝같이 뾰족한 포졸이 상관에게 물었다.

"우찌하까예? 화주 그눔, 하매 토낀(달아난) 기 한거석 된 거 겉심니더. 화주 부모라도 잡아가까예? 그냥 빈손으로 돌아갈 수도 안 없심니꺼?"

그러자 장비 같은 인상을 풍기는 우두머리는 팔짱을 끼고 한참이나 생각에 잠겨 있더니 이윽고 음흉한 웃음기를 흘리며 말했다.

"됐다. 화주 그눔이 관가에 지 발목때기로 걸어 들오거로 할 기맥힌 방책이 방금 하나 떠올랐다."

축담 아래 자라고 있는 키 낮은 야생화를 내려다보면서 자신 있게 말했다.

"화주가 제아모리 날고 기는 재조를 가짓다 쿠더라도 나의 이 방책에는 절대로 몬 빠지나갈 끼다."

아주 신경질적으로 생긴 말라깽이 포졸이 궁금하다는 얼굴을 했다.

"우떤 방책인고 싸이 말씀해주이소."

처음 봐도 하는 꼴이 아첨을 잘하게도 생겼다. 그러자 상관은 제 스스로 생각해도 대단한 방책을 떠올렸다는 듯 가슴을 쑥 내밀고 무척 으스대는 태도로 말했다.

"내가 들은께, 시방 화주한테는 앞날을 약속한 송원아라쿠는 처녀가 있다더마."

남의 집 처녀 이름까지도 동네 개를 부르는 것처럼 서슴없이 입에 올리면서 모르는 것이 없는 체했다.

"바로 요 이웃마을에 살고 있다쿠는 정보를 입수했제."

마당 한쪽에 서 있는 석류나무가 그자를 물끄러미 바라보고 있었다.

"예, 그렇다 쿠데예."

뾰족 턱보다 말라깽이 입이 더 날렵했다. 아마 그자는 혓바닥도 아주 작고 얇아서 잘도 조잘거릴 성싶었다.

"그 여자를 옥에 갇아놨다가 화주가 자수하모 풀어주것다꼬 하모……."

상관 말에 관졸들이 일제히 고개를 끄덕이고 손에 든 무기들을 높이 흔들어대며 감탄의 소리를 질렀다.

"하! 에나 그렇네예? 역시 다리십니더."

"인자는 모도 독아지 안에 든 쥐가 됐십니더. 히히히."

누군가는 이런 말도 했다.

"도망친 다린 눔들 잡을 때도 그리하입시더. 헤헤헤."

상관이 못마땅한 얼굴로 나무랐다.

"고런 간사한 웃음 웃지 마라 안 캤나?"

그러자 웃은 자가 또 이랬다.

"예? 아, 알것십니더. 헤헤, 헤헤헤……."

관졸들이 송원아의 집으로 가기 위해 그곳을 나서려고 할 때였다. 화주 아버지 호천이 농사꾼의 투박한 두 손으로 상관의 바짓가랑이를 붙잡고 늘어졌다. 필사적이었다.

"아, 안 됩니더! 우, 우리를 잡아가이소! 잽히갈 사람은 우립니더, 우리! 그 처녀는 아즉 우리 아들하고 혼래도 안 치렀으이 넘입니더, 넘!"

화주 어머니도 함께 부르짖었다.

"죄인은 우리라예! 와 아모 상관도 없는 넘의 집 귀한 처자를 잡아갈라 쿱니꺼? 시상에 그런 벱은 없는 기라예!"

하지만 그건 말 그대로 공허한 메아리일 뿐이었다.

"벱? 와 없어? 벱은 우리가 맨들모 벱이 되는 기라."

"벱도 모리는 것들이 오데서 벱, 벱, 하는 기고?"

그러고 나서 관졸들은 한사코 매달리는 화주 부모를 축담 아래로 거칠게 밀어버리고는 원아의 집으로 곧장 달려가기 시작했다.

'컹! 컹!'

'으르렁! 으르렁!'

동네방네 개들이 모두 나와 그들과 하늘을 번갈아 보면서 목이 쉬도록 끝없이 짖어대는 소리가 온 죽골을 뒤흔들었다.

햇빛을 받아 매섭게 번득이는 삼지창이며 단단한 육모방망이를 들고 불시에 집 안으로 들이닥치는 관졸들을 보는 순간부터 송원아 부모는 이미 반쯤은 죽은 얼굴들이 돼버렸다. 한화주의 부모와 마찬가지로 그들 또한 평생 죄를 지을 일이 없었다. 또 죄를 지은 사람과도 가까이할 일이 없었다.

큰물이 진다거나 가뭄이 극심한 해에는 때로 하늘을 우러러 원망을 하기는 했어도, 그래도 어렵게 수확할 계절이 오면, 천신과 지신에게 감사의 절을 올리는 것을 꼭 잊지 않았다. 뇌옥과는 거리가 먼 사람들이었기에 그 충격은 엄청났다.

그런데 원아는 달랐다. 그녀는 벌써부터 예상하고 있었다는 듯, 아니면 이제 모든 것을 포기해버린 듯, 놀랄 만큼 담담한 표정으로 관졸들을 맞았다. 너무나 무표정하여 백치를 연상케 했다.

그동안 농민군에게 당한 분풀이를 하기에 혈안이 돼 있는 관졸들 기세는 실로 감사납기 그지없었다. 그것도 벼슬이라고, 하늘 높고 땅 넓은 것쯤이야 아랑곳하지 않는 그들은, 그 집에서 키우는 삽사리 '범이'가 꼬리를 빳빳하게 세우고 짖어대자 섬뜩한 창끝을 개 아가리 속에다 사정없이 찔러 넣었다.

수백 년 된 감나무도 늙은 몸을 있는 대로 움츠리는 것 같았다. 곧잘 왕매미가 날아들어 구성지게 울어대기도 했지만, 지금은 새들도 모조리 달아나버렸는지 그 고목은 자식들을 모두 떠나보낸 늙은이처럼 옹색해 보였다.

그렇지만 다른 때에는 그런 나무가 아니었다. 그 어떤 나무보다도 떠받드는 나무였다. 당년當年에 자란 녹색 가지에 하얀 감꽃이 피면, 온 동리 아낙네들이 앞다퉈가며 몰려들었다. 그 꽃을 주워서 실이나 풀줄기에 꿰어 아름다운 꽃목걸이를 만들었다. 큰 것은 고깔처럼 손가락에 끼우기도 했다.

더욱 감동적인 것은 아낙들이 그 감나무 밑에서 감꽃을 주우며 아주 신명 나게 불러대는 노래였다. 누가 맨 먼저 그 노래를 그 마을에 퍼뜨렸는지는 모르나 순박성이 물씬물씬 느껴지는 타령장단이었다.

감꽃을 주우며 헤어진 사랑,
그 감이 익을 때 오시면 사랑.
…….
아리아리 쓰리쓰리 아라리요,

아리아리 얼씨구 놀다 가세.

이윽고 지금 그의 손에 들고 있는 창처럼 뾰족한 턱의 포졸이 원아를 향해 호기롭게 소리쳤다.

"우리하고 같이 가야것다!"

"……."

원아가 아무 반응도 보이지 않자 여자에게 무시당했다고 느꼈는지 창끝을 원아에게로 들이대면서 윽박질렀다.

"내 말이 안 들리나? 버부리(벙어리)가, 엉?"

지나가던 구름 한 장이 그 집 초가지붕 위에 올라앉아 마당을 내려다보는 듯했다. 포졸은 사정 봐줄 기대는 아예 갖지 말라는 선고인 양 말했다.

"저눔의 개맹캐 주디이를 우찌해야 될랑갑네?"

"……."

원아의 아름다운 두 눈이 스르르 감겼다. 한순간 검고 긴 속눈썹이 파르르 떨리는 것 같았으나 그 미세한 움직임마저도 이내 멎었다. 포근한 엄마 품 안에서 막 단잠이 들려는 아기처럼 평온해 보이기까지 하는 얼굴이었다.

"한화주가 나타날 때꺼지 인질로 붙잡아놀 끼다. 그러이 각오 단디 해라이."

남자 하나 잘못 만나 네 팔자가 어쩌니 저쩌니 하던 어깨 넓은 포졸이 그 어깨를 뽐내듯 앞뒤로 흔들거리며 명했다. 망가진 문짝이 바람에 덜렁거리는 것보다도 더 볼썽사나워 보였다.

"퍼뜩 따라 나서거라!"

원아 어머니 모천 댁이 온몸으로 딸 앞을 가로막으며 발악했다.

"안 됩니더! 안 됩니더! 화준가 불준가 그눔이 잘몬한 긴데, 머 땜에 애꿏은 우리 원아가 잽히가야 합니꺼?"

원아 아버지 송 씨도 만취한 술꾼이나 눈병에 걸린 환자처럼 눈이 벌게져서 외쳤다.

"우리도 화주 그눔한테 불만이 많고 원한이 깊십니더!"

관졸들이 잠시 멈칫, 했다. 송 씨는 마치 간질병을 심하게 앓는 사람처럼 전신에 경련을 일으키며 저주 퍼붓듯 했다.

"우리 딸이 그눔 하나 땜에 아즉 시집도 몬 가서 저리하고 있는 거 생각하모, 치가 다 떨립니더!"

이웃 어느 집에선가 낮닭 우는 소리가 마치 다른 세상에서 나는 것처럼 무척 무심하게 들려왔다.

'꼬끼요오!'

그 소리에 대한 화답이기라도 한 듯 반달 모양의 마을 뒷산 쪽에서 멧새가 울었다.

'찌륵 찌륵, 찌르륵.'

짐승들이 내는 그 소리에 아주 잠깐이나마 평화롭게 느껴지던 공기가 사람들 소리에 금방 허물어져 내렸다.

"그눔이 우리 앞에 있으모, 우리가 우찌해삐고 싶은 기라요!"

"우리가 먼첨 관아에 신고했을 낍니더."

원아 부모는 어떻게든 딸을 구하기 위해 안간힘을 다했다. 평소 그들 모습이 아니었다. 자식을 위해서는 어떻게 바뀔지 알 수 없는 게 바로 부모인지도 모른다. 입에 담을 수도 없는 소리들이 자꾸 나왔다.

"철천지웬수가 우리 앞에 걸린 기 아이고 머십니꺼?"

"그눔 모가지하고 발목때기를 탁 뿔라갖고……."

그러자 원아가 무정하다는 듯 부모에게 말했다.

"아부지! 어머이! 그런 소리 지발 하지 마이소!"

이번에는 가까운 곳에서 개 짖는 소리가 났다. 어쩌면 언젠가 범이와 흘레붙었던 그 암놈인지도 모른다.

"화주 씨가 머슬 우찌 잘몬했는데예?"

"워, 원아야."

원아 말에 크게 당황한 송 씨가 몹시 겁먹은 얼굴로 관졸들 눈치를 보았다.

"잘몬한 기 하나도 없어예! 있으모 함 말해보이소!"

"그, 그래도 이, 이라지 마라."

모천 댁은 사정조로 나왔다.

"잘몬한 쪽이 눈고 몰라서 그리하시는 깁니꺼, 예에? 아모리 시상이 배꿔도 잘몬핸 기 잘핸 거로 될 수는 없어예!"

원아는 조금도 굽힐 자세가 아니었다. 대쪽 같은 선비가 되레 무색할 판이었다. 하지만 부모는 관졸들을 향해 사정하고 사정했다.

"지발 우리 딸을 용서해주이소. 아즉도 철이 없어갖고……."

"시방 지 증신이 아이라……."

그러자 그때까지 잔잔히 흐르는 물결처럼 행동하던 원아도 끝내 눈앞에 닥친 현실에는 더 배겨낼 재간이 없었던 것일까? 갑자기 입에 거품을 물고 당장 뒤로 벌렁 나뒹굴어질 처녀같이 변했다.

"억울하거로 수탈당하는 농민들 구할라꼬 핸 일인 기라예! 자기 한 몸 잘될라꼬 그리한 줄 압니꺼?"

그 소리에 언제나 시뻘건 포졸의 낯짝이 그 순간에는 도리어 납빛으로 바뀌었다. 그는 혀를 휘휘 내둘렀다.

"허, 한통속은 다리거마는, 달라. 화주 그눔만 지독한 눔인 줄 알았더이, 저 처녀는 한술 더 뜨고 안 있나."

말라깽이 포졸도 어이없고 화가 돋치는지 즉시 원아에게로 확 달려들어 땅바닥에 내동댕이칠 기세였다.

"머시? 삼족을 멸할 역적질을 한 그눔이 머 우떻다꼬오?"

그때 상관이 우람한 덩치를 흔들며 명했다.

"우리가 이까짓 것들하고 노닥거릴 틈새 없다. 다른 농민군 눔들 집에도 가야 한께 쌔이 서둘러라 캐도?"

그건 사실이었다. 그들이 위로부터 받은 지시를 빠짐없이 실행하려면 한순간도 허비할 시간이 없긴 했다.

"얼릉 저 독종 년 꽁꽁 묶어 안 끌고 가고 머를 망설이고 있노, 엉?"

"옛!"

그 말이 떨어지기 무섭게 관졸들이 한꺼번에 원아에게 우 달려들었다. 그것은 약한 노루 한 마리에게 사나운 늑대 여러 마리가 덤벼드는 양상이었다.

"아이고, 이 일을 우짜노?"

"안 돼요! 그라모 안 되는 기라요!"

원아 부모가 기를 써가며 죽기로 덤벼들었지만 곰을 상대로 싸우려는 토끼 꼴이었다. 그 안타까운 광경을 지켜보는 싸리문 밖 마을 사람 중에는 훌쩍거리는 이도 적지 않았다. 무어라 낮은 소리로 욕을 하는 이도 있었다. 감히 나서서 제지하지는 못했지만, 그들은 모두 한마음이었다.

"아부지, 어머이, 걱정 마이소. 지는 괜안아예."

도리어 그렇게 부모를 안심시키면서 무지막지한 손길에 의해 집 밖으로 질질 끌려 나가는 원아의 두 뺨 위로 참고 참았던 눈물방울이 주르르 굴러 내렸다. 그때까지도 지붕 위에서 떠나지 않고 있는 구름은 하얀 박꽃을 닮은 모양새였다.

"화주 씨 대신 지가 죽을 각오를 하매 하고 있었어예."

그 소리는 그녀의 입속에 갇혀 미처 밖으로까지는 빠져나오지 못했다. 제아무리 초인적인 힘이 있다고 하더라도 당장은 물리적인 힘을 당할 수 없었다. 선善은 멀리 있고 악惡은 가까이 있는 게 세상인지도 몰랐다.

"아이구! 아이구! 원아야이!"

"도로 낼로 잡아가시오, 낼로!"

하릴없이 잡혀가는 딸의 뒤를 엎어지며 꼬꾸라지며 따라가는 부모가 막 내지르는 애끊는 통곡소리에 하늘도 땅도 귀를 틀어막는 것 같았다.

"고마 들가이소, 아부지. 걱정 마이소, 어머이."

그런 소리를 남기고 개 끌려가듯 하면서 뒤돌아본 정든 집은, 눈물로 뒤범벅된 원아 두 눈에 더 이상 보이지를 않았다. 모든 것은 하늘 위로 땅 밑으로 사라져버린 듯, 어쩌면 화주도 원아도 이제는 존재하지 않았다.

그렇지만 원아는 선연하게 떠올리고 있었다. 정인情人 화주와 더없는 열정을 나누던 무명탑과, 거기에 얽혀 있는 저 백제 무사와 신라 귀인의 비극적인 사랑을.

초가지붕에 하얀 박꽃 올리고 텃밭에는 고추 상추 심고 아들 낳고 딸 낳고 오순도순 살아가자던 화주와의 맹세는 영영 물거품이 되고 말 것인가? 한줌의 재로 바람에 훽 휘날려가 버릴 것인가?

역사가 말해줄 것이오

관졸들이 형편없이 초라한 천필구의 초가집을 급습했을 때, 집 안에는 필구 처 우정 댁과 늦둥이 외동아들 얼이만 있었다. 다른 농민군과 마찬가지로 필구 또한 종적을 감춘 지 오래여서 우정 댁도 애만 태웠을 뿐 남편 행방을 전혀 알지 못했다. 밤중에 거울을 보면 찾는 사람 모습이 보인다기에 그렇게도 해보았지만 별무신통이었다.

그러나 각 고을마다 이 잡듯 샅샅이 뒤져가며 봉기 참가자들을 색출하기에 눈알이 벌건 병영과 진영 관졸들은 농민군 가족을 족치기에만 급급했다. 그들이 임무를 완수하기 위해 할 수 있는 일은 오직 그것밖에 없는 듯했다 .

"지 남핀이 오데로 도망칫는고, 그거를 아내가 모릴 리가 없다."

"기시서(속여서) 될 일이 있제, 오데서 누한테?"

"실토 안 하모, 꺼꾸로 달아매서라도 바린 말이 나오거로 하모 된다."

모든 게 잡으러 다니는 자들의 논리대로 움직이고 있었다. 쫓기는 자들에게 주어질 수 있는 것은 그 어디에도 없었다.

"관가에 끌고 가서 주리를 틀기 전에, 순순히 다 털어놓는 기 좋을 끼다."

네모꼴 얼굴의 포졸이 우정 댁을 무섭게 협박했다.

"우리 얼라를 앞에 놓고 맹서합니더. 에나 지는 몰라예."

우정 댁은 나도 너무너무 답답하다는 듯 뒷머리에 꽂은 비녀가 빠져 달아날 정도로 크게 머리를 흔들어대며 하소연했다.

"지도 시방 얼라 아부지가 오데 계시는고 몰라갖고 상구 미칠 거 겉심니더. 도로 누한테 머라도 줄 수 있으모 주고 물어보고 싶은 심정입니더."

구멍이 송송 나고 금세 떨어져 나갈 것같이 너덜거리는 방 문짝의 종이가 그 광경을 더욱 참담하고 곤혹스럽게 만들고 있었다.

"그라이 지발하고 모도 이리쌌지 마이소, 예에?"

우정 댁은 기세등등한 낯선 사람들을 보고 새파랗게 질려 있는 어린 얼이가 한층 마음에 걸렸다. 어떻게 해서 얻은 귀한 자식인가? 정녕 상상조차 하기 싫지만, 혹시 만에 하나 남편이 잘못되기라도 하면 천 씨 집안 대를 이어갈 유일한 핏줄이다.

"이거 그냥 좋거로 말만 해갖고는 영 안 되겄거마는."

눈매 사나운 포졸이 먹잇감을 눈앞에 둔 맹수처럼 으르렁거렸다.

"천필구가 그리 지독한 눔이라꼬 소문이 자자하더이, 에핀네도 보통 독종이 아이거마는. 아모리 한솥밥을 뭇다 캐도 완전 물이 들었다, 물이 들었어."

그러면서 일행들에게 동의를 구하듯 말했다.

"이 여자하고 자슥새끼를 잡아가자꼬. 이대로 돌아갔다가는 우엣사람들한테 호되거로 갱을 칠 끼라."

"그러게. 안됐지만도 우짤 수 없것네."

그중 순하게 생긴 포졸도 별수 없다는 얼굴이었다.

"빈손으로 가기 되모 상관들이 우리를 가마이 안 놔둘 끼니, 저들이라도 대신 끌고 가야 하는 기라."

얼이가 경기 든 아이처럼 자지러지게 울어댔다.

"으아아앙!"

그 소리에 한층 반짝 정신이 난 모양이었다.

"지발, 지발 한 분만 봐주이소, 예에?"

우정 댁이 한편으로 얼이를 달래고 다른 한편으로 울부짖으며 싹싹 손발이 닳을 정도로 애걸복걸해도 쓸데없었다. 공무를 수행한다는 명목 아래 저질러지는 모든 짓에는 그 옳고 그름 따윈 저리로 가라 하는 거였다.

"쌔이 따라 나서거라, 쌔이."

얼굴이 네모꼴인 포졸이 육모방망이를 휘두르며 독촉했다. 그 방망이를 맞고 오두막집이 대번에 폭삭 허물어져 버릴 것 같았다.

"우리 원망은 하지 마라꼬. 우리도 살아야 안 하나."

생김새가 순한 포졸이 혼자 중얼중얼했다. 양순한 염소가 되새김질하는 것 같아 보였다. 하지만 독한 자들이 득세하고 있는 현실이었다.

"그런께 와 분벨없는 짓을 했단 말고? 농사꾼이 땅이나 팔 생각은 안 하고, 그깟 몰락한 양반 머슬 믿고 설친 기고 말이다! 지 죽을 줄도 모림시로."

그들 가운데서 가장 나이 먹은 자도 어림없다는 투로 누구에게 묻듯 했다.

"감히 관아를 습격해갖고 우벵사꺼지 욕을 비이고, 돈이모 안 되는 기 없는 시상에, 돈 쌔삔 부자들 집을 불살라뻿으이, 우찌 무사하기를 바랄 것고?"

험상궂게 생긴 포졸이 사나운 눈초리로 집 안을 둘러보며 말했다.

"쥐 무울 것도 없어 비이는 집구석이거마는. 대체 머를 묵고 무신 심이 생기서 그리키 설칠 수 있었던고?"

그러더니 그도 마음이 조금은 짠해지는 모양인지 생김새와는 다르게 부드러운 목소리로 우정 댁을 타일렀다.

"아주머이! 고마 고분고분 따라오는 기 신상에 좋을 끼요. 몸이라도 성해야제."

하지만 우정 댁은 얼이를 더욱 꼭 껴안으며 말했다.

"내, 내는 안 갈 끼요."

지붕에 얹힌 짚이 곧 아래로 굴러 내릴 것같이 위태로워 보였다. 뛰어난 솜씨로 그 짚을 다루던 가장家長의 운명을 방불케 했다.

"우, 우리 얼라 아부지가 와갖고 내가 집에 없는 거를 보모……."

그러면서 우정 댁이 끌려가지 않으려고 반항하자 그는 대단히 한심하다는 듯 혀를 세게 찼다.

"요분 반란에 가담한 사람들 가온데서 그 가족이 잽히간 기 천지삐까린 줄 모리요?"

경황이 없어 방치해 놓은 좁은 마당가에 제멋대로 자라난 잡초를 바라보다가 말했다.

"암만 그래봤자 아모 소용없은께 씰데없이 심만 빼는 짓 하지 마소. 우리도 그리 되는 거를 바래는 사람들도 아인께네."

그것 또한 사실이었다. 농민군 기세가 약간 가라앉을 기미가 보이자마자 조정에서는 곧 그들을 처벌하기 바빴는데, 특히 봉기에 가담했던 농민이 도망가고 없으면 그의 아내나 자식, 심지어 늙은 부모까지 뇌옥에 가두었다. 그러고는 본인이 자수만 하면 식솔들을 다 풀어주겠다고 회유도 하고 협박도 하였다.

한화주 대신 그의 연인 송원아가 잡혀가고, 천필구 대신 그의 아내 우정 댁과 자식 얼이가 잡혀가고, 또 누구누구 대신 그의 가족 누구누구가 잡혀가는 등, 참으로 엄청난 사태가 마치 지옥에서 온 사자처럼 온 고을을 휩쓸었다. 아니, 지금 그곳이 바로 지옥이었다.

그것은 이번 농민항쟁이 장차 얼마나 무섭고 끔찍한 피바람을 몰아올 것인가를 매우 잘 알려주는 예고편이었다. 백성들은 밤낮을 쉬지 않고 수없이 수군거렸다.

"무시라, 무시라."

"달아난 농민군들 심정이 우떨꼬?"

"그런 거 물어 머할 끼고? 이런 마당에."

"그렇제. 지들도 눈이 있고 귀가 있으이, 싹 다 보고 듣고 있을 끼거마."

"그란데 저리 샅샅이 수색해쌌고 있는데 모도 오데 숨어 있으까?"

"그기 억수로 궁금타. 특히나 유춘계하고 몰락 양반들하고, 또 머꼬? 봉기에 앞장섰던 초군들이 숨었을 장소가……."

농민군 사태가 빚어낸 극심한 후유증으로부터 훨훨 자유로운 곳은 지상 어디에도 없었다. 오로지 체포하려는 자들과 도주하려는 자들의 목숨을 건 술래잡기로 일관했다. 그리하여 사람들은 모든 일에서 거의 손을 놓다시피 하고 있었다.

그건 감영에 소속된 교방도 똑같았다. 그곳 기녀들은 삼삼오오 모여서 농민군 이야기를 중심으로 잡담이나 나누는 것으로 시간을 죽였다. 시절이 너무나도 어수선하니 관기가 불려 나가는 자리도 뜸했다. 그렇지만 그걸 편안해한다거나 잘됐다고 좋아하는 기색은 없고 저마다 침통한 빛을 감추지 못했다.

그녀들 또한 농민들과 마찬가지로 그다지 누리지 못하는 삶을 살고 있었다. 핍박하고 고단한 인생들이었다. 몸이 크게 아파도 세도가들 연회에 나가 춤을 추고 노래를 부르고 악기를 켜고 술을 따라야만 했다.

관아 행사 때면 기분이 안 좋아도 억지로 낯을 펴고 웃는 슬픈 인생이 되어야 했다. 말하는 꽃, 말을 이해하는 꽃, 어느 누가 그들을 가리켜 꽃이라 했나?

개중에는 중앙에서 내려온 고위 관리라든지 헛기침깨나 해대는 지역 세도가의 은밀한 사랑을 받으며 제법 호의호식하는 기녀도 간혹 있기는 했지만, 대개는 관청에 딸린 기생 신분으로 그럭저럭 입에 풀칠이나 하는 그 정도였다. 춤과 노래가 그녀들을 지탱해주는 꿈이요, 힘이었다. 아니, 유일한 한풀이였다.

홍우병 목사의 귀여움을 독차지하던 해랑은 이중적인 아픔과 갈등에 하루하루가 실의와 고통의 연속이었다. 노래는 혀를 자르는 아픔의 신음이었으며, 춤은 사지를 찢는 갈등의 몸부림이었다.

무엇보다도 이번 농민반란의 원인과 피해 상황을 조사하기 위해 조정에서 파견한 안핵사 배수규의 서슬은 작두날처럼 매섭고 시퍼렇기만 했다. 지방에 무슨 사건이 터졌을 때 그 일을 조사하려고 내려 보낸 임시 벼슬이 저 안핵사였다. 사람들은 입이 열 개라도 모자랄 형편이었다.

"안핵사가 여게 지방관을 바꾸는 거는 시간문제라 안 쿠나."

"봉기 관련자는 하나도 안 냉기고 모도 처행할 끼라데?"

"머라? 하나도 안 냉기고?"

"죽어 저승에 몬 가는 원혼들이 철철 넘치나것다. 으, 무서버 죽것다."

"인자부텀 밤에는 겁이 나서 몬 돌아댕기것다."

"오데 밤만 그러까이? 훤한 대낮에도 똑같것제."

"아, 낮도 밤도 사람이 있어야 있는 기제, 사람이 없으모 같이 없는 기라."

얼마 안 가 한바탕 크게 휘몰아칠 대학살을 두려워하는 한편으로 아쉬운 감정도 떨치지 못했다. 어쨌든 목에 물 한 방울 넘길 틈도 없을 만큼 저마다 말하기 바빴다.

"유춘계가 이끄는 농민군이 해산해삔 기 치명적인 실수 아이가."

"기다, 기다. 와 흩어져삣는지 모리것다."

"알아도 갤가는 달라질 끼 하나도 없제."

그런 소리들 가운데 좀 아는 듯한 말도 나왔다.

"아이다. 그래도 여러 날 동안 에나 잘 버틴 기라. 생각해보모 기적 아인가베, 기적. 정규군도 아인데……."

"정규군?"

"아, 정규군도 모리는가베?"

상대방을 한번 바라보고 나서 말했다.

"와 안 있나, 나라에 제도적으로 소속돼갖고, 그런께네 머시고, 체계적인 군사 훈련을 받은 군대 말이다."

그 말에 저마다 고개를 끄덕거렸다.

"아! 듣고 보이 그 이약도 딱 일리가 있거마는."

"그라고 나라에서 농민들 주장은 모돌띠리 묵살해삐리고, 그냥 마구재비로 잡아족칠라 쿨 줄은 우찌 알았것노?"

"우리나라 지내간 역사를 함 본다 캐도, 악독한 탐관오리들이 공객대상이고, 임금이나 조정에는 끝꺼지 충성하는 멤을 안 버리는 기 이 나라 백성들 아이었디가."

"와 아이라? 그래서 나라가 오늘날꺼정 맥이 안 끊기고 살아남을 수 있었것제."

잠시 그늘이 드리운 낯빛으로 말들이 없다가 한꺼번에 내쏟았다.

"에나 아깝다, 그자?"

"앓던 이도 빼서 내다버리모 아깝다쿠는 이약도 안 있는가베."

"시방 와갖고 이런 소리 백분 해봤자 아모 소용도 없것지만도, 도로 농민군이 더 세력을 모아갖고 버텼으모 이런 갤가는 안 나왔을 낀데, 에나 억울타."

"내 말이! 그리 몬 한 기 천추, 아니 만추의 한이다 고마."

"유춘계하고 다린 주도자들도 그거를 몰랐것나?"

"알았것제. 와 우리가 시상을 살다 보모 다 알아도 우짤 수 없는 그런 갱우(경우)도 안 있는가베? 어, 가사(가령)……."

누군가 마무리 짓듯 하는 말이 이랬다.

"우리가 모도 짐승을 키워봐서 알것지만도, 여러 마리를 거둘라쿠모 올매나 심들더나. 짐승도 그렇는데 농민군을 계속 모아두는 거는 역부족이었을 끼라, 아마."

그렇게 백성들은 의문과 안타까움, 더 나아가 채 이루지 못한 소망들을 실은 이야기들을 서로 주고받기에 시간 가는 줄 몰랐다.

감영에 소속되어 있는 교방 관기들이 나누는 대화는 젊고 여린 여인들답게 좀 더 애절하고 동정적이었다.

"요분 난리에 가담한 농민 식솔들이 더 몬할 짓이제. 감옥에 갇아뻿으이."

월소 말을 청라가 받았다.

"처자슥들 생각하모 당장 지 발로 관가에 걸어 들어가야 할 끼고, 또 그라모 무신 화를 당할지 모린께 그리도 몬 하고 말이제."

고개를 숙인 채 잠자코 기녀들 이야기를 듣고 있는 해랑의 머릿속에는 두 모습이 함부로 뒤엉켜 사라질 줄 몰랐다. 그 신분을 각각 놓고 볼 때 물과 기름같이 서로 섞일 수 없는 그런 존재들임에도 불구하고 한꺼번에 자리 잡는 그들이었다.

나라의 녹을 먹는 홍우병 목사와 농민군 지도자 유춘계였다.

홍 목사에게는 최고의 중벌이 내려질 것이고, 유춘계는 군중이 많은 시장바닥이나 성 밖 공터 같은 곳에서 효수형을 당할 것이다. 그런 지옥 현장도 다시없을 것이다.

그 생각 끝을 물고 상상조차 하기 싫은 얼굴들이 나타나 보였다. 그들은 좋아라고 마치 환장한 것처럼 날뛰면서 복수의 칼을 싹싹 갈아대고 있으리라. 인정사정없는 것들이기에 그 보복과 횡포는 이루 말할 수도 없을 것이다.

임배봉은 벌써 관아 사람들과 만나 농민들에 대한 정보를 주고 있을지도 모른다. 용케 피해갈 수 있는 사람도 그 때문에 꼼짝없이 걸려들고 말 것이다. 아니다. 실로 억울하게 붙들려가는 사람이 하나둘이 아닐 것이다. 점박이 형제는 천하 제일가는 무법자가 되어, 이제는 누구의 보호도 받지 못하게 돼버린 수많은 농민군의 여자들을 마구 넘보려 들 것이다. 삼족을 거덜 낼 역적의 가족들일 뿐만 아니라 자기들 집을 불태워버린 반란군 식솔이라는 가증스럽고도 떳떳한 명분까지 있지 않은가.

그리고 더 나아가 누구보다도 걱정되는 사람이 바로 비화 언니 부모였다. 유춘계와 친척 된다는 사실을 빌미 삼아서 무슨 처벌을 가하려 들지 모른다. 그렇다면 비화 언니도 꼭 무사하란 법이 없었다. 세상 평판이 썩 좋은 집안이기에 함부로 대할 수는 없을 테지만, 아무튼 눈곱만큼이라도 농민군과 무슨 연고가 있다 싶으면, 보호받을 수 있는 그 어떤 법도 없는 게 현실이었다.

비봉산에서 불어 내려오는 바람이 감영에 딸린 교방의 지붕을 흔든다.

"어, 언니!"

바지런히 갖가지 소식들을 물어 나르는 새끼 기생 효원이, 당장이라도 숨넘어갈 사람처럼 하얗게 질린 얼굴로 관기들 앞에 헐레벌떡 나타났다.

"이, 이리로 와, 와 봐예!"

"……."

효원은 다른 관기들이 눈치채지 못하도록 해랑에게만 들릴 만큼 매우 낮은 소리로 재촉했다. 해랑도 속은 덜컥거렸지만, 겉으로는 아무렇지도 않은 체 가장했다.

그러나 월소와 한결, 청라, 지홍 등은 벌써 무슨 낌새를 알아차리고는 해랑과 효원 둘을 뚫어지게 바라보았다. 그녀들 또한 해랑의 연인 홍 목사에게 당장 어떤 처벌이 내려질지 크나큰 걱정과 비상한 관심을 갖고 있었다.

해랑은 따가운 그녀들 시선을 모른 척하고 일부러 천천히 효원의 뒤를 따라 방을 나섰다. 효원은 비봉산이 올려다 보이는 교방 뜨락 한쪽 귀퉁이에 서서 해랑이 가까이 다가오기를 기다리고 있었다. 꺾여 돌아간 담장 가까이 노송이 허리 구부정한 수형으로 불안하게 서 있는 곳이었다. 요즘은 모든 사물들이 그처럼 힘겨워하고 있는 것같이 비치고 있었다.

"그, 그래, 알아봤디가? 우, 우짠다 쿠, 쿠데?"

해랑은 말이 제대로 되지 않았다. 효원도 마찬가지였다.

"어, 언니 시, 시키신 대로 아, 알아본께 말입니더."

"알아본께?"

껍질이 갈라 터져 거북 등을 연상시키는 노송이 가는귀먹은 늙은이처럼 잔뜩 이쪽에 청각을 세우고 있는 듯했다.

"조정에서 내, 내리보낸 안핵사하고 선무사가, 하, 할라는 처벌은……."

선무사는 난리라든지 큰 재해 등이 났을 때 민심을 가라앉히고 주민을 안정시키기 위해 왕명을 받고 파견된 관리였다.

"처벌?"

해랑은 당장 달려들어 효원의 복장이라도 쥐어뜯을 기세였다.

"우, 우찌 처, 처벌한다 쿠던데?"

그 모습이 영락없이 광녀 아니면 악녀였다. 효원은 추위를 몹시 타는 어린 새처럼 작은 몸을 덜덜 떨었다. 목소리는 더 떨렸다.

"고마 파직시키삐거나, 아이모 귀양 보낸다 안 쿱니꺼?"

효원은 커다란 두 눈 가득 두려움과 걱정스러운 빛이 출렁거렸다.

"젤 낮은 처벌이, 고, 곤장 갖고 다스리는 기고예. 언니, 우짭니꺼?"

해랑은 넋 나간 표정으로 효원의 말을 되뇌었다.

"파직, 귀양……."

그 소리는 뇌옥에 갇혀버린 죄인처럼 거기 담장을 넘지 못하고 뜨락 안에서만 맴돌고 있는 듯했다. 정말이지 모든 것에서 훌쩍 벗어나고 싶은 게 그즈음 해랑의 심경이었다. 효원이 더 참지 못하고 물었다.

"목사 영감은 우, 우찌 되꼬예?"

해랑이 잘 손질된 정원 잔디밭에 눈을 박은 채 울먹이는 목소리로 대답했다.

"최, 최고 중벌을 안 내리것나."

거대한 붓으로 단숨에 그은 커다란 한 개의 획처럼 보이는 흰 구름이, 객사가 있는 곳의 북쪽 하늘에서 성곽이 자리하고 있는 남쪽 하늘로 길게 이어져 있었다.

"그, 그라모 과, 관직에서 쪼, 쫓기나거나 귀, 귀양 간다, 그런 이약이라예?"

아직 나이가 한참 어린 효원은 그 정보를 자기가 전해주고도 도저히 감당치 못하는 기색이 역력했다.

"우, 우째예? 우째예, 언니?"

"흑."

해랑은 급기야 더 참지 못하고 울음을 터뜨렸다. 꿈이 되살아났다. 벌써 여러 날 동안 똑같은 꿈에 시달려오고 있었다. 무채색인 흰옷을 입은 홍 목사가 혼자 어디론가 한없이 가 보이는…….

'목사 영감은 귀양살이를 할 끼 틀림 안 없나.'

하얀 갈매기가 지친 날개로 날고 파도소리만 가없이 철썩대는 쓸쓸하고 외딴 섬에 혼자 유배되어 먼 수평선을 하염없이 바라보고 있는 홍 목사 모습이 눈앞에 그려졌다. 거기 바닷가에는 줄이 모조리 터져나가고 형편없이 망가진 가야금 하나가 물살에 휩쓸려가고 있다.

'아, 도로 파직이 되모, 운젠가 영감이 내한테 말씀하신 거맹캐, 깊은 산골에 둘이 같이 들가서 이름 없는 농사꾼으로 살아갈 낀데.'

하도 궁금하여 방에만 그대로 눌러앉아 있을 수가 없어서일까, 기녀들이 한꺼번에 우 바깥으로 몰려나왔다. 그녀들은 해랑과 효원의 얼굴 위에 번질거리는 눈물 자국을 보고 하나같이 침통한 빛으로 말을 잃었다. 모두가 친동기 이상의 끈끈한 정으로 생활해오고 있는 사람들이다.

"해랑아, 우짜것노?"

한참 후에 맨 먼저 입을 연 사람은 한결이다.

"인자사 하는 소리지만도, 내도 알아봤는데 안 있나."

그녀는 늘 입버릇처럼 얘기하는 '한결같은 사랑'을 말하듯 했다. '한결같은 세상'이 아닌 세상에 살면서 그러기는 너무나 힘들고 어려울 텐데도 그랬다. 그곳 교방 관기들 중에서 가장 기녀라는 신분과 거리가 먼 사람을 뽑아보라면 단연코 한결일 것이다.

"그래도 목심을 거두지는 않을 모냥이데. 그거만 해도 올매나 큰 다행이고. 그러이 더 안 좋은 데다가 비하고……."

언제나 꽃향기 비슷한 냄새가 풍기는 그곳이 지금은 어쩐지 피 냄새가 감돌고 있는 것만 같았다.

"그라이 니 우짜든지 큰 멤 묵어라."

영봉이 그녀 특유의 약간 쉰 목소리로 말했다.

"그런께 말이제. 사람은 안 죽고 살아만 있으모, 운젠가는 또 안 만내것나. 그때를 위해 우떻든 간에 니 몸도 생각함시로 기다리야제."

그녀 딴에는 위로해 주느라고 무진 애를 썼다. 다른 관기들에게도 같이 나서 달라며 눈을 끔벅거렸다.

"해랑이 니 멤이 문제제, 홍 목사는……."

그러나 해랑의 귀에는 그 누구의 그 어떤 소리도 들어오지 않았다. 차라리 그가 죽고 나도 따라 죽어버리면 살을 저미는 이 고통, 이 슬픔은 없을 게 아닌가? 그래, 죽음이 모든 것을 사라지게 할 수만 있다면 기꺼이 두 팔 벌려 맞이하고, 버선발로 달려가 꽉 껴안아 버리리라.

그때다. 비봉산 기슭의 우거진 대숲으로부터 날아온 걸까? 큰 몸집과 작은 몸집을 가진 산비둘기 한 쌍이 교방 뜰 가장자리에 자라는 오동나무 가지에 와서 앉더니 구슬피 울기 시작했다. 예전에 조상들이 딸을 낳으면 심는 나무가 오동나무라던가. 하지만 그 여식이 기생이 될 줄을 미리 안다면 그 나무를 심을 사람이 몇이나 될까? 아니, 이미 심었던 오동나무도 모조리 베어버릴 것이다.

'구구, 구구.'

기녀들은 그 힘든 자리에서 눈 둘 곳을 찾았다는 듯 너나없이 목을 길게 빼고 새들을 올려다보았다.

'구구구, 구구구.'

목을 빙 두르고 있는 검은 띠무늬를 빼면 몸 전체가 회갈색이다. 밭의 곡류나 잡초의 씨를 먹기도 하고 곤충을 잡아먹기도 하지만, 어쩌면 새들은 모두가 저렇게 아름다울까? 그런데 슬퍼 보이는 건 또 왜일까?

짝을 잃은 것도 아닌데, 그 미물들이 저토록 서러운 소리로 울어대는 까닭을 모르겠다. 해랑은 속으로 오열을 터뜨렸다.

무정한 게 시간이다.

언제부터인가 온 천지를 뒤흔들어대던 언가 〈이 걸이 저 걸이 갓 걸이〉 노래는 조금씩 사라져가고 있다. 그 여운조차 스러지고 난 후면 세상은 언제 그런 일이 있었던가 하고 무심한 얼굴을 보이게 될 것이다. 남강에 조약돌 한 개 풍덩 던져 일어난 파문이 이내 사라지듯 말이다. 설마 그렇게까지 되겠냐마는 바로 그게 세상인심이었다. 사람의 마음만큼 간사한 건 없다고 했다.

일부 강경파 초군들은 여전히 흩어지지 않고 산발적인 항쟁을 이어가고 있었지만, 그렇게 엄청난 일을 벌여놓고 해산부터 해버린 농민군 처지는 바람 앞의 등불이었다. 한 치 앞이 그냥 가파른 벼랑 끝이었다. 더군다나 그 상처가 아물기까지에는 앞으로 얼마나 많은 '세월의 약'이 있어야 할 것인가? 아니, 영원히 치유할 수 없는 상처일지도 모른다.

나라를 믿은 순박해 빠진 어리석음과 자만에 찬 지도부의 느슨함에서 빚어진 결과였다. 그게 아니라면 또 다른 어떤 원인에서 비롯된 결과이든, 농민군이 해산한 후 세상은 새로운 공포와 경악의 도가니에 휩쓸리기 시작했다. 아니, 기존의 시간과 공간은 소멸되고, 여태 겪지 못했던 새로운 시간과 공간이 다시 생성되고 있었다. 그러니 사람들이라고 다를 수 있겠는가?

그 모든 대변화의 가장 중심부에는 저 안핵사 배수규가 있었다. 농민 항쟁의 불길이 조금 가라앉기 무섭게 조정에서 파견한 그는, 서슬 시퍼런 칼날을 있는 대로 휘두르기 시작한 것이다. 산도 베고 강도 벨 수 있는 칼이었다.

안핵사 배수규. 얼음장과도 같이 냉정하고도 하나에서 열까지 빈틈이 없는 그는, 공무를 수행함에 피도 눈물도 없는 무서운 자였다. 임금의 신임이 두터워 그 정도의 높은 직책을 받으려면 어설픈 피와 눈물이 있으면 불가능할지도 모르는 게 인간 세상인지도 알 수 없다. 어쨌거나 그의 행동은 비호처럼 날랬고 황소같이 밀어붙이는 힘이 있었다. 모든 것은 사람들 상식보다 앞당겨져 이뤄졌다.

"머시라? 농민군을 이끈 주모자들이 시방 속속 잽히가고 있다꼬?"

"유춘계를 비롯한 지도부 사람들을 모도 체포해서 감옥에 갇아놨다 안 쿠나."

"딴 사람은 몰라도 유춘계만은 무사할 줄 알았더이."

"허, 모리는 소리 다 한다?"

"머라꼬? 모리는 소리?"

"하모, 몰라도 한참 모리는 소리 아이가? 머리가 있으모 함 생각해 봐라꼬."

"참, 사람이 말을 해도…… 시상에 머리 없는 사람이 오데 있노?"

"말이 그렇다 쿠는 기지, 오데 뜻이 그렇다 쿠는 기가?"

얼핏 말장난으로 들리지만 지금 그렇게 받아들이는 사람은 하나도 없다. 무슨 소리든 다 심각하고 위중하게 다가온다.

"우쨌든 간에 최고 주동자가 우찌 무사할 끼고?"

"딱 맞는 이약이다. 맨 먼침 잡아쥑일 사람 아인가베."

"허개이가 모가지를 싹 베것제?"

"오데 모가지만 베까?"

"모가지만 안 베모?"

"사지를 쫙쫙 찢어갖고 쥑일 낀데."

그러다가 엉뚱한 것으로 시비가 걸리기도 하지만 화해도 금방 한다.

"하이고, 인자 고만해라, 고만해."

"말은 지가 먼첨 꺼내놓고?"

그렇게 서로 말싸움이라도 하지 않으면 심장이 터져 하루도 살지 못할 것 같은 세상의 한가운데에 속수무책으로 내던져진 사람들이었다.

"먼첨 꺼내든 난주 꺼내든 그기 머시 중요하노?"

"하기사 중요한 거는 내용이 맞다, 순서가 아이고."

또 무어라 한참 말을 주고받은 후에 하나같이 한숨이다.

"후우, 인자 진짜 고만하자."

"알것다. 죽은 할배가 와서 시키도 안 할 끼다."

"그나저나 꿈속에서 또 이런 이약 나오모 안 될 낀데. 자다가 너모 놀래서 급살맞을랑가도 모린다 아이가."

이야기를 멈추고 나서도 고을 백성들은 저마다 치를 떨었다. 지독한 고문을 이기지 못해 벌써 죽은 농민군 원혼들이 떠돈다는 섬뜩한 풍문까지 나돌았다.

"이마에 흰 수건을 딱 매고, 양손에는 대나모창하고 몽디이를 들고 있었는데, 그림자가 없더라 안 쿠나."

"그, 그림자가 없었다꼬? 으, 무시라."

"인자부텀 밖에 나와서는 안 되것다. 집 안에 꼭꼭 숨어 있어야 안 하나."

"구신은 오데든 다 갈 수 있다 쿠는데, 집 안이라꼬 안전하까?"

항상 치맛자락에 화사한 봄바람을 일으키는 관기들이 모여 있는 교방에도 차가운 냉기가 몰아닥치기는 마찬가지였다. 세상은 다른 여지는 없고 하나로 귀결되는 성싶었다.

거기 기녀들의 춤도 귀신 춤처럼 보였고, 노래도 귀신 노래처럼 들렸다. 모든 것이 죽은 것 같았다. 움직이는 것도 죽은 듯했고, 움직이지 않는 것도 죽은 듯했다. 기녀들이 켜는 악기가 손을 대지 않았는데도 저 혼자 소리를 내기도 했다는 섬뜩한 괴담마저 생겨났다. 한마디로 한 맺힌 유령들이 사는 고을이라고 해야 할 것이다.

"유춘계를 포함해갖고 열댓 맹이나 되는 주동자들이 시방 행옥(형옥)에 구금돼 있다쿠는 기라. 농민들을 위한다꼬 그리 쎄빠지거로 애써쌌는데 우짜것노?"

월소가 예쁜 얼굴을 찡그리며 말했다.

"임진년 전쟁이 끝난 후에 우뱅사 최염이 증축한 저게 행옥 안은 말도 몬 하거로 에나 무시무시하다 쌌던데……."

청라가 몸을 부르르 떨었다.

"그 감옥이 생기고 나서 말이제, 요새만치 죄인들을 짜다라 잡아 가둔 적도 없었다 글 쿠더라."

정선이 두근거리는 가슴에 손을 갖다 댄 채 얘기했다.

"죄수들 목에 씌우고 손발에 채우는 행구(형구)도 여러 가지라꼬 안 들었는가베. 칼도 있고 수갑, 족쇄도 있다쿠던데, 그런 거 몸에 붙거로 딱 채우고 있으모 올매나 답답하꼬? 오데 살이 간지러븐 데가 있어도 간질지도 몬할 끼라."

한결의 두 눈에는 눈물이 글썽거렸다.

언제나처럼 기녀들 대화를 묵묵히 듣고 있는 해랑의 마음은 천 갈래 만 갈래로 갈라지고 찢어졌다. 비화 언니의 아저씨뻘 되는 유춘계는 가장 중죄인의 형구를 목에 쓰고 손발에 채우고 있을 것이다. 고문은 얼마나 당했을지.

"뇌옥 안에는 교수행을 행하는 데도 있담서예?"

효원이 잔뜩 겁먹은 눈으로 물었고, 누군가 겁먹은 소리로 답했다.

"내도 잘 모리것다. 염라당인가 머신가 하는 기 있다꼬 들은 거도 겉고……."

염라당. 그 이름만 들어도 절로 몸서리가 쳐졌다. 대체 누가 그런 이름을 지어 붙였는지 알면 달려가서 어서 개명改名을 하라고 말하고 싶었다.

해랑과 효원 모두 어릴 적에 염라대왕에 대해서 들은 기억이 있다. 지옥에 산다고 했다. 18명의 장관과 8만 옥졸을 거느리고 있으며 죽어 지옥에 떨어지는 인간의 생전의 선악을 심판하고 징벌한다고 했다. 그렇다면 살아 있는 인간을 지옥같이 벌주는 곳이 저 염라당 아니겠는가?

그뿐일까? 농민군에 대한 마무리가 되는 대로 홍 목사를 비롯한 관원들에 대한 처벌도 속속 행해질 것이다. 불어오는 바람 끝에는 벌써 뼈가 녹고 살이 타는 역한 냄새가 물씬 풍기는 것 같았다. 저녁놀도 그렇지만 아침놀도 속을 막 울컥거리게 하는 피비린내를 담고 있는 듯했다. 놀빛을 온몸에 받으며 날아가는 새들의 날갯짓은 어째서 그리도 아프고 고단한 몸짓으로 비치는지.

어느 날이었던가? 지금은 기억에도 아슴푸레한 날, 홍 목사는 느닷없이 해랑에게 저 대사지 이야기를 끄집어냈다. 무슨 다른 대화를 나누다가 기습처럼 그랬다. 해랑은 그가 모든 것을 알고 짐짓 그녀 마음을 떠보기 위해 그러는 게 아닌가 여겨져 간담을 졸였다. 그럴 리는 없다고 생각하면서도 불안감과 자괴심에서 벗어나지 못했다.

"나는……."

그는 사랑을 고백하는 소년처럼 보였다.

"해랑이 널 보면 저 대사지 연못에 피어 있는 연꽃이 곧잘 떠오르는구나."

"영감."

그의 얼굴에 씌어 있었다.

'해랑이 넌 연꽃 중에서도 가장 아름다운 연꽃이다.'

하지만 그런 성격의 이야기는 언제나 그래왔듯이 그 정도 선에서 그쳤다. 그리고 많은 서책 중에서도 특히 역사와 관련된 서책들을 가까이 하는 그의 입에서는 이번에도 그런 종류의 소리가 나오기 시작했다. 그 또한 홍 목사는 해랑을 관기가 아니라 고관대작의 고명딸처럼 대해주고 있다는 증거였다.

"삼국유사에 신기한 이야기가 전해지고 있더구먼."

'그 오래된…….'

해랑의 눈에 홍 목사가 삼국시대 사람처럼 비쳤다. 아무래도 그는 미래보다도 과거에 더 비중을 두고자 하는 사람이었다. 저러면 좀 더 높은 벼슬자리로 나아가는데 불리할 수도 있을 텐데. 그런 생각이 들었지만 해랑은 전혀 그런 내색은 하지 않았다.

"삼국유사, 에나 옛날 이약을 담은 좋은 서책 겉사옵니더."

언젠가는 그 책에 나와 있다며 무슨 사랑이야기도 가만가만 들려주었다. 해랑이 그의 베개를 챙기고 이부자리를 펴주는 날도 그런 이야기가 흘러나오는 날이었다.

"원래 그 연못은 별로 크지 않았다고 하지."

해랑은 지금 그녀가 앉아 있는 방이 연못 한가운데 있는 정자 같다는 착각이 일었다.

"난데없이 잉어 대여섯 마리가 생겨나더니만 점점 몸통이 커지더라는 거야."

"아, 각중애 생긴 잉어들이 또 그리?"

아무리 비현실적인 내용이라 할지라도 일단 홍 목사 입을 한 번 거쳐 나오게 되면, 해랑 마음에 그것은 지극히 현실적으로 투명하게 다가오곤 하였다. 그만큼 그를 향한 신뢰와 애정의 끈이 아주 튼실하다는 증거였다. 그리고 그것은 그녀의 불행과 비극을 자초하는 결과로 나타날 것이었다.

"더 희한한 일은……."

홍 목사는 이야기 효과를 높이기 위할 양으로 무언가를 골똘히 생각하는 모습으로 잠시 사이를 두었다가 말을 이었다.

"그 잉어들이 커지면서 연못도 따라서 커졌다는 게야."

그때쯤 해랑은 기억해내었다. 그녀가 아직 한참 어렸던 시절, 아버지 용삼의 손을 잡고 대사교 위를 걸어가면서 들었던 대사지의 유래를.

촛대에 꽂혀 있는 황초의 불빛을 받아 벽에 비친 홍 목사 그림자가 옛날이야기 속에 등장하는 그림자 사람을 방불케 했다. 그리고 그 옆에 있는 음영의 주인은 해랑이 아니라 옥진이었다.

"아, 우찌 그리 신기한 일이?"

"그 대사지는 오늘날……."

그런데 그 이야기를 처음 듣는 것처럼 꾸미는 중에도, 해랑은 점박이 형제 얼굴에 박힌 검은 점들이 점점 커지는 환영에 하마터면 비명을 지를 뻔했다.

창밖의 모든 사물에는 어둠이 점박이 형제의 점처럼 찍혀 있는 밤이었다. 아니, 방에도 촛불이 밝혀주고 있는 부위를 빼고는 나머지 전체를 온통 크고 검은 점들이 점령하고 있었다.

그냥 겉으로 보면 일반 민가처럼 둥그런 원옥이다.

하지만 지름이 대략 구십 척尺 정도 되는 그 속에는, 그 형옥이 만들어진 이후로 가장 많은 죄인들이 투옥돼 있다.

비록 옥담 높이는 한 길, 폭은 석 자, 그 정도밖에 되지 않지만, 거기 갇혀 있는 죄수들 눈에는 쇠로 만든 항아리로 둘러싼, 이른바 철옹성보다 훨씬 높고 튼튼해 보일 것이다. 인간이 만들었지만, 인간의 힘으로는 도저히 넘을 수 없는 벽. 날개 달린 것도 날아들 수 없는 곳.

지금 그 형옥 속에서도 가장 깊고 으슥한 곳에 농민군 주동자들이 줄줄이 감금되어 있다. 철통같은 경비에 공기마저도 차단된 듯하다. 특히 유춘계가 투옥된 곳은 더한층 경계가 삼엄하다. 귀신마저 마음대로 드나들 수 없을 것이다.

항쇄족쇄가 그의 온몸을 단단히 잡죄고 있다. 목에는 칼이 씌워지고 발에는 쇠사슬과 차꼬가 채워졌다. 춘계는 긴 두 개의 나무토막으로 두 발목을 고정해 자물쇠로 채운 차꼬가 무엇보다 견디기 힘들었다.

그러나 그보다도 더 참기 어려운 게 끝도 없이 떠오르는 얼굴, 그의 어머니 얼굴이었다. 일찍이 홀몸이 되어 장남인 그를 남편처럼 믿고 의지해가며 힘겹게 살아온 어머니. 그 가슴에 쾅쾅 대못을 박다니 세상에 춘계 자신만큼 큰 불효자도 없었다. 하늘나라로 가신 아버지도 노발대발, 그 자식이 올라오기만을 벼르고 있는지도 모른다.

'아아, 시방 어머이는 혼자서 올매나 괴로버하고 계시까.'

그러다가 춘계는 부자유스러운 목을 흔들었다.

'내가 자꾸 무신 생각만 해쌌고 있는 기고?'

살갗을 뚫고 뼛속까지 스며드는 음습한 냉기에 혼마저도 마비가 되어 가고 있다는 것인가? 온전한 정신이라면 이럴 수가 없는 것을.

'오데 내 하나만 그렇것나 말이다. 내를 믿고 항쟁에 나섰던 모든 사람들 집안 식구들도 마찬가지 아이것나.'

농민운동에 아까운 청춘을 저당 잡힌 한화주와 송원아 모습이 떠올랐다. 화주도 지금 여기 어딘가에 갇혀 있을 것이다. 원아 처녀는 어떻게 하고 있을까? 화주가 체포되기 전에 관아에 잡혀온 적이 있었다고 들었는데.

'아아, 내 지은 죄가 증말 한량없거마. 죽어서도 용서받지 몬할 영혼인 것을.'

어둠침침한 뇌옥 천장으로부터 수천수만 개의 뾰족한 창살이 한꺼번에 내리꽂혀 그의 몸을 작살 내버렸으면 했다. 그곳에 불이 나서 만백성에게 중죄인인 이 한 몸 흔적도 없이 타버렸으면 여한이 없겠다.

'성공도 몬 할 일을 무담시 일으키갖고, 애먼 처녀 총각만 몽달구신 처녀구신 맨들기 안 생깃나.'

춘계는 억지로 그들 모습을 뇌리에서 지웠다. 하지만 그것도 잠시, 기다렸다는 듯이 그 빈자리에 얼른 들어와 앉는 또 다른 얼굴. 춘계는 백 번 사죄하는 심정으로 그 얼굴을 향해 말했다.

'미안하요, 미안하요.'

이번에는 천필구다. 그도 이곳에 감금돼 있을 것이다. 화주도 그렇지만 솔직히 그가 더 큰 걱정이 된다. 그 불같은 성깔을 참지 못하고 쇠로 만든 울타리 안에 갇힌 맹수처럼 포효하고 있을지도 모른다. 그러다가 옥리들에게 무자비하게 집단 구타를 당했을 수도 있다. 대역죄인들을 감시하는 그 아전들이 어디 조금이라도 아량을 베풀 자들인가?

'그의 식솔들은 또 우찌할꼬?'

천필구에게는 착해빠진 아내와 어린 아들이 있다는 사실도 알고 있다. 비록 배우지 못한 무지렁이지만 서책에 파묻혀 산 선비보다 의협심이 강하고 혈기 넘치던 그를 이제 두 번 다시는 만나지 못할 것이다. 대장군이 되어 만천하를 호령할 수도 있을 그 우렁우렁한 목소리도 너무나 듣고 싶다.

'그라고 또…….'

다음으로 생각나는 게 서준하와 방석보다. 역시 아깝기 그지없는 동지들이다. 항상 깊은 우물처럼 사려 깊던 준하, 농투성이답지 않게 귀골풍인 석보. 그들은 필구나 화주보다도 몸이 약한 탓에 이미 반쯤 목숨줄이 끊어진 상태일 것이다. 약 한 첩 제때 써보지 못한 채 조금씩 사위어갈 생명들이었다.

아마도 안핵사 배수규는 그들 넷을 농민 대표로 지목할 것이다. 확실하다. 그렇게 되면 그들은…… 그들은…….

언젠가 그들과 함께 멀리서 이곳 형옥을 바라보며 이야기를 나누던 일이 무척 아스라한 꿈속의 일처럼 느껴진다. 그래, 꿈이었던가?

그날, 고려 신종 당시 이 고을에서 일어났던 노예의 난을 혼자 떠올리며 불길한 예감에 전신을 떨기도 했지만 이렇게 무기력하게 무너질 줄은 몰랐다. 농군들 한 사람 한 사람 사정을 너무 헤아렸고, 무능해 빠진 조정이라고 얕본 게 실수였다면 어쩔 수가 없겠지만. 그래도 정녕 원억寃抑하고 아쉬웠다. 아, 결국 이 모든 결과는 하늘의 뜻이런가.

'김민준, 이기개, 박임석, 그들도 잠 한숨 몬 이루고 있것제.'

그들 모습도 뇌옥 나무 창살 위로 하나하나 떠 오른다. 그중 누구 한 사람인들 버리랴. 내 몸보다도 더 소중하고 귀한 그들인 것을.

'하기사 잠이 다 머꼬. 숨도 쉬기가 에려블 끼라.'

본디 양반 신분임에도 불구하고 농민을 위해 함께 나서주었던 고마운 이들이었다. 어디 그렇게 하기가 쉽겠는가 말이다. 물은 낮은 곳을 다 채우고 나서야 다시 흐른다는 그 말, 몸소 그것을 실천한 그들이야말로 물 중에서도 가장 맑고 깨끗한 물이다.

'그란데 내가 우짜다가 그 좋은 사람들을?'

춘계는 가슴을 마구 찧고 싶었다. 혀를 콱 깨물어 죽고 싶었다. 하지만 그럴 순 없었다. 그렇다. 비겁한 죽음을 보여서는 안 된다. 용장勇壯하고 의열義烈한 모습으로 최후를 맞이해야 한다. 마지막 그 순간까지 우리 농민군이 폭도가 아니라는 사실을 만천하에 잘 입증해 보이면서 떠나가리라. 농민반란이 아니라 농민운동, 농민항쟁이라는 것을 알리고 돌아서리라. 후대의 사학자들로 하여금 그것은 참으로 값어치 있고 당당한 것이었노라고 하는 기록을 남기게 하리라. 그게 죽음을 앞둔 내게 주어진 마지막 책무이리라.

'살아 이루지 몬한다모 도로 죽어서…….'

그러나 아쉬움과 후회가 더 앞서는 것은 어쩔 수 없었다. 결코, 돌이킬 수 없는 일이지만 자신이 맨 처음에 계획한 대로 끝까지 농민군을 해산시키지 말았어야 마땅했다. 이렇게 비굴하고 참담한 몰골로 갇혀 있느니 차라리 정정당당하게 맞서 싸우다가 장렬하게 죽는 편이 백번 나았다. 아무리 급조急造된 초군이 정규군은 아니라 해도 죽기 살기로 버텼다면 상황은 어떻게 변했을지 모른다.

그때다. 뇌옥 창살 저쪽으로 웬 사람들 그림자가 어른거린 것은. 빛이 들어오지 못하는 탓에 시야는 그저 흐릿하기만 했다. 처음에 춘계는 그것이 귀신들의 그림자라고 보았다. 저승사자가 데려가려고 온 것이라고 믿었다.

'드디어 나타난 기가?'

춘계는 턱, 숨이 멎는 듯했다. 이왕 끝난 목숨 마지막까지 사내대장부 기상을 잃지 않고 꿋꿋하게 행동하리라 굳게 다짐했었다. 하지만 그 순간만은 산발한 귀신처럼 제멋대로 풀어 흩뜨려진 머리털이 거꾸로 곤두서는 느낌은 어쩔 수 없었다.

춘계는 실소했다. 때때로 사람은 삶 앞에서는 죽음을 선택하기도 하지만, 죽음 앞에서는 삶을 포기하지 못하는 존재가 아닌가 했다.

"듣거라!"

이윽고 지옥 끝에서 들려오는 것 같은 소리가 어둠침침한 뇌옥을 울렸다. 그것은 예리한 칼이나 창처럼 사람 몸을 찔렀다.

"대역죄인은 듣거라!"

"……."

"안핵사 배수규 나리시니라!"

"……."

장졸 가운데 가장 우두머리로 보이는 거구의 사내가 아주 우렁우렁한 목소리로 외쳤다. 그 음성이 자칫 필구가 아닌가 하고 생각될 정도였다.

그러나 결코 아니라는 것을 춘계는 확신하고 있었다. 설혹 왕좌에 앉혀준다고 할지라도 변심하여 생사를 함께하기로 했던 동지들을 배반할 그가 아님을 누구보다도 잘 알고 있었다.

'아모리 마즈막 순간을 눈앞에 둔 처지라 캐도 우찌 그런 망발된 상상을?'

육신이 물먹은 솜같이 처져 내리는 춘계는 속으로 그렇게 자신을 나무라면서 가까스로 얼굴을 들었다.

"보아하니 그다지 미련스럽게 생기지는 않았거늘……."

끌끌 혀를 차는 배수규는 단신이지만 탄탄한 체격이었다. 비록 우렁차게 들리는 목청은 아니었지만, 어딘가 듣는 사람을 제압하는 힘이 느껴지는 자였다.

"본디 양반 출신이라고 들었거늘……."

"……."

그는 그게 제일 마음에 걸리면서도 화가 나는 모양이었다.

"어찌하여 이치에 어둡고 어리석은 무지렁이들과 한데 어울려 그토록 무지몽매한 짓을 저질렀단 말인고?"

"……."

그의 말은 스러질 줄 모르는 메아리처럼 계속해서 형옥 안 여기저기 부딪쳤다. 극히 순간적이지만 그곳이 골짜기나 산속 같은 기분이 일게 했다.

"감히 민란을 주도한 역적이란 낙인이 찍혀……."

그는 자신이 더 가슴이 막히는지 크게 숨을 몰아쉬고 나서 말했다.

"역사에 영원히 치욕스러운 이름자를 남겨야 한다는 사실을 아느냐?"

그러자 기진맥진하여 개개 풀려 있던 춘계의 충혈된 두 눈이 번쩍, 빛을 발했다. 그의 눈이 귀신의 눈 같았다. 그는 귀신 들린 사람처럼 말했다.

"저 봉건적인 수탈구조에 과감히 맞서서 싸우다가 이롭거로 죽어간 농민항쟁의 지도자로 기록될란지 누가 알것소?"

그러자 수규는 실로 어처구니없는 모양이었다.

"뭐라? 농민항쟁의 지도자?"

춘계는 기력이 쇠잔한 탓에 자꾸만 아래로 처지려는 고개를 간신히 들고 그를 노려봤다.

"그렇소이다."

춘계 목소리는 비록 차갑고 습기 찬 형옥 바닥을 맴돌고 있었지만 조금도 꿀리는 구석이 없었다.

"하하핫!"

수규는 그 안이 왕왕 울리도록 크게 한 번 웃고 나서 감탄조로 말했다.

"배포 한번 좋구나!"

빗지 아니하여 더부룩한 춘계의 덩덕새머리를 내려다보며 말했다.

"사내대장부다운 그 기상이 마음에 드는도다."

"……."

잠시 무슨 상념에 잠기는 표정이던 수규는 이런 주문을 했다.

"내게 하고 싶은 말이 있으면 해 보라!"

"……."

안핵사를 수행하고 있던 장졸들이 얼굴을 마주 보았다.

"하고 싶은 말……."

춘계가 곱씹었다.

"그렇다. 무슨 말이라도 좋다."

수규가 확인시켜주었다.

"말하것소."

춘계 목소리에 강한 힘이 실렸다.

"요분 거사는 모도 이 유춘계 혼자서 계획한 것이오."

수규가 표정을 일그러뜨리며 물었다.

"그래서?"

춘계는 무고죄로 사람을 다스리지 말라고 경고했다.

"다린 사람들은 아모 죄가 없소."

수규는 옹위하듯 자기 뒤에 서 있는 수행원들을 돌아보았다.

"뭐라?"

춘계는 검붉은 핏물로 범벅이 되어 있는 부르튼 입술을 열었다.

"그라이 그들을 다 풀어주시오."

곳곳에 서려 있는 어둠이 머리를 치켜드는 것처럼 보였다.

"역당逆黨들을 풀어주라고?"

수규 음성에 작두 같은 날이 섰다. 으스스한 공기가 몰려드는 분위기였다.

"어리석은 놈!"

춘계가 어둑한 속에서 흰 이빨을 드러내며 씩 웃었다. 그 모습이 왠지 보는 사람 간담을 쓸어내리게 했다. 그는 거의 억양 없는, 그래서 어떻게 들으면 아무런 감정도 느껴지지 않는 목소리로 말했다.

"내가 그런 줄 인자 알았소?"

수규는 짐짓 실망이 크다는 목소리로 가장했다.

"무지렁이든 말든 그 많은 농사꾼들을 선동해서 사고를 일으킨 작자라기에 좀 똑똑한 줄 알았더니……."

습기가 차오르는 뇌옥 바닥을 가죽신에 감싸인 발로 쿵쿵 소리가 나게 밟았다.

"알고 보니 그 미련스럽기가 돼지와 진배없구나!"

"틀린 말씀은 아니오."

춘계는 코웃음을 쳤다.

"맞소. 하지만도 농사꾼들이 애터지거로 지이 놓은 농작물을 벌로 마구 파헤치서 물고 가는 멧돼지는 아이요."

수규는 그를 쏘아보는 춘계의 시선을 맞받으며 물었다.

"그건 벼슬아치들 얘기더냐?"

"……."

수규는 씁쓸한 웃음을 짓고 나서 무슨 기밀을 들려주듯 했다.

"이번 반란의 주동자급으로 파악된 백 십여 명에 대한 명단과 죄상을 소상하게 작성하여 비변사에 보고했느니라."

비변사備邊司는 당시 군국軍國의 사무를 맡아서 처리하던 관아였다.

"그라모……."

핏기라곤 찾을 수 없어 흡사 허연 고무를 둘러쓴 것 같은 춘계 얼굴에 야릇한 웃음기가 떠올랐다. 그것은 얼핏 괴기스럽기까지 했다.

"이 유춘계는 사행(사형)에 해당되는 1급 죄인으로 보고했것소. 흐흐."

수규는, 그러면 그렇지! 하는 표정이 되었다.

"왜 이제 겁이 나느냐?"

"……."

춘계 얼굴을 뚫어지게 응시하며 재차 확인하려 들었다.

"두려운 것이냐?"

"……."

낮은 소리로 웅성거리는 수행원들. 어둠의 빛이 약간 허물어지는 분위기다.

"하긴 무섭겠지."

"……."

"후회하는 마음이야 더 말할 필요도 없을 테고."

수규는 그 심정 충분히 이해가 된다는 투였다.

"아암, 나라도 마찬가질 게야. 1급 죄인의 말로가 어떻다는 것을 생각하면……."

그 말이 끝나기도 전이었다.

"아이요. 영광이요."

춘계가 자유스럽지 못한 몸을 앞으로 수그리며 수규 말을 막았다.

"고맙소, 안핵사 나리!"

"고맙다고?"

"이 미천한 눔한테 그런 광영을 누리거로 해주시서……."

"광영이라고?"

독한 술을 들이켠 사람처럼 벌겋게 변한 수규 얼굴에 매서운 냉소가 스쳐갔다.

"1급 죄인은 여러 명이다. 핵심 주모자들은 모두 1급으로 분류했느니."

"모도 1급!"

춘계가 있는 힘을 다하여 고함쳤다.

"그기 무신 소리요? 내 말고는 아모도 쥑이모 안 되는 기요!"

수규는 소름 끼칠 만큼 차갑고 낮은 목소리로 나왔다. 역시 예사 인물은 아니었다.

"감히 관아를 점령하여 관리들을 함부로 죽인 죄가 얼마나 큰지를 아직도 모르고 있는 모양이구나!"

입가에 일그러진 미소를 띠었다.

"집돼지든 산돼지든 그 정도는 잘 알 수 있을 것이거늘, 앞으로 일이 돌아가는 것을 지켜보면 참으로 재미있겠군.

춘계는 비난과 분노가 뒤섞인 음성이었다.

"진실로 처행을 당해야 할 자들은, 심도 없는 농민들을 수탈한 탐관오리들이라쿠는 거를 우찌 모리요?"

수규도 다시 조롱하는 투로 나왔다.

"이번 민란에 연루된 자들의 후손은, 족보를 위조하여 자기 본래의 신분과 가계家系를 모두 바꾸고는, 세상이 알세라 그저 쉬쉬하면서 살아가게 될 것이니라."

춘계는 어린아이 가르치듯 했다.

"모리시는 말씀!"

수규는 단칼에 베듯 했다.

"머라?"

춘계는 단호한 낯빛으로 한마디 한마디에 또록또록 힘을 실어 응했다.

"요분 우리 항쟁은 반다시 더 크고 새로븐 농민핵맹을 몰아올 끼요."

농민혁명, 특히 혁명이라는 말에 아주 강한 어조를 주었다. 혁명, 어딘가 피 냄새가 밴 말 같았다. 살이 타는 냄새도 섞인 듯했다.

"조선팔도 천지에서 불매이로 확 일어날 끼요. 절대로 요대로 꺼지뻴 불이 아이요."

춘계의 말은 잘 마른 장작개비에 붙은 불길처럼 활활 불타오르고 있었다. 농민군 앞날을 밝힐 불쏘시개로 희생될 것을 작심했던 그였다.

"그 불씨는 영원하요. 내는 그거를 확신하고 있소."

수규는 벌레 씹은 얼굴로 말했다.

"영원할 테지."

춘계는 빙그레 웃으며 말했다.

"할 테지가 아이고, 하요."

서로가 숨을 쉴 틈도 주지 않았다.

"농민반란의 이름으로 말이니라."

"농민항쟁의 이름으로……."

안핵사를 수행한 자들은 팽팽한 두 사람의 기氣에 압도당한 탓에 감히 나서지를 못한 채 옆에서 계속 지켜만 보고 있었다.

"반란!"

"항쟁!"

"역적!"

"충신!"

두 사람 눈빛이 허공에서 강하게 맞부딪쳤다. 그 열기에 거기 뇌옥이 깡그리 불타오를 듯했다.

"그런 소리는 염라대왕 앞에 가서나 하라."

"모든 거는 오즉 역사가 말해줄 것이오."

마님의 비밀

별은 뜨고 달은 없다. 아니, 달도 뜨기는 했는데 너무 흐릿하다.

비화 정신도 그 달빛만큼이나 흐리멍덩하다. 온 육신이 욱신욱신 쑤시고 결린다. 옛말에, 사람이 일을 많이 해서 죽는 법은 없다고 하지만, 그건 영원불변의 진리는 아닌 성싶다. 이러다가 어느 순간엔가 숨이 끊어져 버리는 게 아닌가, 더럭 겁이 난다. 일 앞에 장사 없다고도 했다.

여자 홀로 걷는 밤길은 무섭다. 무섭다기보다 외롭다. 달님이라도 휘영청 밝으면 한결 더 나으련만, 이날은 벗 삼아 걸을 그림자마저 없다. 하긴 남편이 곁을 떠나버린 마당에 그림자쯤이야.

하루 종일 품을 팔고 돌아오는 길이 어찌 이렇게도 서글프고 힘들 수 있을까? 그보다도 돌아가 봐야 아무도 맞아줄 이 없는 빈집이기에 마음은 더욱 무겁고 어둡기만 한 것이다. 인생 밑바닥은 그 끝이 없다고, 바닥인 줄 알았는데 파면 또 바닥이 있고, 더 파면 또 바닥이 나온다고 하던가? 세상 끝까지, 설혹 그곳이 불로 된 가시덤불만 우거져 있는 곳이라고 할지라도, 그 끝까지 달아나고 싶다.

남편 박재영은 영영 떠나고 말았는가? 다시는 그 모습을 나타내지 않을 것인가? 흔적도 남기지 않는 바람이나 구름처럼. 이승에서의 삶을 접고 내세에 환생하더라도 그건 있을 수 없는 짓인 것이다.

이런 생활을 언제까지 지속할 수 있을지 솔직히 자신이 없다. '바스락' 마른 나뭇잎 소리 나는 진무 스님 말씀만 믿고 기약 없는 날들을 미련퉁이처럼 이렇게 살아야 하나. 물기 젖은 솜같이 축 처져 내리는 몸뚱어리는 땅 밑에까지 들어갈 듯싶다. 한 번 쓰러지면 다시는 일어서지 못할 것 같다. 정말이지 요즘은 산 채로 무덤 속으로 걸어 들어가는 제 모습이 보이기까지 한다.

이런 밤 옥진이라도 옆에 있으면 얼마나 좋을까? 그 고운 자태, 화사한 미소가 정녕 그립다. 옥진이가 부르는 그 소리, '언가야!' 하는 그 소리를 정말 듣고 싶다.

정든 부모님 얼굴과 성 밖 고향 집이 떠오르면서 울컥 뜨거운 무언가가 목구멍을 치밀어 오른다. 머릿속이 온통 하얗게 비어버리는 것만 같다. 여름 저녁에 공중을 무리 지어 날아다니는 하루살이. 그 하루살이처럼 단 하루를 살아도 웃고 살아 보고 싶다.

그런데 큰비만 오면 떠내려간다고 하여 이름 붙은 '비다리'를 막 건넜을 때였다. 저만큼 어두운 숲길에 무엇인가가 어른거렸다. 잘못 본 것인가? 내 몸과 마음이 모두 허기진 탓에 헛것이 덤벼드는 것인가? 아니, 그건 아니다. 비화는 놀란 가슴을 가까스로 가라앉히며 눈을 크게 떴다. 귀에서 모기떼가 내는 것 같은 '왱왱' 소리가 난다.

분명 바로 본 것이다. 있다. 무슨 물체가 있다. 결코 헛것은 아니다. 큰절에 딸린 학지암으로 통하는 무성한 숲길에 흐릿하게 비치는 형체. 대체 저게 무엇인가?

밤중에 후미진 곳을 혼자 걸어가고 있는 사람이다.

비화는 집으로 가는 길과 학지암으로 가는 길, 그 두 갈림길 위에 흔들리며 서서 잠시 머뭇거렸다. 사실 하등 망설일 필요가 없는 일이었다. 그것은 스스로 돌아봐도 알 수 없는 이상 심리였다. 어서 집으로 가서 파김치가 된 몸뚱어리를 눕히고 싶은 마음이 굴뚝같았다. 그런데 어떤 보이지 않는 강한 끈에 매달린 듯 걸음을 옮겨놓지 못하고 있다. 이런 야심한 시각에 혼자 암자를 찾아가야 할 만큼 절박한 신도가 누굴까 하는 강한 궁금증이 솟았다. 나의 분신인가? 내 속에서 빠져나간 또 다른 나?

비화가 얼른 집이 있는 방향으로 발을 떼놓지 못하는 이유는 또 있었다. 어쩌면 그게 더 큰 이유였다. 비록 어둠 속이지만 그 사람은 여자가 틀림없었다. 작은 체구와 조심스러운 걸음걸이. 만약 사내였다면 비화는 서둘러 걸음을 옮겼을 것이다. 반사적으로 도주하듯 했을 것이다.

그리고 그 뒷모습이 어쩐지 낯설지가 않다. 낯설지가 않다니? 어쩌면 전혀 뜻밖의 일이지만 사실이 그랬다. 원래 아주 멀리서도 남의 집 대문에 써 붙인, '입춘대길' 같은 글자도 알아볼 수 있을 만큼 무척 눈이 밝은 비화다. 그래 사위가 온통 어둠의 장막이지만 그 물체를 꽤 또렷이 눈동자에 담을 수 있었다.

'오데선가 본 여자 아이가. 틀림없이 내가 아는 사람인갑다. 아, 내가 아는 사람? 그럴 리가? 만약 그렇다모 이거는 더…….'

비화는 숨을 있는 대로 죽인 채 뚫어지게 그림자를 지켜보다가 소스라치게 놀랐다. 분명 그녀 스스로의 의지가 아님에도 불구하고 그림자 뒤를 따르고 있는 것이다. 아니다. 자신이 그의 그림자 같았다.

여자는 깊은 상념에 빠져서 무의식적으로 걸음을 옮겨놓는 것처럼 보였다. 허공을 딛는 듯한 발이다. 금방이라도 땅끝까지 추락하고 말 것만 같았다. 아니, 그보다도 가고 싶지 않은 길을 억지로 가고 있는 성싶다.

그렇다. 감당키 힘든 운명 앞에 금방 픽 쓰러질 듯 엎어질 듯 비칠비칠 걷고 있다. 어떤 거역할 수 없는 힘에 강제로 끌려간다는 말이 더 적절할 것이다.

밤의 나무는 낮에 보는 나무와는 너무나 다르다. 그건 매우 괴상망측한 여러 개의 팔을 가진 무서운 괴물을 방불케 한다. 여자는 무시무시한 괴물들의 소굴로 들어가고 있는 것 같다.

문득, 여자가 신음소리를 냈다. 폐부 저 깊숙한 곳에서 길어 올리는 더없이 무거운 소리, 그렇지만 귀에 낯설지 않은 소리다. 그렇다. 귀에 익은 소리다. 게다가 작은 바늘 하나가 떨어져도 그 소리를 숨길 수 없을 만큼 주변이 워낙 고요한 탓에 그 신음소리는 제법 크게 울린다. 그 순간, 비화는 '뚝' 하고 제 심장이 멈추는 소리를 들었다.

'아, 저, 저?'

비화는 하마터면 외마디 소리를 지를 뻔했다. 어쩌면 너무나 미세한 소리여서 실제 입 밖으로 나왔는지도 모른다. 학지암으로 통하는 어두운 숲속 길을 힘겹게 걸어가고 있는 여인.

놀랍게도 그녀는 저 성내 안골 백 부잣집 염 부인이 아닌가!

'아, 염 부인이 이리 깊은 한밤중에 혼자서 산길을 가고 있다이?'

비화는 뜨거운 불구덩이에 던져진 느낌이었다. 도대체 이게 무슨? 도무지 있을 수가 없는 일이다. 하지만 틀림없다. 있을 수 없는 일이 눈앞에서 벌어지고 있다. 빤히 지켜보고 있으면서 아니라고 할 수는 없는 노릇이다.

염 부인이다. 비록 중년을 넘어선 나이인지라 약간 살이 붙었지만, 여전히 고운 자태다. 비화는 간혹 자신이 염 부인 정도의 나이가 되었을 때 나는 절대로 저런 모습을 유지할 수 없을 거란 생각도 했었다. 언제 어느 곳에 있어도 귀부인의 고상한 품위가 느껴졌다.

그녀가 얼마나 독실한 불교 신자인지는 모르겠다. 누구도 말릴 수 없는 광신자일 수도 있겠다. 그렇지만 설혹 그렇다 치더라도 어떻게 이런 야심한 시각에 혼자서 암자로? 정신을 수습하여 헤아려볼수록 미궁에 빠져드는 기분이다.

비화는 마치 처음부터 미행하기 위해 따라나선 사람처럼 발소리를 죽여 가며 몰래 염 부인 뒤를 쫓는다. 염 부인은 숨이 차는지 자주 걸음을 멈춘다. 아니다. 호흡이 가쁠 정도로 빨리 걷는 걸음걸이는 아니다. 그런데도 왜? 그녀는 내키지 않은 길을 가고 있는 것이 분명하다.

그렇다면? 왜 이렇게 밤길에 나서야만 했는지. 낮이라도 혼자라면 수상쩍을 노릇인데. 이따금 이는 바람에 염 부인의 치맛자락이 비현실처럼 나부낀다. 그러면 그녀는 또 잠깐 걸음을 멈춰 서서 바람 소리에 귀를 기울이는 듯하다.

"……."

비화는 무슨 계시처럼 느꼈다. 바람은 결코 아니다. 그러면 염 부인이 들으려고 하는 그 소리의 정체는 무엇일까? 그녀는 그 소리를 듣기 위해 이런 야행을 하고 있다는 것인가? 온전한 정신을 가진 사람이라면 절대 할 수 없는. 그런데 염 부인은 정신이 잘못된 사람이 아니질 않은가?

"……."

점점 학지암이 가까워지고 있다. 거기는 비록 작은 암자지만 꽤 많은 신도들이 찾아드는 곳이라 들었다. 특히 여신도들 발길이 잦은 사찰이라고 했다. 그곳에 비구니가 있다는 말은 듣지 못했는데. 출가하여 머리를 깎고 구족계具足戒를 받은 여승을 떠올리자, 비화는 이번에는 또 다른 측면에서 부르르 몸이 떨렸다.

'내도 모리는 사이에 내한테 중이 될라쿠는 멤이 숨어든 기까?'

그러자 순간적으로 떠오르는 게 진무 스님은 왜 비구比丘가 되었을까 하는 의문이었다. 그 와중에도 비구와 비구니가 지켜야 할 일체의 계인 구족계가 어떤 것인지 궁금해졌다.

'해나 염 부인도 속세를 떠나고 싶은 일시적 충동에서?'

이제 저쪽 모롱이를 막 돌면 깎아지른 듯한 낭떠러지 위에 그림같이 걸려 있는 학지암이 컴컴한 하늘가를 배경으로 솟아나 보일 것이다. 모든 게 부처님 손바닥 안이라고 했으니 어쩌면 허공에 나타난 부처님 손을 볼 수 있을까?

지금 가고 있는 숲길로 이어지는 응달진 벼랑 아래는, 오싹하고 무서운 기분이 들 만큼 침침하고 으슥하여 언제나 축축한 공기가 배여 나는 듯하고, 무슨 귀신이 잔뜩 노리고 있는 곳 같은 장소다. 흔히들 그런 땅을 일컬어 '터가 세다'고 하는데, 정말로 터가 센 곳이어서 그러한지는 알 수가 없다.

실제로 거기는 여우나 멧돼지 같은 산짐승들이 곧잘 출몰하여 사람을 깜짝 놀라게 하는 곳이긴 하다. 부처님께 원한을 품은 악귀들이 득시글거리는 데라던가. 그래서 암자에 갔던 신도들도 해가 서쪽 능선을 완전히 넘어가기 전에 서둘러 하산한다고 했다.

바로 그런 곳을 염 부인 혼자 몸으로 가는 것이다. 학지암의 늙은 주지 스님도 이미 잠자리에 들었을 이런 시각에. 아니, 법당 부처님조차도 주무시는 시각이다. 어쩌면 깨어 있는 존재는 염 부인과 비화 자신뿐일는지도 모른다.

'그, 그란데?'

문득, 비화는 머리끝에서 발끝까지 소름이 쫙 끼치며 다리가 마구 후들거리기 시작했다. 간신히 발가락에 걸린 낡은 짚신이 자꾸 벗겨지려고 한다. 혹시 염 부인은 몽유병에 걸려 있는 게 아닐까? 백 년 묵은 백여우가 둔갑한 게 아닐까?

'으으.'

그러자 비화는 참기 힘들 만큼 염 부인이 무서워지기 시작했다. 염 부인은 아까부터 비화 자신이 그녀를 미행하고 있다는 사실을 알고 있는지도 모른다. 그뿐만 아니라 와락 덮칠 기회만을 호시탐탐 노리고 있는 것 같았다. 유인 작전에 꼼짝없이 걸려들고 말았다.

'아, 무서버라. 이, 이 일을 우짜모 좋노?'

비화는 어서 몸을 돌려 달아나야 한다고 생각했다. 안 죽으려면 퍼뜩 도망쳐라, 비화야. 부모님, 옥진이와 같은 세상에서 살고 싶으면 달아나라, 비화야. 하지만 마음뿐이었다. 다리뿐만 아니라 손가락 하나 까딱하기도 힘들었다.

'내가 여서 죽는 기까? 웬수도 몬 갚고…….'

지금 염 부인은 평상시의 그녀가 아니다. 몽유병에 걸려 있는 상태거나, 아니면 털빛이 허연 백여우가 둔갑한 것이다. 그러자 금방이라도 염 부인이 공중으로 휙 날아올라 바로 눈앞에서 한 번 두 번 세 번 재주를 넘고는, '깽'하며 본래의 여우 모습으로 변하여 그 징그럽고 날카로운 이빨을 드러내고 잡아먹으려고 덤벼들 것만 같았다.

'내하고 이승하고의 인연은 오늘이 끝인갑다.'

그런데? 비화가 그때까지와는 비교가 되지 않을 만큼 기절초풍할 사태가 벌어진 것은 그다음 순간이다. 비화는 그만 자신도 모르게 눈을 딱 감았다가 다시 떴다.

저만치 가고 있는 염 부인 앞을 확 막아서는 괴물체가 있었다. 한두 사람이 가까스로 다닐 수 있을 정도로 좁고 구부러진 산길 옆 컴컴한 숲 속에 숨어 있다가 갑자기 모습을 드러낸 것이다.

"헉!"

짧은 외마디와 함께 비화는 거의 반사적으로 바로 옆에 서 있는 큰 나무둥치 뒤로 몸을 감췄다. 누가 봐도 대단히 날렵한 몸놀림이었다. 사람은 다급해지면 더 빨라질 수 있는지도 모른다.

처음에 비화는 인간으로 둔갑한 다른 백여우 하나가 또 거기 나타난 것이라고 착각했다. 그다음에는 곰이 아닌가 했다. 그러고는 마지막으로 산적일 거라는 두려움에 떨었다. 그 숨 막히는 짧은 순간에 비화 머릿속에는 서너 가지 다른 빛깔의 그림들이 거의 동시에 들어앉은 것이다. 그리고 그 어느 쪽이든 치명적이지 않은 것이 없었다.

비화는 덜덜 떨며 간신히 그쪽을 살펴보았다. 그런데 비화가 더욱 경악한 것은 염 부인의 반응이었다. 그녀 몸은 처음에 아주 크게 움찔했으나 상대가 나타나리란 것을 미리 알고 있었다는 눈치였다. 그것은 전혀 내다보지 못한 또 다른 반전과도 같은 것이었다.

'그렇다모 염 부인은 시방 저게 나타난 사람을 만낼라꼬?'

비화는 이제 두려움보다 궁금증이 앞서기 시작했다.

'대체 눈데 이리 깊은 밤중에 이런 산속에서 둘이서만 만낸다는 말이고? 그렇다모 내가 시방꺼지 봐왔던 염 부인은?'

그런데 비화의 상념은 이내 끊어져야 했다. 대체 벌써 몇 번째인가? 참으로 예상치 못한 새로운 장면 하나가 또다시 눈앞에서 벌어진 것이다.

"이누움!"

염 부인이 그 시커먼 그림자를 향해 발악하듯 소리쳤다.

"이 짐승 겉은 눔아! 천벌을 받을 눔!"

그러자 상대는 성을 내거나 말대꾸를 하는 대신 홀연 간사한 웃음을 터뜨렸다.

"헤헤, 헤헤헤."

일순, 비화는 귀를 의심하고 정신을 의심했다. 그 웃음소리. 저 지옥 골짜기를 연상케 하는 깊은 어둠 저편으로부터 들려오는 소름 끼치는 웃음소리. 낯설지 않은, 아니 잠결에 들어도 금방 알아챌 수 있는, 영원히 잊어버릴 수 없는, 아니 죽어서도 기억에서 끝내 지우지 못할, 실로 극악무도한 악마의 웃음소리였다.

'아, 이, 이랄 수가?'

비화는 세상이 빙글 돌면서 별들이 와르르 쏟아져 내리는 것 같은 엄청난 환각에 빠져버렸다. 후들거리는 다리로 간신히 딛고 선 땅바닥이 여러 개로 쩍 갈라지면서 그곳 아름드리나무들이 한꺼번에 쿵쿵 쓰러져 드러눕고 있었다.

염 부인 앞에 나타난 그자는, 바로 임배봉이었다.

비화는 내가 지금 꿈속에 들어가 있다고 생각했다. 임배봉 집안을 향한 크나큰 증오와 분노와 저주가 악몽을 통해 나타난다고 보았다. 그렇게도 행복하기만 했던 우리 가정을 파탄에 이르게 하고, 그리 해맑기만 했던 옥진을 관기의 길로 들어서게 만든 악마들의 집단이었다.

"마님!"

그 악마들의 우두머리가 말하고 있다.

"귀하고도 귀하신 마님 입에서, 우리겉이 천한 것들 썩은 주디이에서나 나올 그런 험한 쌍소리가 나올 수 있는 기요?"

배봉 특유의 능글능글한 그 소리에 나무들도 부르르 몸을 떠는 듯했다. 어둠마저도 숨을 죽이는 성싶었다. 배봉이 내뱉은 그 말들은 밤의 숲을 제멋대로 헤집고 다니는 것처럼 느껴졌다. 박쥐의 검은 날갯짓 같았다.

"귀하신 마님?"

염 부인 목소리는 분노와 체념이 뒤엉킨 채 마구 흔들렸다.

"배봉이 니 이누움! 지난번 농민군들 손에 하매 죽었어야 할 눔이 우째서 아즉꺼지 살아 있는고, 부처님도 무심하시제."

그런데 그에 대한 배봉의 반응이 이랬다.

"헤헤헤. 이 시상은 악한 자들이 이기는 곳이라쿠는 거를 모리요? 그거도 알지 몬함서 우짜실라꼬? 쯧쯧."

배봉은 악마거나, 아니면 적어도 악마가 보낸 심부름꾼이었다.

"니도 니가 악한 눔이란 거를 알기는 아는 기가?"

염 부인 저주에 배봉이 이런 알 수 없는 소리를 했다.

"내가 모리는 기 있소."

염 부인은 약자의 넋두리, 아니 발악에 가까운 말을 했다.

"내 니눔을 내 손으로 몬 쥑이는 기 에나 원통 절통타."

그러자 비화 가슴이 또 한 번 얼어붙는 것 같았다. 실로 무지막지하기 짝이 없는 천하의 불한당에게 저런 소리를 해서 어찌하려고?

배봉은 특히 농민군 일을 떠올리면 길길이 날뛰며 누구든 잡아먹지 못해 야단을 할 게 아니겠는가? 당장이라도 배봉이 귀신이 내는 것 같은 소리를 함부로 내지르면서 무섭게 달려들어, 그 갈고리처럼 거친 손아귀로 염 부인 목을 조를 것만 같아 비화는 숨이 멎는 듯했다.

아아, 눈알이 허옇게 뒤집히며 죽어가는 염 부인, 몇 번 사지를 뒤틀다가 어느 순간 움직임이 멈춰지는 염 부인.

그러나 배봉은 참으로 끈덕지고 잔인한 자였다. 대체 그는 전생에 무엇이었을까? 차라리 고통이라도 느끼지 않도록 단숨에 죽이는 게 나을 것이다. 하지만 그는 상대를 괴롭힐 대로 괴롭힌 후 서서히 숨통을 끊어 놓기로 작심한 모양이었다.

"키키키키."

그는 또 한바탕 괴물의 입에서 흘러나오는 것 같은 징그러운 웃음을 느릿느릿 터뜨린 후 맹수가 으르렁거리듯 했다.

"독풀이 그리 쉽거로 죽는 거 봤소, 우리 마님?"

그러면서 염 부인에게로 한 걸음 더 다가서는 배봉. 그러자 어둠도 얼른 한 발짝 뒤로 물러서는 느낌이었다. 배봉은 산책길에서 만난 사람에게 가벼운 인사말 던지듯 했다.

"인자부텀 아모도 없는 이 산속에서 이 배봉이 독기에 쏘이보소."

염 부인이 단말마처럼 소리쳤다. 최후의 발악과도 같은 그 외침에 나무들도 놀라 달아날 듯했다.

"니눔은 독샌 기라, 독새!"

염 부인이 흥분할수록 배봉은 더 능글능글하게 굴었다.

"헤, 독새 독이 올매나 독한고, 물리보고도 아즉 정신을 몬 채리는 기요?"

정말 정신 못 차리는 여자가 되어 염 부인이 날뛰었다.

"도로 낼로 쥑이라, 쥑이!"

독사가 독기를 내뿜었다.

"마님 겉으모 일팽생을 단물 쪽쪽 빨아묵을 꿀단지를 깨삐리겄소?"

독기에 쐰 듯 염 부인은 이번에는 너무나 기운 없는 소리였다.

"아모 데도 씰데없는 인간이 니눔인 기라."

배봉이 픽 웃고 나서 하는 말이 같잖았다.

"헤, 굽은 나모는 길마가지가 된다 캤소."

"으."

염부인 팔다리에 경련이 일었다.

"굼(구멍)에 든 배미(뱀) 길이는 모린다 캤고. 히히히."

"아."

문득, 별똥별 하나가 떨어져 내리고 있다. 비화 또한 강한 독기에 쐬어 마비된 사람처럼 옴짝달싹할 수 없었다. 누가 죽인다고 해도, 도대체 지금 눈앞에서 벌어지고 있는 그 광경을 믿을 수 없었다. 염 부인과 임배봉의 저 모습들은.

"우떻소, 내 말이?"

"흐."

"에이, 사람이 이약을 하는데 가마이 있으모 되겄소."

배봉은 갈수록 희희낙락하는 어투였다.

"이눔, 이눔……."

염 부인은 악을 써대다가 그만 제풀에 지쳐버린 모양이었다. 그나마 땅바닥에 쓰러지지 않고 간신히 서서 가쁜 숨을 연신 몰아쉬며 작은 어깨만 들썩거렸다.

배봉은 거미줄에 걸려 버둥거리다가 급기야 기운이 다 빠져 축 늘어져 버린 나비를 보듯 염 부인을 멀거니 바라보고만 있다.

'개짐승만도 몬한 눔.'

어둠에 익숙해진 비화 눈에 배봉 모습이 좀 더 또렷이 들어왔다. 그동안 몰라보게 몸이 불어나 있다. 엄청난 그 덩치에 비해 염 부인 체구는 너무나 왜소해 보였다. 염 부인 열이 있어도 배봉 하나를 당하지 못할 것이다.

'내가, 나는…….'

비화는 자신의 무능과 무기력에 그저 죽고 싶을 뿐이었다. 저 철천지 원수를 바로 눈앞에 두고도 어떻게 하기는 고사하고 도리어 들킬세라 숨을 죽인 채 꼭꼭 숨어 있어야만 하는 이 참혹하고 비겁하고 못난 꼬락서니라니!

그때 배봉의 조금 낮아진, 그래서 더욱 오싹한 느낌을 주는 목소리가 다시 들렸다.

"마님, 하룻밤을 자도 만리장성을 쌓는다 글 캤는데, 우리가 살을 섞고 뼈를 비빈 기 몇 분이요?"

'머, 머라?'

비화는 자신도 모르게 그런 소리를 입 밖으로 내지를 뻔했다. 그만 온몸에 활활 불길이 옮겨붙는 느낌이었다. 머리에 엄청난 둔기를 얻어맞은 것처럼 더없이 아찔해지면서 서 있기가 힘들었다.

'아, 그라모 저눔이 염 부인을?'

또다시 지옥 끝에서 들려오는 악마의 목소리였다.

"내가 아모리 천한 눔이라 캐도, 사람을 그리 대하모 안 되는 기라요."

바람이 나뭇잎을 흔드는지 나뭇잎이 바람을 흔드는지 모르겠다.

"상눔도 사람은 사람 아인가베?"

"……."

모든 길은 끊어져 있는 것 같은 밤이었다.

"자고로 하늘이 사람을 맹글 때는……."

배봉이 내뱉는 말 한마디 한마디는 그 수효만큼의 독침과 유사했다. 그리하여 그 독기에 철저히 마비되고 만 걸까? 염 부인이 지금까지와는 완전히 다른 태도로 나오기 시작하여 비화는 또다시 경악했다.

"내, 내 임 씨한테 가, 간곡히 부탁하것소."

어느새 염 부인은 배봉을 향해 허리를 굽힌 채 두 손을 싹싹 비비고 있다. 그것은 어처구니없다기보다도 차라리 희화적으로 비칠 지경이었다.

'저, 저랄 수가?'

비화는 머리카락이 뭉텅뭉텅 빠져나가는 느낌이었다. 그건 영락없이 종년이 상전 앞에서 용서를 빌고 있는 형상이다.

"인자 지발 내를 고마 놔두소. 흐, 지발하고 낼로……."

"……."

배봉은 아무런 대꾸가 없다. 그저 산 같은 그 배를 앞으로 쑥 내밀고는 더할 나위 없이 거만한 자세로 눈 아래 염 부인을 내려다보고 서 있을 뿐이다.

"그리키나 사람을 괴롭힛으모 인자는 고만둘 때도 안 됐소. 야, 임 씨?"

어디선가 밤새가 어둡게도 운다.

"그라이 지발 내, 내를……."

"……."

나무가 고개를 돌리고, 바람도 그곳을 떠나고 있다.

"허어, 귀에 당나귀 머 박았소?"

이윽고 배봉 입에서 나온 말이 그랬다.

"와 사람 말귀를 몬 알아듣고, 내 원 참."

염 부인은 허리까지 굽실거렸다.

"임 씨, 내가 이, 이리 안 비요. 지발 살리 달라꼬 안 비요, 임 씨."

배봉이 사방을 둘러보며 말했다.

"여 아모도 쥑인다 캔 사람 없소."

염 부인은 무녀 혼이 둘러 쓰인 모습이었다.

"구신도 빌모 듣는다 안 쿠디요."

새벽이 오기에는 아직 너무나 먼 시각이었다.

"아, 구신 말이요? 하모, 하모. 자고로 구신도 사귈 탓이라 캤소."

배봉은 주먹으로 제 가슴팍을 땅땅 쳤다.

"그러이 내맹캐 숭악무도한 눔도 사귀기에 따라서 잘 지낼 수도 안 있것소."

"구신보담도 사람, 임 씨가 더 무서븐 줄 아요."

배봉의 넉살은 한정이 없다.

"어? 어라? 어라?"

숫기 좋게 언죽번죽 구는 짓이, 말 그대로 '넉살 좋은 강화江華년'이다.

"낼로 보고 무섭다쿠는 사람이 다 있네?"

염 부인은 일편단심이다.

"낼로 살리주소. 낼로 살리주소."

비화는 눈물이 왈칵 솟아 눈앞이 뿌예졌다. 천하디 천한 족속 배봉이 따위에게 두 손을 싹싹 비벼대고 허리까지 굽혀가며 절절하게 애원하고 있는 염 부인의 믿을 수 없는 저 거짓말과도 같은 행동……. 근동에서 대갓집으로 몇 손가락 안에 꼽히는 안골 백 부잣집 안방마님의 저 형편없이 초라한 몰골…….

비화는 머리가 빠개지는 듯했다. 도대체 배봉이 저놈이 무엇을 어떻게 했기에 염 부인이 저렇게 사족을 쓰지 못하고 저토록 비굴한 자세로 빌고 있다는 말인가?

"허어, 마님!"

배봉이 참 딱하다는 말투로 가래침 탁 뱉듯 내뱉었다.

"여꺼지 나오시갖고 자꾸 그라시모 우짜요? 내 원 참, 이거."

물에 빠져 마지막 지푸라기를 잡으려는 염 부인이었다.

"아, 지발, 지발."

비화는 눈물과 저주가 뒤엉킨 눈으로 지켜보았다. 이 세상에 둘도 없이 거들먹거려가며 황제같이 굴고 있는 배봉 모습을. 지금 염 부인은 시녀였다.

"지발, 그 지발 소리, 인자 지발 고마하소, 고마해."

살점을 부들부들 떨리게 하는 잔악무도한 소리는 끝없이 이어진다.

"에나 사람 미치고 팔딱 뛰것거마는."

미치고 뛰는 것은 하늘이고 땅이다.

"보소, 보소. 마님, 보소. 이 배봉이가 오데 마님을 잡아묵을라쿠요?"

염 부인은 금방이라도 배봉에게 매달릴 여자 같았다. 금사망金絲網을 쓴 여자였다. 그 그물에 얽혀서 도저히 벗어날 수 없는 여자였다.

"아, 안 잡아묵을라쿤께 내를 풀어 달라 안 쿠요, 임 씨."

배봉은 마치 자기 진심을 몰라주는 야속한 여인에게 하소연하듯 짜증 부리듯 이렇게 말했다.

"내사 낮이고 밤이고 마님의 고운 자태를 몬 잊어 돌아삘 거 겉다 아인가베?"

"임 씨……."

두 사람 목소리는 어두운 숲속을 검은 파문이 되어 퍼져나간다.

"그 머라쿠요. 구년 홍수에 볕 기다리듯기 마님을 기다림서 안 사요. 흠흠."

"임 씨……."

염 부인은 그저 임 씨, 임 씨다.

"휘~잉."

입을 악다물고 숨을 죽인 채로 지켜보고 있는 것같이 잔잔하던 숲속에 별안간 큰 바람이 일기 시작했다. 비화는 생각했다. 드디어 산신령께서 노하시기 시작했다고. 나무귀신을 시켜 죄를 다스리게 하실 거라고.

"임 씨, 내 또 한 분 애원하요."

"내는 더 안 들을라요."

"인자 내를 고마 풀어주소."

"더 안 듣는다 안 쿠요?"

"더 만내자꼬 하지 마소."

"내사 아모 말도 몬 들었소."

이제 염 부인은 배봉 발밑에 털썩 무릎 꿇고 엎드릴 것처럼 했다. 발

바닥이라도 핥으라고 하면 기꺼이 그렇게 할지도 모른다.

"내는 지아비하고 자슥들이 있는 몸 아이요? 가정이 있는 여자 아이요?"

검은 거인 같은 나무들이 검은 숨결을 뿜어내고 있는 그 밤에 가정 따윈 하찮은 풀벌레들 집보다도 더 못한 것이었다.

"내가 무신 죄가 있다꼬 이리 몬 살거로……."

배봉은 끝까지 듣지도 않았다.

"아, 죄가 없은께 내가 만날라쿠는 기제, 죄가 있으모 내가 만날라쿠것소?"

밤바람에 일렁이는 나뭇잎이 저주를 내리는 악마의 손놀림을 연상케 했다.

"그라고 넘 사정 보다가 갈보 난다 안 쿠디요. 내가 마님 사정 봐줄끼라꼬 요만치도 기대하지 마소."

배봉의 그 말에는 억양이 느껴지지 않았다.

"한 분만……."

염 부인의 그 말에는 숱한 굴곡이 담겼다. 배봉은 제 할 소리만 했다.

"섭천 쇠가 웃다가 죽을 소린께."

비화는 들으면 들을수록 의문이 한층 짙어갔다. 도대체 이것이 무슨 말인가? 도깨비놀음인가? 또다시 분노나 두려움보다 강한 의혹이 앞섰다.

그때다. 배봉이 문득 이런 말을 했다.

"그날 밤 바로 요기 요 자리서, 우리 마님이 고마 이 임배봉이하고 딱 마조친 기 죄라모 죄 아이것소."

"……."

마른하늘에 번쩍! 번갯불이 번지고 있다.

"아이제. 인연 아이것소?"

"……."

"절에 가모 중들이 장 안 씨부렁거리던가요? 인연이 우떻다꼬……."

그 순간, 그 말을 들은 염 부인이 또 갑자기 다른 사람으로 변했다.

"머시라? 인연이라꼬? 이 짐승만도 몬한 눔아!"

급기야 배봉도 홀연 험악해졌다.

"그 짐승, 짐승 소리 자꾸 할 것가? 지기미!"

사람을 질식케 하는 무서운 공기가 한꺼번에 우 밀려들었다. 비화는 눈앞이 놀놀해졌다. 하지만 염 부인은 더 이상 겁날 것도 주저할 것도 없다는 듯 마구 퍼부었다.

"이누움! 아모리 악독한 짐승도 니눔겉이는 안 할 끼다."

그 밤에 산짐승들도 이미 잠이 들었는지 부스럭거리는 소리조차 없다.

"넘 눈에 눈물 내모 지 눈에는 피가 난다 캤다."

"좋거마."

배봉 입에서 한층 놀랍고 가증스러운 소리가 흘러나왔다.

"자꾸 그리해싸모, 백 부잣집 안방마님이 이 임배봉이한테 몬 당할 짓 당하고, 엄청시리 많은 돈을 착착 갖다 바친다쿠는 사실을 만천하에 알릴 끼라."

마침내 염 부인은 숨이 끊어질 순간을 맞기 직전으로 보였다.

"이, 이 개, 개 거, 겉은 눔!"

비화는 한참 동안 숨을 쉬지 못했다. 비로소 모든 의문이 풀리고 있었다.

학지암에서 불공을 드리고 돌아오는 염 부인을 배봉이 표적 삼았고, 세상이 알아서는 안 될 그 몹쓸 짓을 미끼로 하여 엄청난 돈을 뜯어내고 있는 것이다.

'그렇다모? 우리집에서 소작 부치 묵던 그 가난배이 배봉이가 맨 첨에 돈을 마련할 수 있었던 거는?'

비화는 자신의 몸과 마음이 산산이 부서져 바람이 되어 허공 너머로 흩어져 버리는 것을 망연히 지켜보았다. 배봉에게 우리 집 땅을 빼앗기게 된 데는, 염 부인 손에서 나온 그 돈이 결정적인 역할을…….

'아아아.'

그러자 비화는 전신에 펄펄 열이 치솟는 것을 느꼈다. 뿌드득 이빨이 나가도록 세게 갈았다. 배봉이 염 부인을 저렇게 괴롭혀 온 것은 그냥 한두 해도 아니고 아주 오래전부터라는 사실에 눈이 뒤집혔다. 그동안 염 부인이 해 보이던 수수께끼와도 같은 모습이 이제야 이해되는 순간이었다.

'헉!'

그런데 비화가 더 이상 참을 수 없는 사태가 벌어지기 시작한 것은 바로 그다음이었다. 배봉이 염 부인을 해하려 하고 있는 것이다.

"마님, 좋거로 이약할 때 순순히 구는 기 좋을 끼요."

큰 자랑 늘어놓듯 했다.

"이 배봉이란 눔 성깔이 쪼매 안 그런가베?"

추한 자의 전형이 거기 있다.

"그라이 가지온 돈도 모도 주고……."

배봉의 두 손이 먹잇감을 낚아채려는 매의 발톱처럼 염 부인 몸을 겨냥하고 있다.

"내 솔직하거로 털어놓으모, 지난번 그 엠뱅헐 농민군 눔들 땜에 내 집이 쪼매 피해를 안 입었는가베?"

상대의 속을 긁어놓는 방법도 가지가지였다.

"우리 마님도 그 소문 듣고 멤이 안 좋았을 끼거마."

자기 집이 완전히 불타버린 데 대해 배봉은 아직까지도 농민군을 향한 엄청난 증오와 적개심을 버리지 못하고 있는 모양이었다.

"그라이 얼릉 돈도 주고, 또 내 하는 대로 가마이 있으소."

거기 나무둥치 뒤에 비화가 숨어 있다는 걸 알고 있기라도 하는지, 비화가 있는 쪽으로 눈길을 보내면서 말을 이어갔다.

"안 그라모, 당장 이런 사실을 온 시상에 퍼뜨리서……."

숲이 흔들리고 있다. 온몸으로 분노하는 듯하다.

"백 부자 나리가 이 사실을 알모, 마님은 그 즉시……."

"천벌을 받아……."

더욱 옥죄는 소리도 나온다.

"그라고 자슥들은 또 마님을 우찌 보것소?"

"아아, 고, 고만!"

"짐승이 사람 말을 알아묵것소?"

"악!"

마침내 배봉은 염 부인에게 바짝 다가서고 있다. 검은 숲이 우우우 소리를 낸다.

비화는 곧장 달려들어 염 부인을 구해야 한다고 생각했다. 돌멩이라도 찾아 들고 배봉의 머리를 꽝 내리쳐야 한다고 결심했다. 나뭇가지라도 꺾어 놈의 심장을 콱 찔러야 한다고 다짐했다.

그러나…… 마음뿐이었다. 만약 비화 자신에게 그 현장을 들키게 되면, 염 부인은 엄청난 모욕감과 절망감에 사로잡혀 스스로 목숨을 끊어버릴지도 모른다는 우려가, 그런 상황 속에서도 비화의 몸을 한층 옭아매었다.

그랬다. 어떤 수모와 곤욕을 치르더라도 사람이 살아야 한다는 그 자각이 모든 것들에 앞섰다. 목숨이 붙어 있어야 복수도 가능할 것이다.

그래, 살아야 한다, 살아야…….

비화는 오열했다. 속절없이 배봉에게 당하고 있는 못나고 슬픈 염부인의 모습 위로 점박이 형제에게 당하는 옥진의 아픈 모습이 겹쳐져 있다.

새가 되어 울어볼거나

목牧의 형옥. 주옥州獄.

겉보기에는 민가 같은 인상을 주는 모나지 않은 원옥圓獄.

그 원옥 밖 초가에 머물면서 죄인들을 감시하고 관리하는 옥리들은 지금 제정신이 없다. 거기 형옥이 생긴 후로 가장 많은 죄수들로 붐비고 있다. 삼지창 같은 무기를 들고 옥담 출입구를 지키는 옥리들이 저승사자 같다. 그곳에는 오로지 갇힌 자와 가두는 자, 그 두 개의 모습만이 존재할 뿐이다.

뇌옥 나무 창살 저 안에는 이번 농민항쟁에 가담했다가 붙잡혀온 수많은 얼굴들이 보인다. 비교적 가벼운 죄를 지은 죄인들은 형옥 안에서 어느 정도 자유롭게 다닐 수가 있다. 그렇지만 소위 이번 임술민란에 관여된 이들은 모두 중죄인으로 취급받아 통제가 아주 심할 수밖에 없다.

유춘계를 위시한 김민준, 이기개, 박임석 등의 양반 주도자들, 서준하를 비롯한 방석보, 천필구, 한화주 등의 농민 대표들, 그 밖에 이번 거사에 적극적으로 가담한 여러 고을 농민군들이 모조리 체포 구금되었다. 용케 피해 달아난 이는 몇 되지 않을 것이다. 다행히 도망쳤다 하더라도 언제 발각될지 몰라 전전긍긍하고 있을 것이다.

그리고 칼이라든지 수갑, 족쇄, 항쇄 등의 형구를 목에 쓰거나 손발에 찬 채 하나같이 초췌하고 지쳐 빠진 몰골들이지만 그들 마음의 빛깔과 형체는 제각각 달랐다.

'아, 시방 어머이는 우찌하고 계실꼬?'

여전히 춘계 머릿속에는 청상과부의 몸으로 오로지 장남인 자신 하나만을 믿고 의지하며 살아온 노모 모습이 사라질 줄 몰랐다. 미칠 것 같았다. 춘계는 그런 자신에게 또 강한 혐오감을 느꼈다. 거기 뇌옥에 수감된 이후로 수없이 되풀이되는 부끄러움이다. 탈출구를 찾지 못하고 끝없이 뱅뱅 맴도는 상념들이다.

'내가 또 이 무신 망발이고? 내 하나 믿고 항쟁에 나섰다가 잽히 온 저 많은 사람들을 봄서도 개인적인 일에만 급급하다이. 아아, 내사 죽기로 멤을 묵은 몸이지만도 저들하고 저들 식솔들은 앞으로 우찌될랑고?'

절대 후회 따윈 하지 않았다. 구질구질하고 못나게 뒤를 돌아보지도 않았다. 아직 때가 닿지를 않아 이번 농민항쟁은 비록 실패로 돌아갔지만, 그 불씨만은 살아남아 장차 이 나라 방방곡곡에서 활활 타오르리라는 기대와 확신을 조금도 버리지 않았다. 아니, 더욱 크고 높게 가졌다.

'그리 되모 내는 땅속에서 벌떡 일어나 만세를 부릴 끼다.'

역사가 이 농민항쟁을 어떻게 평가하든 상관없었다. 다만 우리는 이 시점에서 마땅히 해야 할 일을 했을 뿐이라고 단정했다. 내가 우리말로 지은 언가 〈이 걸이 저 걸이 갓 걸이〉 노래는 이 나라 최초의 운동권 노래로서 불멸하리라 자신했다.

그러나 지금 함께 감금되어 있는 다른 이들을 떠올리자 그런 거시적巨視的인 상념들은 엷어지고 그 대신 당면한 근심과 분노가 짙어졌다. 도대체 우리에게 무슨 죄가 있다는 것이냐? 탐관오리들의 수탈만 없었다면. 이 시각에도 땀 흘려 일한 후 아내나 딸이 가져온 새참을 앞에 놓고서, 컬컬한 목에 막걸리 한 사발 쭉 들이켜며 티 없이 정겹고 순박한 웃음을 짓고 있을 사람들이 아닌가?

'아, 그리라도 살아가거로 그냥 놔둘 거를.'

그렇지만 모든 것이 끝이 났다. 또다시 떠오르는 불운의 젊은 연인들. 화주는 이제 영영 송원아라는 그 참한 처녀와 맺어지지 못할 것이다. 화주가 형장의 이슬로 스러지고 나면 그 처녀는 어떻게 될 것인지 상상만 해도 돌아버릴 것 같다.

'오데 그들뿌이가?'

천필구 아내 우정 댁과 외아들 얼이. 언젠가 필구 집을 찾았을 때, 우리 농민들 구세주가 오셨다며, 말 그대로 찢어지도록 가난한 살림에도 어떻게 구했는지 김이 모락모락 솟는 하얀 쌀밥과 향긋한 냄새 풍기는 쇠고기를 대접했었다.

그날 하도 목이 메어 몇 술 뜨지도 못하고 그냥 밥상머리에서 뒤로 물러앉고 말았는데, 얼이란 철부지 아이가 그 음식을 먹을 거라고 덤비다가, 필구의 큰 주먹을 얻어맞고 나뒹굴던 광경이 아직도 눈앞에 선하다. 그런 부자의 모습을 보고 울면서 일어나 방 밖으로 나가던 아낙의 낡은 흰 저고리 검은 치마가 참으로 곤궁해 보였다.

어느 시대를 막론하고 가장 힘없고 피해를 입는 계층은 농민들이란 사실을 다시금 가슴 저리도록 깨우치게 한 그날, 구멍 뻥 뚫린 그 집 낡은 창호지를 통해 올려다보던 하늘은 어쩌면 그리도 시퍼랬을까?

관졸 수십여 명에게 죽기로 저항하다가 잡혀 온 필구와 화주는 거의 초죽음 상태였다. 그 형상이 사람이라고 보기 어려웠다. 준하와 석보는 심한 상처투성이인 두 사람을 보며 피눈물을 쏟았다. 비록 별다른 대항도 해 보지 못하고 붙들려온 그들이지만, 오히려 그 때문에 크게 다치지는 않아 그나마 양호한 편이었다.

가장 걱정되는 사람이 화주였다. 세상을 타고나면서부터 매우 강골인 필구에 비해 그의 몸 상태가 좀 더 나빴다. 그는 한참이나 혼절했다가 겨우 조금 정신을 찾았다가 다시 의식을 잃기를 되풀이했다. 그런 속에서 그는 누구도 모르는 비밀 같은 비몽사몽간을 헤매었다.

저 무명탑에 가 있다. 원아와 함께였다. 그런데 화주 자신이 백제 무사가 돼 있다. 원아는 신라 귀인이다. 온몸에 화살을 맞은 채 말 잔등에 실려 온 그를 부둥켜안고 원아가 운다. 서럽게 서럽게 울음을 운다.

그때 갑자기 무명탑이 와르르 무너져 내린다. 그 무너진 돌무더기 밑에 사람들이 깔려 있다. 놀라 보니 화주 그의 부모와 연인 원아의 부모다. 그들은 전부 피투성이가 된 채 고통의 신음을 내지른다. 하지만 구해줄 수가 없다. 속으로만 절규한다.

그런데 다행히도 그 고통의 장면이 바뀌면서 대단히 묘한 일이 벌어진다. 그는 이번에는 환쟁이가 돼 있다. 열심히 붓을 놀려 그림을 그린다. 하얀 박꽃 올린 초가지붕, 고추 상추 심은 텃밭, 그리고 아름다운 원아.

잠시 후, 화폭 속에서 그 모든 것들이 살아나와 움직이기 시작한다. 행복한 시간. 하지만 그것은 일순간이다. 숱한 말발굽 소리가 나면서 무참히 짓밟히는 집과 사람들. 가차 없이 무섭게 유린하는 것은 관아 포졸들이다.

"으, 으으, 으으으……."

필구도 엄청난 고통에 시달리긴 마찬가지였다. 꿈속에서가 아니라 현실 저편에서, 그의 눈에 똑똑히 비친다. 금방이라도 허물어질 듯한 작은 초가집과 좁고 차가운 방바닥에 맥없이 퍼질고 앉은 아내 우정 댁과 어린 아들 얼이. 벌써 여러 날째 헐벗고 굶주림에 시달리고 있을 것이다.

우정 댁은 겉보기엔 당찬 것 같아도 농사꾼 아내가 되기엔 몸도 마음도 너무 여린 여자다. 살다가 큰일에 부닥치면 필구 자신보다도 더 지독하게 잘 견뎌 나가는 악착같은 면모를 보이기도 했다. 얼이, 늦둥이로 어렵사리 얻은 아들. 아비 없는 후레자식이라고 얼마나 남들 손가락질을 받을 것인가?

아아, 우리 마누라, 내 아들아. 이 지지리도 못난 인간 때문에 독한 관졸들에게 얼마나 시달렸을까? 아내 권유처럼 장사치로 나갈 걸 하는 뉘우침도 있었다. 하지만 선천적으로 통이 크고 우직한 필구 자신으로서는 단돈 1문文 가지고 아옹다옹해야 하는 상업이 싫었다. 뿌린 대로 거둘 수 있는 정직한 땅이 그냥 좋았다. 새싹이 파릇파릇 돋아나고 새가 훨훨 날아다니는 대지의 품이 정녕 좋았다.

유춘계를 만난 것을 결코, 후회하지 않는다. 천하 못된 관리들과 악덕 부자들, 토호세력들을 징벌할 때 그 얼마나 속이 후련하던가. 또한, 초군이 벼슬아치나 부잣집 부녀자를 겁탈하고 다닌다는 소문이 터무니없는 소리라는 것을 잘 알면서도, 행여 그런 일이 일어날까 봐 무리들을 얼마나 단속했던가? 그리하여 천필구 당신은 정말 농민군이 맞느냐, 조정에 매수당한 게 아니냐, 그런 오해와 음해까지 입을 정도였다.

그런데 지금은 농민군에게 당했던 관리나 악질 양반들이 농사꾼 차림새의 남자를 보면 무조건 잡아들여 마구 구타하고 농민 부녀자를 넘본다는 나쁜 풍문이 공공연히 나돌고 있다. 세상은 돌고 돈다더니, 변해도 너무 변하고 있다. 그렇지만 이제 다시는 상황을 역전시키지 못할 것이다. 끝이다. 끝난 것이다.

"우리는 모도 모가지 싹뚝 베이는 효수행을 당할 끼라."

사려 깊은 서준하 말이 귓전에 맴돈다.

"얼골 없는 구신이 돼갖고, 통곡함서 컴컴한 지하를 돌아댕기겄제.

몸띠이만 남아 온갖 벌거지가 파묵것제."

필구는 시종 두 눈을 꼭 감고 앉아 있는 준하 쪽을 건너다보았다. 그 안이 어두운 탓도 있겠지만 그는 마치 토굴 속에서 가부좌를 틀고 참선을 하는 사람 같아 보였다. 필구는 소원처럼 생각했다.

'내세에서는 신선이 될랑가도 모리것다.'

준하 뇌리에는 정다운 살붙이들 모습이 차례차례 떠오르고 있다. 일곱 형제자매. 비록 가난하긴 했어도 모두가 참 부러워했다. 그들 가운데 혹시 누가 무슨 일이 있으면 하나 빠지지 않고 모두 그 집에 모였다. 다복한 가문이었다.

기쁜 일은 나눌수록 커지고 슬픈 일은 나눌수록 작아진다는 말은 사실이었다. 준하가 농민항쟁에 가담했다는 사실을 알았을 때 맏형 준검이 흘리던 눈물을 아직도 잊을 수가 없다. 맏이로서 손아래 사람들을 빠뜨리지 않고 꼭꼭 챙겨주던 준검은 눈물 젖은 얼굴로 말했다.

"우리 식구들 중에서 니가 젤 속도 너리고(너르고) 정도 안 많았디가. 흐, 그런 니가 이리 될 줄은 몰랐다."

"내를 용서해주이소."

준하는 그 말밖에 달리 할 말이 없었다. 아니, 용서를 빈다는 사실 자체부터가 파렴치한 짓이었다. 더욱이 실패로 돌아간 마당에.

"해나 니가 잘몬되모 남어치 우리 행재자매는 우찌 살라꼬?"

그 맏형이 준하 자신을 구해보려고 관아에 찾아와 항의하다가 엄청 맞고 초주검이 되어 말 잔등에 실려 갔다고 들었다. 하지만 그 후유증으로 인해 목숨까지 잃을 줄은 상상도 하지 못한 준하였다.

'넘들은 이 석보를 보고…….'

방석보는 땅강아지같이 살아가는 농투성이지만 저 김민준이나 이기개, 박임석 같은 양반 출신보다도 더 귀골풍의 면모를 지녔다. 단아한 미남자였다. 심지어 얼굴에 난 그 붉은 상처가 여인의 고운 단장처럼 보이기도 할 정도였다.

어쩌면 그의 아버지가 귀양살이하다가 풀려나 한양으로 돌아간 양반이었다는 그 소문이 사실인지도 모른다. 석보 어머니는 정색한 얼굴로, 절대 그렇지 않다, 네 아버지는 원래 어부였는데 고기잡이 나갔다가 풍랑에 휩쓸려 돌아가셨다, 그래 너희들 아버지를 삼킨 바다가 싫어 자식들 모두 데리고 산골로 들어와 살게 되었다, 칼로 자르듯 그렇게 딱 잘라 얘기했지만, 석보는 나이 들수록 어머니 말에 의혹이 짙어갔다.

'시방 내하고 여게 함께 갇히 있는 저 몰락 양반들 본께, 겉모습만 봐갖고는 양반인가 상민인가 그 씨를 잘 모리겄거마는.'

그런 혼미한 정신 끝에 석보는 스스로도 어이가 없다는 기분이 들었다. 오늘 내일 당장 효수형을 당할 처지에 있는 자신이 그런 엉뚱한 생각이나 하고 있다니. 도대체 그렇게 하여 얻을 것이 무어란 말인가?

그러나 죽기 전에 나의 정확한 출생 성분을 알고 싶다는 욕구가 강하게 작용하고 있기 때문이 아닐까 싶었다. 그러자 더더욱 황당하고 어처구니없다. 죽는 마당에 그깟 신분 따위가 무슨 소용 있겠는가 말이다. 더욱이 따지고 보면 모든 불행의 근원은 그놈의 신분에서 비롯된 게 아니겠는가? 그러하니 낑낑거리는 개한테나 던져 개가 물고 가도록 하라.

박임석도 엇비슷한 생각을 하고 있었다. 그의 집 외방객실에 모여 거사를 모의하던 일이 어제인 양 또렷이 되살아났다. 행여 들킬세라 간담을 졸였지만 그래도 그때는 내일에의 꿈과 기대감이 살아 있었다. 비록 좁은 틈새로 내다보이는 것처럼 작고 흐릿하긴 했지만, 미래가 보였다.

그날 그는 새삼스레 깨달았다. 몰락 양반인 그들은 농투성이들과 조금도 다를 바 없다고. 하느님 앞에 모든 인간은 평등하다는 천주학 교리가 떠오르기도 했다. 힘든 전도 사업에 목숨을 걸던 전창무와 우 씨 부부 모습도 눈앞에서 오랫동안 사라지지 않았다.

'인자 우리 집 외방객실은 두고두고 시상 사람들 입에 오르내릴 끼거마는. 농민항쟁의 첫 모임 장소인 거로…….'

그러자 기쁘고 가슴 뿌듯했다. 임석은 민준과 기개를 향해 힘겹게 입을 열었다.

"몸은 다들 괘안은 기요?"

민준의 동그란 얼굴에 희미한 웃음기가 떠올랐다.

"곧 죽어 썩어질 몸, 괘안으모 우떻고 안 괘안으모 우떻것소."

그러다가 설움과 자조의 울음이 뒤따랐다.

"후~우."

보기 민망할 정도로 마구 부르튼 기개의 입술 사이로 긴 한숨 소리가 핏물이 새어 나오듯 흘러나왔다.

"우리가 원래 누릴 거 싹 다 누리고 사는 양반 출신이지만도, 억울하거로 수탈만 당하는 농민들 구할라쿠다가 죽는다 그리 받아들인께, 머크기 애닯고 슬프다쿠는 그런 멤은 안 들지만도……."

그때다. 죽지나 않았나 싶게 꿈쩍도 하지 않고 있던 화주가 보일락 말락 몸을 움직였다.

"아, 아우! 화주 아우!"

필구가 몹시 반가운 나머지 큰 소리로 말했다.

"이, 인자 증신이 좀 드는 기가, 으잉?"

그러자 거기 갇힌 모든 이들 눈길이 일제히 쓰러져 누운 화주에게로 쏠렸다.

"으으."

신음조차 간신히 내는 화주 얼굴은 온통 식은땀으로 흥건히 젖어 있다. 얼음장 같은 냉기가 차오르는 뇌옥 바닥인지라 몸은 더할 수 없이 차가울 텐데도 그랬다. 조금 정신이 돌아온 그는 개개풀린 힘없는 눈으로 가까스로 주위를 둘러보았다. 마치 지금 여기가 어디지? 하고 묻는 듯한 눈빛으로.

"저……."

그는 말도 제대로 하지 못했다.

"모, 모도들……."

필구는 형구가 둘러 쓰인 그런 상태에서도 용케 엉금엉금 기어가 화주 몸을 어렵게 껴안으며 울음을 터뜨렸다.

"아우! 으흐흐흐……."

폐부 깊숙한 곳으로부터 터져 나오는 그 통곡소리는 영락없이 덫에 걸려 상한 짐승이 처절하게 울부짖는 소리 같았다.

"성님!"

"아우!"

기골이 장대한 두 장정의 애끓는 그 울음소리에 거기 뇌옥 천장이 와르르 무너져 내릴 듯했다. 차마 두 눈 뜨고 볼 수 없는 처절하고 참담한 광경이 아닐 수 없었다. 일찍이 하늘 아래 그런 비극적인 장면이 몇 번이나 있었을까?

"크으으……."

"우아아……."

때로는 연약한 여자들이 훌쩍훌쩍 우는 것보다도 지금처럼 건장한 사내들이 드러내놓고 소리치며 크게 우는 모습이 더 보는 사람 마음을 아프게 하는지도 모른다.

"하모, 그래."

그 현장을 지켜보고 있던 준하가 울먹이는 소리로 말했다.

"실컷들 우시게나, 맴이나 시원커로. 동아줄 나가듯기 탁 목심 끊어지고 나모, 아모리 울고 싶어도 몬 울 낀께네."

그러다가 다시 하는 말이 더 측은했다.

"아이제. 죽어 접동새 겉은 새가 되모 울 수 있을랑가?"

그게 신호탄이었다.

"엉엉."

얼마 안 가 그곳 뇌옥은 온통 울음바다 눈물 산을 이루기 시작했다. 그리고는 폭풍우에 쓰러지는 벼처럼 한 사람 한 사람씩 픽픽 쓰러져갔다.

하늘은 먹장 갈아 부은 듯 어둡고 낮게 깔렸다.

멀리 형옥이 바라보이는 광장 일대는 구금된 농민군 친인척들로 크게 붐볐다. 저마다 사색이 된 얼굴들이었다.

그 속에는 송원아도 있고, 외아들 얼이와 함께 온 우정 댁도 있고, 또 준하의 형제들도 있다. 그 밖에도 초군의 가족들이 와서 바짝바짝 가슴을 태운다. 천지가 애간장을 저미고 있다.

"면회도 잘 안 시키준께 우짜모 좋노."

"효수행 시킬라쿠는 중죄인도 쌔삣으이, 그라는 기 당연하요."

"진짜 죄인이 누고? 와 죄 없는 사람들을 쥑일라쿠는데? 짐승 목심도 벌로 해치모 절대 안 되는 벱인 기라."

"하모, 하모. 그 말이 딱 맞제. 그라고 이기 와 민란이고?"

"그거는 똥오줌도 구분 몬 하는 것들 이약이고, 항쟁이제. 봉기제."

"기다, 기다. 하도 밟히서 꿈틀거리는 거시(지렁이) 아인가베."

필구와 화주가 새이, 아우, 하는 그런 사이인지라 우정 댁과 원아도 똑같이 성님, 동상 하는 사이였다.

"흑."

두 여자는 서로의 손을 꼭 잡고 서서 아무 말 없이 눈물만 흘렸다. 하루아침에 지아비와 연인을 잃게 된 그들 귀에는 군중의 그 어떤 소리도 들어오지 않았다. 그야말로 막막한 심정일 뿐이었다.

그들 옆에 있는 얼이도 금방 울음을 터뜨릴 것같이 울먹울먹했다. 아직은 어려도 그의 아버지 천필구를 쏙 빼박은 모습이다.

그런데 거기 있는 누구도 듣지 못했다. 하나같이 인상이 곱지 못한 사내 셋이 모여 남들이 눈치채지 못하게 주고받는 말이었다.

"에나 꼬라지들 조오타! 흥, 시상이 그리 만만한 줄 안 모냥이제? 대매에 때리쥑일 눔들 아인가베."

"내는 기분이 너모너모 좋아갖고 하늘로 훼앵 날라갈 거 겉소. 새맹캐 날개가 달린 요 기분!"

"두 분 성님들 말씸 들은께, 내도 참말로 신바람이 막 납니더."

바로 점박이 형제와 맹쭐이다. 농민군들에게 당했던 탐관오리와 토호세력, 상인 부호들은 살판나는 세상을 되찾아 예전보다 더욱 기고만장해졌다.

에잉, 제깟 무지렁이들이 별수 있나? 아암, 그러면 그렇지, 어디서 감히 우리같이 고귀한 사람들에게 도전한다고. 무식한 것들은 어쩔 수 없다니까?

"앞으로 한참 동안은 안 심심하기 생깃다. 흐흐흐."

"안 그래도 온몸이 근질근질했제. 키키키."

"기대가 큽니더, 성님들예. 히히히."

억호와 만호는 대궐 같은 자기들 집을 불태워버린 농민군들에게 호시탐탐 복수할 기회를 노렸다. 관아에서 그들을 모조리 잡아들여 형옥에 처넣고 특히 주모자들에게는 중형을 내린다는 사실을 알고는 정말 통쾌해서 견딜 수 없었다. 그리하여 이날은 잡혀간 농민군 가족들이 어떤 꼴들을 하고 있는지 보려고 그곳에 나타난 것이다.

"비화 고년 아자씨뻘인가 되는 유춘계 그눔은 틀림없이 모가지 싹 베는 효수행에 처해질 끼 아이가."

억호 말을 만호가 받았다.

"아인 기 아이고 딱 맞소. 안핵사 배수규가 비밴사에 그리 보고했다 안 쿠디요. 사행에 해당되는 제1급 죄인으로……."

만호 말을 맹쭐이 받았다.

"농사꾼 천필구하고 한화주라쿠는 고 악질분자들도 다 모가지가 뎅강 날라갈 끼라꼬 안 합니꺼. 오데 지들 모가지는 쇠로 돼 있는 줄 알았는갑지예?"

만호가 맹쭐에게 물었다.

"그 두 눔이 진짜 크기 설치더람서?"

맹쭐은 체머리 흔들듯 했다.

"하모요. 어유, 말도 마이소, 말도."

열원교 쪽에서 바람이 불어왔다. 그 바람 속에도 살이 타고 피가 솟는 냄새는 어김없이 실려 있는 듯했다.

"우짜던데?"

지금의 환희를 맛보기 위해 과거의 고통을 되살리는 양상이었다.

"온 시상이 그것들 꺼 겉던데예, 머."

맹쭐이 혀를 휘휘 내두르는 시늉을 하며 대답했다.

"우리는 피신해 있는다꼬 하나도 몬 봤는데……."

억호는 한편으로는 다행이고 다른 한편으로는 아쉽다는 투였다.

"필군가 화준가 하는 고것들이 관리 모가지도 막 틀어잡고, 부자들 집도 불태우는 데 맨 앞장섰다 글 쿠데?"

원아 귀에 '화주'라는 소리가 들린 것은 그때다. 원아는 깜짝 놀라 바로 뒤쪽에 서 있는 사내들을 돌아보았다. 그 순간, 그녀는 숨이 멎는 듯

했다. 근동에서 악질로 소문난 배봉 집안의 점박이 형제가 분명했다. 속일 수 없는 표적, 둘 다 눈 밑에 크고 시커먼 점이 박혀 있다.

'아, 몬된 인간들을 징벌할 적에 임배봉이 집으로 맨 먼첨 달리간 사람이 화주 씨라꼬 안 들었나.'

원아는 가슴이 쿵 내려앉고 소름이 쫙 끼쳤다. 만일 저놈들이 자기 신분을 알게 되면 이 자리에서 바로 숨통을 끊어놓으려 와락 덤벼들 것이다.

또 함께 있는 우정 댁이 누군가. 저놈들이 화주 씨에게 하는 만큼이나 이빨을 뿌득뿌득 갈아대고 있을 필구 그분의 아내가 아닌가? 어린 얼이 또한 무사할 수가 없다. 어서 이 자리를 벗어나야 한다.

"……."

원아는 하얗게 질린 얼굴로 말없이 얼른 우정댁 손을 잡아끌었다.

"동상, 와 그라노?"

영문을 모르는 우정 댁이 눈을 크게 뜨며 물었다. 여러 날째 잠을 설친 탓에 심한 안질에 걸린 사람같이 눈이 새빨갛다.

"서, 성님! 쌔이 저, 저리로……."

원아는 핏기없는 입술을 열어 떨리는 작은 목소리로 재촉했다. 그런데도 여전히 이유를 알 리 없는 우정 댁은 좀 더 큰소리로 물었다.

"머 땜새 저리로 가?"

바로 그때다. 오른쪽 눈 아래 크고 시커먼 점이 박혀 있는 것으로 보아 억호임이 분명한 사내가 원아와 우정 댁에게 말을 걸어왔다.

"거 앞에 서 있는 아주머이들요! 누가 저 감옥에 갇히서 시방 요 나와 선 기요?"

그것은 어느 누가 들어도 동정심을 담은 소리가 아니라 사뭇 위협조로 고소하다는 감정을 싣고 있었다.

"예? 아, 아입니더!"

원아 입에서 기겁하는 소리가 튀어나왔다.

"하! 와 그리 놀래쌌소? 누가 잡아묵소?"

왼쪽 점박이 만호가 끈적끈적한 눈길로 원아 몸 아래위를 쭉 훑어보더니 히죽댔다. 비록 수척했지만, 아직 처녀인 원아 몸은 여전히 자태가 고왔다.

"헤, 저 여자, 인물도 곱고 몸매도 쥑이 주요. 히히히."

눈이 쥐 눈같이 생긴 다른 놈이 음탕한 웃음기를 흘렸다. 점박이 형제 가는 곳이면 말 갈 데 소 갈 데 다 따라다닌 놈답게 개차반이었다.

"맹쫄이 니도 여자 보는 눈이 술찮이 높거마는. 우리한테 끼이줄 만하다."

억호가 쥐 눈을 향해 여자에 대해 통달한 것처럼 말했다.

"내 떠억 보모 아는데……."

입맛을 '쩝쩝' 소리 나게 다셔가면서 한다는 말은 듣는 귀를 더럽게 할 정도였다.

"저리 생긴 여자는 좋다 아인가베."

등겨 먹던 개가 말경에는 쌀을 먹는다. 처음에 조금씩 시작하던 나쁜 짓에 차차 재미를 붙여 끝내 더없이 악화시키는 게 그들 습성이었다.

"좋다이, 머를 말이요?"

멍청한 표정으로 묻는 만호에게 억호가 퉁바리 주듯 했다.

"니는 하매 그 춘화 잊아뻣나?"

그러는 눈이 아편쟁이처럼 게슴츠레 풀려 있다.

"에이, 요리키나 훤언한 대낮에 그 그림책 이약할라요?"

만호는 두 손바닥으로 제 턱을 들어 올리며 말했다.

"쪽팔리거로."

그 말에 억호가 또 핀잔이었다.

"말 한 마리 다 묵고, 말괴기 내미 난다쿠고 있네?"

"씨이."

만호가 뒤통수를 긁적였다. 억호는 이쪽 여자들에게 잘 들리도록 부러 목청을 더 돋우기 시작했다.

"에나 몬 살것더라 아이가?"

만호는 손짓으로 책장을 넘기는 시늉을 했다.

"하모, 내는 그거를 이리 보다가 고마 죽는 줄 알았소."

원아를 눈짓으로 가리키면서 헤헤거렸다.

"그라고 본께네, 저 여자가 그 춘화에 나오는 여자하고 상구 가리방상하거로 생깃소."

억호는 생기다가 만 것 같은 작은 눈으로 원아를 핼끔 보면서 말했다.

"실물이 더 낫다쿠는 생각은 안 드나?"

앉을 자리 설 자리 구별할 줄 모르는 자들의 한심한 작태는 도무지 끝을 몰랐다. 만호는 뭐가 그리 감동받을 일인지 엄지를 치켜들며 요상하게 웃었다.

"실물! 히히히."

덩치가 크고 험상궂게 생겨먹은 사내들이 주고받는 막돼먹은 그 소리를 듣고 우정 댁도 비로소 심상치 않은 공기를 느꼈는지 서둘러 그 자리를 피하려고 했다.

"가, 가자."

그런데 놈들이 순순히 놓아줄 눈치가 아니다. 하기야 그럴 인간들이라면 애당초 그따위 시시껄렁한 소리는 늘어놓지도 않았을 것이다. 다른 모든 걸 다 떠나 지금 거기가 어떤 곳인가 말이다.

"어허, 사람 말이 말 겉잖은 기요?"

"……."

저만큼 떨어진 형옥 위로 드리워진 우중충한 잿빛 하늘에서 어지럽게 날아다니고 있는 검은 새들은 까마귀 떼였다. 주인 없는 시체가 되어 버려지면 까마귀밥이 된다는 말을 하는데, 그 소리가 한층 실감 나는 광경이었다.

"시방 저 감옥에 누가 갇히 있는고 안 물었소?"

"……."

근처 가로수 밑동에 대고 오줌을 갈기고 있는 누렁이를 겨냥해 공연히 발길질해댔다.

"오데 개가 짖고 있는 줄 아는가베? 니기미고 지기미다!"

"……."

만호는 이제 노골적으로 시비 걸어오는 품새다. 그 행색을 보아하니 모두 농군 아낙들이 틀림없고, 그렇다면 갈아 마셔도 시원찮을 농민군 여편네나 딸이 확실하다. 그러니 곱게 보내줄 수는 없지. 나란 인간은 본디 빚을 지고는 못 산다니까.

"……."

그때쯤 주위 사람들도 분위기를 알아차렸다. 매우 위험한 기류가 흘렀다. 그러나 농민군 가족이란 사실이 알려지면 어떤 봉변을 당할지 모를 상황인지라 누구도 선뜻 나서지를 못한다. 힐끔힐끔 훔쳐만 볼 따름이다.

그랬다. 좀 훗날의 일이지만, 이번 임술년 농민항쟁에 연루된 이들의 후손들은, 족보를 위조하는 등 자신들의 신분을 감추고 심지어 가계家系까지 바꾸어버리는 경우도 적지 않았다. 죽고 나면 끝인 세상, 하나 있는 목숨이 붙어 있으려고 하는 그 절박한 마당에, 가문이고 조상이고 아무것도 돌아볼 여유가 없었다.

'저, 저것들은?'

그뿐만 아니라 지금 그곳에 모인 사람들은 점박이 형제를 알고 있었다. 그들의 아비 임배봉이 관아 고위직들과 한패가 되어 이번 농민군 사태를 마무리하려고 한다는 풍문도 심심찮게 나돌았다. 그러니 점박이 형제 눈에 잘못 들기라도 하면 어떤 화를 입을지 모를 판이었다. 개망나니들을 막을 자 아무도 없었다.

"내 처억 함 본께네 알것거마."

촉석문 밖에 돗자리를 깔고 앉아 있는 그 사주 관상쟁이 흉내를 내었다.

"그 나이 쪼꼼 더 묵은 아주머이는 남핀이 갇힛고……."

열원교 쪽으로 바람이 불었다.

"젊은 아주머이는 아부지나 오래비가 갇힌 거 겉은데, 안 그런 기요?"

만호의 그 말끝을 물고 억호가 재미있다는 듯 실실 웃음기를 뿌리며 말했다.

"내가 보기에는 애인인 거 겉은데?"

그러자 만호와 맹쭐이 거의 동시에 되뇌었다.

"애인!"

억호는 누가 묻지도 않는 소리를 해댔다.

"아주머이는 아이고 처녀 겉거든?"

맹쭐이 장단 맞추었다.

"처녀가 좋기는 하지예."

만호는 억호가 한 그 말을 확인이라도 하려는지 원아의 얼굴이며 몸을 한참 요모조모 뚫어지게 바라보았다.

"너거들은 와 그런고 아즉 모리제?"

그러는 억호 눈빛이 음란하기 그지없었다. 백 번을 돌아봐도 그 장소에서 나와서는 아니 될 소리가 조금도 걸러지지 않고 나왔다.

"한분 시집간 여자는 안 있나, 용빼는 재조가 있다 쿠더라도 저런 몸매는 유지 몬 하는 벱이거든."

언제부터인가 형옥 위쪽 하늘에서 보이던 까마귀들이 사람들 머리 위로 날아와 날갯짓하기도 하고 가로수에 올라앉아 아래를 내려다보기도 했다. 무서운 시간이 좀 더 가까이 와 있다는 것을 알리려는 듯했다.

"남자한테 마이 시달린 여자는 절대 저리 몬 돼."

천리마 꼬리에 쉬파리 따라가듯, 점박이 형제 세력 밑에서 기운을 펴는 맹쫄이었다. 그는 억호 말에 굉장히 감탄한 모습으로 과장해 보였다.

"우리 억호 성님 에나 대단합니더. 처녀 맞는 깁니더."

한참 아부하더니 원아에게 더 바짝 다가가 치근대기 시작했다.

"나이 좀 묵은 처녀요! 우리하고……."

"……."

원아는 맞상대는 하지 못하고 치욕과 위기감에 치를 떨었다. 입 섞어 함께 말하기 싫은 인간말종들이었다. 그때 형옥 쪽에서 한 무리의 사람들이 나오지 않았다면 정말 무슨 짓을 당했을지 몰랐다.

"모두들 물렀거라! 썩 뒤로 물렀거라!"

사람들이 그만 놀라 황급히 양쪽 옆으로 물러나게 하는 그들은, 이번 민란을 진압하고 사태를 바로잡기 위해 조정에서 보낸 한양 관헌들이었다.

해는 머물고 사랑은 가고

그곳 언덕바지에 선 늙은 소나무 둥치에는 노란 송진이 끈끈하게 배어났다.

여러 방향으로 난 길고 짧은 가지를 뒤흔들고 지나는 바람이 눈에 보일 만큼 투명한 날씨다. 모든 것이 불확실한 시대에 그것은 경이 그 자체였다.

"허어, 이것도 전생의 인연이련가!"

진무 스님 음성은 목탁 소리같이 청아하게 들렸다. 사람은 나이가 들수록 목청이 갈라져 나오기 마련인데 그는 그렇지 않았다.

"증말 스님을 여서 만내 뵐 줄 몰랐십니더. 우리 옥지이도 그렇고예."

비화도 실감이 나지 않아 진무 스님과 옥진의 얼굴을 번갈아 바라보았다. 그들이 앉아 있는 언덕배기에 자라는 하찮은 풀잎을 희고 앙증맞은 손으로 조심스럽게 만지며, 신기하다는 눈빛으로 사람들을 지켜보는 앳된 효원의 표정이 귀엽다. 옥진의 친동생처럼 구는 행동에는 구김살이 없어 좋았다.

"지난날 한때는 저 태양이 바로 이곳에만 머물렀다는 그런 옛이야기가 우리를 만나도록 했다는 게 아닌가?"

진무 스님은 고개를 뒤로 젖혀 하늘 복판에서 약간 서편으로 기울기 시작하고 있는 해를 올려다보면서 말했다. 비화는 야릇한 감정에 휩싸였다. 태양이 영원히 머물렀다는 거기. 어떻게 태양이 영원히 머물 수 있단 말인지. 대체 여기가 어떤 곳이기에?

"비화 너도 그렇다마는……."

섬세한 붓으로 그려낸 듯한 소나무 그림자를 잠깐 바라보고 있다가 말했다.

"옥진이라는 저 처녀 또한 지금 무척이나 큰 심적 고통에 시달리고 있다는 안타까운 증거이겠거늘."

나직한 목소리로 그렇게 얘기하면서 옥진에게 깊은 연민의 눈길을 보내는 진무 스님에게 비화는 묻고 싶었다. 그렇다면 스님께서는 무슨 고통 때문에 이곳을 찾으신 것이냐고, 법문에 귀의하신 스님조차 세상 번뇌를 벗어던지지 못하셨으니 우리 같은 중생이야 오죽하겠느냐고, 피눈물 내쏟고 가슴이라도 막 쥐어뜯으며 하소연하고픈 심정이었다. 그것이 여의치 못하다면 태양을 내려오게 하여 답해 보라고 떼라도 쓰고 싶었다. 내가 이상해진 것이라는 자각과 함께였다.

"태양이 여게서만 머물렀다꼬예?"

그러는 옥진의 목소리는 햇빛보다도 달빛에 더 가까운 음색을 띠고 있었다. 원래 옥진의 음성이 저랬던가 비화는 혼란스러웠다.

"음."

진무 스님 입에서는 가느다란 소리가 신음처럼 새 나왔다.

"영원히 안 지는 그런 해가 있다쿠모 올매나 좋것십니꺼, 스님."

옥진은 이날 처음 만나는 진무 스님이지만 비화와 깊은 정을 나누는 사이라는 것을 알고 스스럼없이 대했다. 진무 스님이 약간 완고하다는 인상을 느끼게끔 고개를 가로저었다.

"아니야."

"예?"

옥진뿐만 아니라 모두가 의아해하는 눈빛으로 진무 스님을 바라보았다. 그의 입에서는 무척 신기하게 다가오던 처음 이야기와는 다르게 얼핏 무미건조하게 들리는 말이 흘러나왔다.

"동에서 떠서 서로 지는 게 해인 게야."

"……."

하늘의 해도 당연한 말을 왜 하느냐고 멀뚱한 표정을 짓고 있는 것 같아 보였다. 하지만 비화는 그 평범한 진리에서 각별한 그 무언가를 얻어내는 기분이었다.

"그렇지 않으면 그건 벌써 해라고 할 수는 없지."

그러다가 그는 주위를 둘러보던 눈길을 옥진에게로 돌렸다.

"보아하니 처녀는 이곳을 잘 모르고 있는 것 같구먼."

그것은 비화도 마찬가지여서 물어보려는 참인데 늦었다.

"스님, 여게가 우떤 곳인데예?"

효원이 먼저, 꼭 손녀가 할아버지에게 응석 부리듯 했다. 진무 스님은 기분이 나쁘지는 않은지 '허허' 웃고 나서, 삭정이를 연상시키는 팔을 들어 양쪽을 이리저리 가리켰다.

"예전에는 말이다, 지금 우리가 앉아 있는 이 언덕 저 양쪽으로 두 개의 절이 있었다고 하느니라."

효원이 푸른 강물에 반사되는 흰 새의 털빛처럼 하얀 손가락 두 개를 꼽아 보였다.

"절 두 개가예?"

그러자 진무 스님도 재미있다는 듯 효원과 마찬가지로 손가락 둘을 차례로 꼽았다.

"하나, 둘."

구부정한 소나무 그림자가 조금씩 동쪽으로 자리를 옮겨가고 있는 것을 내려다보는 비화 마음이 자못 야릇했다. 어디쯤인지는 알 수가 없지만, 남편 박재영이 조금씩 비화 자신이 있는 곳으로 다가오고 있는 듯한 가슴 떨림이랄까.

그러나 한편으로는 더없는 불안감과 초조감을 떨쳐내기 힘들었다. 시간이 흐를수록 한층 더 그랬다. 어쩌면 차라리 돌아오지 않은 것만도 못하다는 고통과 실망을 맛보아야 하지는 않을까 하는 온갖 방정맞고 불길한 예감 때문이었다.

비화가 자꾸만 그렇게 좋지 못한 감정에 사로잡히는 것은, 갈수록 진무 스님 이야기가 무섭고 쓸쓸한 쪽으로 흐르고 있기 때문이었다. 저토록 밝은 태양빛 밑에서는 어울리지 않을 것 같은.

"그 젊은 학승學僧은 말 그대로 오로지 배움에만 힘쓰는 스님이었지만……."

승려가 승려 이야기를 하는 것은 지극히 자연스러운 일이었지만 왠지 모르게 비화는 더 듣고 싶지가 않았다. 그녀는 속으로 전율을 금치 못했다. 다른 사람도 아니고 진무 스님 말에서 이런 감정을 느끼는 것은 처음이었다.

"전생의 업보가 너무나 무거웠던 게지."

그러고 나서 진무 스님은 몸까지 떨어 보였다. 그에게서 얼핏 향불 냄새가 나는 듯했다. 승려라고 늘 몸에 향을 지니고 다니는 것은 아닐 텐데. 그래, 모든 것은 결국 한 가지로 귀결되는 거야, 마음.

"진정 무섭고 소름끼칠 일이야. 나무관세음보살."

진무 스님도 무서움을 탄다는 사실에 비화 심정은 더더욱 막막하기만 했다. 하기야 그도 사람이니까. 그렇게 새겨보는 비화 눈에 비치는 태양이 걸음을 멈추고 있었다.

"아, 스님. 그기 무신?"

약간 덤벙대는 효원보다 옥진이 좀 더 큰 조바심을 내비치고 있다. 그건 안정되어 있지 못하다는 증거였다. 옥진이 홍우병 목사와 남다른 정분을 나눈 사이라는 것을 비화는 모르지 않았다. 그리고 앞날까지 내다보는 진무 스님도 그런 사실을 어느 정도는 알고 있을지 모른다는 짐작까지 해 보는 비화였다.

'절집에 계시기는 해도, 바깥시상 일을 모리시는 기 안 없나.'

진무 스님은 어지럽고 고통스러워하는 옥진 마음을 좀 바로잡아주기 위하여 그런 사연을 들려주시려는 게 아닐까 하는 추측이 은연중에 들기도 하였다. 그러자 그녀 마음이 크게 달라졌다. 어서 진무 스님 이야기가 듣고 싶은 나머지 비화는 재촉하듯이 그의 얼굴을 바라보았다.

"젊은 학승의 스승인 노스님은 퍽 대단한 선승禪僧이었다고 하는데……."

진무 스님은 처음 자기 머리를 깎아준 묵암선사가 생각나 말을 멈추었다가 계속했다.

"그 학승은 자신도 그런 스승처럼 되기 위해서 노력했지."

끈적끈적한 송진 냄새가 옅은 듯 짙었다. 소나무가 그런 진액을 뿜어내는 이유를 언젠가 누구에게서 들은 것도 같은데 기억이 잘 나지 않는 비화였다.

"대룡사에서 나와 소룡사에 있는 작은 초가집에서 온종일 벽만 마주한 채 수도에만 온 힘을 쏟았다더군."

'해나?'

비화는 그 젊은 학승은 혹시 진무 스님 자신이 아닐까 싶어졌다. 아마 그건 아닐 거라고 보면서도, 어쩐지 남모를 비밀을 많이 간직하고 있는 듯한 스님이었다. 비화는 문득 그에게서 연민과 비애를 맛보았다.

'사람이 비밀을 마이 갖고 있다쿠는 거는 불행한 기 아이까?'

어디 중이 된다는 것이 말처럼 그렇게 쉬운 노릇인가? 사실 그녀도 머리 깎고 비구니가 되어 힘든 세속을 훌훌 떠나가고 싶다는 충동에 빠질 때가 한두 번이 아니었다. 하지만 무슨 미련이 남아서인지 아직 그럴 용기를 얻지 못했다. 개털 같은 내 인생에서 무얼 더 기대할 게 있다고 말이다.

"학승은 종종 여기 언덕바지에 혼자 우두커니 선 채로……."

저 아래로 내려다보이는 길 위에는 사람들과 우마차, 가마 등이 서로 엇갈리는 인생처럼 지나쳐 가고 있는 게 눈에 띄었다.

"좀체 풀 수 없는 화두 하나를 안고 고통스러워했지."

아, 그렇구나! 송진은 바로 소나무의 화두였구나! 문득, 그런 깨침과 함께 비화는 강렬한 의문에 사로잡히며 눈을 끔벅거렸다.

'진무 스님이 와 저리?'

그 이야기를 하는 동안 진무 스님은 갑자기 무척 외로워 보였던 것이다. 비화는 또 다른 환상에 빠졌다. 가까이 서 있는 소나무가 어떤 젊은 스님 모습으로 바뀌 보이는. 그러다 비화는 자칫 비명을 지를 뻔했다.

남편. 이럴 수가? 젊은 스님으로 변신했던 그 소나무가 이번에는 남편 박재영이 돼 있는 게 아닌가? 비화가 홀연 그런 착각에 빠진 건 진무 스님이 들려주는 그 학승의 과거사 탓이었다.

"그는 불가에 들기 전 세속인으로 살아갈 때 숱한 탈선을 했더랬지."

그 말을 듣자 또 비화 머릿속에 떠오르는 얼굴들이 점박이 형제였다. 그렇지만 중이 돼 있는 억호와 만호의 모습은 도저히 그려지지 않았다. 파계한 돌중이라도 그것들보다는 훨씬 나을 것이었다.

그렇다면 옥진은? 그것도 아닌 듯했다. 하긴 '기생 해랑'은 상상도 하지 못했지만 엄연한 현실로 나타나 있으니 무어든 간에 자신 있게 아니라고 못 박을 수 없는 게 우리가 사는 세상사였다.

"사람이 저지를 수 있는 모든 악업을 저질렀어."

이어지는 진무 스님의 말이 바람을 타고 흩어지는 게 보일 만큼 허공의 속살이 투명했다. 자연은 거짓이 없다는 생각이 들었다. 그런데 자연 속에서 태어나고 자연 속에서 살다가 자연 속에서 죽어가는 인간들은 왜? 그 또한 하나의 불가사의일 뿐이라고 치부해버리는 게 현명한 처사일까? 너무 무책임하고 불성실한 짓이다.

"돈과 권력에 대한 욕심은 물론이고, 툭하면 쌈질이었으니 어이할꼬?"

태양은 머무는 듯 움직이고, 움직이는 듯 머물러 있었다.

"특히 여자에 대한 절제가 전혀 안 되는, 그야말로 망나니였다고 할 수 있어."

승려, 그것도 진무 스님 같은 고승의 입에서 흘러나오는 여자 이야기는 어딘가 모르게 엇박자를 내고 있다는 기분에 젖게 했다.

"사람으로 태어난 몸이……."

그러던 진무 스님은 문득 말끝을 얼버무렸다. 비화의 처지를 누구보다 잘 아는 그였기에. 비화의 남편이라는 그 사람, 대체 현생에서 무슨 업인業因을 쌓으려고?

그때 갑자기 옥진이 부르르 몸을 떨었다. 그것을 본 비화 가슴이 또 '쿵' 하는 소리를 내며 내려앉았다.

대사지와 점박이 형제.

효원보다 한참 더 어렸던 그날의 옥진. 대사지는 한 번 건너가면 다시는 돌아올 수 없는 강, 이승과 저승 사이에 가로놓였다는 '망각의 강'

인가?

비화는 고개를 흔들었다. 차라리 망각의 강이라면 얼마나 좋겠는가 말이다. 그날 그 일은 죽어서 저승에 가더라도 잊어버리지 못할 것이다. 누군가는 망각이 가장 무서운 것이라고 할 수도 있겠지만, 기억만큼 사람의 발목을 휘어잡는 잔혹하고 몰인정한 것도 드물 것이었다.

'망각, 기억.'

그 생각 끝에 비화는 너무나도 서글펐다. 나는 망각이라는 축복을 받지 못한 사람이라는 자각 때문이었다. 어찌 잊을 수 있겠는가, 저 철천지원수들을.

"그런 망나니가 우찌 스님이 됐어예?"

눈이 동그래진 효원 물음에 진무 스님이 헛헛한 웃음을 터뜨렸다. 그러고는 즉문즉답을 하는 자리에 초청받은 불제자처럼 했다.

"때론 그런 사람이 더 훌륭한 고승이 되는 경우도 있느니라."

비화는 그 말이 이해가 되었지만 효원은 그렇지 못한 모양이었다.

"에이, 그런 기 오데 있어예?"

옥진이 뜬금없이 물었다.

"몸을 한 분 베리삔 여자라도 멤만 단디 묵으모, 세모시 치마매이로 맑고 깨끗한 여염집 아낙으로 살아갈 수 있으까예, 스님?"

'아, 저, 저?'

비화는 아찔한 현기증을 느끼며 당장 옥진의 입을 틀어막고 싶었지만 이미 다 나와 버린 말이었다.

진무 스님은 적잖게 놀란 눈빛으로 한참이나 옥진을 바라보았다. 그러고는 거기 서 있는 소나무가 쓰러질 정도로 깊고 긴 한숨을 토해냈다.

"허, 이 언덕바지에 서린 한과 고통은, 억겁의 세월이 흘러가도 영원히 지워버리지 못할 것인가? 나무관세음보살."

진무 스님의 붉고 단아하면서도 까칠한 입술 사이로 더한층 경악할 소리가 흘러나오기 시작했다.

"천만 가지 인간 업보 가운데서도 가장 무서운 게 저 사랑의 업보라더니……."

그곳에서 내려다보이는 저 집집마다 천만 가지도 더 넘는 온갖 사랑과 미움과 한과 환희와 고통이 업보라고 하는 하나의 끈에 묶인 채 숨쉬고 있으리라.

"과연 그 말이 조금도 그릇되지 않았도다!"

비화는 하늘이 쩍 갈라지고 땅이 푹 꺼지는 듯한 막막함에 사로잡히지 않을 수가 없었다. 아무래도 진무 스님이 옥진의 과거를 모두 알고 있는 것만 같았다.

아, 그러면 이 일을 어쩌나? 우리 옥진이를 어떡하나?

그러나 비화는 이내 자신의 어리석음에 부끄러웠고 곧이어 자조했다.

사랑의 업보라니? 옥진과 점박이 형제의 악연, 그게 어찌 사랑이란 것이냐?

부모가 자식을 아끼고 위하는 따뜻한 마음, 남녀가 서로를 애틋하게 그리워하는 마음, 동정하여 친절히 대하고 너그럽게 베푸는 마음.

비화 자신에게 그런 것만이 사랑이 아니라는 것을 일깨워준 이가 바로 진무 스님이었다. 언젠가 그는 얼핏 흔들리는 듯 곧은 목소리로 이렇게 말했었다. 듣기에 따라서는 다소 난해한 이야기였다.

"육정적이고 감각적이 아닌, 동정과 긍휼矜恤, 구원, 행복의 실현을 지향하는 정념, 그 또한 사랑이라고 할 수 있느니."

그리고 나서 덧붙이기를, 불교의 자비와 천주학의 박애가 곧 사랑과 직결된다는 거였다. 그 기억이 되살아나면서 비화는 마음 밑바닥에 꼭꼭 새겨 넣었다.

비화는 그만 목을 놓아 통곡하고 싶었다. 그래, 옥진은 가장 평범한 아낙의 삶을 저리도 갈망하고 있는 것을. 하지만 남들에게는 평범한 그 삶이 옥진에게는 옥황상제가 산다는 천상의 화원에 열린 과일을 따오는 일보다도 힘들지 않은가? 그런 가상假想은 뭇매로 때려죽인대도 하기 싫지만, 어쩌면 영원히 불가능한…….

그런데 끊어질 듯 이어지는 진무 스님 이야기는 갈수록 고통과 위기의 가파른 벼랑 끝을 향해 치닫고 있다.

"그 젊은 스님을 가장 괴롭혔던 게 사랑이었더니라."

사랑이라는 말을 계속 입에 올리는 진무 스님이 비화 눈에는 너무나 낯설고 거부감마저 일었다. 정말이지 이제 제발 그런 말은 더 없었으면 좋겠다. 그가 모든 것을 확실히 알고 있다는 느낌이 커질수록 그런 바람은 더 짙고 강렬했다.

비화는 그만 자리에서 일어나고 싶다는 충동을 겨우 억눌렀다. 진무 스님의 그 말이 떨어지기 무섭게 효원의 카랑카랑한 목소리가 거기 언덕바지를 크게 울렸다.

"스님이 사랑 땜에 괴로버했다고예?"

진무 스님은 일부러 깜짝 놀랐다는 얼굴로 가장했다.

"어이쿠우! 내 간이 어디로 갔을꼬?"

그가 그런 장난기를 보이는 것도 비화는 이날 처음 보았다. 그동안 진무 스님에게 무슨 일이 있었던 걸까? 아니면 앞으로 무슨 일이 있으려고? 그 어느 쪽도 달갑지 않았다.

"그런 말이 오데 있어예, 스님?"

진무 스님이 효원의 그 어투를 흉내 내어 귀여운 손녀에게 하듯 말했다.

"오데 있어? 요 있제."

효원은 그 크고 동그란 눈을 살짝 흘겼다.

"스님?"

진무 스님은 심각하고 간절한 목소리로 말했다.

"내 간을 찾았어?"

시주 얻으러 온 스님처럼도 했다.

"찾았으면 어서 돌려줘."

코가 마비돼버린 것인지 송진 냄새를 더 맡을 수 없는 비화였다.

"스님이 토까이라예?"

그 순간에는 귀여운 토끼 같아 보이는 효원은, 자기가 한 그 말에 스스로 웃지 않고는 배겨낼 수 없어 보였다.

"호호호."

그러나 비화가 얼핏 본 옥진의 표정은 이제까지보다 더 복잡다단해 그녀의 가슴을 아프게 했다. 지금 옥진이 사랑 때문에 얼마나 힘들고 괴로워하는가를 잘 깨달을 수 있었다. 더군다나 그건 옥진 자신의 죄라기보다도 그렇게 되도록 태어난 죄, 말하자면 세상 뭇 사내들로 하여금 불온한 감정을 갖도록 만드는 뛰어난 미모, 그것으로 인한 거라는 자각이 더 마음을 아리게 했다.

'사랑…….'

대저 사랑이란 우리에게 어떤 것인가? 그 정체는 또 무엇인가? 혼례를 치른 지 얼마 지나지도 않은 지아비가 홀연히 집을 나가버린 탓에, 생과부가 되어 죽은 삶을 살아가고 있는 비화 자신과는 또 다른 성질의, 그런 애틋하고 깊은 사랑의 상처를 안고 살아가는 옥진이.

'아, 그렇다모!'

젊은 스님이 사랑 때문에 괴로워한다는 것. 그것은 어쩌면 극히 당연한 일일 수도 있다. 이루지 못한 사랑의 아픔과 한으로 말미암아 속가俗

家를 떠나 불문佛門에 든 중이 이 세상에는 적지 않을 수도 있을 것이다. 무엇보다 젊었기에. 젊음은 축복이기도 하지만 다른 면에서는 저주와 방황의 상징일 수도 있겠다.

"형편없는 망나니였던 그 학승은……."

"……."

겨울에도 잎이 지지 않는 소나무는 영원히 중이 될 수 없을 것이다. 머리털을 깎아버릴 수가 없으니까. 항상 머리에 머리털이 나 있으니까. 그런 생뚱맞은 생각이 들기도 하는 비화였다.

"머리를 깎고 나서 자신했던 모양이야."

"……."

이제 모두 잠자코 듣기만 하고 있었다. 바람은 대룡사에서 소룡사 쪽을 향해 불었다가, 곧 소룡사에서 대룡사 쪽으로 불기도 했다.

비화는 이런 사념에 젖었다. 지금 큰 용과 작은 용이 어울려 놀고 있는 것인가? 아니면 싸우고 있는 것인가? 큰 용은 운명, 작은 용은 인간.

"잘라버린 그 머리카락처럼 자신의 모든 욕망과 번뇌의 뿌리까지도 잘라버렸다고 믿었던 게지."

진무 스님 목소리는 건조한 것 같기도 하고 눅진한 것 같기도 했다. 오래전 진무 스님 머리에서 잘려나간 그 머리털은 지금 어디쯤 떨어져 있을까? 바람 따라 흩어졌다가 바람 따라 다시 모이고 있지는 않을까? 그 머리카락들을 그러모아 진무 스님 머리에 잘만 갖다 붙이면, 진무 스님은 다시 사문寺門 밖으로 나와 살아가게 되지 않을까? 비화는 뒤죽박죽 상상들을 했다.

"그러나 사랑이란 사슬은……."

인생은 무겁고 녹슨 쇠사슬을 온몸에 친친 감고 살아가야 하는 형벌의 연속이라고 하면 진무 스님은 뭐라고 하실 것인가? 그걸 네 몸에 감은 것은 바로 네 자신이라고 나무랄 것도 같다. 그러하니 그것을 풀어야 할 사람이 누구인가는 더 묻지 않아도 알 것이라며 염불을 욀지도 모른다.

"마지막까지 그를 풀어주지 않았으니 어이하리."

"……."

진무 스님의 그 음성에는 깊은 고뇌와 통한의 핏빛 사연이 절절히 맺혀 있는 성싶었다. 세상을 비추는 태양 빛이 달빛보다도 공허하고 쓸쓸해 보였다.

"후우."

옥진이 세모시의 올처럼 가늘게 한숨을 내쉬었다. 흡사 가까스로 붙어 있는 생명 줄의 표시이듯.

그 소리에 비화 가슴이 대책 없이 무방비로 무너져 내렸다. 제아무리 다시 그러모으려고 해도 소용이 없다.

사랑의 사슬. 그러고 보니 비화 자신이 알고 있는 사람들 가운데 그 사랑의 사슬로부터 자유로운 이는 단 하나도 없는 듯했다.

그 사랑이란 게 모두가 좋아하는 꽃처럼 향기롭고 아름다운 것이든, 구더기 들끓는 썩은 쥐의 시체같이 더러운 것이든, 또 다른 어떤 것이든 간에, 우리 인간들은 스스로 사랑의 사슬로 제 몸과 마음을 친친 동여매 버린다.

그렇다. 구태여 멀리 갈 것도 없이, 비화 자신을 향한 한돌재의 감정, 그 한돌재를 향한 밤골 댁의 감정에 이르기까지…….

비화 심경은 너무나도 어둡고 무거웠다. 진무 스님더러 이제 제발 그런 이야기는 그만두시라고 만류하고 싶었다. 그렇지만 무슨 연유에선지 진무 스님은 지나치게 여겨질 정도로 그 학승 이야기를 더 상세히 들려주고자 하는 기색이 역력했다. 꼭 진무 스님 자신이 그 학승인 것처럼.

"감나무에 홍시가 빨갛게 익어가고 있는 어느 가을날이었다."

비화는 순간적이지만 거기 소나무에 홍시가 열려 있는 것을 보았다. 그런데 계절은 봄, 여름, 가을도 아닌, 겨울이었다.

"학승은 바로 이곳 언덕에서……."

소나무가 고개를 끄덕거리고 있는 것같이 보였다. 그건 마치 진무 스님이 들려주고 있는 그 모든 사연들을 나는 직접 지켜보았다고 말하고 있는 듯싶었다.

"참으로 아름다운 여인을 보게 된 것이야."

잠시 입을 다물고 있던 효원이 오래 참았다 싶게 또 끼어들었다.

"그 여자가 암만 이뻤다 캐도, 우리 해랑 언니만치 이뻤을까예?"

푸른 솔잎 사이에 달려 있던 갈색 솔잎 서너 개가 소리도 없이 땅으로 떨어지고 있었다. 다른 나무들과는 낙엽이 되는 기간이 다르다는 특이한 소나무였다. 그것으로 인해 항상 '독야청청'이라는 찬탄과 아름답게 여겨줌을 누릴 수 있는 나무였다.

"효, 효원아!"

옥진의 낯빛이 홍시같이 발개졌다.

"시방 스님께서 말씀하시는데 니 자꾸 그리키 버르장머리 없거로 끼들 끼가? 똑 개밥에 도토리매이로."

진무 스님이 굳은 낯빛을 풀고 껄껄 소리 내어 웃으며 말했다.

"아니야, 효원이 말이 맞아."

효원이 옥진더러 그것 보라고 큰소리다.

"언니는 누가 그렇다쿠모, 좀 그런 줄 알아예!"

이참에 따끔하게 충고를 해두려고 작심한 모양이었다.

"장마당 혼자 고집만 내세우지 말고예."

진무 스님은 학승이 만난 그 여인을 대하듯 해랑을 보며 입을 열었다.

"솔직히 말하자면 나이 들어가는 홀아비 같은 이 중의 눈에도……."

지금 해는 서쪽도 아니고 남이나 북에서 뜨고 있는 것으로 비치고 있다.

"해랑 처녀는 그냥 예사롭게 비치지 않는구나."

비화에게 묻고 싶은지 비화를 보면서 얘기했다.

"이런 딸을 가진 부모가 누군지 궁금하기도 하고 말이야."

옥진의 아버지 강용삼과 어머니 동실 댁의 얼굴이 떠올라 비화는 가슴팍이 답답해져 오기 시작했다. 그들의 슬픔과 아픔을 누구보다도 잘 알고 있기 때문이다.

"아니, 아니야."

그런 비화의 표정을 어떻게 읽은 걸까? 진무 스님이 또 다른 사람이 된 듯했다.

"그건 질투지. 시샘이라고. 하하."

옥진의 머리칼은 햇살을 받아 약간 갈색을 띠어 보였다. 눈동자도 그와 엇비슷한 빛을 반사시키고 있었다. 방금 가지에서 굴러 내린 솔잎의 빛깔과 유사한.

'기녀들은 외출할 때 전모氈帽를 쓴다 쿠던데…….'

비 올 때 여자 하인이나 아이들이 쓰는 그 갓 생각이 났다. 트레머리를 하고 가리마로 장식한 옥진의 머리를 보며 왠지 허전한 느낌이 드는 비화였다.

"우리 효원이 말처럼, 그 소국이라는 여인도 해랑이보다는 덜 아름다웠을 걸?"

진무 스님 그 말이 떨어지자마자 옥진이 흡사 기다리고 있었다는 듯 얼른 물었다.

"소, 국. 소국이라고 하셨십니꺼?"

그런데 진무 스님은 그 물음에는 대답하지 않고 홀연 긴 한숨부터 내뿜었다.

"소국이란 여인은 한양 기생이었지."

그 낯빛이 어쩐지 복잡해 보였다. 아니, 착잡해 보였다는 게 더 옳은 말이었다.

"기생이었다고예?"

그때, 이번에는 비화 입에서 놀란 소리가 튀어나왔다.

"아, 젊은 스님하고 사랑을 나눈 여인이 기생?"

진무 스님 음성은 의외로 담담했다.

"그래, 기생."

"……."

갑자기 송진 냄새가 물씬, 풍겼다. 바람이 더 세게 일어나려는 걸까?

"한양에서 여러 사내를 울린 대단한 기생이었다더구나."

그 순간이다. 거기에 있는 모두가 소스라치게 놀랄 만큼 옥진이 무섭게 큰소리를 내지른 것이다.

"와 그랍니꺼? 스님하고 기생이 서로 사랑하모 안 되는 기라예?"

"……."

그러자 어지간한 일에는 좀처럼 흔들리지 않는 진무 스님도 놀라고 당황했는지 눈을 크게 뜨고 옥진을 멍하니 바라보았다. 그와 동시에 이마에 주름살 하나가 더 늘어나고 있다.

성난 멧돼지같이 씩씩거리는 옥진. 아니, 함정에 빠져버린 멧돼지가 그곳을 헤어나려고 발버둥을 치는 것처럼 보였다

"우째서 안 되는데예?"

저 밑 길가에서는 흰옷을 입은 아이들이 어디론가 달음박질을 치고 있다. 개중에는 검은 치마를 입은 여자아이도 보인다.

"와예, 스님?"

정말 태양이 머물러 있는 것 같은 언덕바지였다.

"말씀을 함 해보이소!"

"……."

별안간 분위기가 더없이 어색해졌다. 햇살이 엷어지는 듯했고 바람도 저만큼 떨어져서 불고 있는 것 같았다.

비화 눈에 옥진의 몸이 마귀 소굴로 비쳤다. 온갖 요사스러운 잡귀들이 들끓으며 저주와 타락과 증오의 말을 내뱉는. 어릴 적에 동리 짓궂은 머슴애들이 옥진더러 '독버섯'이라고 놀려먹던 기억도 오롯이 되살아났다.

'아, 우리 진이가!'

비화는 더한층 가슴이 쓰려왔다. 옥진이 입은 사랑의 상처는 비화 자신이 예상하는 것보다 훨씬 깊고 크다.

진무 스님도 무언가를 깨달은 걸까? 이런 엉뚱한 말을 꺼냈다.

"안 될 법도 없지. 아니야. 중과 기생의 사랑이야기니까 지금까지 전해지고 있겠지. 아암, 그럴 거야."

그는 세상을 굽어보듯 그 고을 집들을 내려다보면서 말을 이었다.

"세상 사람들에게는 참 특별한 사랑이야기로 들릴 테니까."

소나무에 내려와 앉으려고 하던 까치 한 마리가 아무래도 사람들이 부담스러운지 다시 훌쩍 허공으로 날갯짓을 하더니 보이지 않는 곳까지 날아가 버렸다.

"스님, 그런 말씀은……."

그러나 진무 스님은 손을 들어 비화가 말하려는 것을 제지하며 일깨워주듯 했다.

"문제는……."

"……."

한동안 머무르고 있는 성싶던 태양이 또다시 발걸음을 내딛고 있는 것처럼 비쳤다. 그 순간에는 지구가 돌고 있는 게 아니라 해가 돌고 있다는 착각이 일었다.

"그들 사랑이 너무나 슬프고 고통스러웠다는 사실이야."

"……."

그러자 그 슬프고 고통스러웠던 중과 기생의 사랑이 거기 언덕바지에 또다시 내리는 듯 분위기가 착 가라앉았다. 벌써 몇 번을 그렇게 바뀌고 있는 자리인지 모르겠다.

"스님!"

분위기가 약간 서먹서먹해질 양이면 그것을 부드럽게 풀어주는 역할을 효원이 했다. 그러고 보면 효원은 아직 나이가 어려도 어른 두 사람 몫은 너끈히 해내는 여자애였다. 그 효원이 침묵을 밀어내고 말했다.

"소국이라쿠는 그 기생 말입니더."

땋은 머리의 효원은 동기童妓들이 입는 홍치마와 녹색 저고리 차림새였다. 무슨 빛깔의 옷을 입어도 잘 어울릴 성싶은 효원이었다.

"왜?"

지금까지 효원과 말 상대를 해줄 때면 어김없이 그랬듯, 진무 스님 얼굴에서 금세 그늘이 사라지고 잔잔한 미소가 감돌았다.

"한양 기생이라 쿠셨지예?"

효원이 확인했다.

"그랬지."

진무 스님이 대답했다.

"그란데 우찌 이 먼데꺼지 왔지예?"

"아, 그거?"

남 이야기를 약간 못 미더워하는 것으로 들릴 수도 있는 효원 물음이었지만 진무 스님은 도리어 귀엽다는 표정으로 자상하게 들려주었다.

"소국이의 친정집이 이곳이었지."

그 말에 소국이라는 그 기생에 대한 감정 결이 달라지는 비화였다. 게다가 곧 이어지는 진무 스님의 말이 가슴을 찔렀다.

"그리고 소국은 한양의 나쁜 인습이 싫었던가 봐."

효원은 어려웠는지 반문했다.

"인습예?"

진무 스님이 입을 열기도 전에 옥진이 여전히 볼멘소리로 말했다.

"보나 안 보나 우떤 누군가를 사랑하다가 실패했것지예."

오른쪽을 향하도록 입은 치마 겉자락을 올려 매어 속옷의 무릎 아랫부분이 보이도록 입은 옥진의 전형적인 기녀 복장이 비화 마음을 씁쓸하게 했다. 그런 옥진은 곧이어 더없이 체념하는 말투가 되었다.

"우짜모 그기 기녀들이 가야 할 운맹인지도 모리고예."

이번에는 진무 스님도 당혹감을 완전히 떨치지 못하는 낯빛이었다.

"아니다. 아니다."

구름 한 장이 바로 머리 위에 와 있다. 태양이 머무는 곳이 아니라 구름이 머무는 곳이 되려는 것인가?

"기녀들이라고 다 그렇지는 않아."

"……."

"그 소국이란 기생은 지금 네 말처럼 그런 운명이긴 했지만……."

진무 스님은 거기서 이야기를 멈추었고 또 긴 침묵이 가로놓였다. 주위가 갑자기 무서울 만큼 고요해졌다. 마치 그곳이 산사山寺이기라도 한 것 같았다.

언덕바지를 향해 문득 바람이 한차례 불어왔고, 그러자 소나무 가지가 한 번 흔들렸고, 천성적으로 가만히 있지 못하는 효원이 여러 번 몸을 뒤틀었다.

옥진은 미동도 하지 않고 있었지만 두 손으로 저고리 가슴 근처를 꽉 움켜쥐다시피 하고 있었다. 흰 손등의 푸른 정맥이 아슬아슬함을 느끼게 할 정도로 고스란히 드러나 보이는 듯했다.

저러다가 혹 둘 다 저고리 고름이 풀리지나 않을까 걱정이 되기도 하는 비화 머릿속으로, 제 딴에는 옥진에게 저고리 고름 매는 방법을 가르쳐주던 어린 시절이 떠올랐다.

'바로 엊그제 겉은데 하매…….'

그날은 비화 자신도 어머니에게서 저고리 고름 매는 방법을 처음 배운 날이었다. 옥진한테 그것을 전수傳授할 막중한 임무를 띠고 옥진의 집으로 갔었다. 비화더러 그렇게 할 기회를 주기 위한 신의 뜻인지 마침 옥진 집에는 어른들은 없고 옥진 혼자만 있었다.

"언가 니가 저고리 고름을 맬 줄 안다꼬?"

옥진은 신기하기도 하고 못 미더워하는 것 같기도 했다.

"문디 가시나 아이가?"

비화는 눈을 흘겼다.

"안 배우고 싶으모 고만도라."

어른들이 곧잘 쓰는 말도 했다.

"지 쉽지 오데 내 쉽나."

그러자 옥진은 비화 손에 들려 있는 노랑 저고리를 낚아채 갈 듯이 하며 들러붙었다.

"아이다, 아이다. 배, 배우고 싶다, 언가야."

그러면서 울상을 짓는 옥진이 낯설었다.

"진즉 안 그라고?"

비화는 씩 웃은 뒤 노랑 저고리를 옥진에게 입혔다.

"아, 에나 이뿌다. 이 저고리 니한테 상구 잘 어울린다 아이가."

친동기 이상 가는 정겨운 목소리였다.

"하기사 니는 이뻐서 우떤 저고리를 입어도 잘 받을 끼거마는."

아직 본 기억은 없지만 검정 저고리도 마찬가지일 거라고 여기는 비화였다.

"에이, 고만해라."

옥진의 얼굴이 그 노랑 저고리에 달린 다홍빛 고름보다도 더 붉어졌다. 비화는 짐짓 근엄한 표정을 지었다.

"그라모 시방부텀 내가 갈카주는 대로 따라 해보는 기다. 알것제?"

옥진은 입술을 꼭 깨물며 말했다.

"알것다."

그때부터 어지간한 글방 훈장은 저리 가라 할 만큼 자상하고도 철저한 비화의 가르침이 이어졌다.

"맨 먼첨 안 있나, 왼손 갖고 오른짝 고름을 잡고, 오른손 갖고 왼짝 고름을 잡고, 어, 그라고 나서 왼손을 우로 가거로 해라."

옥진은 그대로 하면서 입으로는 바빴다.

"우찌? 이리?"

비화는 잘 돼 있는지 확인하고 나서 물었다.

"왼손 고름 있제?"

옥진은 그 고름을 내려다보면서 대답했다.

"으응."

비화는 잠시 생각하다가 일러주었다.

"그거를 다린 쪽 고름 밑으로 집어넣은 담에……."

옥진이 그렇게 하면서 물었다.

"아, 요리 말이가?"

비화는 어머니가 자기에게 그러는 것처럼 했다.

"오데 함 보자."

옥진은 자꾸 입방아를 찧었다.

"요리? 요리?"

비화는 살펴보면서 답했다.

"으응, 그래."

옥진은 비화 생각보다 훨씬 더 잘 따라 했다. 얼굴 말고 다른 것은 비화 자신보다 좀 뒤떨어지는데 저고리고름 매는 것은 더 잘했다. 비화가 어머니에게서 배울 적에는 두세 번 해야 제대로 했는데, 옥진은 단 한 번 만에 성공하는 것이었다.

"언가야, 한 분만 더 하자, 응?"

"그래, 요분에는 니 혼자서 함 해봐라."

"아, 재밌다, 상구 재밌다."

"그리키나 좋나?"

"하모. 내도 당장 새 저고리 한 벌 사 달라꼬 해야겄다. 고름은 내가 매것다 쿠고."

"가시나가 성깔도 되기 급하다."

"가시나는 성깔이 급하모 안 되는 기가? 그라모 머스마는 급해도 되고?"

"하여튼 니 손에 들가모 무신 고름이든 고름 떨어지삐겄다."

"지금 이곳을 비춰주고 있는 하늘의 저 해는……."

그때 들려오는 진무 스님 목소리에 비화는 회상의 고름을 풀었다.

"무심치를 아니 하여……."

진무 스님은 해를 올려다보며 또다시 이야기를 이어갔다. 질식할 것만 같은 지금의 그 침묵을 깨뜨릴 수 있는 것은 오로지 그것뿐이란 듯.

"젊은 중과 기생이 사랑을 나누는 이 언덕에서 걸음을 멈추었던 거야."

비화는 그들 사랑이 불륜이라고만 받아들여졌던 처음의 감정이 서서히 스러져갔다. 그 대신 가슴이 몹시 저리면서도 신기했다. 대체 그들 사랑이 얼마나 아름답고 애틋했기에 하늘의 해마저도 오직 그들만을 비춰주기 위해 여기 언덕바지에서 멈췄을까?

'아아.'

그 생각 끝을 물고 콧등이 찌르르 시려오면서 앞이 뿌예졌다. 내 지아비 박재영은 어느 언덕바지에서 걸음을 멈춰버린 채 다시 돌아오지 않고 있는 것인가? 아니, 어느 여인과 더불어 하늘의 해가 갈 길을 멈추고 비춰주는 그런 사랑을 나누느라고 아내인 나를 영영 잊어버린 걸까?

'이라다가 내는 옷 색하고 같은 색의 고름을 매야 하는 거는 아이까?'

그런 섬뜩한 생각까지도 들었다. 남편을 상징하기도 한다는 여자 옷고름. 혼자 사는 여자는 옷과 고름을 같은 색으로 해야 한다는 말이 뇌수를 찔러왔다.

그러자 그때부터는 비화 귀에 진무 스님 이야기가 제대로 들리지를 않았다. 그 학승은 부처의 교법을 완전히 버리지 못했으며, 소국이란 기생은 그런 학승을 마지막까지 자기 사람으로 만들지 못한 것에 대한 안타까움에 더더욱 괴로워하게 됐다는, 그런 정도의 어설픈 줄거리만 대충 마음에 타버린 재처럼 남았다.

"그런께 남자가 여자를 배신했다쿠는 기라예?"

흥분한 효원의 말에 비화는 다시 정신이 돌아왔다. 철부지 효원은 꼭 그게 진무 스님의 잘못이기라도 한 것처럼 했다.

"서로 웬수가 돼삐린 거 아이라예?"

이번에는 진무 스님이 전혀 장난기가 전해지지 않는 목소리로 말했다.

"밤 잔 원수 없고, 날 샌 은혜 없다 했느니."

"예?"

효원이 멀뚱멀뚱한 표정을 지었다.

"남에게서 진 은혜나 복수해야 할 원한이나, 모두 때가 지나면 차차 덜해가고 잊게 되는 법이지."

진무 스님은 자기를 바라보는 비화의 복잡한 눈빛을 짐짓 모르는 척 화두의 깨달음처럼 이렇게 말했다.

"모든 게 운명인 게야. 나무관세음보살."

혼잣말 같은 진무 스님 그 말에 옥진이 따지듯 캐물었다.

"운맹, 운맹이라쿠는 기 벨거라예?"

효원이 언덕바지에 돋아나 있는 풀을 손으로 휘어잡고 있었다. 어린 효원이 운명이라는 말을 듣고 그렇게 하는 모습이 이상하게 비화 가슴을 적셨다.

"갤국 인간들이 지 스스로 맨들어 가는 거 아인가예?"

언덕바지 저 아래로 지나다니고 있는 사람들이 이쪽을 올려다보는 것 같았다.

"부처님 말씀이라꼬 오데 다 맞으까예?"

크게 당황한 비화와 효원이 진무 스님 눈치를 보며 동시에 입을 열었다.

"옥진아!"

"해랑 언니!"

옥진 눈이 용광로처럼 이글거리고 있었다. 바로 옆에 서 있는 소나무가 그 불길을 받아 활활 타버릴 것만 같았다.

"부처님 말씀이라고……."

진무 스님 눈이 옥진 얼굴에서 떠나 비화 얼굴을 스쳐 갔다. 그는 자조하듯 탄식하듯 이 말을 했다.

"형편없는 이 늙은 중이 뭣을 알까?"

비화는 그게 무슨 말씀이냐며 고개를 흔들었다. 하지만 옥진은 끝을 보려는 사람같이 굴었다.

"지는 자기가 아모것도 아는 기 없다쿠는 사람이 더 무섭데예."

그러더니 단도직입적으로 캐물었다.

"스님은 안 그래예?"

"허허."

적잖게 당돌하고 무례하게 들리기까지 하는 옥진의 그 말에 진무 스님이 또다시 헛헛한 웃음을 흘렸다. 그러고는 말했다.

"그것도 모르지."

여전히 그 자리에 정물처럼 머물러 있는 구름을 올려다보는 눈빛이 퀭했다.

"하긴 차라리 그 학승이 완전히 승복을 벗고 속세로 돌아왔더라면……."

그가 몸을 약간 움직이자 이번에도 예외 없이 '바스락' 하고 마른 나뭇잎 소리가 났다.

"그들 사랑은 무너지지 않고 행복했을지도……."

그러나 진무 스님 말이 끝나기도 전에 옥진이 분하다는 얼굴로 또 물었다.

"그리 자신을 사랑한 여인을 저버린 남자를 그냥 놔뒀어예, 그 소국이란 기생이?"

지나치게 앙칼진 옥진의 음성에 태양도 흠칫 몸을 떠는 것 같았다. 진무 스님도 자못 두렵다는 기색이었다.

"허어, 겉으로 보기는 안 그런데 여간 당찬 처자가 아니구먼."

옥진을 누구보다도 잘 알고 있는 비화 눈에도 지금 그 순간의 옥진은, 큰머리를 하고 고름에 침낭을 달고 있는 약방기생처럼 비쳤다.

"소국은 학승의 장삼을 갈가리 찢어버렸지."

그러면서 천천히 눈을 감는 진무 스님에게 이번에는 또 효원이 나섰다.

"그런 짓밖에 안 했어예?"

너무나 억울하다는 얼굴이었다. 옥진이 한숨과 함께 효원에게 말했다.

"그런께 더럽고 무서븐 기 사랑이라 안 쿠더나?"

비화 가슴이 또다시 와르르 붕괴했다. 더럽고 무서운 게 사랑. 그렇게 본다면 대체 이 세상에서 더럽지 않고 무섭지 않은 게 무엇일까? 과연 그런 게 존재할까?

아는 사람들은 남편 박재영을 욕했다. 손가락질하고 저주했다. 뭔가 잘못된 게 아니었다. 상식적인 눈으로 보아 그것은 지극히 당연했다. 혼례를 치른 지 몇 달도 되지 않아 집을 나가버린, 천하에 둘도 없을 무책임하고 몰인정한 사내였다.

그런데 비화가 진정 두렵고 몸서리쳐지는 것은 그런 남편에 대한 미련이나 증오, 질책 따위가 아니라는 사실이었다. 가슴에 두 손을 얹고 그건 절대 아니라고 말할 수 있었다. 그렇다면? 그것은 무엇인가?

사랑. 비화는 하루 열두 번도 더 뇌까리곤 했다.

'내는 내 지아비를 사랑하고 있기는 한 것가?'

그러다가 옆에 아무도 들은 사람이 없는데 공연히 혼자 낯을 붉혔다. 사랑이란 말이 왠지 어색하고 낯간지러웠다. 그런 의미에서 보면 옥진이 무척이나 부럽고 위대해 보이기까지 했다. 사랑에 대해 거침없이 이야기할 수 있는 옥진.

'목심꺼지 걸 수 있는…….'

옳았다. 설혹 그 사랑의 가면 뒤에 감추어진 달콤하고도 매서운 칼날에 돌이킬 수 없는 치명적인 상처를 입는다고 해도 그게 사람 사는 이치일 성싶었다.

사랑의 감정에 한없이 무디고 무딘 여자, 비화가 여기 있다. 백치 같은 사랑만을 하는 여자, 그 여자는 다름 아닌 비화다. 그런 생각에서 깨어나면 비화는 혼자 씁쓸하게 웃곤 했다. 이 비화에게는 오로지 하나밖에 없다고.

그것은 일, 노동이었다.

"순간적인 것이 영원한 것이고, 영원한 것이 순간적인 세상인 것을."

진무 스님 이야기는 막바지를 치닫고 있었다.

"그들 사랑이 깨어지자……."

"……."

인간은 그릇이나 독 하나가 깨어져도 살지 못할 것같이 군다. 그런 인식이 비화를 무척 허둥거리게 몰아갔다.

"하늘의 해도 이 언덕에서 사라져버렸지."

비화 눈에 지금 보이는 해도 금방 자취를 감춰버리고 말 것 같았다. 그만큼 진무 스님 말씀을 신봉하고 있다는 증거이리라. 그래, 나는 생불生佛을 보고 있다고 세상을 향해 외칠 수도 있다.

"소국을 떠나보내면서……."

마침내 떠나보내는구나. 떠나는 사람과 떠나보내는 사람 중에 누가 더 괴롭고 힘이 들까? 어쩌면 보내는 사람이 더 고통스러울 것 같기는 한데, 가는 사람이라고 해서 어디 속이 홀가분하기는 할까? 결국은 똑

같은 것을.

"학승은 이곳에서 돌부처가 되어 다시 만날 것을 다짐했어."

바람도 이제는 움직이지 않는 소나무 가지에서는 한 점 바람기마저도 일렁이지 않고 있었다.

"에나 어리석네예."

그 정도로는 성에 차지 않는지 더 보탰다.

"쥑이고 싶거로 몬났어예."

살벌한 옥진 말에 모두가 무연히 그녀를 바라보았다. 자줏빛 저고리 고름이 그녀 가슴을 옥죄는 것같이 답답해 보여 비화는 얼른 외면해버렸다.

"서로 사랑함서도……."

"……."

적어도 사랑이라는 말을 입에 올릴 때는 진무 스님보다도 옥진의 말이 더 진정성이 있고 보다 현실적으로 다가왔다.

"서로의 가슴에 한恨만 냉길 짓을 하고……."

옥진의 그 말에 비화는 눈앞이 온통 샛노래졌다. 내가 이승에서 황천꽃을 보고 있는가? 어쩌면 옥진은 설령 그곳이 허연 해골들로 넘치는 지옥 골짜기라고 할지라도 마지막까지 홍 목사를 따라붙을지도 모른다는 회의와 불안감에 사로잡혔다.

"시방도 그 학승이 있던 절이 남아 있으까예, 스님?"

소원처럼 그렇게 묻는 옥진 음성이 절절했다. 짧고 품과 소매통이 좁은 반회장저고리가 곱다기보다 슬퍼 보였다. 옥진이 관기가 되지 않고 양반집에 시집갔다면 삼회장저고리에 겹치마를 멋지게 입고 있을 거란 생각에 비화 가슴이 미어지는 듯했다.

'그래도 노리개하고 가죽신은 허용해주고 있으이.'

사람은 살아가면서 늘 좋은 방향으로 마음의 가닥을 잡는 게 중요하다는 아버지의 밥상머리 교육에서 갈파한 내용이 새삼 떠오르는 비화였다.

'그걸로 위안을 삼아야제 우짜것노.'

내가 돈이 많다면 금과 은으로 만든 장신구를 선물할 텐데, 하는 아쉬움마저도 품어보는 비화였다.

"이것은 다른 설說이지만……."

진무 스님 목소리에 물기가 묻어났다. 이제 그쯤만 했으면 좋겠는데 굳이 그 이야기를 다시 끄집어내는 진무스님의 의중이 비화는 궁금해졌다.

"그 젊은 중은 소국을 기다리다 지쳐 그만 미쳐버렸다더군."

"아, 미쳐……."

그녀가 맨 다홍 고름이 아직 어리다는 것을 알게 해주는 효원이 놀라 입을 크게 벌렸다.

"그래, 그 절을 불사른 뒤……."

"불을……."

진무 스님 말을 되뇌는 옥진 얼굴에 이글이글 불길이 타오르고 있었다.

"다음 세상에는 꼭 소국과 같이 살게 해 달라고 부처님께 빌며 죽었다는 게야."

비화는 처음으로 느꼈다. 어쩌면 남편은 나보다 더 불쌍하다고. 홍 목사는 옥진보다 더 불쌍하다고. 내가 나이 좀 더 먹어, 나이 든 사람이 맨다는 검자주색 고름을 맬 때가 되면 이런 어쭙잖은 생각 따윈 훽 날려버릴 수 있을는지.

'에나 얄궂어라. 내가 또?'

그 생각 끝을 물고 비화는 또다시 이상한 감정에 빠져들기 시작했다. 그 이야기 속 젊은 학승은 혹시 젊은 날의 진무 스님이 아니었을까. 그리고 소국이란 그 한양 기생은 혹시 옥진의 전신前身이 아니었을까.

비화 머릿속이 실타래처럼 마구 뒤엉켰다. 그런 전생의 인연이 있었기에 지금 두 사람이 여기서 다시 만나게 된 것은 아닐는지. 그렇다면 그들은 내세에 또 서로 어떤 모습들로 뜨겁게, 아니면 차갑게 재회할 것인가? 아아, 그리고 우리 집안과 임배봉 집안이 다음 세상에서 또다시 맺어진다면 어떤 모습들로?

비화는 정녕 무서웠다. 온몸에서 찌르르 전율이 느껴졌다. 인간과 인간 사이의 인연이란 사슬, 그 사슬의 처절하리만치 질기고도 강한 힘.

'깍깍.'

문득 하늘 위에서 들려오는 그 소리에 모두는 고개를 들어 소리가 나는 곳을 쳐다보았다. 거기에는 한참 전에 그 소나무에 앉으려다가 날아가 버렸던 그 까치가 세차게 날갯짓을 하고 있었다.

빨간 말을 탔다네

김호한과 강용삼 그리고 조언직은 만나면 만날수록 더더욱 의기투합했다. '죽과 장이 맞다'는 소리는 아마도 그들을 위해 생긴 말 같았다.

호한을 통해 서로 처음 알게 된 용삼과 언직도 오랜 지기처럼 무척 가까워졌다. 세상이 힘들수록 마음 맞는 사람들끼리는 더 정이 두터워지는 게 어쩌면 당연했다. 또 생각이 비슷한 상대를 만난다는 건 쉽지가 않은 일이기도 했다.

동년배인 그들이 함께 나서면 넓은 한길이 단번에 꽉 차버리는 것 같은 느낌을 자아내었다. 중년으로 접어든 나이들이지만 장대한 기골하며 호탕한 성품이 가히 사나이다웠다. 그들 가운데서는 언직이 좀 처졌지만 보통 사람들에 비하면 건장한 체구였다.

이날 세 사람은 연꽃으로 이름 나 있는 인근 못으로 나갔다. 나름대로 남모를 한과 울분을 품은 그들이기에 바깥바람이라도 흠뻑 쐬지 않으면 정말 견디기 힘들었다. 인간 세상이 그 어느 때인들 어렵고 힘들지 않겠느냐만, 물속에 빠져 있으면서 불에 타고 있는 것 같은 게 그즈음 세상이었다.

그들이 간 곳은 신라시대에 군사 요충지였으며 고려 때까지도 군사 주둔지였다. 큰 못 가장자리를 따라가며 죽 늘어서 있는 고목들은 꼭 지난날 그곳에서 말 타고 무예를 닦던 장졸들처럼 아주 우뚝하고 늠름해 보였다. 그렇지만 이제 그 호걸들은 모두가 사라지고 못물만 출렁거리는 풍광이 어쩐지 을씨년스럽고 적막했다.

"이리 밖에 나와갖고 보모, 우리 인간만 그런 기 아이고, 자연도 참말로 허망하다쿠는 생각이 드요. 내가 나이 들어간다쿠는 징조다, 그리 느끼지기도 하고요."

언직이 바로 가까이 선 이팝나무 가지를 만지면서 어두운 목소리로 입을 열었다. 호한이 회갈색 나뭇가지에 가 있는 언직의 손끝을 보았다.

"시방 자네가 잡고 있는 그 이팝나모 말일세, 저 중국에서 갖고 와서 심었던 걸로 알고 있네만……."

감회 어린 목소리가 되었다. 그러자 용삼이 자못 놀랍다는 눈빛을 지었다.

"허, 그런 기요? 그 먼 중국에서 가지온 나모라이?"

호한은 지금 언직이 짓고 있는 것과 마찬가지로 쓸쓸한 표정으로 말했다.

"그라고 내가 오데선가 읽어본 바에 따릴 거 겉으모……."

지금 바람은 연못 위에서 하늘을 향해 수직으로 불고 있는 것같이 느껴지고 있었다. 그 바람 끝에는 호한이 들려주기 시작하는 옛사람들의 숨결이 담겨 있는 듯했다.

"여게는 신라 장수 유문이 후백제 견훤한테 항복한 곳으로 돼 있데요."

'김 장군'의 입을 통해 나오는 말이라 그런지 그 이야기는 아주 구체적이고 현실적으로 들렸다. 언직도 경탄을 금치 못하겠는 목소리였다.

“역시 호한이 자네는 훌륭 안 하나. 우찌 그리 모리는 기 없노?”

그러면서 새삼스러운 눈으로 호한을 바라보았다. 호한은 손사래를 쳤다.

“아, 이 사람아! 모리는 기 없기는? 있지 와 없어? 쌔삣지, 쌔삣어.”

그 빛깔 탓일까, 이팝나무도 어쩐지 우울해 보였다. 골짜기나 개울가에 저절로 나기도 하지만 집의 정원이라든지 명승고적 등의 정취를 위해 심기도 하는 나무였다.

“내가 한때는 무관 아이었던가베, 무관.”

갖가지 모양과 빛깔의 연꽃이 피어 있는 연못의 수면 위로 수포가 뽀글뽀글 솟아오르고 있었다. 환상적인 분위기였다.

“자네, 친구가 돼갖고 그런 거도 하매 잊아삔 기가? 자네가 그라모 안 있나, 내가 상구 서분한 기라.”

호한은 겸연쩍은 듯 부끄러움 많은 아이처럼 뒤통수를 긁적이며 말을 계속했다.

“다린 거는 몰라도 군대에 관한 일이라모 모돌띠리 알아야 안 하것나.”

“…….”

그 말을 듣는 용삼 가슴이 서늘해졌다. 상세한 내막까지야 잘 모르지만, 임배봉이란 놈의 간계에 빠져 재산도 잃고, 또 황이라는 직속부하의 비리에 대한 모든 책임을 지고 관직에서 물러난 호한이 아닌가.

군사가 머물러 둔屯을 쳤던 이곳을 통솔하던 저 진장陳將 배극렴에 대한 이야기는 용삼도 한 번 들은 기억이 있었다. 배극렴은 당시 목사인 김중광에게 읍의 토성土城을 석성石城으로 다시 짓도록 건의했다던가.

그런데 무심코 거기까지 떠올리던 용삼은 그만 가슴팍이 콱 막혀왔다. 당장 그곳 못으로 몸을 날리고 싶었다. 만사 귀찮아지는 그였다.

금이야 옥이야 길렀던 딸 옥진이. 금보다 옥보다 더 귀한 그 아이. 관기가 된 옥진이 해랑이라는 기명妓名으로 여기 고을 목사 홍우병과 남다른 연정을 나눈다는 사실을 처음 알았을 때 아비 된 그 심정이 어떠했던고?

"내 배에서 열 달을 채우고 나온 내 딸자슥이지만도, 증말 그 아아는 몸서리쳐질 만치 이쁘더니만, 갤국 기생이 될라꼬 그리 이뻤던고."

눈물을 철철 내쏟으며 한탄하듯 저주하듯 내뱉던 아내 동실 댁의 가없는 넋두리가 용삼의 뇌리에 불화살을 꽂는 것처럼 되살아났다.

'으.'

용삼은 오싹 몸을 떨었다. 이팝나무 가지를 흔들고 지나가는 바람 소리 끝에, 이마에 흰 수건을 동여매고 죽창이나 몽둥이, 농기구 등을 손에 들고, 농민군 지도자 유춘계가 지었다는 저 언가 〈이 걸이 저 걸이 갓 걸이〉 노래를 기운 넘치게 불러대면서 행진하던 농민군 함성이 묻어나오는 듯했던 것이다.

홍 목사는 죽임을 당하거나 귀양을 가게 될 것이라는 소문이 온 고을에 파다하지 않은가? 그러면 앞으로 우리 옥진이는 어떻게 되는가? 교방 관기 신분으로 그냥 남아 있게 될까, 아니면 그 자리에 있지 못하고 어디 다른 곳으로 가게 될까? 옥진이 관기가 되었다는 것을 처음 알았던 그때보다 더 고통스럽고 가슴 졸이는 이즈음이었다.

못가로 무슨 수상한 노랫소리가 울려 퍼진 것은 그때다. 이게 무슨 노랫소리인가? 아니, 사람이 부르는 노랫소리가 맞기는 한 건가? 아무래도 사람 목소리와는 너무나 거리가 먼 듯싶다.

"……."

그것은 비단 옥진 생각에 깊숙이 빠져 있던 용삼 혼자만의 느낌이 아니었다. 호한과 언직도 똑같이 넋 나간 사람들처럼 멀거니 소리가 들리는 방향으로 눈길을 보내고 있다. 중국에서 가져와 심었다는 이팝나무 가지들도 기다렸다는 듯 일제히 같은 곳으로 쏠리는 느낌을 주었다.

저만큼 못가에 커다란 바위 하나가 있다. 회색과 검은색이 반반쯤 섞여 있는 흔히 볼 수 있는 평범한 바위였다. 얼핏 커다란 곰 한 마리가 엎어져 있는 형상의 바위였다. 딱히 눈길을 끌 만한 것은 아무것도 없었다.

문제는, 노래였다. 그리고 그 이상한 노래는 그 바위에 퍼질고 앉은 어떤 노파가 부르는 것이었다. 그런데 놀랍게도 그 노파는 얼른 보기에도 아흔 살은 족히 넘어 보였다. 세 사람 모두 그렇게 세상을 오래 산 사람은 별로 본 적이 없었다.

한편 노파 바로 곁에는 마흔 살가량의 시골 아낙네 하나가 바짝 붙어 앉아 있었는데, 그 여인을 본 그들은 더한층 의문에 사로잡히면서 경악하지 않을 수 없었다.

"어?"

어쩐 일인지는 모르겠지만 아낙은 주름으로 덮인 얼굴 가득 저승꽃이 거뭇거뭇 돋아난 노파 손을 붙들고 하염없이 눈물을 뚝뚝 떨어뜨리고 있다. 잿빛 저고리 노파와 감색 치마 여인은 어떤 관계일까? 아니, 왜 저런 알 수 없는 모습들로?

"……."

세 사람은 서로의 얼굴을 마주 보다가 약속이나 한 듯 두 여인이 있는 쪽으로 걸어갔다. 못가를 울리는 사내들 발소리가 그새 약간 잔잔해진 못물을 다시 출렁거리게 하는 것 같았다.

그들이 가까이 다가가는 동안에도 노파는 쉬지 않고 계속 노래를 불렀다. 이빨이 모조리 빠져버려 양쪽 볼이 움푹 들어간 노파의 발음은 누구 귀에도 형편없었다.

도무지 무슨 소린지 통 알아들을 수가 없었다. 그런데 참 기묘하게도 그게 노랫소리라는 것만은 확실히 알게 하였다. 그뿐만 아니라 노파는 아까부터 질리지도 않은지 똑같은 한 구절만 되풀이해서 부르고 있었다.

'가마이 있거라.'

용삼과 언직은 어떤지 몰라도 남달리 귀가 밝은 호한은 얼핏 그 노랫말을 알아들은 것 같기도 했다. 그것은 이런 노랫말이었다.

연꽃도 피어 화초 되고,
목단요절은 행화초고요.

우람한 체구의 사내 셋이 다가오는 것을 본 감색 치마 아낙은 퍼뜩 울음을 멈추었다. 그러나 잿빛 저고리 노파는 오히려 목청을 높이는 듯한 인상을 주었다. 마치 사내들을 유인하기 위해서 그렇게 한 것처럼.

"허, 대체 무신 일인 기요?"

그들 앞으로 먼저 다가선 언직이 젊은 쪽 아낙에게 물었다. 그러자 아낙은 옷고름 끝을 들어서 부어 있는 눈가를 꾹꾹 찍어낸 후 여자치고는 좀 두꺼워 보이는 입술을 열었다.

"우리는 저짝 마을에 삽니더."

그러면서 여인이 손가락으로 가리켜 보이는 그곳에는 꽤 넓은 논이 펼쳐져 있고, 그보다 조금 더 멀리 저편에는 초가 몇 채가 연못에서 막 기어 나온 거북처럼 납작 엎드려 있었다. 그것은 흔히 볼 수 있는 풍광이었다.

"그란데요?"

언직이 또 물었고, 아낙이 무거운 짐을 내리듯 손에 쥐었던 옷고름을 놓으며 대답했다.

"할무이가 하도 여게 오자꼬 우기시는 바람에 온 깁니더."

용삼이 허리를 조금 굽혀 노파 얼굴을 살피며 물었다.

"할무이! 방금 부리신 그 노래가 우떤 노랩니꺼?"

그러자 그 말을 들은 노파가 그을린 아궁이같이 시커먼 입속을 있는 대로 드러내면서 헤벌쭉이 웃어 보이는데 아무래도 정상이 아니었다. 제멋대로인 허연 머리칼은 바라보는 이로 하여금 약간 섬뜩한 느낌마저 주었다.

"그 노래가 무신 노랜고 여쭤본 깁니더, 할무이."

호한은 노파가 귀가 먼 게 아닌가 싶어 목청을 돋워 말했다. 그런데 노파는 갈고리 같은 두 손을 치켜들어 확 할퀼 것처럼 했다.

"머? 머시라 캤노, 시방?"

그러는 눈빛이 벌써 다르다.

"친구야……."

언직이 손가락으로 호한의 옆구리를 가볍게 쿡 찔렀다.

"……."

호한이 바라보니 언직은 얼굴을 있는 대로 찡그렸다. 그러고는 여인들 모르게 오른손을 높이 들어 제 머리 바로 위에서 두어 번 동그라미를 그려 보였다. 호한도 짐작했었다는 듯 안됐다는 표정을 지었다.

"그런께 저 노파는……."

그런데 언직의 동작을 보지 못한 줄 알았던 아낙이 이렇게 말했다. 겉보기보다는 눈치가 상당히 빠른 편이었다.

"우리 할무이 정신이 안 바립니더. 노망끼가 마이 있어예."

노파는 자기 이야기를 한다는 것을 아는지 모르는지 연방 야윈 고개를 들었다가 내렸다가 돌렸다가 하고 있었다. 그러자 노파의 머리가 몸통에 붙어 있는 것이 아니라 따로 노는 것 같은 착각을 주었다.

"아, 예에."

용삼이 고개를 끄덕이고 나서 물었다.

"아주머이는 저 할무이하고 우찌 되는 사입니꺼?"

아낙이 수줍은 듯 작은 소리로 대답했다.

"지는 손주며누리 되지예."

바람에 아낙의 귀밑머리가 가볍게 날리고 있었다. 호한이 그녀를 향해 머리를 숙이면서 말했다.

"우리가 무담시 씰데없는 거를 다 물어서 미안합니더."

"……."

아낙이 소리 없는 웃음으로 답을 대신했다. 비록 얼굴은 질그릇처럼 검게 탔지만 의외로 이빨은 희고 가지런했다. 그 노파뿐만 아니라 그 아낙 또한 왠지 모르게 큰 비밀에 싸여 있는 여인 같았다.

그 웃음은 그녀를 제법 사려 깊은 여자로 보이게 했다. 어느새 아낙은 바위 밑으로 내려서 있었다. 그러자 남자들에 비해 작은 체구가 더욱 왜소해 보였다.

"아까 전에 저 할무이가 부리시던 노래가 우떤 노랩니꺼?"

연못 위에서 놀고 있던 바람이 못가의 고목 사이를 헤집고 다니는지 그 나무들이 저마다 몸을 흔들어대고 있었다.

"이상하거로 듣는 사람 멤을 딱 사로잡던데요."

언직은 결례를 무릅쓰고라도 반드시 알고 싶다는 말투였다. 호한은, 저 친구가 또 싶었지만, 이해는 되었다. 그 노랫말을 약간 알아들었던 그도 비슷한 심정이었다. 그 노래 제목이며 노래 다른 부분도 알고 싶었다. 남들이 알면 참 할 일도 없는가 하고 웃을 수도 있었지만 언직 말마따나 야릇하게 사람 마음을 잡아당기는 힘이 깃들어 있었다.

"그 노래는예……."

아낙이 낯선 사내들 보기 부끄러웠던지 손바닥으로 치맛자락에 묻은 흙먼지를 탈탈 털어내고 나서 말했다.

"이 마을 '연화가'라고 알고 있지예."

"연화가?"

자기 말을 되뇌는 언직에게 일러주었다.

"연꽃 노래 말입니더."

조금 전에 여인이 가리켜 보였던 곳의 논두렁 위를 검은 개 한 마리가 가고 있는 게 얼핏 호한의 눈에 들어왔다. 어쩌면 여인의 집에서 키우는 개가 주인을 찾으러 나온 것인지도 몰랐다.

"연꽃 노래요?"

이번에는 용삼이 반문하자 아낙이 하는 말에 자신감이 엷어졌다.

"예, 지는 요서 쪼꼼 떨어진 다린 고장에서 시집와서 자세히 모리지만도……."

어쩐지 소외당한 듯한, 객창감이 묻어나는 목소리였다.

"그전부텀 여게 사는 사람들은 모도 안다 쿠데예."

호한은 아까부터 궁금하던 것을 물었다.

"그란데 와 똑같은 거만 노래하시지예?"

그러면서 호한은 속으로 고개를 끄덕이고 있는 자신을 보았다. 그렇다. 저 '언가'다. 저 임술민란, 아니 임술항쟁 당시 유춘계가 지은, 어쩌면 이 나라 최초의 '운동가'라고도 할 수 있는 그 노래.

호한은 속에서 터져 나오는 그 노랫소리를 들었다.

'이 걸이 저 걸이 갓 걸이 진주 망건 또 망건……'

그 노래가 나온 후로, 호한은 세상 모든 노래를 접할 때면 어김없이 그 노래, '언가'부터 떠올리는, 자신의 병적인 집착을 인식하고 몸서리를 치지 않으면 안 되었다. 그렇지만 그것은 이미 그의 운명의 일부분이 돼 버렸음을 부인할 수도 간과할 수도 없었다.

"아, 그거예?"

아낙이 바위에 앉아 있는 노파를 한 번 바라보고 나서 대답했다.

"우리 할무이가 거꺼지밖에 몬 기억합니더."

연못 수면 위로 수포는 쉴 새 없이 솟아 나오고 있었다. 대체 저 못 속에는 무엇이 살고 있기에 끊임없이 저런 물거품을 내뿜고 있는 것인지 알고 싶은 마음에 호한은 거기로 자맥질을 하고 싶다는 충동을 느꼈다.

"기억을 몬 하시서……."

어쨌거나 그러면서 서로의 얼굴을 마주 보는 사내들을 물끄러미 지켜보고 있던 아낙은 노파를 옹호라도 해주려는지 이랬다.

"그 노랫말 뒤쪽은 연세 드시갖고 다 잊아삐신 모냥이라예."

연못에 거꾸로 비친 하늘빛은 그렇게 맑고 푸르지 못했다.

"아, 그랄 수도 있것지만 좀 그렇네예."

호한은 물론이고 나머지 두 사람도 아쉽다는 표정을 지었다. 그것은 다소 어처구니없고 황당한 노릇이 아닐 수 없었다. 노망기 있는 구순 노파가 제멋대로 흥얼거리는 노래 하나에, 중년의 사내 셋이 어린애 같은 호기심을 보이는 것은.

그렇지만 이상하게 마음을 사로잡는 노래였다. 특히 밋밋한 듯 구성지게 돌아가는 그 곡조가 그랬다. 정신이 온전치 못한 노파가 자기 기분 내키는 대로 불러대는 노래이기에 실제와는 전혀 다른 곡조일 수도 있었다.

"끙……."

그때 노파가 힘을 쓰는 소리를 내며 바위에서 일어서려고 했다. 그것을 본 아낙이 얼른 다가가 노파 몸을 잡고 일으켜 세웠다. 손주며느리

도움을 받아가며 어렵사리 바위에서 일어선 노파는 잠시 발 저 아래 연못을 내려다보며 가만히 서 있었다.

"……."

호한은 약간 고개를 갸웃했다. 모를 일이었다. 그럴 땐 전혀 노망든 노파 같지 않았다. 도리어 깊은 상념에 잠긴 아주 정숙한 여인네 상을 떠올리게 했다. 언직이 별안간 시 한 수를 읊조리기 시작한 것은 그 순간이다.

그 바위 외로이 가파르고 그 여인 우뚝하게 섰도다.
이 바위 아니라면 여인이 죽을 장소 어디 가서 얻었으며,
이 여인 아니라면 바위는 외롭단 말 어찌 얻으리.
한 가람 높은 바위요 긴 세월 꽃다운 마음인 것을.

호한의 가슴이 풀쩍 뛰었다. 그것은 바로 지금부터 1백여 년 전에 죽은 진주 선비 정식鄭拭이 지은 '논개사적비의 시'였던 것이다. 한 세기가 흘러간 오늘날 다시 듣는 옛 시구는 듣는 사람 가슴을 저릿하게 그었다.

호한은 놀란 눈으로 지켜보았다. 의암에서 남강으로 뛰어내린 논개처럼, 바위 위에 서서 금방이라도 몸을 날릴 듯이 연못을 내려다보고 있는 노파를.

한데, 또 이건 그 무슨 괴변인가? 참으로 믿기 어려운 노파의 돌연한 행동이었다. 노망기 있는 노파라곤 하나 그런 짓을 할 줄이야.

노파는 바위에 쪼그리고 앉더니만 치마를 확 걷어 올리고는 오줌을 내쏟는 게 아닌가? 차마 아흔 먹은 늙은이 그것이라고는 믿어지지 않을 정도로 양도 많고 세찬 오줌 줄기였다.

"아, 우, 우짜노?"

아낙은 어쩔 줄 몰라 했다. 그녀는 우선 급한 대로 제 몸으로 노파를 가려보려고 애썼다. 그러나 이미 볼 것은 다 본 후였다.

"흐흑."

아낙이 어깨를 들썩거리며 흐느끼기 시작했다. 그런 늙은이까지 건사해야 하는 그녀의 시집살이는 보나 마나 여간 고달프지 않을 것이다. 그러거나 말거나 노파는 배설하고 나니 시원했는지 흡족한 얼굴로 털썩 바위에 엉덩이를 내려놓았다. 노파가 바위를 이루는 한 요소처럼 비쳤다.

세 사람은 묵묵히 지켜보았다. 노파의 오줌이 바위에서 흘러내려 연못으로 들어가는 것을. 오줌과 못물은 이내 한데 섞여 구분이 되지 않았다. 참으로 신기한 노릇이었다. 고양이같이 자그마한 노파 몸 안 어느 곳에 그토록 많은 양의 오줌이 들어 있었을까? 그것은 어쩌면 노파가 살아온 세월의 무게나 흐름이 아닐는지.

"아!"

그런데 경악할 일은 거기서 그친 게 아니었다. 오히려 그 강도가 심해졌다. 오줌을 누고 나서 얌전하게 있던 노파가 이번에는 대성통곡하기 시작한 것이다. 게다가 그 소리는 오줌 누는 소리와는 비교가 아니게 높았다.

"아, 우짤꼬! 할무이가 또 발작하시는 기라예!"

아낙이 입술까지 새파래지면서 구원을 요청하듯 다급하게 소리를 질렀다.

"할무이 좀 잡아주이소!"

아낙은 발을 동동 굴렀다. 오래된 짚신이 금방이라도 그녀의 발에서 빠져 달아날 것같이 위태로워 보였다. 그런데 그런 상태로 아낙이 단말마처럼 외치는 말이 위험천만했다.

"그냥 놔두모 못에 뛰들어 갑니더!"

"예?"

그 찰나, 놀란 소리와 함께 날렵한 호한이 제일 먼저 달려들어 얼른 노파 팔을 꽉 붙들었다. 그의 이름이 무색하지 않게 비호같은 동작이었다.

"어, 어여……."

"하, 할무이!"

다른 두 사람도 급하게 합세했다.

"놔! 놔!"

노파가 고함을 내지르며 발악했다.

"이 할무이가 각중애 와 이라시는 깁니꺼?"

자칫 노파 손톱에 얼굴을 할퀼 뻔했던 언직이 묻자 아낙이 울먹이며 대답했다.

"여게 못에 얽히 있는 이약 땜에 그랍니더."

세 사람은 거의 동시에 놀라는 소리를 냈다.

"예에?"

그건 실로 뜬금없는 말이 아닐 수 없었다. 그 노파와 아낙이 옛날 사람들같이 느껴졌다. 그만큼 그네들 하는 짓이 생경한 탓일까?

"못에 얽히 있는 이약?"

세 사나이가 약속이나 한 듯 일제히 아낙을 보았다. 아낙이 한숨부터 내쉰 후에 이렇게 말했다.

"할무이는 자신이 그 이약에 나오는 여자라꼬 착각하신 기라예."

이번에도 세 사람이 한꺼번에 되뇌었다.

"차, 착각?"

그 소리는 이팝나무 가지를 흔들고 연못 위로 흩어져갔다.

"그 여자는……."

하지만 아낙의 말은 노파 고함소리에 밀려 끊어지고 말았다. 장작같이 비쩍 마른 작은 몸뚱어리 어디에 그런 엄청난 힘을 쌓아두고 있었는지.

"봐라! 봐라!"

그뿐만이 아니었다. 노파는 삭정이를 방불케 하는 팔을 치켜들어 어느 한 곳을 가리키며 그렇게 고래고래 소리를 질렀는데, 이번에는 알 수 없다는 그 말조차 할 수 없는 기괴한 장면이었다.

"봐라! 봐라! 우리 임이 오신다아!"

임, 우리 임. 그랬다. 분명히 노파는 그렇게 말했다.

"……."

모두 멍해 있는데, 노파가 또 한다는 말이 기괴스럽기 그지없었다.

"빨간 말을 타싯다! 빨간 말을 타싯다!"

노파 눈에는 이팝나무의 흰 꽃과 까만 열매도 빨간색으로 보일지 모른다.

세 사람은 저마다 등에 찬물을 확 끼얹힌 듯했다. 아무것도 없는 곳에서 빨간 말을 타고 오는 사람을 보고 있다니.

'저, 저?'

노파는 노망 정도가 아니라 완전히 미쳤다는 것을 호한은 알았다. 쭈글쭈글한 얼굴은 환한 웃음으로 가득 찼으며, 눈곱 낀 흐릿한 눈에는 기쁨과 감격의 빛이 함부로 출렁거렸다.

"대체 시방 머를 보고 저라시는 기요?"

용삼이 뼈만 앙상하게 남은 노파의 손가락 끝이 계속해서 가리키는 곳을 눈여겨보면서 아낙에게 따지듯 했다.

"흐흑, 호호, 흐흑, 호호."

노파는 울다가 웃다가를 되풀이하며 발작을 멈추지 않았다. 그런데 울음소리와 웃음소리가 같은 한 사람이 내는 것이라고 믿기 어려울 만큼 달라도 너무 달랐다. 노파 몸속에는 두 사람이 들어 있는 듯했다. 우는 사람 하나, 웃는 사람 하나.

"울 할무이가 보고 계시는 기 머냐 하모예."

아낙은 덩치 큰 남정네들이 노파를 단단히 붙잡고 있는 것에 다소 안심이 되는지, 조금은 안정된 목소리로 사연을 털어놓기 시작했다.

"빨간 말……."

하늘에 연못이 비치고 있는 건지, 연못에 하늘이 비치고 있는 건지, 상황이 갈수록 한층 야릇하고 기묘하게 바뀌고 있다. 어떻게 보면 그 노파만 정신이 온전치 못한 게 결코 아니었다. 바람 쐬러 나왔다가 난데없는 그 이야기를 듣고 있는 그들 역시 마찬가지였다.

"그런 말을 타고 댕기는 호걸을 너모너모 좋아한 여인이 있었는데……."

연못이 웃는 것 같았다. 이팝나무도, 바위도, 연꽃도, 물거품도 모두 함께 웃는 것 같았다.

"그 호걸은 여인을 버리고 떠나갈라 캤다데예."

그 정도만 들어봐도 대번에 알 수가 있었다. 이른바 남녀 간의 정분과 이별을 사연으로 하는 이야기였다. 그리고 사실 발길에 채는 것이 그런 이야기들이었다. 어쩌면 딱히 들어야 할 필요도 가치도 없는 것이었다.

그러나 호한의 심정은 달랐다. 딸 비화를 버리고 떠나간 사위 재영. 처음에 그 일을 알았을 땐 용암처럼 솟구치는 분노를 주체할 수 없고 자존심이 너무나 상해 힘들었는데, 시간이 흐른 지금은 걱정과 초조함에 더 시달리고 있다. 내 딸을 생각한다면 미움 따윈 버려야 했다.

혹시라도 무엇인가가 크게 잘못되기라도 했다면, 아무리 그렇다손 치더라도 살아 있는 사람이 어떻게 이리도 오랫동안 소식이 돈절될 리야. 분명히 나쁜 무슨 큰 문제가 생긴 게…… 그렇다면, 아, 그렇다면…….

"그란데 여인이 하도 서럽거로 통곡하는 소리를 듣고, 그가 도로 말을 돌리갖고 오는 성싶었는데 말입니더."

아낙의 이야기를 건성으로 들으면서 호한은 말을 타고 돌아오는 사위의 모습을 머릿속에 그려보았다. 하지만 그러다가 이내 고개를 크게 내젓고 말았다. 아무리 상상이지만 너무나 어색하기만 했다. 내가 내 사위를 폄훼하는 것은 아닌가, 그건 결국 나의 둘도 없이 소중한 딸을 비참하게 만드는 짓이었다.

"실은 그기 아이고 오줌 눌라 한 기라예."

사람의 생리작용을 다룬 그 이야기가 더더욱 색다른 느낌으로 다가왔다. 하지만 더 그런 건 지금 이야기를 하고 듣는 사람들의 관계 때문이었다. 생면부지의 어떤 한 아낙네와 외간남자들. 그들 사이에서 이따위 이야기라니?

아낙은 그 이야기를 멈추지 않았으며 남자들 또한 점점 거기 빨려 들어가고 있었다. 그는 어찌나 대단한 호걸인지 내쏟는 그 오줌 줄기가 폭우 같았다고 했다. 아낙은 얼핏 어눌한 것 같으면서도 사람의 호기심을 잡아끄는 이야기 솜씨를 가졌다.

그런데 한 번 더 놀라운 소리가 노파 입에서 나왔다. 아낙이 이야기를 하는 동안 다른 사람이 된 듯 아주 얌전하게 있던 노파였다.

"사내가 바가치로 물 마시모 씨엄이 안 난다!"

뜬금없는 그 말에 모두가 어리둥절해하고 있는데, 곧이어 손가락으로 연못을 가리키면서 노파가 또 한다는 소리가 이랬다.

"와 저 물을 마실라쿠노? 꼭 마실라쿠모 바가치로 퍼서 마시라이!"

"……."

호한은 실성한 노파 한 사람에게서 정신 말짱한 그들 사내 셋이 한꺼번에 농락당하고 있다는 느낌을 떨쳐버릴 수 없었다. 아무리 시국이 어수선하고 또 개인적으로도 갈피를 잡기 어려운 처지나 형편에 내던져져 있다고 할지라도 이건 아니었다.

'도대체가?'

바가지로 마시지 말라고 했다가, 또 금방 바가지로 마시라고 하고, 거기에다 또 수염이 어떻느니 하고.

"집에 돌아가시모 말입니더, 해나 예전에 할무이 집안에서 바가치를 맹글어 팔던 분이 있었는지 함 물어보이소."

호한이 아낙에게 던진 말이었다. 하지만 그쪽 집안 누군가가 동냥질을 하느냐고는 차마 묻지 못했다. 요즘 들어 바가지라든지 깡통 등을 차고 다니는 걸인들이 부쩍 눈에 많이 띄었다. 그만큼 나라 형편이 곤란해지고 백성들 살기가 힘들다는 증거일 것이다.

'설마 걸베이가 돼갖고 천지로 돌아댕기는 거는 아이것제?'

억장이 무너져 내릴 소리지만, 아내 윤 씨 꿈에 사위 재영이 쪽박 찬 동냥아치들과 함께 거리를 쏘다니는 모습이 보였다고 했다. 각설이패가 되어 장터와 남의 가게 앞에서 아주 속된 잡가雜歌를 부르고 있는 꿈도 꾸었다던가.

"……."

이윽고 호한의 그 말뜻을 잠깐 새겨보는 눈치를 보이던 아낙이, 그만둘 듯하더니만 젖은 목소리로 하던 이야기를 계속했다. 설마하니 자기들 부부 이야기는 아닐 테지, 호한의 생각이었다.

"우쨌든 그 호걸이 도로 떠나삐자, 혼자 남은 여인은 올매나 울었던고……."

역시 그렇고 그런 이야기였다. 호한은 노파의 노래를 듣고 저 '언가'

를 떠올리며 어쭙잖은 감상에 빠져들었던 자신에 대한 혐오감에서 벗어날 수 없었다. 아낙은 그러고 나서 끝맺는다는 소리가, 정신없기로는 그 노파와 하등 다를 바가 없었다.

"그 호걸 오줌하고 여인 눈물이 모이서 이 못을 맨들었다꼬 하데예."

아낙 이야기가 바닥을 보일 즈음에는 노파도 제풀에 지친 나머지 가쁜 숨만 몰아쉬었다. 하지만 잠시 후에 또 어이없는 소리를 하며 떼를 써대기 시작했다. 한마디로 대책이 없는 할망구였다.

"너거들 술 없나? 내한테 술 좀 조라 안 쿠나!"

"……."

"술, 수울!"

술과 안주를 보면 맹세도 잊을 정도로 주벽에 빠진 사내들이 와서 본다고 하더라도 지금 노파의 술타령은 그 도가 너무 심할 정도였다. 언직이 노파에게서 손을 거둬들이며 다소 퉁명스러운 목소리로 말했다.

"우리 술 안 갖고 있심니더."

용삼이 호한더러 눈을 끔벅해 보였다. 그만 돌아가자는 표시였다. 호한 또한 그곳에 더 있고 싶은 마음이 없었다. 너무나 유쾌하지 못한 경험의 현장이었다.

그런데 바로 그다음 순간이었다. 호한은 정말 예상하지 못했다. 노파의 합죽한 입에서 그 이름이 튀어나올 줄은 몰랐다.

"술도 안 주는 너것들은 한 개도 필요 없다! 싹 다 가라카이."

그러던 노파는 손주며느리에게, 그곳 못이 뒤집히거나 쩌억 갈라지는 것 같은 소리를 했던 것이다.

"그 사람 데불고 오이라, 으잉? 박재영이, 박재영이 말이다!"

"……."

그때 그 기분을 세상 무슨 말로 나타낼 수 있을까? 마치 부싯돌에서 번쩍이는 불빛 같은 기운이 호한 눈앞에 보였다. 호한은 귀를 의심했다. 제정신을 못 믿었다.

박 재 영…….

같은 이름을 가진 사람이겠지 할 수도 있었다. 이 세상에는 동명이인이 얼마나 지천으로 널려 있는가 말이다. 하지만 무슨 암시 같은 것이 호한의 온몸을 감쌌다. 절대 거역할 수 없는 절대자의 계시와도 같이 그의 가슴에 와 닿았다. 노파가 말하는 박재영은 분명 사위 박재영일 것 같았다.

호한에게 그런 믿음을 확실히 심어주려고 단단히 작심이라도 한 듯, 노파 입에서는 계속해서 재영이란 이름이 튀어나왔다. 적어도 호한에게 노파는 더는 실성한 사람이 아니었다.

"재영이, 재영아!"

그 소리는 창이나 칼이 되어 호한의 몸과 마음을 난도질하는 것이었고, 그는 금방이라도 쓰러질 사람처럼 크게 비틀거렸다.

"아, 호한이! 자네 각중애 와 그라나, 응?"

무슨 낌새를 알아챈 언직이 호한의 팔을 잡고 흔들었다.

"글씨, 김 장군이 와 저라지예?"

용삼도 호한의 심상치 않은 반응에 대단히 놀란 목소리였다. 그러나 호한의 귀에는 어떤 소리도 들리지 않았다. 눈에는 다른 어떤 것도 보이지 않았다.

"아주머이!"

그는 아낙에게 호통 치듯 물었다.

"박재영이라쿠는 사람, 시방 오데 있십니꺼, 예에?"

"……."

"박재영이?"

"흐."

다른 사람같이 급변한 호한의 모습을 본 아낙은 잔뜩 겁을 집어먹은 얼굴로 바뀌었다. 실제로 우람한 덩치의 호한이 잡아먹을 듯이 하는 그 언동에는 누구라도 공포심을 느낄 수밖에 없을 것이다. 그런데 잠시 후 아낙이 도리어 호한에게 되물었다.

"박재영이라쿠는 사람을 우찌 압니꺼?"

호한이 한 번 더 호되게 다그쳤다.

"아, 그거보담도 시방 그 사람 오데 있는고 그것부텀 말해보이소!"

그러자 아낙이 자기도 답답하다는 얼굴로 말했다.

"사실은 안 있심니꺼, 지도 그 사람 잘 모립니더."

"머라꼬요?"

호한은 그런 빤한 거짓말을 하면 이대로 있지 않겠다는 빛을 내비쳤다.

"잘 모린다꼬요? 시방 무신 소리를 하는 깁니꺼?"

아낙은 두 손과 머리까지 한꺼번에 내저었다.

"아이라예, 진짭니더."

호한은 여자에게 손찌검이라도 할 기세였다.

"증말 이 여자가?"

아낙이 당당한 모습을 보였다. 행색은 초라해도 가정교육은 어느 정도 받으면서 자란 여인이 아닐까 싶었다.

"지가 기시는 말씀이라모 이 자리서 바로 때리줘이도 좋심니더."

"……."

아낙이 속이는 것 같지는 않았다. 그럼에도 호한은 기필코 알아야겠다는 빛을 보이며 물었다.

"그란데 저 할무이가 와 자꾸 박재영을 데불고 오라꼬 하는 깁니꺼?"

용삼과 언직은 멍한 얼굴로 호한과 아낙이 주고받는 대화만 듣고 있었다. 노파는 '술', '박재영' 하며 계속 앙탈을 부렸다. 그 두 마디만 할 줄 아는 사람 같았다.

"사연을 말씀드리자모 이렇심니더."

아낙이 지친 표정으로 한숨과 함께 말했다.

"운젠가 바로 요 자리서 우떤 남자가 우리 할무이한테 술을 준 적이 안 있십니꺼."

호한의 낯빛은 낮술이라도 들이켠 사람처럼 붉었다.

"우떤 남자가 저 할무이한테 술을요?"

아낙은 고개를 끄덕이고 나서 말했다.

"우리 할무이는 술만 드싯다 쿠모 발작이 더 심해지시기 땜에, 절대로 술을 몬 자시거로 하는데……."

그러면서 또 한숨을 몰아쉬었다. 호한은 무쇠라도 잘라버릴 것처럼 눈을 번득였다.

"그란데요?"

아낙이 자초지종 털어놓았다.

"그날 해필 박재영이라쿠는 남자가 허리에 차고 있던 술뱅을 드린 기라예."

호한은 저주를 내리듯 했다.

"술뱅."

저만큼 서 있는 이팝나무 가지가 자꾸만 바람에 흔들거렸다. 호한의 눈에는 그 가지마다 술병이 줄줄이 매달려 있는 것처럼 보였다.

못물이 크게 출렁거렸다. 사내 오줌과 여인의 눈물이 섞여서 만들어진 못이었다. 그렇다면 거기 핀 연꽃은 무슨 말로 설명할 것인가? 오줌과 눈물은 계속 움직임을 멈추지 않았다. 그러고 보니 바람기가 좀 더

거세진 모양이었다.

"예, 그래서 우리 할무이가……."

"그라모……."

호한은 몹시 떨리는 가슴으로 다시 한번 확신했다. 딸 비화에게 장가들기 전부터 사위 박재영은 많이 마시지도 못하는 술과 감당 못 할 여자를 가까이한 사람이었다.

"박재영이 그 사람, 여게 가차운 마을에 삽니꺼?"

호한은 큰 기대감과 분노가 뒤엉킨 목소리로 물었다. 드디어 찾았구나. 죽지는 않고 살아 있었구나.

그러나 돌아오는 아낙의 답변은 일시에 힘이 쫙 빠지게 하는 소리였다.

"여게 사는 거는 아이고예, 그냥 우짜다가 지내가는 길에 잠깐 이 못에 들릿다 쿠더마예. 그래 오데 사는 눈고 하나도 모리지예."

호한은 이번에도 지어낸 그따위 말은 하지 말라는 어투로 물었다.

"그란데 저 할무이가 우찌 이름을 알아갖고?"

아낙이 매우 황당하다는 눈빛으로 노파를 한번 보고 나서 하는 말은 종잡기 어려웠다.

"지도 그기 참 신기하고 알 수 없어예."

"알 수 없다이?"

초조해진 호한의 물음에 아낙은 고개를 갸우뚱하며 말했다.

"다린 거는 암만 갈카드리도 금세 잊아삐는 할무이가……."

호한 눈에 그 아낙도, 모든 게 새빨간 거짓이라고 치부하고 싶은 것이 호한의 지금 그대로의 심경이었다.

"그날 술 한 뱅 주고 간 사람 이름은 저리 기억하고 있다쿠는 기 말입니더."

"……."

너무나도 실망스러운 노릇이지만 아낙이 지어낸 말을 하는 것 같지는 않았다. 그녀는 자기도 안타깝다는 빛이었다.

"그날 할무이가 하도 캐물어싼께, 그 사람도 절대 그거는 안 된다꼬 우기쌌다가, 갤국 자기 이름을 갈카주고 간 기라예."

호한은 또 확인할 게 있었다.

"박재영이라쿠는 그 남자, 혼자였심니꺼?"

제발, 하고 호한은 속으로 빌었다.

"아이라예."

아낙의 그 답변은 사람을 저 밑바닥까지 처넣는 소리였다.

"그라모?"

"우떤 여자하고 둘이 같이 있데예."

이번만큼은 자신 있는 아낙의 답변이었다.

"우떤 여자하고 둘이요?"

호한의 그 반문은 차라리 비명에 가까웠다. 사위가 다른 여자와…….

"우, 우찌 그, 그런?"

"……."

그러나 그게 끝이었다. 그 아낙이 박재영에 관해 알고 있는 것은 거기까지가 전부였다. 빨간 말이고 파란 말이고 노란 말이고 무슨 소용이란 말인가?

호한의 눈앞에서 오줌과 눈물로 만들어진 못이 솟구치고 있었다. 바위가 쩌억 갈라지고 이팝나무가 뿌리째 뽑히고 있었다.

빨간 말을 타고 있는 재영도 보였다. 내 사위가 내 딸을 버리고 집에서 나갔다는 것은 새빨간 거짓말이라고, 호한은 마음의 채찍을 들어 그 빨간 말을 향해 호되게 휘두르기 시작했다.

장터 어디에서

목牧의 장시場市답게 무척이나 북적거리는 읍내장터 인파들 속에 전창무와 우 씨 부부 모습이 띄었다.

'안토니오'라는 영세명을 받은 창무는 그동안 천주학 전도에 정신없이 매달리느라 매우 지치고 초췌한 몰골이었다. 천성적으로 강한 몸은 아니었지만 누가 슬쩍 밀어도 그냥 픽 쓰러질 약골로 변해 있었다.

부인 우 씨는 남편에 비하면 덜 상한 얼굴이지만, 살이 쪽 빠진 모습을 보면 감시를 받는 천주학쟁이의 길이 힘들기는 마찬가지인 듯싶었다. 창무보다 더 일찍 하느님에게 소원을 빌었던 그녀이기에 마음은 한층 고달픈 상태일 수도 있었다.

그러나 지금 그들이 잔뜩 실의와 낙담에 빠진 모습을 하는 이유는 따로 있었다. 두 사람은 아까부터 계속해서 안타깝고 불안한 이야기를 나누는 중이었다.

"하느님도 에나 무심 안 하요."

"……."

다른 사람도 아닌 남편 입에서 우 씨가 가장 무섭고 두려워할 소리가 나오고 있었다.

"우찌 불쌍한 농민들의 한 가닥 꿈이 그리키나 무참하기 되거로 모린 척 내버리두신단 말요?"

그 소리는 비록 낮았지만, 그곳 장바닥을 끝없이 맴도는 느낌을 주었다. 우 씨는 더 이상 들을 수 없어 몹시 당황한 얼굴로 애원하듯 나무라듯 남편을 불렀다.

"아, 여보."

답답할 정도로 바람기 한 점 없는 날씨였다. 마셔도 또 마셔도 치유할 수 없는 갈증 같은 것이 사람의 목을 옥죄는 기분이었다. 이러다간 몸도 마음도 마를 대로 말라 조각조각 바스러질 것 같았다.

"우찌 하느님께 그런 말씀을?"

잔뜩 겁을 먹은 얼굴의 아내에게 창무는 중병을 앓고 있는 환자처럼 기운 없이 말했다.

"농민군이 너모 안돼서 하는 소리요, 농민군이."

그들 부부를 알고 있는 사람일까? 그 밑에 깔리듯 나뭇짐을 가득 짊어진 중년의 나무꾼 하나가 그들을 보고 무슨 말을 붙이려다가 그대로 옆을 지나갔다. 아마도 부부 사이에 흐르고 있는 심상치 않은 기류를 알아챈 모양이었다.

"암만 그렇다 쿠더라도……."

우 씨 안색이 은행잎처럼 노래지고 목소리도 한층 떨려 나왔다.

"지발 고마하시소."

"내가 몬 할 말을 했소?"

장터에 있는 사람들이 그들을 바라보는 것 같았다. 만약 하느님도 우리를 보고 계신다면 뭐라고 하실까. 그런 상상만으로도 가슴이 빠개지는 것만 같은 우 씨는 가까스로 입을 열었다.

"여보?"

"내가 몬 할 말을 했소?"

한 번 더 같은 말을 반복하는 창무 낯빛이 붉었다. 그 나름대로는 자제하려는 기색이 역력했다.

"해나……."

우 씨는 사람들로 발 디딜 틈도 없이 크게 북적거리는 주위를 조심스레 둘러보았다.

"관아 사람들이 들으모 우짜실라꼬예?"

창무는 억지로 화를 삭이는 목소리였다.

"귀는 장식이 아이고, 들으라꼬 있는 거 아이요."

고개를 뒤로 젖혀 구름 두세 조각이 정물처럼 붙어 있는 하늘을 올려다보며 말했다.

"조물주께서 만물을 창조해내실 적에……."

"……."

오늘같이 오일장이 열리는 날이면 장사치들에게 장세場稅를 거두어 가기 위해 지방 관아 관리들이 장터에 나왔다. 그러고는 똑같이 5전씩을 징수했는데, 어떤 못된 수령은 그 세금을 나라에 귀속시키지 않고 제 주머니 안에다가 슬쩍 넣는다는 소문도 심심찮게 나돌았다.

"이리 시끄러븐데 누가 듣것소."

관리들의 부정부패 생각을 하는 창무 음성이 어쩔 수 없이 또 퉁명스럽게 나왔다. 평소 남편의 말투 하나하나에도 조심조심 신경이 쓰이는 우 씨였다. 정말 저런 식으로 얘기를 하는 건 그녀가 바라는 게 아니었다.

"내 시방 심정 겉으모……."

창무는 못을 박고 빼는 데 쓰는 장도리를 사 들고 바로 앞에서 걸어가고 있는 목수 행색의 남자를 보면서 계속 말했다.

"우떤 사람이 듣고 상감께 다 고해 바치모 좋것소."

남의 가게에 몰래 들어가서 물건을 훔치려고 하다가 주인에게 들켜 달아나던 거지 아이 하나가, 자칫 우 씨와 부딪힐 뻔했다가 아슬아슬하게 피해 저쪽 건어물전이 있는 곳으로 도망쳤다.

"저눔 잡아라!"

소매를 걷어붙인 사십 대 남자가 고함을 지르면서 도둑을 잡기 위해 헐레벌떡 뒤쫓기에 바빴다. 사태를 파악한 몇몇 장터 사내들도 주인 남자와 함께 내닫기 시작했다. 그것을 지켜보고 있던 창무가 비장한 어조로 말했다.

"내사 잽히 가서 죽어도 괘안은께네."

"아, 여보."

우 씨는 남편의 그 마지막 말이 이상하게 마음에 옹이가 되어 박혔다. 그냥 흘려듣기에는 너무나 가슴을 후려치는 소리였다.

'우째서 이리키나 안 좋은 생각이 자꾸 드는고 모리것다.'

그녀는 왠지 모르게 굶주린 산짐승처럼 사납게 달려드는 불길한 예감을 떨쳐버리기 위해 주변에 눈을 돌리며 필요 이상으로 목소리를 높였다.

"여 장터가 에나 대단타 아입니꺼."

창무는 힘없이 고개를 숙였다.

"그거는 맞소."

경상우도 일대에서 생산되는 농산물들은 말할 것도 없고, 저 남해안에서 나오는 여러 해산물까지 거래되는 그곳 시장은, 관내에서 최고로 큰 규모를 자랑하고 있었다. 그래서 바로 가까이 있는 사람 말소리도 들리지 않을 만큼 아주 시끌벅적했다. 그 생동감은 힘든 이들에게 기운을 북돋워 줄 만했다.

"시상이사 우찌 돌아가도……."

잠시 후 창무는 다시 고개를 들어 시장 사람들을 무연히 바라보았다.

"사람들은 다 살아가거로 되는 모냥이오."

"……."

"농민군의 그 '언가'가 사라져삐도, 여게 시장 풍갱은 하나도 안 배뀐 거 본께 말이오."

우 씨는 갈수록 신경이 날카로워지는 남편에게 다른 말은 더하지 못하고 그저 이런 소리만 해줄 수밖에 없었다.

"그라모 우짭니꺼. 죽는 사람은 죽더라도 산 사람은 살아가야지예. 우리 주님께서도 장 그거를 원하고 계실 기고예."

창무는 서로 어깨가 부딪힐 정도로 사람 물결을 이루는 읍내장터 안을 이리저리 둘러보며 자조하듯 말했다.

"하기사 그래도 우짜든지 함 살아볼라꼬 저리 열심히 버둥거리쌌는 시장통 사람들 본께, 답답한 심정이 쪼매 가시기는 하요."

역동성이 넘치는 사람들 움직임이 무슨 종교처럼 위대해 보이기까지 했다. 우 씨는 느꺼운 목소리로 말했다.

"그렇지예? 모도 열심히 살고들 있지예?"

창무는 아까보다는 훨씬 풀린 낯빛이었다.

"심은 들어도 노력하는 모습들이 눈물나거로 거룩하고 아름답다 아이요."

그러자 우 씨가 주변에 귀를 기울이며 말했다.

"지는 시방 여게 시장 사람들이 내는 저 소리들이, 하느님 나라에 있는 아름다운 정원의 새들 노랫소리겉이 들립니더."

그 음성이 어쩐지 창무 가슴을 어린아이처럼 뛰게 하면서도 찬 기운이 돌 만큼 서럽게 느껴졌다. 그는 성경 구절을 외듯 했다.

"하느님 나라 정원의 새들 노랫소리라."

우 씨는 그 소리들을 주머니에 담아서 집으로 가져가고 싶다는 생각을 했다.

"그만치 듣기 좋거마예, 지는."

여전히 어디에서도 바람기는 전해지지 않고 있었다. 흡사 복잡한 시장 안에 갇혀버린 듯, 창무는 혼잣말처럼 말했다.

"하지만도 시장 소리가 〈이 걸이 저 걸이 갓 걸이〉 노래보담은……."

"쉿! 여보, 인자 그런 말씀은……."

아무튼 우 씨 귀에, 파장罷場 전에 물건을 한 개라도 더 팔려고 목이 터져라 악을 쓰듯 외쳐대는 장사치나, 값을 1전이라도 더 깎아보려고 애쓰는 손이나, 그네들이 다투어 내는 온갖 소리들이 그렇게 정겹고 활기차게 들릴 수 없었다. 당사자들이야 팍팍한 삶이 너무나 힘겹고 고통스러울지 몰라도 옆에서 지켜보는 사람 입장에서는 그랬다.

'와 그럴꼬? 아, 그거는!'

바로 '인간의 소리'였다. 어쩌면 하루하루 생활 자체에 충실하게 임하는 것, 그것보다 더 훌륭한 종교도 없을 거라는 생각도 가끔 해보는 우 씨였다. 거기에 두터운 신앙심까지 보태진다면 가장 바람직한 인간살이가 될 것 같았다.

그러나 창무 눈앞에는 어릴 적에 조부한테서 들었던 그 이야기 속의 장면들이 너무나도 삼삼하여 참으로 견디기가 어려웠다. 이곳 장터에 오면 늘 사탄이나 마귀같이 달라붙는 1백여 년 전의 무서운 참살 사건이 있었다.

"영조 임금 때였다 쿠더라. 창무 니는 물론이고 니 아부지도 아즉 시상에 태어나기 전에, 이 할배가 울 할배한테 들은 이약이제."

조부는 그 광경을 직접 자기 눈으로 본 것처럼 부르르 몸을 떨어가면서 이야기해서 어린 창무를 무섭게 했다.

"저 거창이라꼬 하는 데서 붙잡아온 역적을 안 있나, 장날 이곳 장터에서 모가지를 싹 벤 기라."

그러면서 까칠한 주름살투성이 손으로 자기 목을 쓰다듬던 조부였다. 그때 어린 창무 눈에도 그 목이 부러질 것처럼 보여 애가 탔다. 하지만 이제 창무 자신의 손이 목덜미를 만져야 할 두려운 일이 곧 생길지도 모른다.

'가증시럽다, 그 철저한 교활함이.'

굳이 장날을 맞아 사람들이 들끓는 장터에서 역모를 꾀한 이들에 대한 끔찍한 효수형을 행하는 그 의도가 어디에 있겠는가? 보통 잡범들은 공개적인 장소에서 형을 집행하지 않았다. 그렇지만 정치적으로 단죄할 필요가 있다고 판단되는 중죄인은 만인이 지켜보는 앞에서 극형에 처해 백성들이 딴마음을 먹지 못하게 경각심을 일으켰던 것이다.

'유춘계를 비롯한 농민군 주모자들한테는, 시방꺼지 행한 그 우떤 처행보담도 처참하고 무서븐 극행이 내리질 것이거마.'

창무 눈앞에 죄수의 혼을 빼기 위한 도살 춤을 덩실덩실 추고 있는 망나니의 괴기스러운 모습이 나타났다. 반역자의 말로가 얼마나 비참한가를 백성들에게 보여주기 위해 망나니 칼만큼 효과적인 역할을 하는 것도 없을 것이다. 하지만 진정으로 그 칼끝이 향해야 할 곳은 따로 있지 않은가 말이다.

'오랜만에 아는 사람들끼리 서로 만내갖고 주막에서 막걸리 한잔 나눔서, 그동안 살아온 이런저런 이약함시로 정을 나누는 이 흥겹고 즐거운 장날에, 그리도 무섭고 섬뜩한 짓을 벌이다이, 에나 나라에서 너모한다 아이가.'

가슴 깊이 치미는 반감과 원망의 마음을 억누르지 못하는 창무 귀에 약간 들뜬 우 씨 목소리가 들렸다.

"에나 없는 기 없네예. 저거 좀 보이소, 여보."

"머를……."

그런 우 씨가 창무 눈에는 처음 시집왔을 때의 모습을 방불케 했다. 천주학 집안 출신인 우 씨는 당시 다른 여자들에 비해 무척 활동적인 신여성이었다. 생기발랄한 모습이 많은 사람의 호감을 샀다. 바야흐로 여성도 무조건 헌신하고 순종하는 것이 최고가 아니라는 새로운 흐름이 조금씩 일기 시작하고 있었다.

"봅니꺼. 비이지예?"

"……."

"아유, 쌀하고 보리하고 콩, 수수, 조에다가, 모시, 삼베, 맹주(명주), 맨화(면화) 겉은 옷감에다가, 아유, 목물, 철물하고 자기, 토기에다가, 또 유기도 있고, 종이도 있고, 방석, 담뱃대, 아, 배루(벼루)하고 석유황도 안 있심니꺼."

우 씨는 지금 창무가 괴로워하고 있는 원인을 알고서 일부러 명랑한 체하고 있다. 창무도 끝없이 떠오르는 초군들 처형 생각에서 벗어나기 위해 빽빽하게 들어찬 장터 사람들에게 얼굴을 돌렸다.

허리춤에 엽전꾸러미를 찬 뚱뚱한 객주가 맨 먼저 눈에 들어왔다. 등에 대바구니를 잔뜩 짊어진 늙은 보부상도 보이고, 그저 흥정을 붙이느라 입에서 침방울이 튀어나오는 줄도 모르고 거위같이 꽥꽥 소리 지르는 거간꾼의 시뻘건 낯판도 보이고, 엿 한 개 손에 쥐고 세상 모든 것을 얻은 것처럼 좋아하는 아이 얼굴도 보이고, 시집간 딸이 오랜만에 친정 어머니와 만났는지 기쁨에 찬 두 여인의 정겨운 얼굴도 보였다.

그리고 눈에 잘 띄는 게 울긋불긋한 옷치장이 아름다운 기생들이다.

그녀들은 돈이 많아 보이는 동행한 한량들에게 사 달라고 할 화장품이며 노리개를 찾기 위해 눈을 반짝인다. 아직도 훤한 대낮에 얼큰하게 취한 채로 이리 비틀 저리 비틀 사람 물결 사이로 돌아다니는 얼굴 검은 사내는, 아마 투전판에서 판돈을 전부 잃어버리고 홧김에 말술을 들이켠 노름꾼인지도 몰랐다.

"여보, 이 많은 사람들이 모돌띠리 우리 천주학 신자가 되모 올매나 좋으까예? 상상만 해봐도 가슴이 뛴다 아입니꺼."

그러는 우 씨 표정이 희망에 차 있다기보다 되레 안쓰러워 보였다.

"머요? 이 사람들이 싹 다?"

어이없다는 표정을 짓는 창무에게 우 씨는 더욱 간절한 얼굴로 말했다.

"예."

"하여튼 당신이란 사람은 오데로 가나……."

창무는 입가에 씁쓸한 미소를 깨물었다. 그의 어깨 위로 낙엽이 지는 것 같은 공허가 느껴지는 모습이었다. 그리고 그 뒤에 감춰진 것은 초조감과 불길함이었다. 지금은 조금 잠잠한 편이지만 조만간 또다시 천주교인들을 겨냥한 무서운 탄압이 새로 시작될 조짐이 보이는 이즈음이다. 소리도 없이 다가오는 검은 그림자.

"그거는 그렇고……."

건강이 악화한 탓에 점점 다리가 아파오는 것을 느끼며, 창무는 아내에게 위로의 말 대신 이런 말을 들려주었다.

"내는 오늘 첨 깨달았소. 사람이 묵고살기 위해 무신 잔꾀 안 부리고 우직하거로 열심히 노력하는 모습이야말로 바로 천사 모습이라꼬 말이오."

그 말뜻을 잠시 새겨보던 우 씨가 결연한 어조로 말했다.

"우리도 죽음의 문턱에서 돌아나왔다꼬 생각하고, 시방꺼지보담 더 용기도 내고 기운도 내갖고 새롭거로 일어서야지예. 그래야 하느님도 우리에게……."

"내 생각도 가리방상하요."

"고맙심니더, 여보."

"고맙기는?"

"아입니더. 에납니더."

부부는 힘든 천주학 전도 활동을 꾸준하게 해오면서 여러 계층의 사람들을 만나고 그만큼 숱한 일들도 보아왔다. 세상이란 인간들의 영역이라고 할 수 없을 만큼 참으로 불가사의한 곳이었다.

눈먼 거북이 물에 뜬 나뭇조각을 잡듯 우연히 행운을 잡은 사람도 있고, 소금을 팔다가 비를 만나듯 뜻밖의 불운에 빠진 사람도 있었다. 그렇지만 그 어느 쪽이든 간에 모두가 하느님이 시키신 일, 하느님의 뜻이라고 믿었다. 하느님 안에 있지 하느님 밖은 용납할 수 없었다. 사탄이 놀랄 독실한 신앙심이었다.

그런데 바로 그때다. 우 씨가 갑자기 하던 말을 멈추고 창무 팔에 매달리듯 하며 더없이 놀라고 겁먹은 표정을 지었다.

"와, 와 그라요?"

창무도 가슴이 철렁하여 우 씨가 눈으로 간신히 가리키는 쪽을 얼른 바라보았다. 순간, 그의 얼굴에도 잔뜩 긴장하는 빛이 떠올랐다.

저만큼 떨어져 한창 투전판이 벌어지고 있는 곳, 거기 빙 둘러선 사람 울타리 사이에서 그저 투전에 정신없는 세 사내, 점박이 형제와 맹쭐이다. 그들은 제각기 손에 든 동전을 던져 땅바닥에 벌여놓은 동전을 맞히느라고 혈안이 돼 있는 것처럼 보였다.

"여, 여보!"

"쉬!"

그들 부부가 바싹 긴장한 까닭은 바로 맹쫄 때문이다. 몇 해 전 그들이 성 밖 친척 집에 머물며 전도에 힘쓸 때의 일이다. 어느 날 밤 도둑질하러 왔다가 그들에게 들켜 제 부모 민치목과 몽녀에게 끌려갔던 맹쫄. 어쩐지 온갖 악귀들이 모여 사는 곳처럼 오싹한 공기가 감돌던 집이었다.

이만치 떨어진 곳에서 봐도 이제 맹쫄은 예전의 겁 많던 그 애송이가 아니었다. 세월의 흔적이 엿보였다. 제법 의젓한 사내 모습이었고, 돈푼이라도 좀 붙었는지 허옇게 살도 찌고 귀티마저 배여 났다. 그것을 보니, 점박이 형제한테 빌붙어 지내며 재력도 쌓고 세도도 키운 것 같아서 부부 마음이 대단히 편하지 못했다. 신의 시험대에 올라 있다고 치부하더라도 분명 세상은 잘못된 곳으로 가고 있다. 그렇지만 그것을 바로 잡을 힘은 너무나 먼 곳에 있었다.

"여보, 퍼뜩 저리로 피하이시더."

우 씨는 행여 맹쫄 눈에 뜨일까 봐 무척이나 경계하고 두려워하는 빛이었다. 그녀는 사뭇 떨리는 목소리로 말했다.

"우리를 보모 안 좋을 거 겉어예."

"가마이 있어 보소."

창무는 낮은 목소리로 아내를 진정시켰다. 그러고는 좀 더 유심히 그쪽을 바라보면서 성직자가 잡귀 쫓듯 입을 열었다.

"천하에 몬된 것들 아인가베. 저런 것들도 사람이라꼬. 사필귀정이라캤소."

근처 휘장이 바람에 나부끼고 있었다. 바람기가 조금은 되살아나고 있는 모양이었다.

"시방은 머가 쪼꼼 잘몬돼 있지만도, 갤국은 모도 정한 이치로 돌아갈 끼요. 하느님의 뜻이 살아 있는 이상에는 말이오."

"그래도 불안해예, 여보."

농민군이 진압되면서 점박이 형제 같은 악덕 부자들 기세는 예전보다 더 드세어지고 있다. 이제는 누구도 대놓고 감히 그들을 비방하거나 힐난하지 못했다. 만약 그런 자가 있다면, 농민군과 한통속으로 몰아붙이며 곧바로 잡아가거나 앙갚음을 하려 했다. 세상 공기는 더욱 나쁜 방향으로 흐르고 있었다.

점박이 형제와 맹쫄에게는 또 다른 일행이 있다. 그런데 사내들이 아니다. 그들이 어디서 데리고 온 기생들이다. 남녀 여섯이 한데 어울려 투전 벌이기에 그냥 정신이 없다. 기생들 가운데 가장 격이 낮은 삼패三牌들인 듯 그 기생들은 주위 사람들 시선은 전혀 의식하지 않고 아주 천박하게 굴었다. 사내들 가슴에 덜렁 안기기도 하고 간드러진 웃음을 함부로 흘리기도 했다. 그야말로 장바닥 비루먹은 개들도 고개 돌릴 정도로 꼴불견이었다.

"그 밥에 그 나물 아입니꺼."

우 씨가 평소의 그녀답지 않게 경멸하는 눈초리로 말했다. 창무는 한숨을 크게 내쉬다가 비난조로 말했다.

"방금도 내가 당신한테 이약했듯기, 시방 시상은 저런 것들이 더 판을 치고 댕긴께 그기 문제 아이것소."

우 씨는 계속 그들을 경계하는 눈빛을 풀지 못했다.

"예."

창무는 하늘을 올려다보며 기원했다.

"아, 어서 하느님 시상이 와야 할 낀데."

우 씨는 두 손을 모았다.

"우리 기도 더 하이시더."

그런데 그들이 감정에 사로잡혀 그렇게 잠깐 방심한 게 돌이킬 수 없는 실수였다. 진작 우 씨 말대로 했어야 마땅했다.

"어?"

공교롭게도 어쩌다 이쪽으로 눈을 돌린 맹쭐이 그들을 발견하고 만 것이다. 멀리서 봐도 그의 눈빛이 야릇하게 번득이고 있었다. 더할 수 없이 위험한 공기가 이쪽으로 밀려오는 느낌이었다.

"어이, 동상! 시방 머 보고 있노?"

만호가 그 큰 덩치에 어울리지 않게 경박하고 조급한 목소리로 외쳤다.

"얼릉 안 던지고?"

그러나 맹쭐은 더 이상 투전판에는 흥미가 없다는 모습이었다.

"아, 새이들요, 가마이 함 있어 보소. 인자 요런 투전판보담도 몇 배나 더 신나는 일이 생깃은께요."

아예 손에 든 것을 놓아버리는 그였다.

"와? 무신 일인데 그라노?"

나이 들수록 아버지 배봉의 음성을 닮아가는 억호 목소리도 들렸다. 맹쭐이 눈길은 시종 창무 부부 쪽에 둔 채 징그러운 웃음기를 실실 뿌리며 말했다.

"시방부텀 지가 이 시상에서 젤 신나는 기경 한분 시키드리께, 새이들은 그냥 보고만 있으소이."

그러면서 이편을 향해 성큼 걸음을 내딛는 맹쭐의 살쾡이 같은 눈빛을 본 우 씨는 당황하여 어쩔 줄 몰라 했다.

"우, 우짭니꺼? 저, 저눔이 이, 이짝으로 오, 오고 있어예!"

창무도 몸을 움찔하며 신음 비슷한 소리를 내었다.

"음."

하지만 우 씨 말이 미처 떨어지기도 전에 맹쭐은 벌써 그들 바로 앞에 우뚝 서 있었다. 우 씨뿐만 아니라 창무 안색도 적잖게 질렸다.

그때쯤 심상찮은 분위기를 알아챈 듯 거기 시장바닥의 숱한 눈길들이 한꺼번에 이쪽으로 활시위처럼 쏠렸다. 걷잡을 수 없을 만큼 긴장되고 살벌한 공기가 엄습했다.

"어, 참말로 간만들이요, 으잉?"

"……."

"여꺼정 전도할라꼬 나왔는갑네?"

"……."

부부가 아무런 대꾸도 하지 않고 계속해서 자기를 쏘아보기만 하자, 맹쫄은 두 어깨를 건들건들하며 갈수록 시비조로 나왔다.

"하느님이 에나 대단하기는 대단한갑소. 나라에서 서양구신 붙은 천주학재이들 모돌띠리 없앤다꼬 그리 족칫는데도, 아즉꺼지 용케 목심들이 붙어 있는 거 본께……."

그러고 나서 맹쫄은 운집한 주위 사람들을 휘익 둘러보며 마치 선동자처럼 목청을 돋우어 떠들어대기 시작했다. 그건 창무 부부로서는 전혀 예상하지 못했던 나쁜 징후가 아닐 수 없었다.

"모도 보이소! 저들이 누군고 압니꺼?"

맹쫄은 사람들이 알아듣기 쉽게 말을 딱딱 끊었다.

"천주학재이들이라요, 천 주 학 재 이 들!"

그러자 시장 사람들은 맹쫄이 턱으로 가리키는 창무와 우 씨 부부를 신기해하는 눈길로 바라보았다. 개중에는 서로 귀에 대고 무어라고 속닥거리는 이들도 있었다. 말로만 듣던 천주학쟁이들이 바로 눈앞에 있는 것이다.

"헤헤헤. 머 하느님이 우떻고 예수님이 우떻다꼬?"

맹쫄은 그 훤한 백주에 거칠 것이 없어 보였다.

"누는 천당 보내고 누는 지옥 보낸다꼬?"

어디서 듣기는 들은 모양이었다.

"그라고 진흙탕 속에 빠지삔 백성을 누가 구해준다꼬? 떽!"

"……."

부부 눈에는 맹쭐이야말로 더 의심할 데 없는 사탄이요, 마귀였다. 맹쭐은 지난날 당한 수모와 분노를 되갚기 위해 단단히 작심한 듯했다.

"에라이! 당신들이나 천당 마이 가소."

그는 사람들로 넘치는 그곳을 우쭐거리는 태도로 둘러보았다.

"요새는 천당이 요런 시장매이로 그리 넘친담서?"

주먹으로 제 복장을 탕탕 치기도 했다.

"내는 천당보담도 지옥이 상구 더 좋다 아인가베. 우짜모 하느님도 지옥에 가서 살고 싶을지도 모리제."

"저, 저?"

듣다듣다 못 한 창무가 한 걸음 나서려는 걸 우 씨가 급히 말렸다. 그러고는 남편의 팔을 잡아끌며 애원했다.

"여보! 쌔이 이 자리를 뜹시더. 무신 봉밴을 당할랑가 모립니더."

그러나 창무는 그게 아니었다. 도리어 그는 우 씨 손을 뿌리치며 맹쭐이 정말 화가 나서 어쩔 줄 몰라 할 소리를 주저 없이 하기 시작했다.

"아모도 없는 넘의 집에 몰래 들와서 물건 훔치쌌는 기 잘하는 짓이가? 머를 잘했다꼬 큰소리고, 큰소리는! 사람이 부끄러븐 줄을 알아야제."

아니나 다를까, 맹쭐 상판이 보기만 해도 몸서리쳐질 정도로 무섭게 변했다.

"머시? 요것들 봐라? 나이 몇 살 더 처묵었다꼬 순순히 대해준께 해쌌는 거 좀 봐라? 내 삼수갑산 간다 캐도 그냥 몬 있는다."

막가파도 그런 막가파가 없었다.

"야, 이 천주학재이들아! 인자 올매 안 가서 나라에서 다시 너것들 겉은 천주학재이들 모돌띠리 잡아줘일라쿤다는 소문도 몬 들은 기가?"

군중들 속에서 적잖은 소요가 일기 시작했다. 홀연 장바닥에 난데없는 바람이 몰아쳤다. 가벼운 것들이 먼저 날리고 종국에는 무거운 것들도 날리게 될 것이다. 모두가 그렇게 되고 말 것이다. 천주학 박해 사건, 그것은 언제 어디서 누구에게 들어도 소름이 끼칠 일이었다.

"시상이 좋은께 서양구신들이 넘 나라에 들와갖고 마구재비 설치고 댕긴다 아이가. 내 참 더럽고 애니꼽아서."

맹쫄은 가래침을 잔뜩 돋우어 부부 발 바로 밑에다 대고 뱉었다. 그것을 본 우 씨는 온몸을 움츠렸고, 창무 얼굴은 벌겋게 달아올랐다.

"이런 호로……."

그새 앞뒤 정황을 알아챈 억호가 곰 같은 상체를 흔들며 그곳으로 다가오더니 맹쫄에게 히히거리며 물었다.

"아, 그런께 저 남자하고 여자가 천주학재이다, 그런 이약이제?"

그러자 맹쫄은 주인 앞에 무엇을 물어다 놓은 개처럼 행세했다.

"하모요."

억호 말꼬리가 독사 대가리같이 치켜 올려졌다.

"그으래?"

으슬으슬한 느낌을 자아내는 말투였다.

"몰랐십니꺼?"

맹쫄은 갈수록 고자질이나 이간질하는 못돼먹은 아이같이 굴었다. 기실 억호도 모르는 것은 아니었다. 그렇지만 사람들 있는 앞에서 그런 사실을 더 부각시키려고 일부러 그랬던 것이다.

"천주학재이들이라……."

억호는 예의 그 더러운 눈초리로 창무와 우 씨를 번갈아 노려보며 씨부렁거렸다.

"김대건인가 김소건인가 하는 작자가 잽히 죽고 나서, 우리나라 천주학재이는 그 씨가 말라뻰 줄 알았더이 그기 아인갑네?"

금방 억호를 뒤따라온 만호도 신나는 구경거리 하나 어서 만들어 보라고 성화다.

"맹쭐이 동상! 니 도독눔 소리 듣고도 그냥 가마이 있을랑갑네? 참말로 속도 좋다. 니 부처가? 천사가?"

살살 부추기는 데는 이력이 붙은 그였다. 칼로 사람을 찌르는 시늉도 했다.

"내 겉으모 하매 살인이 나도 열 분은 더 났것다."

그러자 실뱀처럼 눈매 가느다란 기생 하나도 입을 있는 대로 벌리고 큰소리로 '호호호' 웃으며 뭣에 뭐 끼듯 했다.

"우리가 도독눔하고 같이 댕기네? 도독눔보담은 걸베이가 낫것다."

분장한 광대같이 얼굴을 온통 허연 떡칠을 한 다른 기생도 나섰다.

"그라모 우리가 도적패 아이가, 도적패."

연방 불을 싸지르는 것 같은 기생들 그 소리를 듣자 맹쭐은 그만 자존심이 팍 망가지는 모양이었다.

"만호 새이, 이 맹쭐이를 우찌 보는 깁니꺼?"

그는 소매를 걷어붙이며 말했다.

"쪼꼼만 있어 보이소. 나라에서 잡아 쥑이기 전에 내 손으로 먼첨 콱!"

하지만 창무도 물러서지 않았다. 그는 못된 마귀를 쫓으려는 사람처럼 보였다.

"그라기 전에 하느님이 먼첨 니 겉은 인간을……."

좀 전만 해도 답답할 정도로 자취를 보이지 않던 바람이 시장 이곳저곳에 처져 있는 천막을 함부로 펄럭거리게 했다. 한창 야전野戰이 벌어지는 곳에 세워진 군막軍幕을 방불케 했다.

"여, 여보!"

우 씨가 학질에 걸린 사람같이 부들부들 떨면서 간신히 창무를 잡아끌었다.

"고마 가자 안 쿱니꺼?"

창무는 아내의 손을 뿌리치면서 그답지 않게 거친 목소리로 나왔다.

"이 손 놓으소!"

우 씨는 공포에 질린 눈으로 점박이 형제와 맹쫄 쪽을 돌아보며 사정했다.

"지발 내 이약대로 해주이소, 예?"

시간이 지나갈수록 사람들은 우 떼를 지어 몰려들었다. 이러다간 온 시장바닥 사람들이 모조리 구경꾼이 될 형편이었다. 무슨 일이 벌어져도 크게 벌어질 분위기였다. 어디선가 잡다한 냄새를 풍기며 흙바람이 불어왔다.

그러나 사람들은 건장한 젊은 사내 셋이, 나이 더 든 부부에게 행패를 부린다는 걸 뻔히 알면서도, 쌈꾼으로 악명 높은 점박이 형제라는 사실 앞에 그 누구도 선뜻 나서서 말리지 못했다. 모두가 겁을 집어먹는 배봉가家였다.

그들 부부도 그런 현실을 모르지 않았다. 돈과 권세와 완력으로 근동에서 소문이 자자한 점박이 형제에게 어떤 간 큰 사람이 감히 나서서 한 소리 할 수 있겠는가. 그런 정의는 이미 오래전 사라지고 곰팡이 핀 곳간처럼 부패해질 대로 부패해져 버린 세상이었다. 맹쫄이 저렇게 안하무인으로 막 날뛰는 것도 따져보면 순전히 그들 힘을 믿고서가 아니겠는가? 어쩌면 이 세상은 선한 이가 열 명이라면, 악한 자는 백 명일지도 모른다.

그뿐만이 아니었다. 구경꾼들이 잠깐 들으니 상대 쪽 부부는 저 천주학쟁이라지 않은가. 서양 귀신의 하수인이 되어 유학을 중시하는 이 나라를 더없는 혼란과 죄악으로 내모는 자들이었다. 거기 모여 있는 사람들 가운데는 아직도 그 참혹했던 김대건 신부 순교 사건을 생생히 기억하는 이가 적지 않을 것이다. 그 피비린내는 여전히 동방의 작은 나라 곳곳에 깊이 배여 언제 가실지 몰랐다.

그러니 올바른 명분이나 깨끗한 도덕심만으로 섣불리 그들 부부를 편들고 나섰다간 자칫 같은 천주학쟁이로 무슨 낭패를 당할는지 모를 형국이었다. 사람들은 저마다 몸을 사리며 그저 잔뜩 불안하고 안됐다는 얼굴로 당장 벌어질 무서운 사태의 추이만 지켜볼 따름이었다.

그런 몰인정한 세상 사람들의 수수방관 속에 상황은 더할 나위 없이 험악해졌다. 못된 것들을 꾸짖을 '어른'이 점점 사라지고 있는 시대였다. 바른말 바른 소리 하다가는 어느 귀신에게 목덜미를 틀어 잡힐지 모르는 어둠의 시대였다. 윤리는 갈가리 찢겨 나간 나비 날개와도 같은 시대였다.

"하느님이 낼로 우짠다꼬?"

마침내 맹쭐의 불끈 쥔 주먹이 창무와 우 씨 얼굴에 작렬하기 직전이었다.

"야, 맹쭐이! 머슬 망설이노? 니보담 나이 묵은 저 인간들이 무서븐갑네? 에이, 젊어갖고 안됐다, 안됐어!"

"헤, 도독눔 취급당하고도 가마이 있는 거 본께, 니 진짜 도독눔 맞는가베?"

억호와 만호는 번갈아가며 연방 위험한 불을 지펴댄다. 삼패 기생들이 그 불길을 살리기 위한 입김을 호호 불어댄다.

"퍼뜩 해보시와요! 술자리에서는 그리 급하시더이."

"도독눔 소리 들은께, 이 천한 년 속도 막 상하네예."

급기야 맹쭐이 포효하는 짐승같이 소리를 내지르며 창무를 향해 덤벼들었다. 그 기세가 바람을 몰아가는 듯했다. 창무도 질세라 싸울 태세를 취하고 있다.

그러나 역부족이었다. 너무나 좋지 못한 여건 속에서 거의 끼니도 거르다시피 해가면서 밤낮으로 오로지 선교 사업에만 열중하여 몸도 마음도 더할 수 없이 피폐해진 창무였다. 그러니 애당초 노상 싸움판에서 굴러먹은 맹쭐의 적수가 될 수는 없었다. 나이도 그렇고 힘에서도 마찬가지였다.

"으윽!"

짧은 신음소리가 터져 나오고 창무가 썩은 짚 동처럼 맥없이 땅바닥에 무너져 내린 것은 한순간의 일이었다. 뒤이어 개망나니의 사나운 발길질이 창무의 온몸에 창이나 칼같이 내리꽂혔다. 참으로 무자비하기 그지없는 폭력이었다.

"에잇!"

"허억!"

그렇지만 어느 누구도 나서서 뜯어말리지 못했다.

"아아."

우 씨의 애끊는 울부짖음만 대답 없는 메아리가 되어 공허하게 시장바닥에 울려 퍼질 뿐이었다.

"잘한다, 잘한다! 재수 옴 붙은 천주학재이들, 하느님인가 머신가 믿고 설치쌌는 꼴 눈꼴 시럽더이, 내 속이 다 시원타."

"야, 야, 고만해라 캐도? 그라다가 에나 탁 죽어삐모 우짤라꼬 그라노? 니 그리쌌다가 살인친다, 살인쳐!"

제 몸을 던져 남편 몸을 지키기 위해 안간힘을 다하는 우 씨 등짝에 점박이 형제의 야유와 조롱만 떨어져 내렸다.

"어라? 여자 하는 꼬라지가 저기 머꼬?"

"아인 기라. 지 서방이라꼬 시방 글 안 쌌나? 남핀한테 잘해주는 여자한테 주는 무신 상 겉은 거는 없나?"

단지 그런 말로만 그치는 게 아니었다. 그 현장을 보지 않은 사람은 믿을 수가 없겠지만, 연약한 우 씨 잔등에도 맹쫄의 가증스러운 폭행은 가차 없이 가해졌다. 지난날 그가 제 잘못으로 당했던 것에 대한 앙갚음 치고는 너무나 지나쳤다. 사람들 눈에는 복날 개 잡는 광경처럼 비쳤다. 저대로 가다간 부부 모두 절명하고 말 것이다.

"아, 여, 여보! 이, 이 일을 우짜노, 우짜노?"

우 씨는 자기 또한 속절없이 당하면서도 제발 거기 매정한 군중들이 위험에 처한 남편을 구해주기를 바라는 심정뿐이었다. 하지만 인간 구세주는 거기 없었다.

"하느님!"

그녀는 피눈물 나는 소리로 불렀다.

"성모 마리아님!"

그리하여 그 간곡한 기도가 하늘에 닿은 걸까? 온 시장바닥이 떠나갈 듯한 호통 소리가 터져 나온 건 바로 그때다.

"네 이노옴! 당장 그 짓을 멈추지 못할까?"

깜짝 놀란 사람들 눈이 일제히 소리 나는 곳을 향했다. 거기 버쩍 마른 중늙은이 하나가 있었다. 작은 바람에도 금방 날아갈 듯 연약한 몸, 하지만 눈빛만은 세상 모든 것을 태워버릴 것같이 형형했다. 곳곳에서 이런 소리가 튀어나왔다.

"아, 스, 스님 아이가?"

"어, 스님이!"

"역시……."

그런 가운데 한층 매서운 소리가 죽비 내리치듯 떨어졌다.

"불지옥에 나가떨어질 놈 같으니라고! 아직 젊은 것이 어찌 나이 많은 사람들에게 이런 짓을 한다는 말인고?"

누구도 나서지 못할 것이라고 믿고 제멋대로 설치고 있다가 갑자기 호되게 당한 맹쭐은 그만 멍한 모양이었다. 어느 틈엔가 동작을 멈춘 그는 바보같이 눈만 끔벅거렸다.

"아, 거……."

스님이 나서자 시장 사람들은 그제야 용기를 얻었는지 비로소 한마디씩 하기 시작했다.

"인자 고마하소."

"내 아까부텀 쭉 지키봤는데, 머 젊은 쪽이 잘한 기 없거마는."

"그렇제. 특히 여자한테 그라모 안 되는 기라."

"부처님께서 벌을 주시모 우짤라꼬?"

그 당시는 개신교인 기독교가 그 지역에 들어오기 전이었고, 천주교는 나라의 탄압을 받아 백성들 속에 제대로 뿌리를 내리지 못한 시기였다. 그 반면에 불교 신자는 나날이 불어나 절집을 찾는 발길이 잦았다.

"새이들요……."

맹쭐이 구원을 청하듯 점박이 형제를 바라보았다. 조금 전까지의 그 기세등등하던 모습은 눈 씻고 봐도 찾을 수 없었다. 하지만 제아무리 막나가는 점박이 형제라지만 많은 사람들 눈을 의식하지 않을 수 없을 것이다.

"그만하모 화는 다 안 풀릿나. 인자 고마 가자."

억호가 주변을 돌아보며 말했다. 그때쯤 만호는 슬그머니 등을 보였다. 깔깔대던 삼패들 모습은 벌써 인파 속으로 연기처럼 사라지고 없었다. 그들이 서 있던 그 자리에 누렁이 한 마리가 코를 대고 킁킁 냄새를 맡고 있었다.

"성님이 그리 말씀한께……."

그곳에서 빠져나갈 핑계 하나를 얻은 양 그렇게 얼버무리고 나서 맹쫄은 서둘러 몸을 돌려세우고는 도망치듯 걸음을 빨리 옮기기 시작했다.

"헉!"

시장 사람들이 맹쫄과 부딪칠세라 다급하게 옆으로 비켜섰다. 자칫하면 그자에게 새로운 표적물이 되기 십상이었다.

"우리도 가자."

"야."

억호와 만호가 가는 곳은 마치 물살이 쫘악 갈라지는 형상이었다.

"어서들 일어나시오. 하마터면 큰일을 당할 뻔했구려."

스님이 부부를 일으켜 세우며 말했다.

"스, 스님. 이 은혜를……."

우 씨가 울먹였다. 창무는 고개를 숙여 감사의 뜻을 표했다.

"그럼 소승은 이만 갈 길이 바빠……."

스님은 몸을 돌려세웠다.

달의 여인

한지韓紙를 오려내어 붙인 것 같은 하얀 달이 청천靑天에 떠 있었다.

경상우병영 주둔지인 성내에 달무리가 붉다.

평소에는 달 언저리에 둥그렇게 둘리어 흡사 구름과도 같아 보이는 그 흰 테가 지금은 웬일인지 핏빛으로 물들어 있다.

불과 얼마 전까지만 하더라도 죽창과 몽둥이며 지겟작대기와, 쇠스랑, 곰방메 같은 여러 농기구 등으로 무장한 농민군에게 점령되어 있던 곳. 그들이 발악하듯 환호하듯 크게 내지르던 언가 〈이 걸이 저 걸이 갓 걸이〉 노래가 금방이라도 다시 들려올 성싶다.

지난 시절같이 그곳을 다스리는 병사와 목사가 총괄 수령으로 한 사람이었다면 저 피의 농민항쟁이 일어나지 않았을까? 아니, 그보다도 한양에서 천 리나 떨어진 남쪽 변방 이 작은 고을에서 어떻게 그런 엄청난 사건이 터질 수가 있는가?

안핵사 배수규는 붉은 달무리를 올려다보며 그런 상념에 잠기고 있었다. 박신낙 병사와 홍우병 목사의 운명은 이미 서산에 기운 달과 같은 신세로 전락해버렸다. 은전恩典은 언감생심, 나라님이라도 이제는 어쩔 도리가 없을 것이다.

"하매 며칠째 잠자리에 일쯕 안 들고 계십니더."

그림자처럼 안핵사를 수행하던 지방 관리가 조심스럽게 입을 떼었다. 오랫동안 참았다가 꺼낸 말이었다.

"아무래도 저 강물소리 때문인 듯하오."

천천히 응대하는 수규의 말이 야릇했다.

"예에?"

관리는 어리둥절한 표정을 지었다.

"밤이 깊어질수록 물소리가 더 크게 들리지 않소. 허허."

수규는 남장대(촉석루) 의암 쪽을 바라보면서 공허한 웃음을 흘렸다. 왠지 모르게 듣는 사람 가슴팍을 쥐어짜는 웃음이었다.

"……."

턱이 짧고 코가 뭉툭한 관리는 고개를 갸웃하며 안핵사를 슬쩍 훔쳐보았다. 저 농민군을 문초할 때는 그리도 서슬 퍼렇던 그가 지금은 분명히 심한 허탈감과 자괴심에 빠져 있는 모습이다. 상급자의 심리를 누구보다도 잘 꿰뚫어 보는 눈을 가졌다고 자부하는 관리지만 혼란스럽기 그지없었다. 혹시 남들 모를 무슨 일이 그에게 생긴 걸까? 만약 그렇다면 그게 뭣이란 말인가?

"그들 힘이 그렇게 강하고 무서운 줄 몰랐소이다."

그때 느닷없이 다시 들려온 수규 말에 지방 관리는 한층 더 바보스러운 얼굴이 되었다. 그러자 코가 턱에 달라붙는 것 같았다.

"예? 그기 무신?"

관리의 반문에 수규는 폐부 깊숙한 곳으로부터 뽑아 올리는 듯한 한숨을 내쉬었다.

"그들 힘……."

어쩐지 오싹한 느낌이 든 관리는 그 힘에 억눌린 사람처럼 비쳤다.

"누, 눌로 이르심인지?"

수규가 짧게 대답했다.

"농민군 말이오."

"아, 예에."

관리는 고개를 한번 숙였다가 다시 들었다. 그러고는 순간적이지만 어지럼증이 일어나는 바람에 정신을 차리려고 애썼다.

"아무리 세상이 달라지고 있다고는 해도……."

수규 말이 좀 더 길어졌다.

"한낱 무지렁이들이 천지를 완전 뒤바꿔놓을 뻔했으니, 허어, 참으로 기이하고 소름끼칠 일이오."

넓은 중천으로 눈길을 돌렸다.

"저기 저 달인들 남아 있었겠소?"

관리도 부지불식간에 함께 달을 올려다보았다.

"그, 그렇사옵니더."

거기 병사의 집무관아인 관덕당觀德堂을 비추고 있는 달빛도 붉은 기운을 머금고 있다. 그래선지 지금 그들이 서 있는 뜰도 붉은색으로 보였다. 그곳에서 바라보면 북쪽에 우뚝 솟아난 비봉산 아래쪽에 있는 그 고을 객사의 마당 흙이 붉다는 것은 널리 알려져 있는 사실이지만, 그 관덕당 땅은 본디 그런 빛깔이 아니었다.

'곧 피를 부르는 끔찍한 처형식이 벌어질 것을 저 달도 알고 있는가? 하긴 몰라도 어쩔 수는 없겠지만…….'

수규 눈앞으로, 형옥에 갇혀서도 참으로 당당하던 농민군 지도자 유춘계 모습이 자꾸만 어른거린다. 비굴하지 않고 담담하게 죽음을 받아들이려는 다른 주모자들 얼굴도 차례로 떠오른다. 본디 근본이 있다는 몰락 양반들은 그렇다 치고, 발길에 채는 종이나 헝겊 나부랭이같이 하찮게 여기던 농민 대표들까지 그렇게 나오다니.

'어떻게 그럴 수가 있을까, 어떻게? 평생 땅이나 파먹으며 겨우 연명하던 무지렁이들이 그런 모습을 보일 줄이야. 아, 참으로 두렵고 무서운 일이로고!'

원래 사형 집행은 각 도道의 육군 통솔 최고 책임자인 종2품 무관인 병마절도사가 지휘하게 돼 있지만, 지금은 박신낙이 처벌을 기다리고 있는 죄인인 만큼 임시직인 수규 자신이 그 일을 맡아야 할 것이다. 그의 음성이 세찬 빗발에 흔들리는 나무 이파리처럼 자못 흔들려 나왔다.

"저 독한 섬나라 오랑캐 놈들도 쉽게 함락시키지 못한 철옹성 같은 이 성을……."

"……."

"비정규군인, 그것도 기껏 대나무창과 몽둥이, 또 뭐였소, 지겟작대기나 농기구 따위로 무장한 초군이 점령했다는 사실이 믿어지지 않소. 안 그렇소이까?"

"……."

"과거로 거슬러 올라가 모든 역사를 들추어 봐도 보기 드문 일인즉……."

지방 관리 몸이 작은 벌레같이 저절로 움츠려들었다. 안핵사 그 소리가 자신에게는 강한 질책과 빈정거림으로 들렸던 것이다. 이곳 관리들이 오죽 못나고 민심을 잃었으면 그런 전대미문의 사건이 일어났겠냐고 나무라는 것 같았다.

"본관이 그전부터……."

"예, 나리."

실제로 수규 이야기는 점점 더 관리가 짚고 있는 그런 방향으로 흘러갔다. 하늘에서는 은하수가 지상의 인간들이 알지 못하는 어딘가로 흐르고 있었다.

"우리나라 곳곳에 있는 여러 병영을 두루 가봤지만, 이곳만큼 군사적인 구조가 완벽하게 만들어진 병영은 처음이오."

그러면서 유심히 주위를 둘러보는 수규의 눈빛이 많은 것을 담아내고 있었다. 안 그래도 눈길이 매같이 매서운 그였다.

"그, 그렇사옵니더마는……."

관리는 이번에도 가까스로 입을 열었다. 고문을 당하고 있는 기분이었다.

"하나, 이번 반란군에겐 모래성보다 못했지 않소. 게다가……."

그러던 수규가 홀연 거기서 말을 딱 멈추더니 그 대신 잔뜩 귀를 곤두세우기 시작했다. 작은 얼굴에 비해 유독 귀가 커 보이는 사람이었다.

관리 가슴이 철렁 내려앉았다. 또 그 소리일까? 벌써 여러 날을 두고 그곳 성 안팎 고을 백성들의 공포심을 자아내는…….

"나리! 또 무신 소리가 들리시옵니꺼?"

관리 목소리가 마구 떨렸다. 수규가 급히 손을 내저었다.

"아, 가만있어 보시오."

"……."

그러나 관리의 귀에 들리는 것은 강물소리와 바람소리뿐이다. 간혹 하늘에서 별이 내는 것 같은 소리를 들은 듯하여 멍하니 허공을 올려다보곤 하던 그는, 지금 달의 위치를 가늠해보며 속으로 중얼거렸다.

'시방은…….'

남강을 놀이터 삼아 노는 물새들도 까무룩 잠들었을 시각이다. 남강 저편에 있는 백정들 거주지인 섭천 쪽 대숲도 그 넓은 가슴 안에 바람을 잠재우고 있을 것이다.

"아무래도……."

이윽고 수규가 무겁게 입을 열었다. 관리가 느끼기에 육중한 철문이 간신히 열리는 것 같았다.

"내가 잘못 들었던 것 같소."

관리는 잘됐다는 듯 얼른 고했다.

"그, 그렇것지예. 소리는 무신?"

"……."

수규는 잠시 동안 말이 없다. 어둠속에서 기묘한 빛을 뿜어내는 그의 시선은 화약고와 무기고가 있는 중영中營 쪽을 향하고 있다. 잠시도 경계를 게을리 해서는 아니 될 거기는 잘 훈련된 군사들이 있는 곳이기도 하다.

그런데 언제부터인가 그 군사들 사이에는 참으로 위험하고 기이한 소문 하나가 나돌고 있었다. 위에서 무거운 처벌을 내린다며 아무리 입막음을 시켜도 소용이 없었다.

"귀관도 그 소문을 믿소?"

하지만 자기 그 물음이 채 상대에게 전달되기도 전에 또 입을 열었다.

"아 아니, 그보다도 그 소리를 들은 적이 있느냐 그 말이오."

안핵사의 뜬금없는 그 물음에 관리는 등짝에 식은땀이 솟아났다. 졸지에 기습을 당한 기분이었다. 관리는 굉장히 당황한 얼굴로 더듬거렸다.

"예? 예."

"흠."

언짢거나 아니꼬울 때 입을 다물고 콧숨을 내쉬며 비웃는 소리가 수규에게서 나왔다.

"시, 실은……."

관리는 계속 더듬거리기만 했다. 그는 피가 온통 머리로 몰리고 온몸의 근육이 마비되는 느낌이었다.

"어서 사실대로 고해 보시오."

"……."

"어서요."

비록 낮기는 하나 단호한 안핵사 명령이 달빛 붉은 뜰을 울렸다. 그 소리 끝에는 강렬한 피비린내가 묻어나는 것 같아 관리는 한층 몸을 떨었다. 하지만 거짓을 고했다가 나중에 경을 치는 것보다는 먼저 매를 맞는 것이 더 좋겠다는 판단이 섰다.

"실은 드, 들은 적이 이, 있사옵니더."

순간, 수규 눈꼬리가 확 치켜 올려졌다.

"들은 적이 있다고?"

"……."

강물에 어리는 달빛이 노란 살기를 내뿜는 분위기였다.

"귀관도 들었다, 그런 얘긴가?"

안핵사는 고삐를 바투 쥐듯 했다.

"그, 그……."

관리 눈에 자기보다도 왜소한 체구의 안핵사가 도저히 넘을 수 없는 태산준령과도 같이 느껴졌다. 그의 명령 한마디면 어느 누구라도 목숨을 부지하기 어려울 정도로 현재 그의 힘은 막강했다.

"들었다?"

"……."

문득, 강물소리가 거세지는 것 같았다. 어쩌면 내 심장이 내고 있는 소리인지 알 수가 없다고 관리는 생각했다.

"그렇다면 귀관이 들었다는 그 소리가 어떠했는지 내게 추호도 숨김없이 그대로를 말해 보시오."

"……."

별은 유난히 멀게 느껴지는 하늘가에서 흐릿한 빛을 발하고 있었다.

"알겠소? 그대로를……."

'흐…….'

관리는 형틀에 묶인 기분이었다. 그는 또 한참 더듬거리기만 했다.

"아, 그기…… 그거는……."

"그게 어떻단 말이오?"

안핵사 눈빛이 그렇게 날카로울 수 없었다. 비수가 꽂힌 듯했다.

"터럭만큼도 보태거나 덜지 말고 그냥 그대로를 말이오. 알겠소?"

"예."

관리로선 피할 방도가 보이지 않았다. 결국 또 같은 결심을 내렸다. 설혹 나중에 호되게 당할 때는 당하더라도 지금 당장은 사실대로 고할 수밖에.

"그 소리는……."

"말하시오."

안핵사가 재촉했고 관리는 가쁜 숨을 몰아쉬고 나서 가까스로 입을 열었다.

"우, 우찌 들으모 여, 여자 우, 울음소리 거, 겉고, 또 우, 우찌 들으모 나, 남자가 토, 통곡하는 소리 거, 겉기도 하고……."

그러나 가까스로 이어지는 관리 말이 끝나기도 전에 안핵사 고함소리가 귀청이 성치 못할 정도로 크게 터져 나왔다.

"지금 그게 말이라고 하오?"

관리는 그만 바로 옆에 땅불이 떨어진 것처럼 기겁을 했다.

"예?"

"이런! 이런!"

수규는 참으로 어처구니없다는 표정이었다.

"명색이 나라의 녹을 먹는 자리에 앉아 있다는 사람이, 저 무식한 백성들 입에서나 나올 법한 그런 소리를 하다니?"

관리는 위기를 느낀 자라처럼 더한층 어깨 사이로 목을 집어넣었다. 강바람에 펄럭이는 그의 옷깃이 위태로워 보였다. 그는 목 안으로 기어 들어가는 소리로 말했다.

"사, 사실대로 고, 고하는 것으로……."

수규 입에서 '쯧쯧' 혀 차는 소리가 새 나왔다. 너무나 한심하고 답답한 모양이었다.

"귀관도 한번 생각해 보시오, 생각을."

"……."

관리 눈에는 지금 하늘에 걸려 있는 달이 마치 찢긴 조선종이 같았다. 그의 몸뚱어리도 언제 그렇게 돼버릴지 모르겠다는 공포 서린 망상이 덤벼들었다.

"세상에 어떻게 그런 일이 있을 수 있단 말이오?"

"……."

관리는 강가로 내려가 그대로 첨벙첨벙 물속으로 걸어 들어가고 싶었다.

"혹세무민하는 그따위 허랑방탕한 소리들을 대체 누가 지어내어……."

"……."

관리는 대역죄를 짓고 신문을 당하고 있는 느낌이었다. 간담을 서늘케 하는 안핵사 말은 아직도 끝나지 않았다.

"그것도 한적한 시골 외딴 집도 아니고, 총칼로 무장한 수많은 군사들이 밤낮으로 두 눈 크게 뜨고 지키는 병영에서 말이오."

계속 듣고만 있을 수도 없는 관리는 극히 지당한 말이라고 고개를 끄덕였다.

"그, 그야 그렇사옵니더마는……."

그 순간, 달도 깜짝 놀라 내려다볼 큰소리가 또다시 관리 귀를 후려쳤다.

"허, 그래도 더 할 말이 남아 있다는 게요?"

관리는 곧장 숨넘어갈 사람으로 보였다.

"아, 아이옵니더."

그날따라 밤새 소리는 그 어디에서도 들려오지 않았다. 기다랗게 이어져 나가는 성가퀴 아래 비탈진 벼랑에 붙어 자라는 나무들에서는 간간이 밤새가 우는 소리가 나곤 하는 성곽이었다.

"저 달이 보고 있소이다."

안핵사는 더없이 탈기하는 목소리였다.

"허어, 어쩌다가, 어쩌다가?"

"……."

"하긴 작금의 사건들은……."

돛대 형상의 붉은 기둥이 높이 세워져 있는, 아마 문루와 중영 그 어름이라고 짐작되는 곳으로부터 얼핏 무슨 인기척 같은 게 들리는 듯했지만, 잘못 들었는지 고요한 기류만 흐르고 있었다.

"입이 달려 있다고 해서……."

안핵사는 차마 더는 이야기할 수 없었는지 말끝을 흐렸다. 지방 관리로서도 더 할 말을 잃을 수밖에 없었다.

'우떤 누가 판단을 해봐도 그럴 끼다.'

사실 그곳 내성內城에는 촉석루라고 널리 불리는 남장대와 진남루(북장대), 그리고 저 회룡루(서장대) 등이 요소요소에 철저히 배치되어 귀신도 들어오지 못할 정도로 삼엄한 경계를 펼치고 있다.

그런데 그런 철통같은 경계망을 뚫고서 귀신이 들어온 것이다. 과연 귀신은 귀신이었다. 귀신은 해만 설핏해지면 온 성내에 오스스 소름끼치는 울음소리를 핏물처럼 마구 떨구며 지나다니는 것이다.

어떤 이의 귀에는 그럴 수 없이 여리고 애달픈 여자 울음소리로, 어떤 이의 귀에는 아주 공격적이고 살점이 떨어져 나가는 남자 통곡소리로…….

"그기 안 있나, 내가 짐작해볼 적에는……."

"아, 그런 거보담도 말이제, 말이제."

"머? 그런 거보담도 머?"

"암만캐도 이거는……."

사람들은 그 두 가지 다른 빛깔의 소리 정체에 대해 저마다 남에게 질세라 온갖 소문의 날개를 매달기 시작했다. 그 소문에 탑승하지 않으면 사람 구실도 하지 못하는 것이라고 치부하는 듯했다.

우선, 여자 울음소리라고 보는 쪽에서의 풍문은 이러했다.

지금 형옥에 갇혀 효수당할 어떤 농민군의 아내거나 딸이거나 연인인 여자가 동북쪽의 해자인 대사지에 첨벙 몸을 던지고 말았는데, 너무나도 원통 절통하여 원혼이 되어 관아 사람들을 잡아먹기 위해 그렇게 쏘다닌다는 것이다.

아니, 사실은 대사지 연못이 아니라 금은화와 여뀌, 쑥, 유채꽃이 앞을 다투어 피어나는 만물도랑인 나불천羅佛川이 흐르는 서쪽 벼랑에서 떨어져 죽었고, 그 억울한 혼이 저승으로 가지 못한 채 이승을 헤매고 다니는 것이라고 했다.

한편, 남자 통곡소리라고 보는 쪽에서의 소문은 또 이러했다.

지난번 농민군이 성을 함락했을 당시 농민군 손에 의해 죽어간 어떤 아전의 혼백이 목을 놓아 통곡하는 소리라는 것이다. 그래 철천지원수 농민군과 그 식솔들에게 복수하기 위해 잔뜩 벼르고 있다는…….

누구든 찬찬히 잘 헤아려보면, 그것은 전혀 다른 억측일 수도 있었다. 농민군 쪽 원혼과 아전 쪽 원혼이라니? 그렇지만 극과 극에 가까운 두 가지 이야기가 엄연히 공존하고 있는 게 작금의 현실이었다.

"어쨌든 하늘도 슬퍼할 비극임에는 틀림없어. 그게 누구 원혼이든 마찬가지겠지."

풍랑 치듯 하던 수규 목소리가 약간 가라앉기 시작했다.

"그러시다모……."

관리는 조금 용기를 얻은 듯했다. 그는 조심스럽게 물었다.

"안핵사 나리도 그 소문을 믿으시는 것이온지?"

"또 그 무슨?"

수규가 완강하게 고개를 내저었다.

"본관 말은, 이번 농민반란 그 자체가 비극이었다는 의밀세."

밤빛보다도 더 컴컴한 음색이었다.

"그 자체가 비극……."

자기 말을 되뇌는 관리더러 수규는 짐짓 지나가는 어투로 물었다.

"왜 그렇지 않은가?"

관리는 붉은 달빛을 비스듬히 받고 있는 나뭇가지 사이를 스치고 가는 바람소리에 귀를 기울이며 고했다.

"솔직히 소관小官이 들었던 그 소리가 구신 울음소리였다고는 생각 안 하옵니더. 그냥 바람소리거나 물소리였을 것이옵니더."

"그렇겠지."

수규가 깊어가는 어둠보다 더 깊은 한숨을 토했다.

"아무튼 세상이 흉흉해 민심이 사나워지면 별의별 뜬소문들이 나도는 법 아닌가?"

관리는 민심을 그렇게 몰아가는 대상을 억지로 머릿속에서 지웠다.

"그거는 그렇사옵니더."

이제는 별들도 모두 붉은빛을 띠고 있는 것처럼 비쳤다. 그 두 사람 마음도 같은 색조로 물들어가고 있었다.

"그러하니……."

수규는 마른침을 삼켰다.

"이럴 때일수록 관직에 몸담고 있는 우리 같은 사람들의 역할이 더욱 더 크고 중요할 것으로 사려 되기도 하고 말이오."

그 말을 들은 관리의 목소리도 천근 쇠를 매단 듯 무거워졌다.

"우짜모 농민군을 처행하모 구신이 돼갖고 나타날 낀께 살리 보내라 쿠는 시위에서, 일부 이번 반란하고 연관된 백성이 지이낸 기 아인가 싶사옵니더."

수규가 연방 고개를 끄덕였다.

"그럴 수도 있겠지. 그럴 수도 있을 게야."

그렇게 같은 말을 되풀이하더니 더욱 목 잠긴 소리가 되었다.

"하지만 이미 비변사에 그자들 명단과 죄상을 낱낱이 보고해버린 나로서는 이제 더 어쩔 도리가 없네."

성가퀴를 타고 오르는 강물소리가 끊어질 듯 이어지고 있었다. 낮에는 다람쥐들이 올라앉아 도토리를 까먹고 있는 평화로운 광경을 연출하기도 하는 그 성가퀴는 그러나 사람들의 접근을 금하는 곳이기도 했다. 그 위에 함부로 올라섰다가는 자칫 그 아래쪽의 벼랑으로 떨어져 강 속으로 곤두박질을 칠 위험이 높은 곳이다.

"그러니……."

수규의 말에는 머리만 있고 꼬리는 없었다.

"저들 목을 벨 수밖에는……."

자기 목에 와 닿는 서늘한 밤기운이 칼날보다도 섬뜩하여 관리는 자신도 모르게 비명을 지를 뻔했다.

"그건 그렇고, 내 몇 번을 얘기하네만……."

잠시 침묵이 흐른 후 안핵사가 말을 이어갔다. 이번에는 말끝을 흐리지 않았다. 그것은 마음을 다지고 있다는 증거였다.

"이 성은 참으로 놀랍기 그지없네 그려."

안핵사의 감탄에 관리는 자기가 사는 고을을 자랑하듯 고했다.

"그라이 아까 나리 말씀겉이 저 임진년에 그 지독시런 왜눔들도 얼릉 함락 몬 시킨 성이 아이옵니꺼."

사람들이 자기 이야기를 하자 어둠 너머에서 성이 부스스 몸을 일으키는 것처럼 보였다. 달빛이 출렁거렸다.

"여기 내성보다 낮은 저 외성도 대단하지 않은가?"

안핵사의 그 말에 관리는 얼른 응했다.

"아, 예."

그곳에 내려온 지 얼마 안 되었지만 안핵사는 많은 구역을 둘러본 모양이었다. 안태본이 그곳인 관리였지만 성 밖에 겹으로 쌓은 그 성에 대해서는 미처 생각이 미치지 못했다는 표정으로 말했다.

"저게도……."

수규 눈이 선학산과 뒤벼리가 있는 동쪽 방향으로 뻗어나간 외성 쪽을 향했다. 그러고는 쇠로 만든 독처럼 견고하다는 철옹성 이야기를 하듯 했다.

"일단 전쟁이 일어나면 적으로부터 북문과 남문을 막을 저 반월형의 옹성도 있지, 저기 동쪽에는 대변루(동장대)도 떡하니 버텨주고 있지, 조금이라도 병법을 알고 있는 자라면 어찌 무릎을 치지 않으리오."

관리는 새삼 깨달았다는 듯 감격스럽기까지 한 목소리로 말했다.

"그, 그렇사옵니더!"

"음."

"외성과 내성이 이루어내는……."

"맞아요."

달은 점점 서편으로 기울고 있다. 그렇지만 수규는 잠자리에 들 생각이 전혀 없는 사람 같다. 어쩌면 이대로 새날을 맞을 작정을 하고 있는 것인지도 모르겠다. 관리도 자신의 눈이 더한층 초롱초롱해지는 것을 느끼며 생각했다.

'하기사 시방 안핵사 심사도 팬치는 몬할 끼라. 우쨌거나 농민군들 목을 베야 할 악역을 떠맡았으이.'

그때다. 관리는 누가 잡아 빼려고 하는 것처럼 머리털이 아주 쭈뼛이 곤두서는 기분에 휩싸이고 말았다.

'아, 또…….'

그렇다. 또 들린다. 듣는 사람 가슴팍을 마구 쥐어짜듯, 아니면 심장을 무너지게 할 듯한 울음소리.

'저 소리! 저 소리를 우짤꼬?'

그것은 시샘이 날만치 아름답고 화려한 봄날, 깊은 산속에서 피 맺히게 울어대는 소쩍새 울음소리보다도 더 깊고 애절한 한이 서린 원귀의 울음소리 같았다. 그게 아니면 음침한 날에 구슬프게 우는 부엉이, 곧 귀곡새의 울음을 떠올리게 하는 소리였다.

'그란데?'

안핵사 귀에는 아무 소리도 들리지 않는 모양이었다. 어쩌면 남보다 귀가 큼에도 불구하고 가는귀가 멀었을 수도 있다. 아니다. 그는 듣고 있으면서도 일부러 못 들은 척하는 건지도 모른다. 그럴 것이다.

관리가 그런 추측을 하는 가장 큰 이유는, 경위야 어찌 됐든 간에 반란군을 처형하는 그 일차적 역할을 안핵사가 하고 있다는 데서 비롯되었다. 여하튼 직접 손에 피를 묻히는 자가 제일 깊숙이 관여하는 자가 아니겠는가?

그러나 관리는 알지 못했다. 아니, 누구도 모를 것이다. 지금 안핵사 귀에 들리는 것은 그깟 귀신 울음소리 따위가 아니라는 사실이었다.

그렇다면? 안핵사 배수규가 여러 날 잠을 제대로 이루지 못하는 이유는 따로 있었다. 그 낭랑한 음성, 그 아리따운 자태. 그리고 그 모든 것에 앞서, 연정을 나눈 남정네를 향한 그 지고지순한 사랑.

'아아, 아무리 유서 깊고 절개 높은 고장이라고는 하나, 남쪽 변방의 한 고을에 그토록 아름다운 관기가 있었다니!'

수규는 왕명으로 내려진 안핵사라는 자신의 직분을 백번 천번 원망했다. 한탄했다. 농민 반란군을 진압하고 처단하기 위해 한양에서 파견된 신분이 그리도 안타까울 수 없었다. 권력이 커질수록 그에 뒤따르는 책임도 커진다더니 그 소리가 옳았다.

'나를 가로막을 자 아무도 없거늘.'

물론 마음만 먹는다면야 무소불위의 세벌世閥을 내세워 그 관기와 운우지락을 나눌 수도 있겠지만 작금의 사태는 너무나 위중하고 심각했다. 게다가 막중지사 어명을 받은 몸이 분별없이 한갓 기녀 따위와 놀아났다는 소리가 바깥으로 새 나가면 무슨 문책을 당할지 모른다.

아무튼 아직 나이 어려 보이는 그 관기가 누구에게 어떻게 손을 써서 자신에게 접근할 수 있었는지는 모르지만, 그 숨 막히게 하는 뛰어난 미모와 총기 넘치는 눈빛으로 보아, 그 기녀는 그보다 더 어려운 일도 능히 해낼 수 있을 것 같았다.

그날, 수규는 눈처럼 새하얀 기녀 이마에서 눈길을 거두지 못했었다.

그녀는 그야말로 쇠똥 같은 눈물을 뚝뚝 떨어뜨리며 하소연하기를 그치지 않았다.

"지발 지발 홍 목사 영감을 살리주시옵소서."

"……."

그가 적잖은 충격을 받고 상황 파악이 얼른 되지를 않아 가만히 있는데, 그 관기는 자기 목숨이라도 내놓을 것같이 했다.

"이 미천한 것이 무신 짓이라도 다 하것사옵니더."

"……."

살결만 그런 게 아니라 음성 또한 순백의 아름다움을 담고 있었다. 남이 눈살을 찌푸릴 만큼 색을 가까이하는 그가 아니었지만, 그 순간에는 자신의 모든 것을 잊어버릴 정도로 마음을 빼앗기고 있었던 게 사실이었다.

"그라이 지발 홍 목사 나리를 구해주시옵소서."

"……."

수규는 옆에 아무도 없는 자리였지만 참으로 등골이 송연했다. 한 고을을 맡아 다스리는 지방관으로서 그 엄청난 반란을 사전에 막지 못한 그런 중죄인에 대한 구명운동이라니? 그게 얼마나 무모하고 위험한 짓인가는 삼척동자도 알 일이었다.

'미색만 갖추고 지능은 형편없이 낮은 기녀는 아닌 것 같은데, 어찌 저토록 무서운 짓을 겁 없이 해온단 말인고? 두렵지도 않은가?'

그런데 수규가 더 무섭고 두려운 건 자기 자신이었다. 그로서는 은은한 달빛과도 유사한 기운을 담은 두 눈이 그렇게도 매혹적인 그녀의 간청을 그냥 물리칠 자신이 도시 없었다. 적어도 그 순간만큼은 임금 자리와도 맞바꿀 수 없을 정도로 강렬한 유혹에 이끌려 몸을 떨었다.

'안 된다. 내가 이래서는 안 돼!'

수규는 가까스로 자신을 추스르며 과장되게 위엄 서린 목소리로 호통을 쳤다.

"건방진 것!"

그런데도 그 기녀는 전혀 놀라거나 기가 죽는 기색이 없었다. 도리어 고함을 친 수규 자신이 위축되는 기분을 떨칠 수 없었다.

'더 세게 나갈 수밖에 없어.'

수규는 그곳 집무실에 있는 모든 것들이 자신을 지켜주고 있는 군사들이라고 생각했다. 그는 마음과는 달리 한층 눈알을 부라렸다.

"지금 누구 앞에서 무슨 소리를 하고 있는 게야?"

그는 차라리 울고 싶은 심정으로 내질렀다.

"홍 목사는 명색 이 고을 목민관으로서 사전에 농민반란을 막지 못했고, 더욱이 역적인 그들에게 잡혀 수령으로서의 체통마저 잃었으니……."

목소리에 모든 힘을 쏟아 넣었다.

"그 지은 죄가 실로 막중함을 너는 어찌 모른단 말이더냐?"

그러자 관기는 너무나 억울하다는 얼굴이었다.

"홍 목사는 상관 우병사에게 여러 차례 간언했지만도 그때마다 한 분도 듣지 않았삽고, 또 홍 목사는 나름대로 환곡 패해를 막을 끼라고 애를 쓰기도 하싯사온대……."

줄줄이 고하는 품이 보통 아니었다.

수규는 다시 한번 등짝에 찬물을 확 끼얹힌 기분이었다. 그 기녀는 단순히 미인계를 쓰거나 읍소를 통해 연인을 구하려는 게 아니었다. 어떤 자료나 증거를 내보이며 정당한 판단을 내려달라는 당찬 구석이 있었다.

"주위에 알아보시모 아실 것이옵니더."

그러자 오히려 이렇게 반문하는 수규의 음성이 물고기 지느러미가 스치고 지나가는 물속 수초처럼 흔들렸다.

"무어라?"

한 번 더 확인했다.

"주위에 알아보라?"

"예, 나리."

관기 목소리는 비록 싹 잎처럼 여렸지만 바위같이 강한 자신감에 차 있었다.

"그라모 홍 목사가 이 고을에 부임함서부터 크기 노력한 흔적이 적지 아니 함을 잘 아실 것이옵니더."

"홍 목사가 그런 관리였다?"

그걸 바로 받아들일 수 없다는 수규 반문에 관기는 이랬다.

"하늘을 두고, 아니 지 목심을 걸고 고하는 것이옵니더."

"목숨을……."

그러면서 자리를 고쳐 앉는 수규에게 관기는 요동도 하지 않는 자세로 말했다.

"예, 안핵사 나리."

수규는 잔뜩 조롱하는 투로 말했다.

"넌, 사람 목숨은 하나가 아니라 열 개쯤 되는 것으로 알고 있는 모양이구나?"

손바닥과 손등으로 번갈아가며 턱을 쓰다듬었다.

"참으로 그 어리석기가 말로써는 다 할 수가 없구먼 그래."

말은 그렇게 하면서도 갈수록 자꾸만 뒤로 밀리는 기분에서 좀처럼 헤어나지를 못하는 수규였다.

"어리석다쿠는 그 말씀보담도 더 심한 말씀을 들어도 소첩은……."

그런 후에 관기는 머리를 조아리며 간절히 청했다.

"깊이깊이 통촉해 주시이소, 나리."

관기의 말은 공기 속에 스며들어 공기마저도 바뀌게 하는 것 같았다.

"음."

잠깐 관기를 바라보던 수규는 기습하듯 물었다.

"너는 본관이 이 고을에 내려온 목적이 무엇인지 모르진 않겠지?"

"아옵니더. 아옵니더."

관기는 필사적으로 나왔다. 보는 사람이 소름이 돋을 정도였다. 수규는 심하게 문책하는 모습을 보였다.

"알고 있다면서 이런 짓을 한다는 것이냐?"

작은 꽃잎 같은 입술을 잘근잘근 깨물고 있던 관기는 거침이 없었다.

"시방 이몸이 고해 올리는 내용 중에 단 하나라도 거짓됨이 있다모……."

목소리에 비수가 내뿜는 듯한 시퍼런 빛이 느껴졌다.

"그 즉시 이년 목을 치셔도 좋사옵니더, 안핵사 나리."

코스모스 같은 관기의 목은 손으로도 꺾어버릴 수 있을 정도로 연약해 보였다.

"허, 목을 치라!"

그러면서 손이 절로 제 목으로 가는 수규였다.

"감히 본관 마음을 떠보려는 것은 아니렷다?"

목에 가 있던 손을 얼른 허리춤으로 옮겨 당장이라도 칼을 빼들 사람같이 했다.

"내 정말 네 목을 치랴?"

하지만 관기는 전혀 동요한다거나 두려워하는 빛도 없이 별 떨기처럼 아주 또렷또렷한 음성으로 말했다.

"예, 나리."

수규는 상체를 꼿꼿이 세우고는 잠시 숨을 돌린 다음에 입을 열었다.

"내 조금 전에도 말했다만, 대체 네 목이 몇 개더냐?"

여차하면 정말 네 목을 칠 수도 있다는 그 으름장에 관기의 눈동자가 흡사 벽에 박힌 못처럼 딱 고정되었다.

"사사로운 지 목보담도……."

수규는 수염을 부르르 떨었다.

"저, 저런? 네 누구 앞에서 감히 공과 사를 논하는 것이더냐?"

그래도 관기는 그대로 물러날 기색은 조금도 보이지 않았다.

"억울한 처벌을 당하는 이가 안 나오거로……."

수규는 끝내 앉은 자리에서 벌떡 일어날 자세까지 취했다.

"뭐라?"

그러거나 말거나 관기는 거기 집무실 바닥에 닿을 정도로 머리를 조아렸다.

"지발 통찰해 주시옵고……."

"허!"

수규는 갈수록 난처해졌다. 자칫 잘못된 처리를 할 경우 큰 질책과 처벌까지 받을 수도 있는 것이다. 마침내 수규는 혹시 홍 목사를 구할 무슨 뾰족한 방책이 없을까 하는 궁리까지 할 지경에 이르렀다.

'홍 목사만 구해주면 저 관기는…….'

그런데 그런 방향으로 기울어지려는 수규의 마음을 반대쪽으로 홱 돌려놓는 사람 하나가 집무실에 들어온 것은 그런 와중에서였다.

"지금 시간이 좀 있으십니까?"

그는 이번 농민반란으로 인한 민심을 잘 무마하고 주민을 안집安集시킬 임무를 띠고 안핵사와 함께 조정에서 내려온 선무사宣撫使 양진이었다. 그도 수규와 마찬가지로 그 고을은 아마 처음일 것이다.

"어서 오시오, 선무사."

수규는 한동안 기녀의 아름다움에 마취되었다가 그제야 제정신으로 돌아오는 사람으로 보였다.

선무사 양진의 칼날이 서린 듯 날카로운 눈이 기녀에게 막 바로 꽂혔다. 그러자 수규가 변명하듯 얼른 입을 열었다.

"이곳 감영 교방에 소속된 해랑이란 관기요."

그러자 양진은 더욱 야릇해진 눈빛이 되더니 탐색조로 물었다.

"한갓 관기 따위가 무슨 일로 안핵사 나리와……."

수규가 마구 뒤엉킨 실타래를 방불케 하는 복잡한 얼굴로 말했다.

"홍우병 목사는 죄가 없다는 거요."

"예?"

양진이 너무나 어이없다는 표정을 했다.

"그게 무슨 말씀입니까?"

관기에게 갔던 눈을 돌려 수규를 쏘아보며 항명抗命하듯 했다.

"모든 책임은 병사와 목사에게 있지 않사옵니까?"

수규는 지극히 당연하다는 음색으로 말했다.

"내 그래서 이렇게 난감해하는 중이오."

양진은 안핵사와 관기를 번갈아 바라보았다.

"대체?"

"중죄인을 구해 달라고 하니 말이오."

"중죄인을?"

절간 사천왕상을 연상시키는 양진의 부리부리한 두 눈에 시퍼런 빛이 번득였다. 호통이 터져 나왔다.

"당장 여기서 썩 나가렷다!"

심지어 그는 관기를 발로 걷어찰 것같이 했다. 그 역시 안핵사 못지 않게 저 농민반란의 수습에 신경을 곤두세우고 있다는 증거였다.

"어디서 감히 미천한 관기 따위가 상감께옵서 특별히 내려보내신 안핵사 나리께 그따위 헛소리를 하는 게야?"

수규가 손을 휘휘 내저으며 말렸다.

"아, 아. 됐소, 선무사."

"아니, 안핵사 나리?"

양진이 하극상처럼 수규를 째려보듯 했다.

"됐다니요? 어찌 이런 일을 놓고……."

이번에는 관기를 노려보는 양진이었다.

"당장 내칠 일이긴 하나……."

수규가 양해를 구하는 어조로 말했다.

"그래도 연인을 생각하는 그 마음과 뜻이 참으로 가상하지 않소이까."

양진이 따지려들었다.

"지금 이 사건이 그런 것과 연관지을 수 있는 일이라고 보십니까?"

"흠."

난처해진 수규는 목에 무언가가 걸린 듯한 기침소리를 내었다. 양진은 관기를 한 번 더 집어삼키는 눈으로 쏘아보았다.

"아닌 것은 아닌 것입니다."

선무사가 상관인 안핵사에게 꼬박꼬박 말대꾸를 하는 것으로 미루어 보건대, 아무래도 양진은 조정에 무슨 큰 배경이 있는 게 아닌가 싶었다.

"저렇게 자기 목을 내놓고 간청하기는……."

창 너머에 누가 있기라도 하는지 거기를 넘겨보기도 했다.

"웬만한 사내대장부라도 쉽지 않을 거요."

그런 후에 수규가 관기에게 명했다.

"그만 나가 보거라."

"……."

아무 말이 없는 관기를 외면한 채 또 말했다.

"우리가 급하게 해야 할 일들이 산재해 있느니."

"저……."

그래도 관기가 무슨 말인가를 더 하려고 하면서 얼른 몸을 움직일 눈치를 보이지 않자 양진 눈에 도끼 날 같은 빛이 서렸다. 그것을 본 수규가 이번에는 보다 강경해진 어조로 다시 명했다.

"어서 나가보래도?"

"예……."

더 이상 어쩔 도리 없이 돌아나가는 관기의 버들가지같이 가느다란 허리와 둥글고 예쁜 어깨를 슬쩍 훔쳐보는 수규 두 눈에 더없이 아쉬운 기운이 담겼다.

"……."

그것을 눈치챈 양진이 혼잣말처럼 말했다.

"보기 드문 절세가인이긴 합니다. 죄인이지만 홍우병 목사가 부럽기도 하고요."

이물질이라도 들어간 듯 두 눈을 끔벅거리다가 자세를 바로 했다.

"저런 미인의 마음을 사로잡고 있다니 말입니다."

수규는 그 기녀에 대한 미련을 떨쳐버리려는 기색이 완연했다.

"이제 그 관기 이야기는 그만합시다. 처리할 일이 태산 같으니 말이오."

말머리를 돌리려는 그에게 양진은 퍽 사무적인 어투로 얘기했다.

"그렇습니다. 그러면 우선 박신낙 우병사에 대한 것부터 거론해 보았으면 합니다."

수규는 양진보다 더 기계적이고 형식적인 어조로 가장했다.

"내 계획은……."

"말씀을 해보십시오."

"아무래도 민심을……."

두 사람은 미리를 맞대고 이야기를 나누었다.

그때였다. 문득 들려온 지방 관리의 목소리가 지난 기억을 한참 더듬고 있던 수규를 현재로 돌려놓았다.

"나리! 아, 나리!"

"……."

관리는 알 수 없다는 표정으로 물었다.

"대체 무신 생각을 그리 깊거로 하시는지?"

관기 생각에서 돌아온 수규는 적잖게 당황했다.

"아, 아, 아니요, 아무것도."

수규는 무척 과장된 몸짓으로 관덕당 주위를 연신 둘러보았다. 그 모습이 지방 관리 눈에는 아무리 봐도 건성으로 비쳤다.

갈수록 괴괴한 공기가 흐르고 있었다. 그새 달은 한참 더 기울어졌다. 아무래도 밖에서 밤샘을 해야 할 모양이었다.

"어쩌면 이런 성이……."

관리 눈길도 그렇게 감탄하는 수규의 시선을 따라갔다.

"나리께서 보시는 거매이로 여게 이 성안에 설치된 우뱅영은 구신도 무서버서 출입 몬 할 만큼 서슬 퍼런 시설이 아이옵니꺼?"

수규가 어둠 저편 어딘가를 노려보며 고개를 주억거렸다.

"옳은 말씀이오."

근처 나뭇잎 위에 미끄러지듯 흐르는 달빛에 눈을 두고 있다가 말했다.

"제아무리 독한 귀신이라 할지라도 어림도 없을 게요."

군사들이 있는 중영 쪽으로부터 바람이 휙 불어왔다. 그 속에는 화약 냄새가 짙게 배여 있는 것 같았다.

"뱅사의 주영駐營이 우뱅영 아이것십니꺼?"

관리는 하늘의 별자리를 올려다보며 말했다.

"소관이 한 분 더 말씀 올리는 것이지만도……."

어릴 적에 어른들에게서 들었던 귀신 이야기가 또다시 되살아나는 그였다.

"그라이 무신 돼도 안 한 구신 따위가 감히 방정맞은 울음을 벌로 흘림서 돌아댕길 수 있것사옵니꺼?"

그러는 그의 뇌리에 귀신 날이 언제였더라? 하는 생각이 솟았다. 1월 16일? 아마 그럴 것이다. 그날 멀리 나다니면 귀신이 따른다는 속설이 있었다.

"맞는 소리요. 그건 그렇고……."

수규는 여전히 머릿속에 한 폭의 환상적인 그림으로 남아 있는 그 관기에 대한 한 가닥 미련마저 몰아내기 위해 주위를 골고루 바라보며 입을 열었다.

"나는 여기 군사적 구조도 구조지만, 그보다도 내외성의 성곽을 에워싼 지형에 한층 더 감탄을 금할 수가 없소이다."

서쪽에 있는 서장대 하늘에서 별똥별 하나가 눈 깜짝할 새 그 아래로 흐르는 만물도랑인 나불천으로 떨어져 내리고 있었다. 지상에서 그것을 본 사람은 몇이나 될는지.

"성곽 주변의 지형 말씀이옵니꺼?"

"보시오. 남쪽으로는 장강長江이 흐르고, 서쪽에는 나불천과 벼랑이 막아서 있고……."

달빛을 받아 약간 창백해 보이는 얼굴이었다.

"또, 동북쪽에는 큰 해자, 대사지라고 했소?"

관리가 즉시 대답했다.

"예, 그렇사옵니다."

수규는 습관인 양 손등으로 턱을 문질렀다.

"그런 해자가 만들어져 있으니, 이곳이야말로 어느 누구도 결코 부인하지 못할 천혜의 요새가 아니겠소."

관리가 큰 자랑거리 하나 들려준다는 빛으로 입을 열었다.

"일쯕이 실학자로 맹망(명망)이 자자했던 정약용이 남긴 시가 있사옵니다."

수규는 의외란 듯 반문했다.

"다산이 남긴 시?"

저만큼 성내 사람들이 함께 이용하는 큰 공동우물터가 있는 곳으로부터 그때까지 들리지 않던 밤새 울음소리가 들려오기 시작했다. 저 미물은 또 무슨 애절한 사연이 있어 잠 못 들어 하는지 모를 일이었다.

"예, 나리."

"허, 참."

수규는 전라도 땅에서 그 오랜 세월 동안 귀양살이를 한 다산 정약용이, 그곳 경상도에 대한 시를 남겼다는 사실이 대단히 신기하면서도 얼른 믿기지를 않는 모양이었다. 그는 어쩌면 천성적으로 남을 의심하는 경향이 있는지도 모르겠다.

"그 사연은 이러하옵니다."

관리는 감회에 젖은 목소리로 들려주었다. 의도적으로 이야기의 방향을 바꾸려는 기색이 엿보였다.

"다산은 그와 절친한 사이였던 '이격'이라는 이가 이 고을 우병사로 부임한다는 소리를 듣고 전송시를 지어주었던 것이옵니더."

"아, 이격! 그가 여기 우병사로 근무를……."

수규는 호기심 어린 얼굴로 주문했다. 그 또한 관리와 비슷한 심정이 아닐까 싶었다.

"그랬던가? 무슨 내용이었는지 어디 말씀을 한번 해보시오."

"예, 나리."

관리는 시구를 읊조리듯 했다.

"남쪽 변방에는 숱한 진영이 있지만도, 그중에 이곳 진영이 가장 웅장하다……."

하지만 수규는 끝까지 듣기도 전에 안됐다는 투로 말했다.

"그런 곳이 반란군에 의해 무너졌다니, 이번 일은 두고두고 우리 역사에 큰 오점을 남길 것이외다."

관리 또한 자괴감에서 헤어나지 못하는 빛이었다.

"그렇사옵니더."

달은 여전히 이제 막 피어나려는 찔레나무의 꽃봉오리 같은 붉은 기운을 지우지 않고 있었다. 마치 아침이 다가오면서 새로이 떠오를 태양에게 그것을 보태주려고 작심이라도 한 것 같았다.

"만약 이 성이 사람처럼 생각을 하고 감정이 있다면……."

수규의 말끝이 끊어지자 관리가 그것을 이어받았다.

"그냥 있지 아니 할 것이옵니더."

슬픈 울음과도 유사한 밤의 남강 물소리가 그들 귓전을 맴돌고 있었다. 그것은 얼핏 그 강에 철따라 날아드는 온갖 물새들이 내는 소리를 모두 모아놓은 듯 가지가지 모양새와 빛깔로 가슴을 적시는 거였다.

"지금 내 심경이……."

"……."

수규는 눈을 크게 뜨고 자기를 바라보는 관리에게 털어놓았다.

"바로 그러하다네."

관리는 알아들었다는 건지 알아듣지 못했다는 건지 애매한 목소리로 응했다.

"아, 예."

그러나 수규 마음에 더더욱 아쉽고 안타까운 것은, 해랑이라는 그 절개 높고 아름다운 관기를 자신의 연인으로 만들지 못하는 일이었다. 해랑, 해랑.

'내 모두가 하찮게 여기는 기녀 하나로 인해 이토록 마음을 다잡지 못하다니.'

그가 비록 왕은 아니지만, 저 은나라 주왕이 달기라는 미녀에게 흠뻑 빠져 나라를 잃고, 주나라 유왕이 포사라는 미인 하나 때문에 나라를 멸망의 구렁텅이로 밀어 넣었다는 게, 지금에 와서 되짚어보니 십분 이해가 되었다. 이제까지는 그 왕들을 폄훼하고 비웃어 온 그였지만.

그랬다. 모든 건 직접 당해본 자만이 장담할 수 있는 것이다. 수규 자신이라도 틀림없이 그렇게 했을 듯했다. 그런데 우리 조선 땅에도 이른바 경국지색이라고 불릴 만한 그런 뇌쇄적인 여인이 있을 줄이야.

'허, 갑자기 온 세상이 무주공산이 된 것 같도다.'

수규는 관리 모르게 자꾸만 주변을 돌아보았다.

'아아, 이토록 허망한 마음일 수가 다시 있을꼬!'

그는 주인 없이 텅 비어 있는 산에 홀로 있는 것 같았다. 작은 인기척 하나 들리지 않는 한적하고 쓸쓸한 산이었다.

'저 소리, 저 소리를…….'

그 빈산에 부딪혀 되울리는 메아리와도 같이 울려 퍼지는 게, 그가 들었던 관기 해랑의 구슬픈 듯 맑고 또랑또랑한 음성이었다.

– 백성1부 4권에 계속

백성 3

초판 1쇄 인쇄일 • 2023년 10월 25일
초판 1쇄 발행일 • 2023년 10월 30일

지은이 • 김동민
펴낸이 • 임성규
펴낸곳 • 문이당

등록 • 1988. 11. 5. 제 1-832호
주소 • 서울시 성북구 동소문로 65-2 삼송빌딩 5층
전화 • 928-8741~3(영) 927-4990~2(편)
팩스 • 925-5406

전자우편 munidang88@naver.com

ISBN 978-89-7456-555-8 03810

값은 뒤표지에 표시되어 있습니다.